Werk van Maarten 't Hart bij De Arbeiderspers:

ROMANS

Stenen voor een ransuil
Ik had een wapenbroeder
Een vlucht regenwulpen
De aansprekers
De droomkoningin
De kroongetuige
De jakobsladder
Het uur tussen hond en wolf
De steile helling
Onder de korenmaat
Het woeden der gehele wereld
De nakomer
De vlieger
De zonnewijzer
Lotte Weeda
Het psalmenoproer

VERHALENBUNDELS

Het vrome volk
Mammoet op zondag
De zaterdagvliegers
De huismeester
De unster
Verzamelde verhalen

NOVELLE

Laatste zomernacht

ESSAYS

De vrouw bestaat niet
De kritische afstand
De som van misverstanden
Ongewenste zeereis
Het eeuwige moment
Een dasspeld uit Toela
Een havik onder Delft
Du holde Kunst
De gevaren van joggen
Johann Sebastian Bach
De Schrift betwist
De groene overmacht
Mozart en de anderen

AUTOBIOGRAFIE

Het roer kan nog zesmaal om
Een deerne in lokkend postuur

WETENSCHAPPELIJKE STUDIE

Ratten

Het psalmenoproer

Maarten 't Hart

Het psalmenoproer

Roman

Uitgeverij De Arbeiderspers
Amsterdam · Antwerpen

Eerste druk augustus 2006
Tweede druk september 2006
Derde druk oktober 2006
Vierde druk oktober 2006
Vijfde druk januari 2007
Zesde druk januari 2007

Omslagontwerp: Nico Richter
Omslagillustratie: J. B. Jongkind, *Vue de Maassluis*, 1871

ISBN 978 90 295 6408 3 / NUR 301
www.arbeiderspers.nl

Inhoud

DE NOORD GEER
DE KULK
HET HELLINGS SAT
Scheeps Werf
Scheeps Werf
Scheeps Werf
Scheeps Werf
Kerkhofe
Nieuwe Kerk Straat
D
W Y K
W Y K
Draai Brug
Zand
Pad
Zand

de Markt
Het Groene Veld
Koorn Molen
H
A
B
C

De Veerstraat met de 'Breede Trappen', een geschenk van de rijke Maassluizer Govert van Wijn in 1732. De Monsterse sluis was toen nog geen schutsluis, dat werd deze pas in 1889 en toen moesten de trappen verdwijnen.

De voorname meesters

Op de avond van het eeuwfeest, 9 oktober 1739, mocht hij met een brandende blaker naar bed. Trots droeg hij, bij elke schrede omhoog even pauzerend om de flakkerende kaarsvlam tot rust te laten komen, de blinkende kandelaar naar zijn zolderkamer. Daar aangekomen zette hij de vlam behoedzaam op de commode. Als de slaap zich over hem ontfermd had, zou Marije komen om de kaars te doven.

In zijn ledikant lag hij door zijn wimpers heen naar de kaars te turen. De vlam kwam sneller tot rust dan hijzelf. Nog altijd gloeiden zijn wangen. Voor het eerst had hij niet slechts hoorns, fagotten en pauken, maar zelfs echte strijkinstrumenten gehoord! Lang voor ze in de kerk opklonken had meester Spanjaard de reeds klaargezette instrumenten stuk voor stuk aangewezen, daarbij plechtig hun namen noemend.

‘Zijn dat dan niet de violen?’ had hij gevraagd.

‘Nee, dat zijn de gamba’s, de violen zitten schuin daarachter.’

‘Maar die zijn toch kleiner,’ had hij verbaasd en ook enigszins teleurgesteld opgemerkt.

‘Ja, ze zijn veel minder groot dan de gamba’s, maar toch klinken violen het mooist.’

Zou dat waar zijn? Het donkerrode, gelakte hout van die grote gamba’s had in het oktoberzonlicht dat door de hoge kerkramen binnengleed schitterender gevlamd dan het hout van de violen.

Eerder die week had meester Spanjaard op school uit de krant voorgelezen: ‘Vermits het toekomende vrijdag een eeuw geleden zal zijn, dat de Groote Kerk alhier volbouwd en de eerste predikatie in denzelve gedaan is, zo zal ter gedachtenisse van dien ’s morgens door den predikant Hoffman gepredikt, en vervolgens het jubelfeest met allerhande muzikale instrumenten door voorname meesters gevierd worden. Gedurende de kerkdienst zijn striktelijk verboden allerlei handwerk en nering, mitsgaders het tappen, kaatsen, balslaan en diergelijke exercitiën, opdat de dankdag door geen onbehoorlijkheid geturbeerd moge worden.'

'Allerhande muzikale instrumenten, hier in Maassluis, 't gaat alle verstand te boven, het is ze zwaar in hun bol gebutst, ze schijten warempel met vaart ver boven hun staart,' had meester Spanjaard gezegd, 'daar haasten wij ons in alle vroegte heen, anders zijn alle staanplaatsen bezet.'

'De kerkenraad heeft het zelfs voor elkaar gekregen dat er vrijdag geen markt is,' had zijn eigen moeder bits opgemerkt toen hij thuis over die allerhande muziekinstrumenten was begonnen. 'Ze lijken onderhand wel zot geworden. Nou, mij krijgen ze zo mal niet. Op vrijdag naar de kerk! 's Morgens bij het hazengrauwen erin, in de namiddagschemer eruit, wat ik je brom. Alsof ik daar ruim tijd voor heb. Vrijdag schrobdag, voor en achter, waar voert het heen als ze van vrijdagen zondagen maken, worden dan de woensdagen vrijdagen?'

Ondanks haar nijdige protest was de kerk die vrijdagmorgen inderdaad reeds lang voor het aanvangstijdstip der plechtigheden volgestroomd. En hij had daar, zich onder de donkere tongewelven nietig voelend als een vuurgoudhaantje, naast meester Spanjaard en diens zoon Thade gezeten, en hij had opgekeken naar het grimmige paardenhoofd van dominee Hoffman. Het rechteroog was geloken, maar links van de neuswortel welfde hoog op zijn voorhoofd, vlak onder de smoezelige manen van de grijze pruik, een kolossale wenkbrauw, zodat het leek alsof de predikant met één bliksemend, wijd opengesperd cyclopenoog onophoudelijk naar de honderden kerkgangers loerde.

Hoffman had breedvoerig uiteengezet hoe het dorp was geboren uit enkele hutten ter hoogte van de Monsterse sluis, en hoe de koppige boeren uit Maasland zich tijdens het Twaalfjarig Bestand in de Tachtigjarige Oorlog tot het uiterste verzet hadden tegen de afscheiding van Maassluis. Desondanks had Johan van Oldenbarnevelt op 18 mei 1614 de Akte van Separatie getekend. Nadien was het dorp, dankzij de bijzondere gunstverleningen der Algenoegzame, zo snel gegroeid dat zelfs de kerk uit 1598 op de Hoogstraat, die in de plaats was gekomen van een houten kapel, spoedig te klein bleek. Door één stuiver belasting te heffen op iedere ton kabeljauw, schelvis en gul, alsmede zes stuivers op iedere honderd lengen, had men in elf jaar tijd het kapitale bedrag van 14.699 gulden en acht stuivers bijeen kunnen sparen, goed voor een nieuw kerkgebouw. De eerste steen was gelegd in 1629 en tien jaar later kon de kerk op 8 oktober 1639 door dominee Fenacolius worden ingewijd.

Deze uiteenzetting over het ontstaan der Groote Kerk liet Hoffman volgen door een leerrede van ruim een uur over Jesaja 33 vers 20: 'Schouwt Sion aan, de stad onzer bijeenkomsten.' Vervolgens memoreerde hij de uitnemendheden van alle magistraten en ambachtsvrouwen uit de voorbije eeuw en bedankte hen stuk voor stuk voor hun verdiensten de Groote Kerk betreffende. Daartussendoor werden de psalmen Davids aangeheven, gedragener zelfs dan op echte zondagen, zodat sommige coupletten bijna een kwartier duurden.

Maar toen hadden dan toch, na verhandeling, preek, dankwoord en lijzig psalmgezang, de donkerbruine violen en gevlamde gamba's opgeklonken. Nog steeds wist hij niet, terwijl hij vanuit zijn ledikant de bladstille kaarsvlam fixeerde, of hij het eigenaardige, golvende ruisen van die violen en gamba's adembenemender had gevonden dan de majestueuze klank van het splinternieuwe Garrels-orgel. Het was alsof je moest kiezen tussen ulk en otter. Van de ulk, die door iedereen verfoeid werd, had hij stiekem gehouden vanaf de dag dat hij hem voor 't eerst 's avonds in de schemering door de tuin had zien sluipen. Wat had zo'n ulkje een mooi, matglanzend donkerbruin pelsje. En hoe grappig oogde het spitse snoetje met de dunne, witte oorschelpjes en die parmantige afwisseling van grijze en donkerbruine vlekken bij mond en ogen. Vergeleken daarmee was de otter, al net zo door iedereen gehaat als zijn neefje de ulk, bepaald minder opvallend, want egaler van kleur, en met een minder sprekende snuit. Maar daar stond tegenover dat hij, toen hij een keer 's morgens in alle vroegte de tuin was ingeslopen, een ottertje had zien opduiken in het heldere water van de Noordgracht langs de Goudsteen. Het richtte zich op uit de vliet in de eerste stralen van de morgenzon en het had, terwijl de goudsteendruppels uit zijn snorharen lekten, naar het leek watertrappend onbevreesd naar hem gekeken. Hij had teruggekeken, en hij had gezegd: 'We hebben nog een half vaatje presentharing in de kelder staan. Ik zal een visje voor je halen', maar toen hij met zijn haring terugkwam, was het ottertje al weer weg geweest. Een dag later was hij bij zonsopgang met een visje de tuin in gelopen, en nadat hij even had staan wachten, was het ottertje vrijwel geruisloos aan komen zwemmen en griste toen, bliksemsnel en onverhoeds, de presentharing uit zijn vingers, om die verderop, in een rietkraag, luid smakkend, blazend en grommend, maar af en toe ook tevreden opkijkend, razendsnel weg te schrokken. Waarna hij, blaffend als een hond, was weggezwommen in de gouden stralen van het eerste zonlicht.

Wat er vervolgens de afgelopen zomer was gebeurd, leek haast een groter wonder dan de sprekende ezel van Bileam of de drijvende bijl van de profeet Elisa. Het ottertje was al na een week of wat uit het water van de Goudsteen de oever opgeklommen, hun tuin in, om ijle haring uit zijn hand te grissen. Na een maand had hij de otter mogen aaien, en op een dag was de otter nadat hij zijn haring had verorberd, de vliet ingedoken en daaruit weer opgedoken met een blinkende bliek in zijn bek. En die spartelende bliek had de otter tussen de blauwwitte bloemkronen van ereprijs in de tuin neergelegd. Was die bliek voor hem bestemd? Toen hij hem probeerde te pakken, had het ottertje waarschuwend geblaft en de vis weer haastig in de bek genomen en was ermee ondergedoken.

Goed, Samuel werd, toen hij in zijn bedstee lag, door de Heere God zelf geroepen, en dat was hem nog nooit overkomen, maar Samuel was nooit bevriend geraakt met een otter. Tenminste, daar las je niets over in de Bijbel, zomin als je daarin iets las over de vleermuizen die op zwoele zomeravonden vlak boven je hoofd voorbijzoefden alsof ze je voor de grap aan het schrikken wilden maken. In het Bijbelboek Jesaja werd, als een griezelig beest waar je je afgodsbeelden naartoe smeet, de vledermuis in één adem genoemd met de mol. Maar vledermuis en mol hadden toch niets met elkaar gemeen? En over de buitelende vlinders las je niets in de Bijbel, terwijl je je toch amper een zomer voorstellen kon zonder dartelende koolwitjes en blauwtjes en pijlstaarten. Denkend aan de broze onbijbelse vlinders dook, alsof het altijd maar weer, als hij in bed lag, daarop uit moest komen, de prangende vraag op: had er echt van alle dieren, dus ook van de in de Bijbel zo deerlijk veronachtzaamde vlinders, een paartje in de ark van Noach vertoefd? En ook van al die torretjes en kevers die in de Bijbel evenmin genoemd werden? En van de zeehonden, die je op de zandbanken in de Brielse Maas kon zien liggen zonnen? Waren die dan over land moeizaam naar de ark toe geschuifeld?

Terwijl hij daarover, met nog altijd wijd geopende ogen, lag te piekeren, hoopte hij tegen beter weten in dat God hem, net als eertijds Samuel, zou roepen. 'Spreek, Heere, want Uw knecht hoort,' zou hij zeggen, en meteen zou hij erop laten volgen: 'Maar mag ik U eerst iets vragen: hoe heeft de ark van Noach al die duizenden paartjes kunnen bevatten? In de Bijbel staat dat hij driehonderd el lang, en vijftig el breed en dertig el hoog was. Dat lijkt verbazend groot, maar is volgens mij toch zelfs te klein voor alle vogels, want alleen al daarvan zijn er zoveel. En hoe verging het de vlinders in de ark? Vlinders leven geen dagen, maar uren, dus die waren allemaal al lang morsdood toen de ark na veertig dagen op de berg Ararat bleef vastzitten. Die kunnen nooit uit de ark zijn weggevlogen. Of hebt U vlinders pas na de zondvloed geschapen? Maar waarom worden vlinders dan nergens genoemd in Uw boek?'

Er was zoveel wat hij God over dieren wilde vragen. 'Waarom, Heere, hebt u zo'n schitterend beestje als de ulk geschapen, dat haast iedereen dadelijk te lijf wil omdat hij de kippen doodt en hun eieren opvreet?' Hij tuurde onafgebroken naar de brandende kaars. Toen de vlam licht begon te walmen en flakkeren, schoot door hem heen: nu suist, net als in de spelonk van Elia, de zachte stilte. Nu zal er een stem tot mij komen. Hij richtte zich op in zijn ledikant en spitste zijn oren.

De wielen van een handkar ratelden over de kinderhoofdjes van de Veerstraat. Hij hoorde schelle stemmen, en daarbovenuit het schrille geblaf van een hond. De blaf werd beantwoord door een andere hond, en een derde hond sloeg aan. Toen leek het alsof alle honden onder aan de dijk eendrachtig blaffend een krijgspsalm aanhieven. Blijkbaar moest de onwerkelijke zondagsrust die de ganse vrijdag de stad had gekneveld, alsnog grondig verstoord worden. Hij ging rechtop zitten in zijn bed. De kaarsvlam flakkerde vervaarlijk. Voorzichtig liet hij zich uit zijn ledikant glijden. Behoedzaam sloop hij naar het ronde zolderkamervenster. Het eerste wat hij zag, was het rimpelende water en de weerschijn van het broze maanlicht. Het was alsof het licht van golfje naar golfje sprong, recht op de plek af waarvandaan overdag de trekschuit naar Delft vertrok. Toen pas gleed zijn blik naar de vochtige, in het maanlicht mat glimmende kinderhoofdjes. Voortgeduwd door twee minder voorname meesters dan hij eerder op die dag had gezien, en geconvoyeerd door schimmig manvolk, kwam de handkar zo onwerkelijk traag naderbij dat het haast leek alsof hij bij elk kinderhoofdje even afdaalde, om vervolgens weer moeizaam op te klimmen naar de volgende kei. Wat op de kar vervoerd werd, was blijkbaar loodzwaar. Hij kon echter niet goed ontwaren wat erop lag. Van bovenaf leek het een donker, breed, aan alle zijden over de hondenkar heen uitpuilend rotsblok.

Zo zwaar als het viel om de kar voort te duwen, zo moeilijk bleek het ook om hem af te remmen. De schimmige meelopers moesten eraan te pas komen om zijn geringe, maar onbedwingbare vaart te stuiten. Uiteindelijk kwam hij tot stilstand voor het huis van buurman Govert van Wijn, die vorig jaar op negentigjarige leeftijd door de Algenoegzame was thuisgehaald. Daar werd dan ook niet aangeklopt, maar een van de donkere gestalten die geduwd hadden, schreed naar hun voordeur en liet plechtig de koperen klopper op het massieve eikenhout neerkomen.

De lichte sopraanstem van Marije antwoordde even later jolig op datgene wat de donkere gestalte haar aanzegde zodra zij de deur had geopend. De gestalte liep weer naar de kar, er klonk een soort commando en al het manvolk op de veerkade stelde zich ordelijk op rondom het voertuig. Nogmaals klonk er een bevel. Handen grepen het rotsblok en tilden het van de kar af. Vervolgens schuifelden de dragers met hun zware last naar hun voordeur. Toen zag hij niets meer. Snel schoot hij zijn kiel en zijn broek en zijn kousen aan. Hij blies de kaars uit. Zo behoedzaam mogelijk daalde hij de trap weer af, die hij zo trots met zijn brandende blaker had bestegen. Hij kon zich, toen hij beneden de brede, donkere gang bereikte, aansluiten bij de processie die over de gangplavuizen op weg was naar de keuken. Hij wilde maar één ding weten: wat torsten die mannen? Hij nam zich voor om, zodra hij het wist, vliegensvlug naar zijn bed te sluipen. Marije noch zijn moeder hoefde dan te merken dat hij steels zijn bed uit was gekomen.

In de gang was het echter zo aardedonker dat hij nauwelijks kon zien wat de mannen droegen. Aan de onderzijde ervan schemerde iets wat grijswit leek. In de keuken viel bleek maanlicht naar binnen. Toch was het ook daar zo duister dat hij, hoewel Marije en zijn moeder de processie al opwachtten, gemakkelijk ongezien kon wegglippen in de donkere nis naast de schouw. Daar keek hij ineengedoken naar de mannen, die met hun loden last tot stilstand kwamen bij het aanrecht.

'Wat nu? Waar laten we hem?' zei een van de mannen.

'Op het aanrecht misschien,' zei Marije.

'Is niet breed genoeg. Valt hij af.'

'Nooit eerder zo'n enakskind gezien,' zei een andere man. 'Toen we hem ophaalden, zeiden we meteen tegen mekaar: "Die brengen we zodra we *De Duizent Vreesen* in de Kulk afgemeerd hebben naar weduwe Stroombreker op de Veerstraat." We konden hem amper in de bun krijgen. 't Achterlijf bleef ver uitsteken. Toch is hij niet doodgegaan.'

Marije haalde een blaker uit de woonkamer en stak met het brandende lontje daarvan andere kaarsen aan. Allengs werd het lichter in de keuken. Bovendien waren zijn ogen inmiddels beter ingesteld op het halfduister. Wat daar door die mannenknuisten werd vastgehouden was een wanstaltige vis, een platvis, een gruwelijk reuzengedrocht. Zijn twee leigrijze, fluorescerende vensterglasogen leken al net zo naar hem te loeren als dat reuzenoog van dominee Hoffman. De vis is nog niet helemaal dood, dacht hij.

'Wat is het?' vroeg zijn moeder.

'Een eelbut,' zei de schipper van *De Duizent Vreesen*, 'we hebben hem bij Hitland gevangen. 't Is een mirakel dat we hem uit de wateren hebben kunnen opvissen. Toen we hem binnen probeerden te krijgen, tilde een zware golf hem gelukkig op, anders zouden we 't niet gered hebben. Het leek haast of hij op eigen kracht 't dek op zwom. Het buiswater spoelde weg, en daar lag hij met z'n staart te zwiepen alsof hij het dek wou vermorzelen. Ik denk dat hij zwaarder is dan een pinkvaars.'

'Mag ik u allen als dank een glaasje brandewijn aanbieden?' vroeg zijn moeder.

'Daar zeggen wij geen nee op, vrouw Stroombreker,' zei de schipper, 'maar voor we ons met een glaasje kunnen diverteren, moeten we hem toch eerst ergens neergevlijd hebben.'

'Buiten misschien, op de steentjes? Die heb ik daarstraks nog schoongeboend,' zei Marije.

'Ja, doe maar, stuurman,' zei zijn moeder, 'daar ligt hij goed. En blijft hij koel.'

'Maar strijken misschien allerhande katers en eksters op hem neer,' zei de schipper.

'Zal wel meevallen,' zei zijn moeder, ''t is geen zomer meer, de katers overnachten binnen. En eksters, ach, die zie je hier nooit.'

'Goed, mevrouw, we leggen hem buiten netjes neer.'

De Sandelijnstraat

Al daalde hij nog zo vroeg af, zijn moeder was hem altijd voor. Ook deze zaterdagmorgen beende ze reeds bedrijvig door de keuken toen hij beneden kwam. Op het aanrecht stalde ze allerlei messen uit.

'Denk maar niet dat ik niet gezien heb dat je gisteravond je bed weer uit bent gekomen,' gromde ze.

'Ik wou zien wat ze brachten,' zei hij zacht.

'Bah, een stinkend zeespook.'

'Gaat u hem in stukken snijden?'

'Nou en of. Vort ermee eer hij gaat ruiken.'

'Maar Thade... ik wil hem zo graag aan Thade laten zien. En z'n vader wil hem vast ook zien.'

'Meester Spanjaard? Zo'n luimige weduwnaar hier over de vloer? Daar komen maar praatjes van, ik wou maar dat je wat minder dik was met z'n zoon.'

'Hij is m'n beste vriend,' zei Roemer verongelijkt.

Zijn moeder ging daar niet op in. 'Waarom brengen ze mij in vredesnaam zo'n godsgruwelijk monster? Goed bedoeld ongetwijfeld. "Bezorg de rondersweduwe, om haar gunstig te stemmen, de grootste eelbut die we ooit gevangen hebben." Maar wat moet de weduwe met zo'n wanstaltig gedrocht? Zelf opeten? Een maand lang elke dag eelbut? Zelfs als hij niet ging ruiken, zou 't je de strot uit komen. Er zit niets anders op dan hem meteen uit te delen. Waarom hebben ze me niet een van die zakken met geld gebracht die ze vorig jaar na het verscheiden van buurman Govert van Wijn op diens zolder vonden? Zesentwintig schepelzakken met zeshonderd blinkende guldentjes in elke buil! Hoe lang je 't ook bewaart, nooit zal 't gaan stinken. Nou vooruit, schoolmeestertje Spanjaard mag hem bezichtigen op voorwaarde dat hij er een zo groot mogelijke moot van afsnijdt en meeneemt. Maar voor je daar weer heen rent, eet je eerst je gort schoon op.'

Een kwartier later besteeg hij de brede dijktrappen langs de Monsterse sluis. Aan de andere zijde daalde hij af, hij rende door het Schoolslop tot aan het huis van Thade. Met beide vuisten roffelde hij op een van de vensters van het schoollokaal. Uit het achterhuis kwam Thade vrijwel dadelijk aanlopen. Terwijl zijn enige vriend de schooldeur opende, riep hij: 'Gisteravond heeft de bemanning van *De Duizent Vreesen* een kolossale heilbot gebracht. Op een handkar. Kom kijken.'

'Wat is er aan de hand?' vroeg meester Spanjaard, die ook uit het achterhuis opdook.

'Een reuzenheilbot, kwamen ze gisteravond brengen. Mijn moeder vroeg of u ook mee wilt komen. Met een groot mes. Om er een stuk af te snijden.'

Eén moment vlaagde er, toen ze de brede trappen bestegen en weer afdaalden, een kil, dun miezerregentje over de sluis en de Veerstraat. Als gevolg daarvan glansde de heilbot, waar vader en zoon Spanjaard even later sprakeloos omheen drentelden, mat in het bleke oktoberlicht. Eerst nu, in de grijze morgenschemer, bleek pas goed hoe doodgriezelig het monster oogde. Op zijn bruine huid glansden overal wanstaltige, viesrood gekleurde, wratachtige gezwellen, en de verwrongen, misvormde mond zag eruit alsof men vergeefs geprobeerd had hem met handspaken te sluiten. En de kille, leigrijze ogen leken nog altijd, hoe morsdood het monster inmiddels ook was, naar elke toeschouwer te loeren.

De meester legde zijn mes demonstratief in een vensterbank en zei: 'Eerst moet hij schoongemaakt. Kop eraf. Ingewanden eruit. Maar hoe? Keer hem maar eens. Heb je minstens vier man voor nodig. Zal ik versterking optrommelen?'

'Graag,' zei zijn moeder, 'zeg iedereen die helpen wil dat hij een groot stuk mag afsnijden en meenemen.'

'Met de lever ben ik tevreden,' zei meester Spanjaard, 'heilbotlever hersengever.'

Voor altijd zou hem bijblijven hoe een groot halfuur later de inderhaast geronselde mannenbroeders, daarbij nauwelijks een woord uitbrengend, met messen en manden op de heilbot aanvielen. Het leek alsof ze al eerder zo'n onheilspellend grote platvis eendrachtig samenwerkend gefileerd hadden. En alles wat ze van de heilbot afsneden, bleek bruikbaar. Zelfs de ingewanden verdwenen in de manden. Een van de kerels fluisterde: 'Wat zullen m'n varkentjes daarmee in hun schik zijn, ik hoor ze al besmuikt knorren.'

Toen het voorbij was, bedekten een paar reusachtige brokken wit heilbotvlees hun aanrecht. Zijn moeder mopperde: 'Dat krijgen we in geen twee weken op. Minstens de helft moet de deur uit. Maar waarheen? Wacht, Engeltje! Dat arme schaap! Nog piepjong, maar ook al weduwe. Vier bloedjes. Wat zal het haar nu spijten dat ze indertijd bij ons is weggegaan. Vooruit, breng jij eer je naar school gaat een monstermoot naar de Sandelijnstraat. Vraag daar waar Engeltje Kortsweyl woont. Doe haar mijn groeten.'

Ze greep een groot stuk, wierp het in een emmer, reikte hem die aan en gromde: 'Vort ermee.'

Hij wilde roepen: 'Kan Marije dat niet doen', maar zijn moeder kneep haar lippen op elkaar, keek hem even grimmig aan, en zonder een woord van protest liep hij met een blinkende emmer de gang door en de Veerstraat op, en de hoge trapbrug over naar de Markt. Daar aangekomen dacht hij: ik kieper m'n emmer leeg in de Zuidvliet.

Het leek echter alsof het witte gezicht van zijn moeder even opdook tussen de golfjes van het vredig rimpelende water. Hij vermande zich, liep langs de groezelige vliet, bleef staan bij het Sluyspolderslop. Daar moest hij doorheen, wilde hij de Sandelijnstraat bereiken. Het leek er nog nacht. Verderop, waar het slop overging in het Sluyspolderhofje, joelden kinderen. Jongens van zijn leeftijd zag hij niet. Die voeren reeds als prikkenbijter, waren soms al bevorderd tot omtoor of inbakker. Toch bonsde zijn hart toen hij met zijn emmer slop en hof door rende. Zelfs als hij met Thade samen door de stad slenterde, meden ze de buurt achter de Zuidvliet. Daar woonde, in de nauwe, haaks op elkaar staande straatjes, het gramstorig grauw met hun griezelig grut. En al waren de opgeschoten jongens doorgaans het zeegat uit, je kwam daar vaak genoeg lichtgeraakte loenen en heetgebakerde pluggen tegen die, al waren ze nog zo klein, met zo'n opgedoft rederszoontje of schoolmeestersaposteltje, mits er sprake was van een overmacht, maar wat graag op de vuist gingen.

Hij keek de Sandelijnstraat in, die door de bewoners steevast werd aangeduid als de Lange Straat. En terecht, want het was zonder enige twijfel de langste straat in de stad. Vrij wat minder nauw dan het slop dat reeds achter hem lag, maar met veel hogere huizen. Het leek of ze hun beroete dakgevels naar elkaar toe bogen, zodat er slechts een smalle streep donkergetinte lucht boven welfde. Op blote voeten holden morsige kinderen deur in, deur uit. Voddig pluimvee scharrelde over de kinderhoofdjes. In de dakgoten pirouetteerden krassende kraaien en toen hij zich dan eindelijk en vooralsnog voetje voor voetje de straat in waagde, schalde opeens een stem uit een halfopen venster: 'Becheeertubecheeertu.'

Van schrik liet hij de emmer vallen. Rinkelend rolde die over de kinderhoofdjes. Om te voorkomen dat de heilbotmoot eruit zou glijden, greep hij snel het hengsel en nogmaals klonk die schorre oudemannenstem: 'Becheeertubecheeertu.' Toen pas zag hij dat een hemelsblauwe papegaai uit een geopend venster met z'n donkere kraaloogjes naar hem loerde, en weer klonk diezelfde boodschap, waarvan hij nu eerst de strekking begreep: 'Bekeert u, bekeert u.' Om elk misverstand aangaande de boodschap uit te sluiten schoot de kuif van de vogel na elk 'bekeert u' enkele seconden steil hemelwaarts.

Net als eerder op die dag daalde zo'n schriel miezerregentje neer. Tegelijkertijd spleet daar waar de Sandelijnstraat grensde aan het zompige buitengewest bij de Wippersmolen, de wolkenlucht en viel er een zonnestraal de straat in. Het licht maakte hem moediger. Fier trad hij nu de straat verder in, en toen hij een kereltje ontwaarde dat geleund op de onderdeur van zijn huisje pijprokend de straat in keek, vroeg hij: 'Weet u waar Engeltje Kortsweyl woont?'

'Achterin,' zei de pijproker. 'Hebbiedaar? Blanke vis? Cheef hier.'

'Nee, die moet ik bij Engeltje Kortsweyl brengen.'

De grijsaard haalde het pijpje uit zijn mond, rochelde en spuugde toen een grote bruine straal uit. Kennelijk was het de bedoeling dat de klodder in de emmer terecht zou komen, want toen het spuug de zijkant van de emmer raakte, gromde de man: 'Godver, mis.'

En opnieuw zoog hij zijn wangen naar binnen om zo veel mogelijk spuug aan te maken. Roemer deed snel een paar grote passen; niettemin werd zijn emmer door een tweede straal getroffen.

Door de confrontatie met de spugende pijproker bleek Roemer de aandacht te hebben getrokken van allerlei smoezelig, blootsvoets grut. Ze liepen hem achterop, keken vrijpostig in zijn emmer, haalden vervolgens luidruchtig hun snottebellen op en joelden: 'Viezerik, stik maar met je vuile vis.'

Hij moest uitwijken voor een stoffige haan die midden op straat demonstratief met hooggeheven kam naar de wolkenlucht kraaide, alsof hij daarheen een hoendergebed opzond. Hij passeerde de Hoekerstraat, bereikte het meest afgelegen gedeelte van de Sandelijnstraat. De joelende kinderen bleven achter. Het leek alsof het licht dat uit de Hoekerstraat in de Sandelijnstraat viel, gold als grens die niet gepasseerd kon worden. Maar hoe afgelegen dit gedeelte van de Lange Straat ook was, hij werd gadegeslagen uit bijna alle huizen waar hij langs wankelde. Overal zag hij de witte vlekken van gezichten achter vuile, met uitgelekte kraaienpoepkwakken besmeurde ramen. Geluidloos bad hij dat er iemand zou opduiken aan wie hij vragen kon waar Engeltje woonde. Hij hoorde ver weg een ezel balken. Wat nu? Zomaar ergens aankloppen en naar Engeltje vragen?

Uit de Sint-Aagtenstraat dook plotseling een non op, die de Sandelijnstraat in keek. Ze verdween even schielijk als ze verschenen was, en toch bracht die wonderlijk kortstondige verschijning soelaas. Bovendeuren werden woest geopend, vrouwen verschenen die hun vuisten balden in de richting van de Sint-Aagtenstraat.

Aan een van die oorlogszuchtige schortdragers vroeg hij: 'Weet u waar Engeltje Kortsweyl woont?'

'Voorlaatste deur bij 't Peerd z'n bek aan de vlietkant,' zei de vrouw nors. 'Wat hebbiedaar? Zootje vis? Lever maar hier af, Engeltje komt niks niemendal tekort.'

Op een drafje liep hij verder. Reeds diende opluchting zich aan omdat hij niet alleen zijn bestemming bijna bereikt had, maar straks ook via het Peerd z'n bek en de Zuidvlietkade terug kon lopen naar huis. Dan hoefde hij goddank, al was het reuze spijtig dat hij die hemelsblauwe papegaai zou missen, niet nogmaals de Sandelijnstraat door.

Hij klopte aan op de voorlaatste deur in de Sandelijnstraat. Vooralsnog werd er niet opengedaan. Zou er niemand thuis zijn? Zo vroeg op de dag? Hij klopte nogmaals. Hij hoorde voetstappen, de bovendeur ging tergend langzaam een stukje open en in het duister dat daarachter opdoemde, keken van onder een genepen mutsje twee donkere ogen hem angstig aan.

'Woont hier Engeltje Kortsweyl?'

Het meisje knikte. Daardoor schoten haar krullen onder het knijpmutsje los. Het meisje probeerde ze terug te duwen, maar duwde in plaats daarvan tegen het mutsje. Het leek of haar weerbarstige haar daarop gewacht had, want nu was er geen houden meer aan. De krullen tuimelden massaal langs haar wangen omlaag, die vuurrood kleurden.

'Van mijn moeder moest ik een maaltje vis brengen,' zei hij.

Het meisje staarde hem aan alsof hij in tongen sprak. In een wanhopige poging om zijn blijkbaar als zonderling ervaren missie te verduidelijken stamelde hij: 'Engeltje heeft vroeger bij ons gewerkt. Als keukenmeid.'

Het baatte niet. Met hoog opgetrokken wenkbrauwen staarde het meisje hem onafgebroken aan.

Hij probeerde het nogmaals. 'Gisteravond kwam de bemanning van *De Duizent Vreesen* op een handkar een monsterlijk grote heilbot brengen. Die kunnen mijn moeder en Marije... Marije is onze nieuwe keukenmeid... die kunnen mijn moeder en Marije en ik niet alleen op, dus daarvan delen we uit, en omdat Engeltje vroeger bij ons...'

'M'n moeder is niet thuis,' lispelde het meisje, 'm'n grootmoeder is ziek, daar is ze heen.'

Ze maakte aanstalten de bovendeur weer dicht te duwen.

'Vis,' zei hij wanhopig, 'heilbot, erg lekker, is voor jullie, pak jij 't dan aan.'

Vol afgrijzen staarde het meisje naar de reusachtige heilbotmoot in de emmer.

'Durf je 't niet aan te pakken? Geeft niet. Laat me dan even binnen, dan laat ik de vis uit m'n emmer zo in jullie keuken op het aanrecht glijden, toe nou.'

Het meisje duwde haar weerbarstige krullen terug onder het knijpmutsje, trok dat strak over haar kapsel, opende de onderdeur en ging hem voor in een aardedonker gangetje, dat uitkwam op een hol, waarin hij even boven heuphoogte een smalle strook hardsteen ontwaarde. Was dat een aanrecht? Hij was er niet zeker van, maar liet de inhoud van zijn emmer erop glijden. Hij keerde zich snel om en zag de straat door de geopende deur heen oplichten in weer zo'n kortstondige zonnestraal. Haast wanhopig dook hij op dat licht af. Maar het meisje stond nog achter hem en kon in die nauwe doorgang zo snel niet opzij stappen, dus hij botste tegen haar op. Weer schoot het mutsje los, weer zag hij al die rode krullen langs haar wangen omlaagtuimelen, maar veel onthutsender was dat hij, haar ongewild toucherend, opeens haar geur rook, een geur die hij nooit eerder had geroken, een geur die, hoe weinig opdringerig hij ook was, zijn neusgaten zo uitbundig vulde dat het leek alsof ze opgeblazen werden, een geur die liefelijker en warmer en dieper was dan de geur van kalmoesbladen die je op een zomerdag, als je langs de trekkade in Maasland liep om de alomtegenwoordige Sluyse taan- en visgeur kwijt te raken, kneusde om net zo lang te snuiven tot de stank van schooijharing voorgoed uit je neusgaten verdwenen leek te zijn.

De ouders van Noach

Met Thade had hij als dreumes in de moddersloten van de Taanschuurpolder kamsalamanders gevangen. Op de schuttingschuit van Thades oom waren ze het Maassluise diep op gevaren om de tenen fuiken te helpen uitzetten waarmee de kostelijke zalmen werden verschalkt. Zowel tijdens die tochtjes als tijdens de nazitten in de donkere schuttingschuur had de oom van Thade reeds het hele leven met hen doorgenomen en hen gewaarschuwd voor de wichten. Alsof je van die malle wezens met hun opgesmukte lijfjes en lange rokken – daar waren Thade en hij het steevast roerend met elkaar over eens geweest – ooit iets te duchten kon hebben!

Daarom kon hij er niet toe komen Thade iets te vertellen over zijn tocht naar het einde van de Sandelijnstraat. Reeds lang voor zij aan de regel van drieën uit het boek van Bartjens toe waren, had Roemer met Thade alles gedeeld. Nou ja, alles, zijn schimmige twijfels over vogels en vlinders en zeehonden in de ark van Noach, die had hij vol schaamte en schuldgevoel voor zich gehouden. Bij geen enkel woord uit de Schrift mocht je een vraagteken zetten, dus ook niet bij de tekst: 'En gij zult van al wat leeft, van alle vlees, twee van elk, doen in de ark komen, om met u in het leven te behouden: mannetje en wijfje zullen ze zijn; van het gevogelte naar zijnen aard, en van het vee naar zijnen aard, van al het kruipend gedierte des aardbodems naar zijnen aard, twee van elk zullen tot u komen, om die in het leven te behouden.' Het stond er glashelder, maar wat viel het hem gruwelijk zwaar om te kunnen geloven dat er van alle dieren een paartje in de ark had gezeten. Ook van de slome slakken? Waren die dan al maanden voor dat Noach zijn gereedschappen ter hand had genomen, gaan kruipen om zich maar tijdig bij de ark te kunnen vervoegen? Vaak had, als hij met

Thade na een vermoeiende tocht in de Taanschuurpolder in het hoge gras van het talud van het prikkengat lag uit te rusten, op zijn tong gelegen: 'Zou er echt van alle diersoorten een paartje in de ark gezeten hebben?' Maar wat dan te doen als Thade, zich oprichtend in het hoge gras, hem vol ontzetting zou aankijken omdat hij zomaar durfde te twijfelen aan de reine waarheid ener Bijbeltekst? Over de zondvloed had hij daarom gezwegen. Zweeg hij ook over dat meisje met haar genepen mutsje, dan stonden er al twee geheimen tussen Thade en hem in. Eén geheim, dat kon net, maar twee, dat was beslist te veel. Licht en luchtig moest hij over de Sandelijnstraat beginnen, dat was duidelijk, doch juist dat wilde steeds niet vleugen. Het leek hem beter te wachten tot dat tochtje een week of wat achter hem lag, dan zou het wel lukken om achteloos te zeggen: 'Moet je horen wat me vlak bij het Peerd z'n bek is overkomen.'

Maar toen zag hij haar weer, in diezelfde Taanschuurpolder waar hij zo vaak met Thade zwierf. Met het helderwitte mutsje op, dat haar rode krullen in bedwang hield, zat ze, op de Taanweide, tussen een paar andere meisjes van haar leeftijd netten te boeten. Het was alsof, toen hij één zo'n weerbarstige rode krul onder haar knijpmutsje uit zag piepen, een reuzenklauw zijn keel toekneep. Zijn oren tuitten plotseling van het daverende lawaai dat door de smederijen, de scheepstimmerwerven en de kuiperijen werd voortgebracht. Het was of haar betoverende geur zijn neusgaten weer vulde en die geur van de heilbot eruit verdreef. Hoe akelig snel waren de resten van het reuzengedrocht bedorven! Vanaf de eerste maandag na het eeuwfeest hadden Marije en zijn moeder de steentjes achter hun huis dagelijks minstens één keer verwoed geschrobd. Zelfs toen er van de heilbot geen spoor meer restte, leek het nog alsof uit de plek waar hij was bestorven een verpestende stank omhoogwolkte. Ook als hij 's morgens zijn gort verorberde, leek het menigmaal alsof het verschaalde heilbotaroma opeens aan zijn lepel kleefde en werd hij terstond onpasselijk.

Een paar dagen nadat hij het meisje op de Taanweide had gezien, liepen Thade en hij, op de terugweg van een tocht naar de Duifpolder, waar ze op een boerderij die zijn moeder verpachtte een vaatje kruisharing hadden geruild voor zijden spek, kaas, boter, wortels en uien, over de kade langs de Trekvliet. Aan de overzijde van het water strekten zich de markgronden der schuifuiten en woudaapjes uit. Zo zelden als je ze zag, zo vaak hoorde je ze in de broedtijd roepen. Soms ontwaarde je even de neven der schuifuiten, het woudaapje of de kwak, maar ook die hielden zich doorgaans schuil in het hoge riet.

Op beider schouders rustten de uiteinden van een lange stok die door de hengsels van hun mand met victualiën was gestoken. De trekkade was niet breed genoeg om, met een mand aan een stok tussen hen in, naast elkaar te lopen. Dus liep Thade, de kleinste, voorop. Uit de markgronden aan de overzijde klonk even de ronde kef van een rekel.

'Zou daar een hond zitten?' vroeg Thade verbaasd.

'Geen hond, maar een woudaapje. Let nu op, als het woudaapje blaft, hoor je vlak daarna, al is het nu geen broedtijd, soms toch de roep van de schuifuit. Stoppen.'

Ze deponeerden de grote mand in het gras, vlijden zich neer op het hoge talud aan de polderzijde van de kade. Diep onder hen strekte zich de ruime Commandeurspolder uit tot aan de bebouwing van Maasland. In de weilanden vergaderden de kieviten over hun trekroute.

Hij had het verwacht, en toch verraste het hem toen hij inderdaad de wonderlijk doffe, dreunende bas van de schuifuit hoorde. Alsof een scheepshoorn op het Sluyse diep angstig riep in dichte mist.

'Daar heb je hem,' fluisterde hij eerbiedig.

'Heb je er ooit een gezien?' vroeg Thade.

'Vaak genoeg,' zei hij trots, en niet geheel naar waarheid, 'maar je moet er wel moeite voor doen. Vroeg op, en dan met een bootje urenlang in het riet gaan liggen. Ze zijn zo allemachtig schuw. Als hij iets hoort, strekt hij zijn lange, gele hals zo ver uit dat het net een rietstengel lijkt, daarom heet hij schuifuit. Je vraagt je af...'

Weer riep de schuifuit.

'Drie keer wordt hij in de Schrift genoemd,' zei hij eerbiedig, 'de vindplaatsen heb ik in de Bijbel aangestreept.'

Boven Thades bolle, rode, met sproetjes bespikkelde wangen keken de doorgaans zo guitige ogen enigszins verbaasd naar hem op.

'Streep jij vogels aan in de Bijbel?'

'Alle beesten heb ik erin aangestreept. Ik wou weten hoeveel dieren erin voorkomen.'

'Waarom?'

'Om... om...'

Hij zweeg, haalde diep adem, zuchtte, streek met zijn hand over zijn ogen, hoorde warempel de schuifuit weer loeien, zei: 'Hoe heeft zo'n allemachtig schuwe vogel het ooit aangedurfd om van het moeras naar de ark van Noach te vliegen?'

Zowel opluchting als hevige schrik steeg vanuit zijn tenen door zijn hele lijf omhoog naar zijn kop, die vuurrood kleurde. Het leek evenwel alsof Thade totaal niet besefte hoe ongehoord het was wat hij gezegd had. Thade zei alleen maar, licht en luchtig en onbekommerd: 'De mensen werden toen stokoud, haast duizend jaar. Dus waren de vader en moeder van Noach vast en zeker nog niet dood toen hij er met z'n arkje vandoor ging, en z'n grootvader en grootmoeder misschien ook niet. Maar waarom mochten die dan niet mee? Begrijp jij dat nou? Je laat je vader en moeder toch niet verzuipen?'

Zo overmand werd hij door woelingen in zijn gemoed dat hij niet in staat was op die vraag te antwoorden. Jarenlang had voor hij insliep onophoudelijk dat ene probleem door zijn geest gezoemd: hoe heeft de ark al die tienduizenden dieren kunnen bevatten, en nu bleek er opeens een tweede probleem te zijn waar hij nimmer bij had stilgestaan. Nadat hij wat tot bedaren was gekomen, probeerde hij een antwoord uit dat zich vanzelfsprekend vanuit het zoveel grotere probleem opdrong.

'De ark was mudvol. Dus konden ze er niet meer bij.'

'Zou het? Beetje inschikken, en 't gaat.'

'Er moesten tienduizenden dieren mee. Misschien zelfs wel honderdduizend.'

'Ik begrijp het niet. Wie laat nou z'n vader en moeder verzuipen? Zullen we 't eens aan de catechiseermeester vragen?'

'Aan Schlump? Dan slaat hij zijn rotting stuk op je rug.'

'Als ik 't vraag. Maar niet als jij 't vraagt. Z'n rotting heft hij niet op tegen de zoon van een reder.'

'Ik... ik zou 'm liever eens vragen of er zeehonden in de ark hebben gezeten.'

'Natuurlijk hebben die erin gezeten. Die verdrinken als ze niet af en toe aan land kunnen gaan.'

'De ark lag ver bij zee vandaan. Hoe hebben die zeehonden de ark dan bereikt? Wekenlang, misschien zelfs maandenlang alsmaar voortschuifelend over land?'

'Ze zijn een rivier op gezwommen tot ze in de buurt van de ark waren.'

'Zou kunnen.'

'Weet je wat? Jij vraagt Schlump over de zeehonden, en ik direct erachteraan over Noachs vader en moeder.'

Het leek een goede strategie, maar toen hij op zondagavond tijdens het uur catechisatie na de kerkdienst, terwijl Schlump in *Kort Begryp* van Borstius bladerde en de andere catechisanten nog uit de kerk moesten komen, plompverloren zijn vraag over de zeehonden stelde en Thade meteen daarna over de ouders van Noach begon, sloeg de bleke gnoom het boek van Borstius dicht, en siste tegen Thade: 'Als de ezel van Bileam zal ik je afranselen.'

Reeds hief Schlump zijn rotting, waarop Roemer haastig de vraag van Thade herhaalde, en de rotting daalde weer, terwijl Schlump tegen hem siste: 'De ouders van Noach waren al dood.'

'Staat dat in de Schrift?' vroeg hij.

'We kunnen 't nazien,' gromde Schlump, en hij sloeg vergramd het Woord open, bladerde, las voor: 'En Lamech leefde honderd twee en tachtig jaren, en hij gewon eenen zoon en hij noemde zijnen naam Noach. En Lamech leefde, nadat hij Noach gewonnen had, vijf honderd en vijf en negentig jaren.' Schlump sloeg een bladzijde om, las weer: 'In het zes honderdste jaar des levens van Noach zijn de sluizen des hemels geopend.'

Schlump zat een poosje cijfers te mompelen, zei toen bits: 'Dus vader Lamech was al vijf jaar dood toen de Heere der Heirscharen de ongelovige en onboetvaardige wereld met de zondvloed tuchtigde.'

'En zijn moeder?' vroeg hij.

'Daarover zwijgt de Schrift,' gromde Schlump.

'En z'n grootvader?' vroeg Thade.

Schlump antwoordde niet, strekte zijn hand uit naar zijn rotting.

'En z'n grootvader?' vroeg Roemer.

Schlump bladerde weer in het Bijbelboek Genesis, las voor: 'En Methúsalah leefde honderd zeven en tachtig jaren, en hij gewon Lamech.'

'Dus toen Noach geboren werd, was z'n grootvader driehonderd negenenzestig jaar oud,' zei Roemer, 'want Lamech was honderd tweeëntachtig toen Noach werd geboren en honderd zevenentachtig plus honderd tweeëntachtig is driehonderd negenenzestig. Methusalem is negenhonderd negenenzestig jaar oud geworden, de oudste van allemaal, dus toen Noach zeshonderd jaar oud was en in de ark ging, was Methusalem... toen was Methusalem...'

Hij slikte. Zo verbluffend eenvoudig was die rekensom, en toch leek de uitkomst onmogelijk, ondenkbaar. Schlump loerde naar hem, en hij keek, zich ervan bewust dat hij weinig risico liep, tamelijk onverschrokken terug en zei toen, haast triomfantelijk: 'Dus toen Noach in de ark ging, was Methusalem negenhonderd negenenzestig jaar oud.'

'Dus daarom is Methusalem gestorven toen hij negenhonderd negenzestig jaar oud was,' riep Thade triomfantelijk. 'Hij is verzopen bij de zondvloed. Noach heeft z'n eigen grootvader laten verzuipen.'

Bevend en rood aanlopend haalde Schlump uit met zijn rotting. Thade dook ineen, er kwam geen woord over zijn lippen toen de rotting op zijn rechterschouder neersuisde.

'Ik... ik zal je afranselen zoals Elia de baälsprofeten tuchtigde, ik zal je tuchtigen zoals Pekah te Samaria de Gileadieten sloeg...'

Roemer duwde Thade wild opzij, en ving één suizende slag op van de zwiepende rotting, waarop Schlump zelf in elkaar dook als een zwerfhond die een klap krijgt. Hij siste als een knorhaan, zeeg neer achter de gerfkamertafel, mompelde: 'Ik zal mij verstaan met de kerkmeesters.'

Diderica Croockewerff

'Jij trouwt met Diderica Croockewerff, en daarmee uit.'

Hij antwoordde niet, maar keek zijn moeder zo innig bedroefd aan dat ze warempel even van haar stuk raakte.

'Ik heb 't je vader op zijn sterfbed beloofd,' zei ze, terstond haar sterkste troef uitspelend.

'Maar toen zat ze nog op het kleine schooltje van Annetje Engelbrechts, net als ik, toen wist hij nog niet hoe ze eruit zou gaan zien.'

'Wat schort er aan Diderica? Het is een pront vrouwmens.'

'Ze ziet eruit als een sleperspaard met ontstoken hoeven.'

'Nou, nou, matig je toch. Laatst nog, toen ik haar in de kerk zag met een gladde kap waaronder haar gouden oorbaggen blonken, dacht ik trots: ziedaar mijn schoondochter.'

'Ze is veel groter dan ik.'

'Ik was ook groter dan je vader. Ik wil er geen woord meer over horen. Wou jij naar je eigen gril huwen? Nee toch? Jij trouwt met Diderica. Haar moeder heeft haar man ook op z'n sterfbed beloofd dat Croockewerff zich met Stroombreker verbindt. De weduwe bezit twee vrijwel nieuwe buizen, wij brengen twee hoekers in. Straks varen vier schepen onder de vlag van Stroombreker en Croockewerff. Op slag zijn we daardoor de grootste rederij in Maassluis. Zoals je weet, hebben de meeste reders één schip in de vaart, sommige twee, een enkeling, zoals de oude Schelvisvanger drie. Wij binnenkort vier. Denk je eens even in: straks heeft je woord in het College van Visscherij het gewicht van twee hoekers en twee buizen. Men zal je afvaardigen naar Den Haag.'

'Ik wil niet naar Den Haag.'

'Mettertijd wel, dat zul je zien, heus, vier schepen, je zult God loven en prijzen, je zult de grootste reder zijn – kom, weet aan welke kant je roggestoet beboterd is. Dacht je dat ik indertijd stond te trappelen om met je vader te trouwen? Met hun beste kaproenskens op stonden ze voor mij in de rij, maar jouw vader had twee beugschepen te zoute in de vaart. Dan smoor je je twijfels. Dan denk je niet meer: wat een miezerig kereltje, maar schrijd je blij van zin en welgemoed naar het altaar.'

Dus schreed hij, overigens allerminst welgemoed, tien jaar na het eeuwfeest, op een donderdagmiddag in oktober naast zijn reusachtige bruid door de Groote Kerk. En weer torende daar, op de toch al zo hoge kansel, dominee Hoffman hoog boven hen uit met dat loensende oog onder de gaffelwenkbrauw en die dofgrijze, smoezelige allongepruik. Hoffman vergeleek het huwelijksverbond met het verbond dat God indertijd gesloten had met Adam, en na diens val met elke bekeerling ruimhartig wilde oversluiten. 'In Adams bondsbreuk,' aldus de predikant, 'zijn wij van de Heere der Heirscharen afgesneden en de Satan toegevallen. In ons verbondshoofd Adam hebben wij de dood verkozen boven het leven, hebben wij onszelf losgescheurd van de levende God. En ware het niet dat ontblotende Genade op ons af schuimde, dan zouden wij voorgoed het kindschap uit Adam verkwanseld hebben. De kloof tussen God en mens wordt slechts overbrugd door de bloedvlonder welke door den Gezalfde gesmeed en gebreeuwd werd op de hoofdschedelplaats Golgotha. Daar, op Golgotha, heeft de Heere Christus zichzelf, ons ten behoeve, volledig doodgeliefd. Daar heeft hij zijn verbondsbloed vergoten tot een volkomen verzoening van al onze zonden. Daar heeft de middelaar zichzelf, als bloedgetuige, in het grote genadeverbond, vrijwillig verbonden als Schuld overnemende Borg. Och, mochten wij, bloedgekochten, toch de rijke weldaden des verbonds deelachtig worden, en als uitverkorenen Gods ingelijfd worden in het verbond. En daarom wachten wij ootmoedig af of de ontblotende verbondsgenade ons eens, al was het maar als wij, stervende, de uiterste steiger genaderd zijn, arresteren zal, zoals ik nu deze doemwaardige Roemer Stroombreker en deze doemwaardige Diderica Croockewerff zal arresteren in het huwelijksverbond. Dat huwelijksverbond zal hun doemwaardigheid geenszins verminderen, maar moge toch dat verbond een afspiegeling zijn van het grote verbond, het genadeverbond, zodat zij, misschien nu bereids, of anders toch mettertijd, ware bondelingen mogen worden, zoals zij nu elkanders bondelingen worden. En worde dit huwelijksverbond naar wij de Algenoegzame afsmeken rijkelijk met kinderen gezegend, mogen die dreumesen dan een afspiegeling zijn van wat wij, enkel door Gods met Christus' bloed duur gekochte genade, ooit hopen te worden: ware, alle de pomp en pronkerij der wereld mijdende verbondskinderen op weg naar Sions eeuwige zalen, alwaar wij tot in de eeuwen der eeuwen met de bloedbruidegom de eeuwige bruiloft des lams vieren zullen.'

Na de bloedvlonderpreek musiceerden ditmaal geen voorname meesters op allerhande instrumenten om hem te troosten. Door de vaste organist, Dominicus Jaarsma, die al sinds 1733 in dienst was, werd het Garrels-orgel getrakteerd. Diens degelijke, maar weinig verrassende spel kon hem niet opbeuren. Pas toen hij, aan het einde van de middag, een moment kon ontsnappen aan de brassende bruiloftsgasten die het redershuis aan de Veerstraat bevolkten, en de tuin in liep tot aan de waterkant, lukte het hem om voluit adem te halen. Hij staarde over het rimpelende water. Nee, het ottertje zou niet meer opdoemen uit de inmiddels danig vervuilde vliet. Ook het ulkje had hij al jaren niet meer ontwaard, maar de ondergaande zon wierp zijn laatste stralen over de Goudsteen. Het was alsof hij al die tijd had geweten wie daar, aan het einde van die middag, in dat zo steels en schuin over de Goudsteen vallende zonlicht, over de glanzende kinderhoofdjes voorbij zou drentelen. Ze droeg een paar witte knijpmutsjes over elkaar heen. Desondanks piepten haar rode krullen bij elke stap die ze deed, verder onder de randen ervan uit en moest ze die met haar duimen terugduwen, daarbij de mutsjes met haar wijsvingers weer korzelig omlaagtrekkend.

Hij zag voor zich hoe zij zich, als hij langs de Taanweide slenterde, altijd diep over haar boetwerk had gebogen, daarbij steevast zo hevig blozend dat het de andere boetsters al vanaf de eerste keer dat hij daar langsliep, had gealarmeerd. Om haar voor hun vaak venijnige kwinkslagen te sparen had hij zich, nadat hij een keer of vijf langs was gedrenteld, nooit meer in de buurt van de Taanweide vertoond. Dat viel hem zwaar. Hij zon op mogelijkheden om haar elders te zien. Steevast door de hemelsblauwe papegaai aangemaand zich te bekeren, liep hij vaak de Sandelijnstraat in, maar ontwaarde haar nimmer. Ook tijdens de kerkdiensten zag hij haar nooit. Ging ze niet ter kerke? Zoveel was zeker, elke morgen liep ze in het eerste hazengrauwen van de Sandelijnstraat naar de Taanweide, en elke avond sjokte ze in de blauwe schemering doodvermoeid terug. Wat hem dus te doen stond, was te achterhalen hoe laat ze heen ging en hoe laat ze terug wankelde. Ooit was Marije nettenboetster geweest en zij vertelde hem dat de werktijden van de boetsters gedicteerd werden door de tijdstippen waarop het licht werd en weer donker. In de zomer begonnen ze soms al om halfvijf, en werkten ze door tot tien uur 's avonds.

Derhalve liep hij 's zomers vaak in het eerste morgenlicht over de Zuidvliet, en 's avonds in de schemering over het Zandpad. En altijd als hij haar op die tochten tegenkwam, bloosde ze hevig, en hij ook. Geen woord werd er ooit gezegd. Wel wisselden ze na enige jaren soms terloops een voorzichtige glimlach.

En nu, nu ze daar – toevallig? Met opzet? Per ongeluk? – over die kinderhoofdjes schreed, glimlachte ze voluit naar hem, alsof ze wist dat het geen consequenties kon hebben, nu hij die dag, ter wille van twee ter verse haringvaart gedestineerde buizen, in de echt was verbonden met een reusachtig vrouwmens dat eruitzag als een bovenlander.

'Zo,' klonk naast hem een stem, 'wie mag dat wel zijn?'

'Anna Kortsweyl,' zei hij.

'Ze komt me bekend voor.'

'Allicht, want als we naar jouw oom gingen kwamen we altijd langs de Taanweide, waar zij tussen de andere boetsters zat.'

Thade wuifde naar het meisje, en het meisje wuifde brutaal terug. Hij zei: 'Zo, zo, dus naar haar ging je hart uit.'

Overmand door heftige emoties kon hij geen woord uitbrengen.

'Waarom...?' vroeg Thade.

'Mijn moeder heeft mijn vader op zijn sterfbed een belofte gedaan. Maar ook zonder die belofte zou ik... zouden Anna en ik nooit...'

'En daarom sta je hier nu te treuren als Jakob toen hij ontdekte dat hij Lea had gekregen in plaats van Rachel? Kom kom, kop op, zorg dat je je prikken levend houdt, je had het slechter kunnen treffen dan met deze doemwaardige Diderica.'

'Ze is zo wanstaltig groot.'

'Toch niet zoveel groter dan jouw Anna.'

'Ze is... ik stond vlak naast haar in de kerk... ze ruikt niet lekker.'

'Ach, kom, niets hier ruikt lekker. Alles hier stinkt naar taan en labberdaan. Ga met Diderica naar Maasland. Vlij haar neer in de berm van het jaagpad van de Duifpolder als het fluitenkruid bloeit, en je zult eens zien hoe lekker ze gaat ruiken.'

'Ik spreek je nog wel als ze jou in de huwelijksfuik duwen.'

'Voor die tijd ben ik hier al lang weg. Je denkt toch niet dat ik, met mijn hang naar een lichtvaardige conduite, mijn leven wil slijten in dit gruwelijke stinkdorp waar lieden die hun eer en goede naam hebben verloren, voorgoed met de uiterste minachting worden bejegend.'

'Elders zal dat ongetwijfeld niet anders zijn.'

'Zo dat al waar is, wie kent je gat in een vreemde stad?'

'Blijf toch hier. Straks heb ik vier schepen in de vaart, dan ben ik zowaar een grote reder en heb ik een rekenmeester nodig.'

'Rekenmeester? Niemand kan beter cijferen dan jij. Toen ik nog tobde met de gebrokens, kon jij er al mee rekenen. Ik wil de grote wereld in.'

Over de kinderhoofdjes kwam Anna Kortsweyl weer aanlopen, maar ditmaal niet alleen. Ze werd vergezeld door de omtoor van *De Duizent Vreesen*.

'Dat ziet er tamelijk serieus uit,' zei Thade.

Roemer zei niets, keek alleen maar, verbaasde zich alleen maar dat het dwars door zijn ziel sneed. Nota bene de omtoor van een van hun eigen schepen. Ik schop hem van de beug af, was zijn eerste gedachte. Toen dacht hij: nee, daarmee benadeel ik Anna, ik moet hem juist koesteren. Als hij een goede kracht is, kan ik hem al jong schipper maken. Op de beug te zoute naar IJsland. Is hij de hele zomer uit de weg. Valt hij daar misschien zelfs overboord of lijdt schipbreuk bij Hitland.

Meester Spanjaard voegde zich bij hen, staarde naar de omtoor en diens meisje in de Goudsteen, rijmde: 'Ach, kijk nou toch, dat staat mij weinig aan, zo'n liefelijk hoentje naast zo'n stuurse haan.'

In het halfduister van de grote slaapkamer aan de voorzijde van het huis aan de Veerstraat maakte veel later op de avond de bruid aanstalten zich te ontkleden. Maar eerst legde ze haar psalmboek met zilveren klampen op de commode.

'Dat is m'n pillegift,' zei ze, 'dat heb ik altijd bij me.' Even omklemde ze het psalmboek, ze sloot haar ogen, prevelde iets wat kennelijk voor de Algenoegzame bedoeld was, en fluisterde toen: 'Onze moeders hebben ons, ook al wensten we dit beiden geenszins, tot elkaar veroordeeld.'

'Ja,' zei hij stug.

'Laten we desondanks samen proberen er het beste van te maken.'

'Ja,' zei hij weer.

'Jij mag blijven wonen waar je altijd gewoond hebt, ik zelfs dat niet. Niets hier is van mij, daarom hoop ik dat je het goed vindt dat ik hier mijn pillegift heb neergelegd. Zo meteen lig ik in een wildvreemd bed, naast een wildvreemde man in een wildvreemd huis. Alsjeblieft, ontzie mij.'

'Als ik jou daarmee streel, wil ik best boven op zolder in mijn eigen bed gaan slapen.'

'O, dat zou... dan kan ik in dit bed hier alleen wennen... o, dat zou...'

Zonder enig gerucht te maken sloop hij naar zijn eigen ledikant. Zo kon het toch altijd blijven? Dan was het enige verschil met vroeger dat er drie vrouwen in huis waren die maaltijden klaarmaakten en schrobden en poetsten en boenden en wasten en streken.

Zoals hem reeds zo vaak was overkomen, lag hij de hele nacht wakker, ernaar smachtend althans een enkel uurtje te mogen insluimeren. Hij wist dat hij in het holst van de nacht, zo rond een uur of drie, als hij nog altijd niet sliep, zou afdalen in de catacomben der ellende. Hij dacht aan de preek van dominee Hoffman. Adam en Eva in het paradijs. De zondeval. Gegeten van de vruchten van de boom der kennis van goed en kwaad. Maar als van zo'n boom de vrucht afviel, zoals vruchten immer na enige tijd afvallen, en er kwam een geit langs die de vrucht meenam en hem verderop onder een andere boom weer uit zijn bek liet vallen, zoals geiten zo vaak doen, en Eva zou hem nietsvermoedend hebben opgeraapt met de gedachte: deze vrucht is hier afgevallen, zou er dan, had ze er een hap van genomen, ook sprake zijn geweest van de zondeval? En als de geit, mits deze klein was, de vrucht nu eens zou hebben ingeslikt, en Adam had die vlak daarna geslacht en de maag, met de halfverteerde peer of appel er nog in, verorberd, was er dan sprake geweest van de zondeval? Toen prevelde hij opeens, recht overeind komend in zijn bed: 'Welk doel diende het in vredesnaam om zo'n boom in het paradijs te plaatsen? Was het, gelet op die duivelse dilemma's, nu wel zo verstandig van de Algenoegzame om in het paradijs een boom neer te zetten waar je niet van mocht eten?' Waartoe, waarom zo'n boom neergezet? Wat je deed moest er toch op gericht zijn 's mensen welzijn te bevorderen? Met zo'n boom vergrootte je dat beslist niet. Welbeschouwd viel in alle redelijkheid niet te billijken dat de Algenoegzame die boom in de hof van Eden had geplant. Eva's misstap werd voorafgegaan door een dubieuze aanplant, die het vergrijp had uitgelokt.

Onbekwaam

Ook de tweede nacht probeerde hij in zijn krakende ledikant de slaap te vatten. En de derde nacht, en de vierde nacht. Waarna het reeds volstrekt vanzelfsprekend was geworden dat hij 's avonds, nadat overal in huis de kaarsen waren uitgeblazen, met zijn flakkerende blaker de zoldertrap besteeg. Waarschijnlijk zou zijn moeder, had zij er die eerste dagen lucht van gekregen dat hij niet in de echtelijke bedstede sliep, hen beiden ertoe overgehaald hebben deze zo achteloos getroffen regeling weer ongedaan te maken. Als jong meisje was de moeder van Roemer echter ook uitgehuwelijkt ter wille van twee buizen. Haar eerste weken op de Veerstraat had zij indertijd zo geleden onder haar schoonmoeder dat het haar nu beter leek als zij zich tijdens de wittebroodsweken op de achtergrond hield. Daarom was ze bij haar zuster gaan logeren. Toen ze na een maand terugkwam en Marije haar 's morgens vroeg in de keuken fluisterend vertelde dat Roemer en Diderica niet bij elkaar sliepen, zei ze: 'Ach, die arme schapen. Ik begrijp best dat 't allemaal wennen moet. Ik heb precies hetzelfde meegemaakt. Maar 't mag niet te lang voortduren. Er dient liefde te ontluiken. En mocht dat niet 't geval zijn, dan moeten zij desondanks samen slapen. Hoe langer 't zo blijft, hoe meer 't gewoonte wordt, en hoe moeilijker 't wordt om 't ongedaan te maken.'

Nog diezelfde dag zei ze tegen Roemer: 'Van Marije hoorde ik dat je 's nachts nog steeds in je eigen bed slaapt. Wordt 't niet eens tijd om daar verandering in te brengen?'

'Nee,' zei hij stug.

'Jawel,' zei ze, 'zo kan 't niet blijven. Straks moet er toch een opvolger zijn. Slaap je niet bij elkaar, dan ontluikt er geen liefde en komt er van de vleselijke conversatie weinig terecht, en waar blijven dan mijn bloedjes, mijn lieve kleinkindertjes? Wanneer zal ik dan ooit de kaneelstok roeren?'

De moeder van Roemer sprak ook haar schoondochter toe. Tact, zelfs fijngevoeligheid kon haar, ook al leek ze op het eerste gezicht een haaibaai, niet ontzegd worden. Als gevolg van haar geduldige overredingskunst lagen Roemer en Diderica op een winteravond naakt en bevend naast elkaar in de enorme bedstede, die ook al als echtelijke sponde had gediend voor de vader en moeder van Roemer. Pas toen werd Roemer, nu haar kleding geen barrière meer opwierp, eerst goed gewaar welke geur opsteeg uit die schaamstreek, waar hij amper naar had durven kijken. Het was een geur die hem zeer vertrouwd bleek. Hoewel Diderica's luchtje die zoveel sterkere geur maar licht leek te toucheren, werd hij er toch, net als jaren her, toen dat verschaalde aroma vooral 's morgens vroeg vaak onverhoeds langs zijn gortlepel streek, weer onpasselijk van.

Verstijfd lag hij naast haar, voorzichtig tastte hij naar zijn lid. Hij dacht terug aan de huisjesslakken die hij, nog maar een peuter, zo vaak nieuwsgierig had opgeraapt. Zo'n slak had zich altijd, als hij hem oppakte, razendsnel teruggetrokken in zijn huisje. 'Slakje, slakje in mijn knuisje, kom eens ijlings uit je huisje,' fleemde hij dan, en de slak kwam dan soms tevoorschijn, waarbij vaak op de kop twee geheimzinnige steeltjes werden uitgestulpt. Haast onvindbaar had zijn lid zich als zo'n bevreesde huisjesslak teruggetrokken in de plooi tussen beide teelballen. Terwijl hij zich, tastend naar dat verschrompelde lid, enigszins oprichtte, golfde de misselijkheid door hem heen. Daar was onmiskenbaar die wanstaltige walm, die verpletterende, verwoestende stank van de bedorven heilbot, die geur die zoveel minder sterk was dan de alomtegenwoordige taanlucht, maar er toch met soeverein gemak bovenuit leek te stijgen.

Zou ik onbekwaam zijn, dacht hij opgelucht en angstig tegelijk.

Hij bleef een poosje stilliggen tot de misselijkheid wegebde, voelde toen een onweerstaanbare aandrang om een blik te werpen op zijn geslacht. Hij ging het bed uit, greep de blaker die op de commode stond, liep naar het raam en tuurde aandachtig naar zijn lid in het flakkerende kaarslicht. Nog nooit was dat lid zo nietig geweest. Hij zag alleen maar wat gerimpelde plooitjes, daar waar gewoonlijk de voorhuid glansde. Hij dacht aan wat er in het eerste vers van Deuteronomium 23 stond: 'Die door plettering verwond of uitgesneden is aan de mannelijkheid, zal in de vergadering des Heeren niet komen.' Was je al zo zwaar bezocht, mocht je bovendien niet ter kerke. Of was het wellicht juist een zegen als je niet meer ter kerke mocht?

'Wat doe je?' vroeg Diderica.

'Ik kijk of hij er nog aan zit,' zei hij, 'het is net alsof hij weg is. Straks kan ik mijn water niet meer afslaan.'

Ook zij verliet het bed. Om haar grote, stevige, vlezige lichaam drapeerde ze een omslagdoek. Ze kwam naderbij, wierp een blik op zijn geslacht, giechelde toen zacht, zei: 'Hoe moet dat nou?'

'Ik weet het niet,' zei hij, 'ik geloof niet dat wij voor elkaar bestemd zijn.'

'Wat een uilskuikens om ons samen te voegen.'

'Twee hoekers en twee buizen in de vaart, maar mijn mannelijkheid is zoek.'

Had Roemers moeder hun beider verlegen, maar ook schampere giechellachje gehoord, dan zou ze waarschijnlijk abusievelijk hebben gedacht dat er een doopfeest in het verschiet lag, waarbij zij als de eerste de kaneelstok zou mogen roeren.

Zo'n schamper giechellachje teelt doorgaans wrok. Zo verging het ook Diderica. Naarmate bij haar het besef sterker werd dat ze, als er niet grondig iets veranderde, nooit moeder zou worden, werd haar wrok groter. Ze klaagde erover tegen haar eigen moeder, de weduwe Croockewerff, en die weduwe belegde een conclaaf met de weduwe Stroombreker. Waarna moeder en zoon zich opnieuw met elkaar onderhielden. Maar als Roemer weer naast haar lag en haar o zo vluchtige, maar onmiskenbare heilbotaroma rook, gedroeg zijn lid zich onveranderlijk als de huisjesslakken die hij als kind zo vaak had opgeraapt.

Omdat hij evenwel een gezonde Hollandse jongen was, dus nieuwsgierig naar hoe het zou zijn om vleselijke conversatie te voeren, werd bij hem de wrok ook groter. 's Morgens vroeg werd hij vaak in de echtelijke bedstede wakker met een stijf lid, dat stug overeind bleef staan totdat hij zijn volle blaas had geledigd.

Zou hij haar, daar listig gebruik van makend, dan misschien 's morgens vroeg, reeds voor hij zijn water had afgeslagen, kunnen bekennen? Het leek een vorstelijke list om zijn onbekwaamheid te slim af te zijn. Toen ze echter op een vroege zomermorgen in alle vroegte weer bevend en verstijfd naast elkaar lagen en hij voorzichtig aanstalten maakte om zijn mannelijkheid in haar schede te bergen terwijl hij zich over haar massieve gestalte heen boog, weken haar schaamlippen even vaneen en ontvlood licht borrelend een veest haar vagina en rook hij opeens zo sterk dat verbijsterende luchtje van de bedorven heilbot dat z'n stijve lid, nu toch dichter bij haar schede dan ooit, ogenblikkelijk ineenschrompelde tot een slap, gerimpeld tuitje.

'Het gaat niet,' mompelde hij, 'echt, het spijt me, het gaat niet.'

Weer klonk dat schampere, nerveuze giechellachje, maar dat werd gevolgd door een stortvloed van tranen en het leek hem of zelfs elke traan afzonderlijk dat verschaalde heilbotaroma verspreidde.

Hij stond op, liep de kamer uit en mompelde zo zacht dat hij zichzelf niet horen kon: 'Daar ga ik nooit meer naar binnen, voortaan ga ik weer op zolder slapen.'

IJsland

Op een zonnige zondagmorgen in 1756, een paar dagen voordat zijn twee hoekers de sint-jansharing aan wal zouden brengen, kreeg hij onder aan de Breede Trappen van een passerende kerkvoogd te horen dat de morgendienst in de Groote Kerk niet door dominee Daniël van Sprang geleid zou worden, maar door de inmiddels al tamelijk bejaarde dominee Hoffman. Hoewel hij wist dat het de kerkmeesters zou opvallen als hij ontbrak in de hoge, uitsluitend voor reders gereserveerde bank, kon hij er, toen hij op weg naar de kerk de Breede Trappen had bestegen, domweg niet toe komen naar de Schans te schrijden. Het was alsof hij die bloedvlonderpreek weer hoorde bij zijn huwelijksbevestiging. Natuurlijk, hij had sindsdien vaak onder Hoffmans gehoor verkeerd, hem steevast met de grootst mogelijke tegenzin beluisterend, maar ditmaal had hij zich ingesteld op Van Sprangs verkondiging. Aangezien die herder eerst sinds 1754 in Maassluis stond, waren zijn preken vooralsnog minder voorspelbaar dan die van Hoffman. Bovendien doemden er nooit bloedvlonders en bloedbruggen in op.

Eenmaal de Breede Trappen bestegen, sloeg hij af naar links, de Hoogstraat in. Hij liep de Zuiddijk uit. Het water van de Zuidgeer rimpelde stevig, ofschoon het windstil leek. Misschien dat er vlak boven het water een plaatselijk briesje woei. Bij de korenmolen zette hij de pas erin. Het deed hem goed zo snel te wandelen. Het was alsof hij alle opgehoopte ongenoegens onder zijn krachtig voortstappende voeten voelde wegebben. Hij was nu zesentwintig jaar oud, maar toch leek het hem alsof hij bij de bejaarden hoorde. Hij had nooit kunnen bevroeden dat zo'n afgedwongen huwelijk, ondanks het feit dat Diderica Croockewerff, haar onheilspellende naam ten spijt, zich had ontpopt als een goedgeluimde, welbespraakte, vrolijke vrouw, zo'n enorme belasting zou betekenen.

Of vormde, nog afgezien van zijn onbekwaamheid, niet zozeer het huwelijk de belasting, als wel datgene wat eruit was voortgevloeid: vier schepen in de vaart? Om die hoekers en buizen bekommerde hij zich voortdurend. Bestendig vreesde hij, als ze niet veilig in de Kulk lagen, dat ze bij IJsland, bij Hitland of zelfs dichter bij huis, op de Doggersbank, zouden vergaan. Ook bestond de mogelijkheid dat zijn schepen door Denen opgebracht of door zeeschuimers gekaapt zouden worden. Nog onlangs was *De Duizent Vreesen* aan kaping ontkomen door, bij holle zee, recht op de kaper af te koersen, alsof de hoeker hem wilde overvaren, waarop de kaper warempel afhield.

Zeker, zijn vier hulkjes waren duur verzekerd, maar wat schoot je op met een som geld als een van je hoekers of buizen was vergaan? Daarmee kocht je de bemanning van je schepen niet terug. En kocht je derhalve ook niet af dat de nabestaanden, als je ze op straat onverhoeds tegen het lijf liep, je aankeken alsof jij bij IJsland eigenhandig het schip op de rotsen had gesmeten. Niet dat hij daarmee reeds ervaring had opgedaan, maar van de reders met wie hij samen het College van Visscherij vormde, had hij vaak genoeg vernomen dat nabestaanden het de reders hun leven lang nadroegen als een buis of hoeker nimmer was teruggekomen. Daarom had hij ook die nacht, nu zijn buizen en hoekers allemaal buitengaats verkeerden, weer bedroevend slecht geslapen.

Maar nu was het prachtig weer. Geen wolkje aan de lucht. Buitengaats ongetwijfeld, misschien zelfs tot IJsland toe, een kalme zomerzee. En binnenkort het grote moment waarop de sint-jansharing zou worden aangevoerd.

Van zijn vier schepen was alleen *De Duizent Vreesen* ver van huis. Op 15 april was hij uitgevaren naar IJsland. Tien tot twintig weken zou hij wegblijven. Op z'n laatst zou hij half oktober terugkeren, maar waarschijnlijk eerder, misschien zelfs begin augustus. Vaak had hij er bij de schipper van *De Duizent Vreesen*, die indertijd, toen nog inbakker, had geholpen de reuzenheilbot naar binnen te dragen, op aangedrongen 'ter versche' te varen. Dan was zo'n schip slechts acht tot tien dagen op zee. Dan werden de kostelijke kabeljauwen levend in de beun aangevoerd. Maar de voltallige bemanning van *De Duizent Vreesen* wilde, zo zei de schipper keer op keer, niets liever dan 'te zoute' op IJsland aanhouden. Daar immers zwommen onder de kust kabeljauwen die zo groot waren dat ze Jona welhaast in hun maag hadden kunnen herbergen. Ach, hij wist donders goed dat het zijn scheepsvolk niet in de eerste plaats begonnen was om die kabeljauwen, maar om de ruilhandel met de IJslanders. Stiekem nam elk bemanningslid tabak, thee, wijn, brandewijn en jenever mee. Al die rookwaren en 'gedistelleerde wateren' werden geruild tegen de wollen sokken en wollen wanten en wollen truien die de ijverige IJslanders in de donkere wintermaanden bij walvisvetkaarslicht hadden gebreid van donkerbruine schaapswol. En die wollen sokken, wanten en truien werden door de bemanningsleden ondershands in Maassluis verhandeld. In het College van Visscherij werd er keer op keer over gemopperd. Welke maatregelen toch te treffen om deze sluikhandel tegen te gaan?

'Laat ze,' had hij onlangs bij een vergadering gezegd, 'misgun ze die extra verdiensten toch niet.'

'Het gaat ten koste van de visserij. En wij worden er niets wijzer van,' had Lambregt Schelvisvanger gezegd.

'Het animeert onze mensen om naar IJsland te varen. Anders zouden ze daar niet graag heen gaan, en zouden wij die enorme labberdanen mislopen die uitsluitend daar, ons ten behoeve, onder de kust diverteren.'

'Elk paar wollen sokken scheelt ons minstens een half dozijn labberdanen.'

'Geloof ik niks van.'

'Zowat iedereen hier in 't dorp loopt op IJslandse sokken. Je kunt zelfs van tevoren opgeven hoe je je sokken wilt hebben. Effen, of met een werkje dan wel met klinken erin.'

'Ja,' had reder Klinge gezegd, 'en zowat iedereen hier wil graag een werkje erin. Of witte of heldergele klinken. Hoe kleuriger, hoe mooier. Ons scheepsvolk heeft er een schone negotie aan, doch wij moeten die handel maar aanzien! Ik ben er ook voor hier paal en perk aan te stellen.'

'Hoe wou je dat doen?' had Roemer gevraagd.

'Vlak voor de afvaart alle kooien laten onderzoeken.'

'Krijg je scheve gezichten. En verstoppen ze hun tabak en brandewijn een volgende keer ergens anders.'

'Nog zo jong, en dan bereids zo laks. Wat moet dat worden?' had een oudere reder uitgeroepen.

'Laten we de IJslandse sokken aanhouden tot de volgende vergadering,' had de voorzitter gezegd, 'urgenter lijkt mij op dit moment het onderhoud der vuurbakens bij de uitgang van de haven. Na Sint-Jan gaan de dagen weer korten, en eerder dan je lief is moeten de vuurbakens weer ontstoken worden.'

Op die zonnige zondagmorgen liep hij zelf ook op IJslandse sokken. Verrukkelijk warme, effen donkergrijze sokken. Marije had ze ondershands voor hem gekocht van, nota bene, het bemanningslid van *De Duizent Vreesen* dat nu al een paar jaar met Anna Kortsweyl getrouwd was. Over die echtgenoot van Anna, Grubbelt Heldenwier, had hij van de schipper van *De Duizent Vreesen* helaas nooit een kwaad woord gehoord.

Vaak was hem overkomen dat hij aan iemand dacht en die persoon op de volgende straathoek tegenkwam, maar desondanks was hij er niet op voorbereid dat Anna vanuit de Sluyspolder, over het pad langs de Boonervliet, op de Zuiddijk toe kwam lopen. Hij zag wel dat er in de diepte langs het blinkende water een vrouw liep, maar pas toen ze kordaat de dijk beklom, besefte hij wie daar zo onvervaard omhoogkwam. Hij bleef staan. Hij wachtte tot haar knijpmutsje boven het lange gras verrees. Toen zei hij: 'Anna.'

Ze schrok. Ze rees niet verder.

Hij vroeg: 'Je bent toch niet bang voor mij?'

Hij liep op haar toe. Licht voorovergebogen hield ze zich op de akelig steile helling tussen de grashalmen in evenwicht. 'Kom,' zei hij, 'geef me je hand, dan trek ik je omhoog.'

Ze aarzelde even, strekte toen haar hand naar hem uit. Hij trok haar uit het lange gras de dijk op. En toen rook hij haar weer, het was precies dezelfde geur die hij indertijd geroken had in dat smalle gangetje, die geur die hem toen reeds het hoofd op hol had gebracht.

'O, Anna,' stamelde hij.

Bijna verontwaardigd keek het meisje hem strak aan. Eerst nog alsof ze zich ergerde aan zijn gulzige blik, maar allengs vol zachte verwondering en ten slotte zelfs bijna zegevierend.

'Waar was je op weg naartoe?' vroeg hij.

'Naar huis.'
'Wacht daar iemand op je?'
'Nee.'
'Heb je soms zin om met mij de dijk uit te wandelen? Het is zulk prachtig weer.'
'Goed,' zei ze.
Vlak naast elkaar liepen ze over het smalle dijkpad. Voorbij de Boonersluys werd het pad nog smaller. En oneffen. Maar het deerde hem niet, en haar blijkbaar evenmin. Ze schreed naast hem voort over het smalle pad alsof ze van plan was zomaar met hem naar Vlaardingen te lopen, of naar Schiedam of zelfs Rotterdam, of verder nog, de hele wijde wereld door.
Er was op die zondoorstoofde dijk geen mens te zien. Op het Maassluise diep voeren geen schepen. Alom hevige zondagsrust. Alleen de leeuweriken lieten zich horen, stegen onophoudelijk jubelend ten hemel, om vervolgens weer zacht napruttelend te dalen in het lange gras.
'Ik wou maar,' zei ze opeens, 'dat m'n man ter versche voer. Dan was hij niet zo lang weg. Ik kan er slecht tegen zo lang alleen te zijn.'
'Hoor ik goed dat je mij vraagt of ik hem misschien wil overplaatsen op een van de andere schepen?'
'Dat zou mooi zijn, maar hij wil zelf niet, hij vaart graag op IJsland.'
'Vanwege de sluikhandel?'
'Ja.'
'In het College van Visscherij willen ze daar een eind aan maken.'
'Zou stom zijn.'
'Dat denk ik ook. Het neemt misschien wat tijd die ten koste gaat van de visserij, maar de voordelen ervan wegen ruimschoots op tegen de nadelen.'
'Zonder die handel zou 't voor de vissers wel akelig schraal zijn. Als ze 't alleen van hun schamel aandeel in de besommingen moesten hebben...'
'Dus maar niet overplaatsen?'
'Ik weet het niet. Zo lang alleen... het valt me zwaar. Het zou

misschien anders zijn als ik een kind had, maar blijkbaar heeft God m'n schoot toegesloten.'

'Kom kom, je bent nog maar een paar jaar getrouwd. Je kunt nog baren tot je erbij neervalt.'

'Wie weet,' zuchtte ze.

'Wij hebben ook geen kinderen,' zei hij, 'en ik ben bang dat ze ook nooit zullen komen.'

Ze zei daar niets op, ze schreed maar voort, meestal niet eens op het pad, maar er vlak naast, in het lange gras. Steeds hield ze daarom haar rok omhooggetild. Hij riep: 'Kijk nou toch, jij draagt ook IJslandse sokken.'

'Wie niet in Maassluis?'

'Dominee Hoffman.'

'Die griezel!'

'Hoe ken je die? Ik zie je nooit in de kerk.'

'Hij heeft ons getrouwd. Beuzelde over een bloedvlonder die de bloedbruidegom gesmeed en gebreeuwd zou hebben op Golgotha.'

'Allemachtig, hij heeft bij jullie huwelijksbevestiging dezelfde preek gehouden als bij onze huwelijksbevestiging! Maar waarom zie ik je nooit in de kerk?'

'Wat hebben wij arme sloebers daar te zoeken?'

'Genoeg arme sloebers die wel ter kerke gaan.'

'Mijn moeder was er fel op tegen dat we naar de kerk gingen. Zelf kan 't me niet bommen. Maar...'

'Toch jammer. Was je wel gegaan, had ik je elke zondag kunnen zien. Nu moest ik steeds die Taanweide langs. En dat durfde ik al snel ook niet meer, omdat jij dan door de andere nettenboetsters werd getreiterd.'

Ze antwoordde niet, keek hem alleen maar even, schuw van opzij, innig bedroefd aan. Hij stak zijn hand naar haar uit, ze keek van hem weg, zuchtte diep, duwde toen nogal onhandig haar knijpmutsje tegen zijn schouder. Daardoor verloren ze het evenwicht, ze gleden onverhoeds de dijkhelling af, kwamen eerst tot stilstand tegen een broos wilgje dat halverwege de helling tussen de ijle dravik en de vossenstaarten oprees. Verzwolgen door het lange gras lagen ze daar, vlak naast elkaar, en vanaf de dijk al niet meer zichtbaar, omdat de halmen zo duizelingwekkend hoog stonden. Hij drukte haar tegen zich aan, ze rees half op uit het hoge gras, het knijpmutsje raakte los, de rode krullen tuimelden langs haar brede gezicht. Hij hoorde een krakernaatje schel tekeergaan. Het was alsof het waarschuwde.

Toen klonk weer die jubel van de opstijgende leeuwerik, en, alsof 't vanzelf sprak, nam hij dat brede gezicht, dat zo luisterrijk werd omlijst door die stortvloed van rode krullen, tussen zijn handen, en kuste haar toen voluit op haar mond. Het verbaasde hem dat al die handelingen zo volstrekt vanzelfsprekend op zijn programma bleken te staan, terwijl hij toch, in het echtelijke ledikant, nog nimmer met Diderica ook maar iets had ondernomen wat leek op wat nu vanzelfsprekend uit hem opwelde, en door de wederpartij zo adequaat werd gepareerd. Hij streelde en kuste, en zij streelde en kuste, en de zon scheen uitbundig op hen neer, en hij hoorde het suizelen van de wind tussen de stengels van vossenstaart en ijle dravik en zwarte zegge, en het leek net alsof hij dronken was, beneveld was, en er nauwelijks nog weet van had wat hij deed. Zijn slakkenlid drukte onbarmhartig tegen de stugge stof van zijn broek. Hij merkte dat ze, eenmaal voorbij strelen en kussen, duidelijk meer ervaring had dan hij, en daarom liet hij haar begaan. Even schrok hij nog terug toen ze zijn lid, nadat ze haar lange rok had opgeschort, uit zijn broek tevoorschijn toverde en plompverloren bij haar inbracht. Ze lag boven op hem, en bewoog net zo lang heen en weer tot hij al zijn zaad aan haar had afgestaan.

Toen lagen ze een poosje stil naast elkaar. Ten slotte zei ze: 'Dat komt er nou van als je zo lang alleen toeft. Dan pak je van armoe maar een andere man.'

'Heb je dat al eerder gedaan?'

'Nee, maar wel vaak gedacht.'

'Toch maar mee oppassen. Suspicie van vleselijke conversatie, en je bent al haast strafbaar.'

'Wij wel ja. Ben je reder, dan wordt zo'n misstap algauw composibel verklaard.'

'Dat je zulke termen kent!'

'Denk niet dat ik dom ben, of weinig weet omdat ik achter uit de Sandelijnstraat kom, en nu in het armzalige Lijndraaiersslop woon.'

'Misschien moeten we maar weer eens terug gaan lopen.'

'Nee, grote meneer, jij blijft hier nog een poosje liggen, ik loop terug. Tot nu toe heeft niemand ons samen gezien, maar we mogen er niet op rekenen dat dat zo blijft. Dus is 't beter dat ik alleen terugga, en jij straks pas volgt.'

Hij bleef liggen tussen de pijpenstrootjes, het tandjesgras en de hazenstaartjes. Zijn buizen en hoekers waren buitengaats, maar het deerde hem niet. Hij was los, vrij, had geen zorgen, voelde zich loom en vredig. Hij voelde hoe de slaap, waar hij die nacht nog zo wanhopig naar verlangd had, zich nu met milde barmhartigheid over hem ontfermde, hij droomde dat hij tussen lange grashalmen lag en zich met Anna diverteerde, hij werd weer wakker, en wist toen niet zeker meer of er sprake was geweest van vleselijke conversatie of dat hij dat alleen maar gedroomd had. Waren de geknakte halmen rondom de plek waar hij lag door Anna gekneusd of door hemzelf? Het viel niet uit te maken. Toen hij traag opstond, en duizelig heen en weer zwaaide op de dijkhelling, was hij er al haast zeker van dat hij daar al die tijd alleen had gelegen. Het kon toch niet waar zijn dat hij zich had vergrepen aan de vrouw van een van zijn ondergeschikten?

De vorst der orgelspelers

Twee maanden later zat hij op de Veerstraat in zijn comptoirkamertje ijverig te rekenen. Van de laatste buis die met zo'n reusachtige vangst in de Kulk was binnengevallen dat de haring ongezonderd was gebleven, bedroeg de besomming net geen zesduizend gulden. De uitgaven aan netten bedroegen achttienhonderd gulden. Vierhonderd gulden had hij uitgegeven aan touw- en timmerwerk. En ongeveer evenveel aan de kuiptonnen, waarbij nog een post van vijftig gulden kwam voor het opkuipen. Het peperdure, maar voortreffelijke Sint-Ubeszout, dat uit Setúbal kwam, had hem ruim driehonderdvijftig gulden gekost. Voor de proviandering had hij zevenhonderd gulden uitgegeven. Hij had zeventienhonderd gulden loon uitbetaald. Waarbij hij elk der bemanningsleden een voering had gegeven van een kwart ton van de ongezonderde haring. Hij begrootte de afschrijving op tweehonderd gulden. De andere kosten, inclusief de hoge verzekeringspremie, kwamen toch algauw op duizend gulden. Tegenover een totaalbedrag aan uitgaven van achtenzestighonderd gulden stond dus een inkomen van zesduizend gulden. Met andere woorden: hij had een verlies geleden van achthonderd gulden. Zou het beter zijn uitgepakt als de vangst wat minder groot was geweest, en de haring gescheiden in vollen, maatjes en ijle haring reeds op zee in de kuiptonnen terecht was gekomen? Maar de besommingen van de andere buizen, die die zomer met grote vangsten Jacobi-haring waren binnengevallen, bedroegen ook allemaal zo om en nabij zesduizend gulden. Misschien dat de verliezen nog goedgemaakt konden worden met de Bartholomei-haring, die in de laatste week van augustus en de eerste twee weken van september werd opgehaald, of met de kruisharing, die na 14 september gevangen kon worden.

Niettemin was hem duidelijk dat er flink bezuinigd moest worden. Maar waarop moest hij bekrimpen? Behalve het overigens reeds van oudsher peperdure zout bleven de prijzen van al zijn andere benodigdheden maar stijgen. Zelf stoutmoedig met een buis zout procureren in Portugal? Hij wist dat Vlaardingse reders gezamenlijk een koopvaardijhoeker in de vaart hadden gebracht die grove en fijne pekel rechtstreeks vanaf de zoutbanken van Setúbal naar Holland transporteerde. Op de heenreis nam de hoeker een cargasoen gedroogde labberdaan mee om de kosten enigszins in de hand te houden.

De grootste uitgavenpost bleef natuurlijk de verrendeels. Maar viel er op het want te bezuinigen? Nettenboetsters verdienden twintig stuivers per dag. In het College van Visscherij was er al over gesproken om dat bedrag te verminderen, maar hij had zich daartegen gekeerd. Dan zou zijn Anna met nog minder geld moeten rondkomen, terwijl ze hem in die droom op zondagmorgen de woorden 'schraal' en 'schamel' had toegevoegd.

Op de voordeur hoorde hij de klopper neerkomen. Hij tuurde naar de uitgavenposten. Hoe hij ook peinsde, hij zag geen mogelijkheden om zo substantieel te bezuinigen dat hij geen verliezen meer zou lijden.

Op de deur van zijn comptoirkamertje werd geklopt. 'Ja,' riep hij.

Marije opende de deur. 'Meester Spanjaard beneden voor u. Vraagt of u zin hebt om mee te gaan naar de Groote Kerk. Daar speelt straks een organist uit Groningen.'

Hij stond dadelijk op. Even eruit, even weg van die deprimerende berekeningen, dat zou reusachtig plezierig zijn, hoe bevredigend op zich, los van de minder prettige uitkomsten, al dat goochelen met getallen ook was. Hij daalde de trap af, begroette meester Spanjaard, die met zijn hoed in de hand in de hal stond te wachten.

'Ik ga graag mee,' zei hij.

Toen ze de Breede Trappen bestegen, vroeg hij: 'En? Nog berichten van Thade?'

'We kregen een brief uit Galle op Sylon. Hij schreef dat de kakkerlakken daar groter zijn dan de winterkoninkjes hier.'

'Dus 't gaat hem goed?'

'Wat ik ervan begrijp uit zijn brieven, floreert hij daar. Hij overweegt daar te blijven.'

'Maar hij wou toch naar Java?'

'Ja, maar Sylon heeft een prettiger klimaat. En juist daar schijnt vraag te zijn naar bestuursambtenaars.'

'Thade ambtenaar?'

'Ja, neemt hier de benen omdat 't zo'n duf waaigat is, om zich dan daar, aan de andere kant van de wereld, in een ander windnest op een schabeltje achter een comptoirtafeltje neer te vlijen. Uit het venster, als daar tenminste ramen zijn, kun je dan vlinders zo groot als collectezakjes voorbij zien wieken. Da's toch pure winst.'

'Misschien dat hij daar eens een blik wil werpen op de visserij. Wie weet of ze daar handigheidjes...'

'Thade en vis? Hij verfoeide de taan- en vislucht hier. Da's de voornaamste reden waarom hij ervandoor is gegaan.'

'Dan had hij toch niet verder weg hoeven gaan dan Schipluiden? Valt hier een hoeker binnen met bedorven zeeduivels, dan ruik je er bij de Likkebaartshoeve al niks meer van.'

'Mij deert de visstank niet. En waar elders vind je zo'n prachtig Garrels-orgel?'

'Het Garrels-orgel in Maasland is ook schitterend.'

'Zeker, maar wel een maatje kleiner. Over die Groninger, Jacob Wilhelm Lustig, roepen ze. In plaats van Lootens zal hij vanmiddag een uurtje spelen. Lootens is het me zelf komen melden.'

'Ik vind die Lootens niet zo veel beter dan Jaarsma.'

'Nee, spijtig is dat Jaarsma's opvolger, Joachim Hess, al zo snel weer weggegaan is. Toeft nu op de bank achter het beeldschone Moreau-orgel in Gouda. Wordt daar, zo hoorde ik van m'n broer, op handen gedragen.'

'Die Lootens blijft ook niet lang. Kan net zomin met de kerkmeesters opschieten als Hess.'

'Dat is me ook een stelletje stroeve stijfkoppen.'

Ze arriveerden bij de kerk. Het was even voor drie uur. Binnen leek het, dankzij de grauwe wolkenlucht buiten, alsof de avond reeds was gevallen. Ze liepen naar de bank van de reders.

'Mag ik daarin ook aanschuiven?' vroeg meester Spanjaard.

'Vast niet,' zei Roemer, 'onlangs nog was er grote beroering in het College van Visscherij omdat catechisanten na een dienst een poosje in de redersbanken hadden gezeten. Daarom zijn er nu gouden sloten op de bankdeurtjes gezet.'

Met een nieuw sleuteltje opende Roemer een deurtje naar een van de redersbanken.

'Kom erin,' zei hij tegen meester Spanjaard.

Reeds zag hij dat de kerkmeesters, die voorin op hun eigen banken troonden, zich naar elkaar vooroverbogen en, wijzend op de redersbank, fluisterend overlegden.

'Mij dunkt,' zei Roemer, 'dat vanavond de reders al weten dat meester Spanjaard in hun bank heeft vertoefd. Allicht dat zulks bij onze eerstvolgende vergadering een der poincten ter beraming zal blijken.'

'Kan ik dan niet beter elders gaan zitten?' vroeg meester Spanjaard.

'Ik zal ze op het hart drukken dat iemand van wie ik zo goed Frans heb geleerd en die mij komt halen om naar een organist uit Groningen te luisteren, gastvrij op een plaats in de redersbank onthaald moet kunnen worden. En als dat niet suffisant mocht zijn, zal ik ze erop wijzen dat gij een tweede vader voor mij zijt.'

Er klonk een akkoord.

'Hij gaat beginnen,' fluisterde meester Spanjaard.

Toen klonk, met een uitkomende stem op het bovenwerk, zodat het leek alsof dat geluid neerdaalde uit de hemel, een stukje muziek zoals Roemer nog nooit eerder gehoord had. Die uitkomende stem hief een klaagzang aan. Of was het niet zozeer een klaagzang, als wel een smeekbede, een ootmoedig verzoek om gehoor? En die eenzame stem werd begeleid door zware, diepe, geduldig voortschrijdende basnoten, terwijl er tussen die stem en de basnoten een beweeglijker derde stem voortijlde. Niets van wat Roemer ooit op orgel, dan wel op het klavecimbel in logement De Gouden Zon van Joan Georg Eijckentopf, dan wel op de instrumenten van voorname meesters had gehoord, kon zich meten met wat hij nu beluisterde. Nooit had hij kunnen bevroeden dat er zulke muziek bestond, muziek die zijn hele leven op z'n kop zette.

Toen het voorbij was, stootte meester Spanjaard hem aan. 'Zie je nou wel,' zei hij, 'dit is...'

Het tweede stuk ving aan. Dat was levendiger en daardoor ook frivoler. Zeker, ook dat was een openbaring, maar het kon niet in de schaduw staan van die smeekbede. En niets wat er in dat uur volgde, bleek daaraan te kunnen tippen.

Zodra het uurtje orgelspel voorbij was, zei hij tegen meester Spanjaard: 'Over dat eerste stuk wil ik meer weten.'

'We zoeken de organist op.'

'Misschien wil hij het nog een keer spelen als we hem wat stuivers toesteken.'

Lustig was reeds afgedaald in de kerk, praatte, staand onder de orgelgaanderij, na met hun eigen organist.

Roemer trad op hem toe, stelde zich voor, drukte de hand van de organist, zei toen: 'Van wie was dat eerste stuk?'

'Van een Duitser. Een koraalvoorspel. *Ich ruf zu dir, Herr Jesu Christ.*'

'Zoudt ge dat nog een keer willen spelen?'

'Hoe dat zo?'

'Nooit eerder heb ik zoiets aangrijpends gehoord.'

'Ja, het stamt van de hand van de vorst der orgelspelers, ene Johann Sebastian Bach. Onlangs schijnt hij, na een oogoperatie, in Leipzig overleden te zijn. Dankzij m'n contacten in Oost-Friesland heb ik een afschrift van dat koraalvoorspel weten te bemachtigen. Door heel Duitsland heen circuleren afschriften van de orgelwerken van deze grootvorst. Ik wou dat ik er nog wat meer bemachtigen kon, maar in Duitsland grissen de organisten ze gretig uit elkaars handen. Desnoods wil ik zelf wel kopiëren, maar zelfs als je een afschrift van een afschrift kopieert, moet je er al voor betalen.'

'Als u dat stuk nog een keer wilt spelen, kan ik u misschien wat kopieerhandgeld toestoppen.' Toen wendde hij zich tot Lootens. 'En u ook. Want doe mij een genoegen en kopieer, als dat mogelijk is, dit stuk. Mij zou er veel aan gelegen zijn als u het mettertijd weer eens voor mij spelen wilt.'

Even later klonk *Ich ruf zu dir, Herr Jesu Christ* nogmaals in de Groote Kerk van Maassluis. Nooit zou hij het vergeten. Voorafgaand aan het onthutsende nieuws dat hem even later zou worden toegefluisterd, was zijn leven voorgoed veranderd. Had de Algenoegzame hem daarop willen voorbereiden? Zelfs toen hij de Breede Trappen afdaalde naar de Veerstraat, schoten telkens opnieuw tranen in zijn ogen. Aan de andere zijde van de Monsterse sluis daalde ook meester Spanjaard de Breede Trappen af. Hij verdween in het Schoolslop.

Toen Roemer de voorlaatste trede had bereikt, ontwaarde hij een vrouw in het nauwe, reeds in schemerduister gehulde glop tussen de huizen aan de dijk en die van de Veerstraat. Blijkbaar had ze op hem staan wachten. Ze wenkte hem. Hij liep op haar toe. Ze begon te lopen, dieper het glop in. Hij volgde haar.

'Anna,' vroeg hij, 'wat schort eraan?'

Ze keek hem strak aan, fluisterde toen, terwijl ze angstig om zich heen keek: 'Ik moet van jou in de kraam.'

Hij stond daar, in dat enge, donkere glop, en het leek alsof de ootmoedige smeekbede die hij zo-even gehoord had, hem vooral hierop had willen voorbereiden. Dankzij die muziek kon hij deze verbijsterende tijding tamelijk rustig onder ogen zien, kon hij zelfs vrij kalm uitbrengen: 'Weet je dat zeker?'

'Ja, en m'n man is nog steeds niet terug.'

'O, maar die valt spoedig binnen.'

'Ik hoop het. Misschien valt dan nog te verbloemen...'

'Mettertijd zal ik je de kraamkosten vergoeden.'

'Eerst en vooral komt 't erop aan dat niemand merkt dat 't kind niet van hem is. Maar zelfs als hij morgen zou terugkomen, is 't kind al twee maanden onderweg. Het enige wat ik doen kan is, als het geboren wordt, keihard volhouden dat 't een zevenmaandskindje is.'

'Je schoot was toch toegesloten, zei je.'

'Dat dacht ik, ja, ik begrijp er niets van. Eén misstap in het gras...'

'Zou zijn zaad soms onvruchtbaar zijn?'

'Het zaad van een man? Onvruchtbaar? Wie heeft daar ooit van gehoord?'

'Als het kind er is, zal ik je elke week heimelijk vier zesthalven toestoppen.'

'Da's wel het minste.'

'Goed goed, ik zal je er vijf geven.'

‘Kunnen we er niet samen vandoor gaan?’

‘Waarheen?’

‘Weet ik niet. Ach, nee, dat kan natuurlijk niet. Ik wou maar dat *De Duizent Vreesen* al terug was.’

‘Is nu al vijftien weken weg. Ligt voor het eind van de maand in de Kulk.’

‘Wat moet ik in hemelsnaam beginnen als hij erachter komt dat ’t kind niet van hem is? Als ik straks baren moet, zullen ze me nog dwingen om de naam van de vader op te zweren. Want als ik dat niet doe, ontvalt me, zoals je weet, de hulp van de vroedvrouw.’

‘Mocht ’t zover komen, dan heb je permissie om mijn naam te noemen.’

‘Dan verliezen wij beiden onze eer.’

‘Als ik voor de schepenbank moet verschijnen, kan ik altijd de eed presenteren.’

‘Ja, jij wel, maar ik... als jij de eed presenteert, zal de schout jou in ’t gelijk stellen.’

‘En ben ik van alle blaam gezuiverd, en kan ik jou, wat er verder ook gebeurt, op alle mogelijke manieren helpen en bijstaan. Maar tien tegen een komt het zover niet. Jij krijgt je kind en iedereen denkt dat het door Grubbelt geteeld werd.’

‘Dan moet hij wel zowat morgen terug zijn.’

‘Nog nooit is *De Duizent Vreesen* pas in september teruggekomen. Voor eind augustus ligt hij in de Kulk.’

‘Daar bij dat ellendige IJsland kan hij wel vergaan zijn.’

‘Weinig waarschijnlijk, het was een mooie zomer.’

‘Of opgebracht naar Denemarken.’

‘Opgebracht? Welnee. In 1740 hebben die lamlendige Denen voor ’t laatst vijf hoekers opgebracht. Toen is daar veel over te doen geweest. Sindsdien zijn ze aanmerkelijk coulanter.’

‘Ik ben zo ongerust. ’s Nachts lig ik maar te woelen.’

Hij legde een hand op haar schouder, trok haar voorzichtig naar zich toe, drukte haar tegen zich aan, rook haar, zei zacht: ‘Anna, Anna.’

Hij neuriede die smeekbede. *Ich ruf zu dir, Herr Jesu Christ*. Ze keek hem aan, zich er duidelijk over verbazend dat hij onder deze omstandigheden nog in staat was een liedje te neuriën. Het beurde haar op, ze glimlachte warempel, zei toen: 'Een kindje van jou en mij, wie had dat ooit kunnen denken?'

'Straks, als ik na het eten uit de Schrift lees, zal ik Psalm 96 lezen. Moet jij straks thuis ook doen. "Dat de hemelen zich verblijden, en de aarde zich verheuge, dat de zee bruise met haar volheid. Dat het veld huppele van vreugde met al wat er in is, dat dan al de boomen des wouds juichen." '

'Hoe kan ik nou juichen als ik straks op stro moet baren?'

'Slaap je op stro? Heb je geen ledikant of bedstede, daar in het Lijndraaiersslop?'

'Nee.'

'Geen bedstede, dat is toch...'

'Wij zijn heus de enigen niet,' zei ze fel, 'bijna niemand in het Lijndraaiersslop of de Sandelijnstraat heeft een bed.'

'Ik zal er zorg voor dragen dat je tegen de tijd dat je baren moet over een bed beschikt. Of nee, ik zal er zo spoedig mogelijk voor zorgen.'

'Je kunt mij niet zomaar een bed laten bezorgen, dat zou wel erg opvallen en...'

'Ach, ik vind heus wel een weg om je zonder dat 't de aandacht trekt aan een ledikant te helpen.'

La Ville de Paris

Eind september 1765 vertrok hij op een zonnige herfstmorgen met de eerste trekschuit naar Den Haag. In het College van Gecommitteerden ter Visscherij had hij na de gebruikelijke beraming der poincten – het waren altijd maar weer de vuurbakens, het onderhoud van het prikkengat, de zorg voor de beschoeiingen en de kaden, de afbakening van het Sluyse diep met boeien, het uitdiepen van de haven met de krabbelaar, en onderhoud en exploitatie van de taanderij die de aandacht vroegen – een stoutmoedig voorstel gepresenteerd.

'Reeds vele jaren,' zo hield hij de acht reders en twee boekhouders voor die samen met hem het College vormden, 'worden er beduidende verliezen geleden op de haringvangst.' Deels konden die verliezen opgevangen worden door de buizen na het haringseizoen nog 'ter versche' naar de Doggersbank te laten uitvaren om kabeljauw en schelvis te vangen. Deels ook, al was de concurrentie van echte vrachtvaart met fluiten moordend, door buizen en hoekers na de teelt uit te reden als vrachtschepen die natte en droge vis naar Frankrijk vervoerden, of naar de Baltische landen, dan wel Hamburg. Op den duur echter, zo was te voorzien, zou de Groote Visscherij, gelet op die jaarlijkse verliezen, ten dode opgeschreven zijn.

'In 1750 hadden wij nog 22 buizen in de vaart,' zei hij somber. 'Sindsdien declineerde de grote visserij zo drastisch dat ons buizenbestand gehalveerd werd. Ook in Vlaardingen, heb ik horen verluiden, is de haringvisserij verachterd. Van de 118 buizen uit 1752 vaart nog amper de helft.'

Hij pauzeerde, keek de tien mensen die rond de grote tafel in de voorkamer van het raadhuis op de Hoogstraat zaten, één voor één ernstig aan. De nog piepjonge Lambregt Schelvisvanger keek met zijn heldere kiekendiefogen sluw terug, schamperde toen: 'Ge vertelt niets nieuws. Nieuw zou zijn als ge een remedie wist.'

'Mij dunkt,' zei hij, 'dat als we ons over een remedie willen beraden, het geen breedvoerig betoog behoeft om te dezen te besluiten, dat wij thans verseeren in de termen om door een premie uit 's lands kas gesoulageerd te worden.'

Het was alsof de bliksem insloeg. Zowel de reders als de boekhouders verhieven tegelijkertijd hun zware stemmen. Reder Griffioen, de oudste man van het gezelschap, riep vertwijfeld dat zo'n premie onvermijdelijk nog veel meer overheidsbemoeienis met zich mee zou brengen, terwijl de haringvaart reeds werd ingesnoerd door tal van keuren en ordinanciën. Maar hij was de enige die het voorstel niet steunde.

'Maar natuurlijk,' zeiden de anderen. 'Ja, vanzelfsprekend, dat men daar toch niet eerder op gekomen is, allicht, de Staten-Generaal moet bijspringen, dankzij de Groote visscherij floreren de touwslagerijen, de traankokerijen, de zeilmakerijen, de scheepstimmerwerven, de smederijen, de natte en droge kuiperijen, natuurlijk, 's lands kas, een bijdrage daaruit, dat is niet minder dan vanzelfsprekend. Wat immers door al die gilden en ambtsheerlijkheden, om van onszelf nog maar te zwijgen, afgedragen wordt aan de impostmeester, bedraagt een veelvoud van wat ons aan premie zou kunnen worden gesoulageerd.'

Met de Vlaardingse reders waren vervolgens besprekingen gevoerd. Ook zij zagen, hoeveel weerstand er anderszijds ook bestond tegen overheidsbemoeienis, dat zo'n premie uit 's lands kas soelaas bieden kon. Een request werd opgesteld en naar Den Haag gestuurd. Na maanden kwam bericht dat men daar graag mondeling toelichting op wenste. In gezamenlijke vergadering bijeen besloten de Vlaardingse vroedschap en het College van Visscherij uit Maassluis dat Roemer Stroombreker naar de Staten-Generaal zou worden afgevaardigd.

Derhalve vertrok hij, vlak voor bamise, met alle stukken en akten betreffende de haringvaart en een paar vaatjes presentharing op een zonnige septemberdag met de eerste trekschuit naar Den Haag. Zo vanuit zijn huis kon hij instappen. Al sinds mensenheugenis vertrok de trekschuit van de Veerstraat.

Zodra ze de hoge trapbrug bij de Markt gepasseerd waren, werd hij onrustig. Nog even, en dan kwam rechts het Lijndraaiersslop in zicht. Hij draalde op het dek van de trekschuit. Natuurlijk, de passagiers verkeerden altijd in de bedompte roef, maar even nog wilde hij een blik werpen in het Lijndraaiersslop. Het was alsof hij er nu, meer dan op gewone dagen, enig recht op kon doen gelden om zijn zoon te zien. Zijn kind was inmiddels acht jaar oud. Toen zijn zoon geboren werd, had Anna, zo ging het gerucht, geruime tijd 'op de oever des doods vertoefd'. De boreling zelf was zo nietig, zo schraal geweest dat de moeder niet eens had hoeven liegen dat het veel te vroeg was gekomen. 'Ach ja, een zevenmaandskindje, amper levensvatbaar,' had de vroedvrouw spontaan uitgeroepen.

Nooit had hij kunnen denken dat de wetenschap dat je buiten je huwelijk een zoon had geprocureerd, zich zou vertalen in zo'n alomvattend, bestendig, borend zielenleed. Elke dag weer drong zich het verstikkende verlangen op door het Lijndraaiersslop te slenteren om een glimp van hem op te vangen. Hoe verging het hem? Was hij goed gezond? Of juist niet? Je had een zoon, maar je wist akelig weinig van hem. Een enkele keer zag hij het tengere ventje, nota bene aan de hand van Grubbelt Heldenwier, aan de andere kant van het water op de kade van de Noordvliet lopen. Het jongetje was, zoals te doen gebruikelijk, vernoemd naar zijn wettige grootvader Gilles Heldenwier.

Hij keek het Lijndraaiersslop in. Het was er tamelijk donker. De septemberzon was nog niet hoog genoeg gestegen. Meegevoerd aan een teugel sjokte een grauwschimmel met schallend gerucht van hoeven over de kinderhoofdjes door het smalle steegje. Het dier ontnam hem het zicht op de vage gestalten daarachter in de morgenschemer.

Reeds hadden ze het slop gepasseerd. Wat voer zo'n trekschuit toch snel! In de roef nam hij plaats tussen de andere passagiers. Nog was hij niet gezeten, of een gnoom die schuin tegenover hem zat, lispelde: 'En? Mijnheer de reder, wat denkt u er nou van? Ze willen ons Datheen ontnemen.'

'Zo'n vaart zal het niet lopen,' zei hij kalm. 'Wat ik ervan begrepen heb, duurt het nog minstens tien jaar eer die nieuwe rijmpsalmen ingevoerd zullen worden.'

‘Tien jaar is een zucht, vliegt zo om, reeds nu moeten wij ons tot het uiterste verzetten. Her en der worden de psalmen al gezongen in die aalgladde, glibberberijmingen van Johannes Eusebius Voet.’

‘O, maar die Eusebius is zo slecht nog niet. Laatst kreeg ik Psalm 3 onder ogen in zijn berijming. Eenvoudig, maar toch sierlijk. “Ik lag en sliep gerust, van ’s Heren trouw bewust, tot ik verfrist ontwaakte, want God was aan mijn zij, Hij ondersteunde mij in ’t leed dat mij genaakte.” ’

‘U kent dat uit uw hoofd,’ schreeuwde het kereltje diep verontwaardigd.

‘Mij werd door de Algenoegzame vooral ten aanzien van cijfers en rijmen een heel goede opsluiting verleend. Vaak hoef ik een rijm maar één keer hardop te lezen en dan ken ik het uit het hoofd. Wat mij niet bekend is, is wat Datheen daar heeft. U wel?’

‘Hoe zou ik dat moeten weten?’ gromde het kereltje.

‘Als u zo wegloopt met Datheen, zou u toch moeten weten wat hij daar gedicht heeft.’

‘Net wat mijnheer zegt,’ zei een vrouw met een kuifmutsje op die aandachtig het discours gevolgd had.

‘Belachelijk,’ schreeuwde het kereltje, ‘waarom zou ik, of wie dan ook, van een paar regels die mijnheer de reder toevallig kent in de berijming van dat mispunt Eusebius Johannes Poot, Datheens heerlijke strofen...’

‘Maar als ’t zulke heerlijke strofen zijn...’

‘Mijnheer de reder, u zult er nog van horen, wij zullen ons tot het uiterste verzetten, wij laten ons Datheen niet ontfutselen, zomin als wij ons onze zangwijs zullen laten ontnemen. Want dat, goede lieden hier bijeen, wil men ook grondig changeren. Men wil ons verplichten sneller te zingen. O, o, waar blijft toch de eerbied voor Gods heilige inzettingen en verordeningen?’

‘Maar zoals er nu bij ons gezongen wordt,’ zei Roemer, ‘zo allemachtig lijzig, en met versieringen van eigen snit op elke noot, da’s toch niet eerbiedig meer? Oneindig dralen en talmen op de laatste noot van elke regel, is dat wat de Allerhoogste van ons vergt?’

‘Zingen alsof je uit hooien gaat? Wou u dat dan? Naar het slot toe galopperen? Als een schaatsenrijder ijlend naar het einde? Stuivend galmen, Voetse psalmen?'

'Met de laatste spreker ben ik eens,' zei de vrouw, 'dat 't veel eerbiediger is om langzaam te zingen.'

'Ja, ja, helemaal mee eens,' riepen de andere passagiers.

'Nou, u ziet 't, voorname meester, u staat in dezen gans alleen. Draaft u maar snel naar het einde, maar weet dan dat de Satan in zijn vuistje lachend met u meedraaft. De Satan heeft ook altijd haast. Spoed stuurt zijn voet. Laatst kerkte ik in Rotterdam. De halve vleet bleek daar zomaar afgeschaft. De prediking duurde amper een uur. Snaterend als kwetterende zanglijsters vlogen ze vliegensvlug door de psalmen heen. Waar moet dat toch heen? Amper was je binnen of je stond al weer buiten. Maar zij die geloven, haasten niet.'

'Inderdaad, zij die geloven, haasten niet,' klonk als eenstemmig refrein uit de monden der passagiers.

Het leek Roemer beter daar niets op te zeggen. Een rijmpje van meester Spanjaard schoot door zijn hoofd. 'Altijd snoeven in de roeven, steevast heibel met de Bijbel.' Hij herinnerde zich verhitte trekschuitdiscussies over de dompeldoop in Rijnsburg, en denderende roefruzies van pelagrianen en socianen, en schreeuwende passagiers die zwartgeklede heren uitscholden voor toleranten en nieuwremonstranten, en hooglopende ruzies over de heilige verbondszegelen. Eenmaal had hij, in de winter op weg naar Delft tussen de alsmaar tegen de trekschuit tinkelende ijsschotsen, zich laten ontvallen dat hij met veel plezier het boek *De godsdienst zonder bijgeloof* van Jan van der Veen had gelezen. Toen had het geleken alsof een kruitvat ontplofte. Verbolgen passagiers, die en passant bekenden dat ze dat schandalige boek uiteraard nog nooit hadden ingekeken, wilden hem overboord smijten. In Schipluiden had hij zich genoodzaakt gezien uit te stappen. Met de trekschuit van twee uur later was hij doorgereisd.

In Delft stapte hij over op de trekschuit naar Den Haag. Daar arriveerde hij rond het middaguur. Welk logement nu te kiezen? De Zeven Kerken van Rome op het Spui? Daar bleken alle kamers bezet. Dan maar iets duurder (maar zijn reis- en teerkosten mochten drie gulden per dag bedragen), naar hotel Le Maréchal de Turenne op de Nieuwe Markt? Via de Kalvermarkt liep hij, samen met de knul die hij voor een stuiver had ingehuurd om zijn bagage en zijn vaatjes presentharing te dragen, in dat onwerkelijk tere gouden septemberzonlicht naar de hoek van de Nieuwe Markt en de Fluwelen Burgwal. In Le Maréchal bleken alle kamers eveneens bezet te zijn. 'Probeert u het eens bij Monsieur Richard, hier om de hoek op de Fluwelen Burgwal in La Ville de Paris,' zei de uitbater, 'daar verkeren meestal rondtrekkende kunstenmakers, maar als u er slechts één nachtje vertoeft, zult u daaronder niet al te zeer lijden.'

Roemer sloeg de hoek om, bekeek La Ville de Paris, had er weinig vertrouwen in, maar besloot toch om logies te verzoeken. Monsieur Richard ontving hem evenwel zeer voorkomend, zei: 'Helaas heb ik nog maar één kamer vrij, en ik moet er eerlijkheidshalve wel bij zeggen dat in de twee kamers ernaast muzikanten logeren, die gisteren vanuit Vlaanderen hier aangekomen zijn. Een schrale dreumes speelt daar de godganse dag op een tafelklavichord. Ik hoop dat dat geen bezwaar is.'

'Ik houd van muziek,' zei Roemer.

'Een van die muzikanten, een jongedochter,' zei de logementshouder, 'is ondertussen ook nog ziek geworden. Ze hoest hartverscheurend. Zulk jong spul... het piept er soms zo tussenuit. Liever zou ik zien dat ze elders verscheed, maar ja, je kunt ze onder deze omstandigheden moeilijk op straat zetten.'

'Dan zal er nu toch niet veel gemusiceerd worden.'

'O, jawel, het broertje van die jongedochter trekt zich nergens wat van aan. Da's de puk die de hele dag maar door op 't klavichord zit te knoeien. Die oefent onophoudelijk voor een concert dat op maandag 30 september plaats moet vinden, hier in De Doelen. Van de opbrengst moeten, zo veronderstel ik, hun teerkosten hier voldaan worden, dus dat oefenen moet wel doorgang vinden.'

'Was 't dan de bedoeling dat dat broertje...'

'Ja, 't is een kind van een jaar of acht, en toch executeert hij al concerten op 't klavecimbel die hij, naar verluidt, zelf gecomponeerd heeft.'

Monsieur Richard begeleidde hem naar zijn kamer. Op de gang passeerde hem een kleine vrouw van middelbare leeftijd met rood behuilde ogen. In de kamer die naast de zijne gelegen was, werd inderdaad een klavichord getrakteerd. Helaas kon hij er, zelfs als hij zijn oor tegen de tussenmuur drukte, nauwelijks iets van horen.

Later op de middag bleek, toen hij, onderweg naar het secreet, de gang opstapte, de deur van de kamer waarin gemusiceerd werd open te staan. Nu hoorde hij de fluisterzachte klavichordmuziek iets beter. Zo voorzichtig mogelijk duwde hij de kamerdeur nog wat verder open. Achter het tafelklavichord zat inderdaad een schriele peuter. Die is dus ongeveer even oud als Gilles, dacht hij, en alleen dat al vertederde hem. Het jochie leek echter nog kleiner, nog tengerder, nog dwergachtiger dan zijn eigen zevenmaandszoontje. Blijkbaar had het ventje, hoe voorzichtig hij de deur ook wat verder had opengeduwd, iets gehoord. Rustig doorspelend wendde de jongen zich om. Hij keek in een breed gezichtje met uitpuilende oogjes, waarin een grote neus domineerde. Hij glimlachte naar het kind. De jongen glimlachte schelms terug, ondertussen alsmaar doorspelend. Met *Ich ruf zu dir, Herr Jesu Christ* kon zijn vlugge muziek zich niet meten. Maar ja, bestond er iets wat zich daarmee wel kon meten? Niettemin luisterde hij aandachtig naar die vrolijke, bijna hupse muziek. De sierlijke, bevallige klanken spraken over zo'n totaal andere wereld dan die waarin hij al de dagen van zijn leven doorbracht, dat het hem opeens voorkwam alsof hij, gekluisterd aan twee hoeken en twee buizen, vegeteerde in een kerker waar nimmer een lichtstraal binnenviel. Zo'n lichtstraal bijvoorbeeld als deze wonderlijke, gracieuze, liefelijke muziek, waarin hij toch een ondertoon van weemoed meende te beluisteren. Hij dacht aan Thade, die de wijde wereld in was gegaan en nu was gestrand achter een hoge lessenaar in het stadje Galle op Sylon. Was Thade daar beter af dan hij in die spelonk, die duistere kerker Maassluis met zijn alomtegenwoordige taanstank? Maar in Galle speelden vast en zeker geen dwergjochies van de leeftijd van Gilles met zulke rappe vingertjes zo ongelofelijk bekwaam op een klavichord.

Op de gang klonken voetstappen. Een tamelijk bars ogende man met een scheef gezicht, die hij een jaar of tien ouder schatte dan hijzelf, blikte hem wantrouwig aan.

‘Uw zoon?’ vroeg hij, en toen hij daarop geen antwoord kreeg, probeerde hij het in het Frans: ‘Votre fils?’

‘Oui,’ zei de man.

‘Zo goed heb ik nog nooit een kind horen spelen. Het lijkt wel alsof hij drie handjes heeft.’

‘Oui,’ zei de man.

‘Ik hoorde dat uw dochter tamelijk ziek is,’ zei hij in zijn beste Frans. ‘Mag ik u iets aanbieden wat hier in Holland als het beste medicijn geldt tegen om het even welke ziekte? Haring, een vaatje presentharing.’

Hij had niet de indruk dat de uiterst wantrouwig naar hem turende musicus het Franse woord ‘hareng’ kon thuisbrengen. Hij sprak het op z’n Duits uit, maar de tamelijk kleine man bleef hem achterdochtig aanstaren.

‘C’est un poisson,’ zei hij, ‘ein Fischlein.’

‘Dat medicijn zal niet baten,’ zei de man toonloos, blijkbaar in een poging om hem af te schepen, ‘haar luchtwegen zijn aangetast. Daartegen helpt geen medicijn uit zee. ’

Terwijl Roemer daar nog draalde en het jochie ondertussen zijn magische menuetjes maar steeds uit dat tafelklavichord toverde, en het langzaam tot hem doordrong dat zijn presentharing werd geweigerd, had de man reeds behoedzaam de deur gesloten van het vertrek waarin het kind musiceerde. Nog één, weer uiterst wantrouwige blik kreeg hij toegeworpen. Toen liep de man naar een andere kamerdeur en verdween daar doorheen.

Na het bezoek aan het secreet ging hij de stad in. Hij flaneerde een paar uur door de residentie, keerde pas terug toen de klok van de Sint-Jacobskerk reeds zes uur had geslagen. Monsieur Richard zei toen hij La Ville de Paris binnentrad: ‘Thans toeft bij die muzikanten een chirurgijn.’

‘Ik heb ze presentharing aangeboden, maar dat beliefden ze niet,’ zei Roemer. ‘Da’s spijtig, want zeebanket blijft toch het allerbeste medicijn. Wie zich met haring spijst, hem zal geen kwaal genaken, totdat hij is vergrijsd, zal hem de dood niet raken.’

Zelf spijsde hij zich op zijn kamer in het logement derhalve ook met enkele kruisharingen, grof brood en klare Maaslandse boter. In de kamer naast de zijne werd nu niet meer gemusiceerd.

Na zijn sobere maaltijd ging hij de stad weer in, of liever, hij ging de stad uit. Nog had hij de laatste huizen niet achter zich gelaten, of reeds doemde van onder de inktzwarte schaduwen van het hoog opgaande geboomte in het Haagse bos een deerne op, die hem terloops aansprak: 'Zo, zo, hondje, belieft het u zo allenig een kuiertje te maken onder de bomen? Kent gij in 't woud wel de weg? Zal ik u daar doorheen geleiden? Dan wilt ge mij misschien wel wat geld ter hand stellen waar ik later op de avond een kannetje bier voor kan kopen?'

'Ach, waarom niet?'

En reeds liep de deerne naast hem, genoeglijk keuvelend over de slechte tijden, en het leek hem alsof nu het moment gekomen was uiteindelijk de rekening met zijn moeder te vereffenen. Zich daarover nu eens hoogst verbolgen tonend, dan weer vol vertwijfeling, kon zij zich er maar niet bij neerleggen dat hij onbekwaam was bij Diderica. Kordaat vroeg hij: 'Hoeveel vraagt ge?'

'Een zesthalf,' zei ze, 'als wij het, ons daarginds vertredend, onder het geboomte doen kunnen. Gij kunt mij daar neervlijen op een omgevallen stronk en mij dan gerieflijk gebruiken. Maar gij kunt ook mee naar mijn huis gaan, dan trakteer ik u daar op een kannetje bier, of op een pintje wijn, al naar uw behoefte, en daar heb ik ook een plezierig kamertje en kan ik zelfs nog een mooi meisje extra laten komen.'

'Liever maar hier,' zei hij, 'daar onder de bomen waar 't zo donker is. Ik ben alleen uiterst beducht voor een venuskwaal. Ik wou je vragen, zou je mij misschien met uw hand...'

'Gij wilt dat ik u uitmelk? Da's pure onnatuur! Dan zoekt ge maar een ander. Wat denkt ge wel! Laatst had ik ook al zo'n opgepronkte heer die wou dat ik z'n boegspriet uitschudde. Ge houdt me toch niet voor een nachtloopster? Zuiverder dan een maagd ben ik. Weet wel dat ik gezocht ben, want wie met mij op de stronk verkeert, geneest juist van een druiperd, dat is hier in 't bos alom bekend, en dan wilt ge... nee, vurig hondje, daaraan begin ik niet, handcatechisatie, het Wilhelmus met de vuist... hoe durft ge mij daartoe te persuaderen?'

'Ik persuadeer u niet. Wilt ge niet, mij goed, dan zal ik u een stuivertje koffiegeld geven.'

‘Zonder dat gij met mij daarginds op de boomstam... als reutje en teefje... zijt ge zot geworden? Zijt ge soms een gerechtsdienaar? Persuadeert ge mij daarom om uw mannelijkheid uit te schudden? Wilt ge mij betrappen op onnatuur?’

Amper was het laatste woord verklonken of ze verzwond schielijk onder de bomen. En van onder diezelfde bomen dook ook dadelijk al weer een andere deerne op: ‘Zoet hondje, zijt gij zo allenig?’

Hij antwoordde niet, hij wendde zich om, het was genoeg geweest. Het leek hem of elk moment, van onder die inktzwarte schaduwen van de bomen, zijn moeder kon opduiken om hem in de scherpst denkbare bewoordingen tot de orde te roepen.

Het Binnenhof

Met een vaatje presentharing vervoegde Roemer zich de volgende dag bij een bode op het Binnenhof. De vaardig opgepronkte dienaar convoyeerde hem naar een bovenkamer. Daar wachtte hij geduldig tot een Breede Commissie verscheen.

Drie heren met grote zwarte hoeden op namen plaats achter een lange tafel, waartegenover hem een stoel werd gewezen. Hoewel ze hem uiterst voorkomend ondervroegen over de haringteelt, leek het hem toch alsof hij verhoord werd.

'We hebben het door u opgestelde request bestudeerd,' zei het middelste, grootste commissielid, 'en aan duidelijkheid laat het niets te wensen over. De haringvisserij declineert van jaar tot jaar, de grote winsten van eertijds zijn verdampt. Dat gaat ons begrip te boven. In de vorige eeuw woedden maar liefst drie zeeoorlogen en werd buis na buis vanuit Duinkerken gekaapt. Desondanks declineerde de visserij niet, terwijl nu diezelfde visserij, sinds de vrede van Utrecht in 1713 niet meer geteisterd door enig oorlogsgeweld, noch ook door kaapvaart, onophoudelijk verachtert.'

'In de vorige eeuw,' zei Roemer, 'bracht men gemiddeld per reis vijftig last haring aan land, en deze eeuw jubelen de reders en partenieers als een buis met dertig last haring thuisvaart.'

'Is de haring dan zelf wellicht gedeclineerd?'

'Daarop lijkt het. Langzaam raken de zeeën leeg.'

'Zou het? Ware het niet ook denkbaar dat de haring die, zoals ik op de Latijnse school heb geleerd, onder het poolijs in menigten uitgebroed wordt en vandaar, door schelvis, leng en kabeljauw opgejaagd, in immense scholen uitwaaiert over de oceanen en zeeën die onze continenten omspoelen, thans andere engten, baaien en luwten zoekt om zich te diverteren?'

Roemer wilde antwoorden, maar van een der commissieleden

verdween een vinger in diens reusachtige knevel. Roemer had de indruk dat die vinger, nadat hij, gedekt door de knevel, omhoog was gestegen uit de neus een bulkje peuterde en dat bulkje weer via de knevel naar de mond transporteerde, waarna het commissielid de versnapering doodgemoedereerd verorberde. Roemer werd daar zo door van zijn stuk gebracht dat hij hakkelend begon: 'Het is... 't zou... ja, dat... dat ware niet ondenkbaar.'

Toen zweeg hij weer, afgeleid door het smakkende commissielid. Hij haalde diep adem, dacht: knevelmans probeert mij van mijn stuk te brengen, vermande zich, en stortte de volzinnen over de commissie uit die hij onderweg in de trekschuit reeds in zijn hoofd had gevormd: 'Zeker is dat zij zich voor enige jaren in grote scholen onder de westkust van Zweden ophield, waardoor daar de visserij vanuit Gotenburg opbloeide, maar de aldaar gevangen wrakke haring zou hier hoogstens als smeul en masteluyn vermangeld kunnen worden. In kwaliteit was zij niet vergelijkbaar met de Rouaanse brand en kruisbrand die ten onzent tussen Sint-Jan en Sint-Jakob uit zee gewonnen wordt. Ook vlak onder de Schotse kusten worden soms, gelet op uitzonderlijkste vangsten van vissers aldaar, grote scholen aangetroffen die blijkbaar hun weg door zee verlegd hebben. Daar staat tegenover dat de derde trek van onze buizen, vanouds onder de noordkust van Yarmuiden, in vroeger jaren goed voor grote vangsten, thans altoos verlies oplevert, terwijl ook de eerste reizen naar Hitland, Fairhill en Boekenes gemeenlijk hun noodzakelijke onkosten niet kunnen goedmaken.'

'Eén mogelijkheid om de verachtering te keren zou dus kunnen zijn: bevlijtig u om nieuwe visgronden te zoeken.'

'Zeker, maar op die nieuwe visgronden azen ook de Britten. In '56 hebben zij zelfs een maatschap ter visserij opgericht. Schotten, Noren, Zweden, Denen azen eveneens op haring. Zelfs vanuit Emden trachtten de Duitsers keer op keer, zonder groot gewin vooralsnog, om te buyeren.'

'Buyeren...? ' vroeg het nog altijd smakkende commissielid.

'Ja, buyeren... een buis uitreden, met een buis de zee op gaan om haring te vangen, dat noemen we in Sluys buyeren.'

'Juist ja.'

‘Ook vanuit Nieuwpoort willen de Vlamingen buyeren, dus met Vlaamse buizen de zee op.’

‘In uw request wordt de declinatie der buisvisserij mede toegeschreven aan de opbloei der visserij in die door u genoemde landen. Verliezen wij onze voorsprong? Ondanks de door de Staten uitgevaardigde keur die Hollandse vissers verbiedt om op vreemde schepen te dienen?’

‘Desondanks dienen, voor zover ik weet, Hollandse schippers op Hitlandse buizen, de schamele Schotten onze vakkennis bijbrengend. Bezwaarlijker evenwel is dat met name veel Denen, ongehinderd door enige keur dienaangaande, onbelemmerd dienend op onze buizen, aldaar onze kunst der visverwerking afkijken.’

‘Dus een keur tegen uitlands scheepsvolk zou gewenst zijn?’

‘Ware het niet dat het uitzonderlijk moeilijk is onze buizen met voldoende vissers van eigen bodem te bemannen.’

‘Hoe komt dat?’

‘Lage lonen, zeer zwaar werk, en vele weken per jaar waarin men zonder werk zit omdat er dan niet gevist kan worden.’

‘Bekrimpen op de lonen der vissers kan dus niet?’

Ook dat was een vraag die hij verwacht had, ook daarop had hij zich geprepareerd en weer stortte hij zijn volzinnen over het driemanschap uit.

‘Ondenkbaar. Mij lijken de lonen der vissers, stuurmansmaat zo’n zes gulden per week, de kok vijf gulden tachtig, de matroos vijf gulden en een stuiver, omtoors en inbakkers nog minder en de prikkenbijter slechts één gulden vijftig, beangstigend laag, gelet op de lonen die uitbetaald worden in de vrachtvaart, waar men niet bij nacht en ontij en menigmaal in zwaar weer de vleet hoeft uit te zetten en binnen te halen voor vangsten die dan vervolgens ook nog onverwijld gekaakt dienen te worden.’

‘Moet ’t kaken terstond gebeuren?’ vroeg een ander commissielid, ‘ook als ’t nog donker is?’

‘Nou en of. Wie wenst nachtschamele haring?’

‘U sprak,’ zei het derde commissielid, ‘over een prikkenbijter. Maar aan boord van een buis dienen toch geen prikkenbijters? Slechts bij de beugvisserij wordt de prik als aas gebruikt.’

‘Ook op een buis wordt de jongste aan boord sinds mensenheugenis prikkenbijter genoemd, ofschoon er met buizen niet op kabeljauw wordt gevist. Vanouds rekruteren wij te Maassluis onze prikkenbijters uit ons altoos overvolle weeshuis. Na de teelt keren zij daar terug, tenzij ze, wat ook vaak gebeurt, vervolgens als een echte prikkenbijter worden ingezet bij de beugvisserij.'

'Hoe oud zijn ze dan?'

'Elf jaar, mijnheer.'

'En op die leeftijd moeten zij...'

'De levende prik in stukken bijten, zodat de stukken als aas aan de beughaken kunnen worden gehangen, jawel, maar vergeet niet dat zij na afloop hunner werkzaamheden altoos een dadel of soms zelfs een verse vijg krijgen om de tamelijk nare smaak van het prikkenbloed uit hun mond te verdrijven.'

'Ware het niet denkbaar de verliezen in de haringvisserij met kabeljauwvisserij weer goed te maken?'

'Ach, mijnheer, op de kabeljauwvisserij moet bereids van oudsher toegelegd worden. Zij dient vooral om de vissers in de tijd tussen januari en Sint-Jan als er niet op haring gevist kan worden, werk te verschaffen.'

'Zou schaalvergroting in de rederij mogelijk kostenbesparend kunnen werken? Thans reden velen één à twee schepen uit. Veelal is er, naar wat ik ervan gehoord heb, zelfs sprake van partenrederij. Daarbij stort de partenier geld voor een part scheeps, of brengt hij in nature vistuig voor een part nets.'

'Zeker, dat komt veel voor, men spreekt er dan over dat men een porcie neemt in het schip.'

'En al dezulken krijgen na een reis uitbetaald in overeenstemming met de genomen porcie, neem ik aan?'

'Inderdaad.'

'Alleen reeds de ingewikkelde berekeningen aangaande ieders part of porcie – hoe ondoelmatig! Op al deze becijferingen zou bespaard kunnen worden indien één grote reder vele buizen uitreedde.'

'Zo dacht men ook in Engeland, doch van die grote rederijen aldaar resten slechts desolate boedels. Juist de partenrederij garandeert dat ieder zich betrokken voelt bij de visserij en zich daar met hart en ziel voor inzet.'

'Ware het dan niet mogelijk dat men bekrimpt op de voor dat zogenaamde buyeren te maken kosten?'

'Aan welke kosten denkt u, mijnheer?'

'Ik gis maar wat, het zout bijvoorbeeld.'

'Juist voor het zout geldt dat het de laatste jaren dertig procent goedkoper is geworden.'

'Ja, maar het wordt wel betrokken uit Portugal. Zouden we eigen zout...'

'Eigen zout? Waarvandaan?'

'Zeeland.'

'Ach, mijnheer, de grootvader van mijn grootvader betrok nog zout uit Walcheren. Daar kon men toen nog goede darink delven en verbranden, en uit de as zuiver zout raffineren. Het zelzout was toen nog van goede zelle gezoden, maar daarvan is thans geen sprake meer. Zelfs het gebruik van Frans Bourgneufzout is reeds lang verleden tijd; veruit de beste pekel wordt thans betrokken uit Sint-Ubes, het befaamde Sint-Ubeszout.'

'Reeds in 1586 heeft de Staten-Generaal vrijdom van impost verleend op het kaakzout, dus wat pekelen betreft ontvalt ons de mogelijkheid de visserij, de impost betreffende, nog verder tegemoet te komen.'

'Zou het,' opperde een der andere commissieleden, 'geen soelaas kunnen bieden de haringprijzen te verhogen?'

Hij voelde zich warm worden. Dat die vraag zou opdoemen, had hij al die tijd geweten. Hij had hem al eerder verwacht, was zelfs een beetje teleurgesteld geweest dat hij maar steeds niet kwam. Maar daar was hij dan toch, en weer greep hij zijn kans om een vlammend toespraakje te houden. 'Bij de stremming der afzet die wij thans alom waarnemen? Vroeger at iedereen bij zijn ontbijt, bij het middagmaal en bij het avondeten, grof brood met boter en volle haring. Heden spijst men zich met aardappels waarbij men niet meer naar haring taalt, maar zich met rundvlees, of varkensvlees of zelfs, in de zeer voorname huizen, met lamsvlees laaft. Ook de afzet naar de ons omringende landen stagneert. Daar aanschouwen wij eveneens de onstuitbare opmars van de aardappel. Alleen in Rusland en Polen aast men nog altijd op onze goedkope, wrakke huig- en grasharing, mits deze laaggeprijsd is. Gelukkig kunnen wij daar ook onze rootvaan- en schalbakharing nog afzetten, hoe garrig nochtans. In die verachterde landen wint evenwel de Noorse paesjesharing, hoe schamel ook verpakt in tonnen van pijnboomhout, steeds meer terrein. En ten aanzien van deze ijle haring geldt dat zelfs in eigen land inwerpers en commissionairs azen op de mogelijkheid ons in landen waar men vooral taalt naar laaggeprijsde haring de loef af te steken, aldaar haring afzettend die afkomstig is van de visserij uit Katwijk of uit plaatsen langs de Zuiderzee.'

'Maar noch de Katwijkse, noch de Zuiderzeeharing mag – daartoe werd immers door de Staten een keur uitgevaardigd – gekaakt worden.'

'Meestal wordt zij inderdaad als pekelharing aan land gebracht en vervolgens gerookt.'

'Aha, de bokking!'

'Inderdaad.'

'Valt toch bepaaldelijk niet te versmaden.'

Daar gaf Roemer maar liever geen antwoord op. Hij zei: 'Ofschoon 't verboden is, zien vele Katwijkse vissers er geen been in met hun lichte bomschuitjes naar de Doggersbank of zelfs Yarmuiden te dobberen, alwaar ze de gevangen haring, de Statenkeur ten spijt, doodgemoedereerd kaken. Ook Zuiderzeeharing, hoe belabberd van kwaliteit zij doorgaans ook uitpakt, wordt menigmaal in weerwil van de voorschriften gekaakt en derhalve tersluiks als volwaardige pekelharing verhandeld.'

'Scherper toezicht lijkt hier geboden.'

'Daarmede zouden de Staten de Groote visscherij zeer aan zich verplichten.'

'Wat de afzet betreft,' zei het kleinste commissielid, 'wil ik u er wel op wijzen dat de Staten reeds in 1750 besloten hebben de uitvoerrechten op haring te laten vervallen.'

'Dat is mij uiteraard bekend,' zei Roemer, 'en dat was een maatregel die ons gestreeld heeft, maar zij biedt onvoldoende soelaas voor de kwijnende buisvisserij. Ware het mogelijk de visserij jaarlijks met een premie uit 's lands kas te soulageren, mij dunkt, wij zouden weer wat vrijer kunnen ademhalen.'

'Mijnheer Stroombreker, wij zullen uw zaak naar vermogen bij onze principalen bepleiten.’

Dankzij die laatste woorden leek het hem, toen hij na anderhalf uur weer over de kinderhoofdjes naar een der poorten schreed, vrijwel ondenkbaar dat de teelt inderdaad niet binnen afzienbare tijd uit ’s lands kas gesoulageerd zou worden. Had hij toen geweten dat eerst vanaf 1775 jaarlijks een premie van vijfhonderd gulden zou worden uitgekeerd aan iedere buis die ter haringvisserij uitvoer, dan zou hij niet zo goedgeluimd naar La Ville de Paris terug zijn gewandeld. Daar bleek, toen hij er bij de logementshouder voorzichtig navraag naar deed, de jongedochter van het muzikantengezin nog altijd zo hartverscheurend te hoesten dat monsieur Richard overwoog hun verder logies te weigeren.

‘Het schaap geeft ook slijm op,’ zei hij, ‘ik wou dat ze ophoepelden, nou ja, ze willen hier zelf ook weg, het bevalt hun hier niet, al zijn ’t uiteindelijk armoedzaaiers, hoezeer ze ook de schijn ophouden van hogere komaf te zijn.’

Toen Roemer zijn bagage ophaalde uit zijn kamer, bleken de deuren van de kamers ernaast open te staan. Weer kon hij een blik werpen op dat onwaarschijnlijk tengere knulletje dat zo griezelig rap zijn vingers over de toetsen van het klavichord bewoog. Weer stond hij, haast in trance, een poosje te luisteren naar die speelse, springerige, bruisende, over elkaar heen buitelende wijsjes. Weer verscheen de man met het scheve gezicht die hem monsterde alsof hij hem voor het eerst zag. In zijn beste Frans zei hij: ‘Ik hoor dat uw dochter nog steeds lijdt aan een catarre. Daarom wil ik nogmaals benadrukken dat ik u graag een vaatje presentharing aanbied. Heus, geen beter medicijn dan Rouaanse brand van de tweede trek, juist ingeval er slijm wordt opgegeven.’ Toen een reactie uitbleef, herhaalde hij zijn aanbod in gebrekkig Hoogduits. Merkwaardig genoeg vertederde de wijze waarop hij de Duitse taal lukraak radbraakte, de man blijkbaar enigszins. Zowaar verscheen een soort glimlach, al week het wantrouwen niet uit de muzikantenogen. In een Duits dat Roemer op zijn beurt amper verstond, kreeg hij een antwoord waaruit hij opmaakte dat het vaatje welkom was.

Eenmaal thuis op de Veerstraat, na een reis tussen nicolaïeten en labadisten die elkaar in de trekschuit ter hoogte van Den Hoorn bijkans afslachtten, bleef die aanblik van het snaakse knulletje door zijn hoofd spoken. Eens te meer drong de noodzaak zich op iets te doen voor dat andere knulletje. Maar hoe in vredesnaam? Welke mate van bemoeienis met diens lot kon hij zich veroorloven zonder daarmee verdenkingen op zich te laden? Bijkans onverdraaglijk was de gedachte dat er voor de zoon van Anna nauwelijks andere vooruitzichten waren dan, op zijn best, de benarde loopbaan van prikkenbijter tot omtoor of inbakker met, als alles meezat, in een verre toekomst de mogelijkheid dat hij tot stuurman op een buis of hoeker aangesteld zou worden.

Bezem

Na zijn missie naar de residentie leek het of zijn leven in een stroomversnelling raakte. Nieuw elan bezielde hem. Scherper, alerter dan voorheen bespiedde hij, zodra een van zijn schepen was binnengevallen, de aangevoerde lasten. Het lukte hem die lasten sneller naar de tweede hand te verkopen en betere prijzen te bedingen. 's Morgens ontwaakte hij op zijn zolderkamer steevast met een flinke erectie. 'Onbekwaam ben ik niet,' mompelde hij dan, 'want een kind is ons geboren, een zoon is ons gegeven, en de heerschappij zal op zijn schouder rusten, en ooit zal men hem roemen en prijzen als eerste onder zijns gelijken.'

Kort na Nieuwjaar daalde het kwik. Ruim anderhalve week waren de vlieten toegevroren. Hij schaatste alle dagen bij de Wippersmolen. Op enig moment zou hij, dat kon bijna niet missen, op het ijs zijn zoon tegenkomen. Schaatste het kind niet, dan zou het toch allicht met leeftijdgenoten baantje glijden, of over het ijs kuieren.

Het pakte iets anders uit. Zijn zoon veegde samen met zijn wettige vader voor de schaatsers de baan schoon, in de hoop daarmee wat grijpstuivers te bemachtigen. En inderdaad, een enkele bemiddelde schaatser wierp, snel voorbijstuivend, soms achteloos wat geldstukken tussen het dode riet. Toen hij heen schaatste, in de richting van Maasland, remde hij bij het kind af en probeerde hem een paar munten in handen te drukken. De jongen, aan deze procedure allerminst gewend, keek hem wantrouwig aan, deinsde zelfs terug en riep zijn vader, die snel naderbij kwam en de munten, daarbij aan zijn pet tikkend, van hem aanpakte.

'Zo, Grubbelt, probeer je wat bij te verdienen?'

'Ja, mijnheer, de teelt ligt stil zoals u weet.'

'Maar dit kan toch niet veel opleveren?'

'Alle beetjes helpen, mijnheer.'

'Je zoon doet al goed mee.'

'Ja, mijnheer, hij is wat klein voor zijn leeftijd, maar z'n handen staan nergens verkeerd voor. Nog een jaar of wat en hij kan mee op *De Duizent Vreesen* als prikkenbijter.'

'Wil je dat?' vroeg Roemer gekscherend aan de jongen.

In de ogen van het kind vlamde grote woede op. Met zijn tanden op elkaar geklemd siste hij: 'Nee.'

'Dat zegt hij nu,' zei Grubbelt verontschuldigend, 'maar over een tijdje denkt hij daar heel anders over.'

De jongen omklemde zijn bezem, schoot weg en veegde wild en driftig over het ijs op een plek waar niet geschaatst werd.

'Het is vreemd, mijnheer,' fluisterde Grubbelt, 'in die jongen vlamt en gist de onvrede. Een en al wrok en gramschap. Er is soms geen land mee te bezeilen. Maar straks, op *De Duizent Vreesen*, zullen we hem wel kleinkrijgen. Prikken zal hij de kop afbijten tot hij erbij neervalt, wacht maar!'

Ook Grubbelt hervatte zijn baanvegersarbeid. Terneergeslagen schaatste Roemer verder, de Trekvliet uit, in de richting van Schipluiden. Hij kon nu makkelijk naar Den Haag schaatsen. Zou dat jochie daar nog zijn, dat klavichorddwergje? Hij had meester Spanjaard opgedragen bij al zijn muzikale contacten navraag te doen naar het muzikantengezin. Mocht er alsnog een concert gegeven worden, dan wilde hij erheen. Samen met meester Spanjaard snel op en neer naar Den Haag, desnoods in een faëton. Van concerten was echter geen sprake. Het enige wat meester Spanjaard hem kon vertellen was dat de muzikanten van La Ville de Paris waren verhuisd naar Het Hof van Utrecht op het Spui.

'Ze zitten bij uurwerkmaker en hotelhouder Eskes,' had meester Spanjaard gezegd, 'het zal daar wel goedkoper zijn dan op de Fluwelen Burgwal.'

Leed het muzikantengezin gebrek? Hij had overwogen om nog een vaatje presentharing naar Den Haag te sturen. Maar aan wie dat vaatje te adresseren? Meester Spanjaard had wel een naam gemompeld, Moot Sart, maar hoe die naam correct gespeld moest worden, wist hij ook niet. En om nu zo'n vaatje te sturen met een totaal fout gespelde naam erop, dat stuitte hem tegen de borst.

Hij schaatste tot Schipluiden, keerde toen weer terug, met de felle noordooster in de rug. Niets ter wereld kon het genoegen evenaren om met de onstuimige wind in de rug langs ritselend riet, in die allengs grauwer, stiller, geheimzinniger wordende middagschemer, over het ijs te ijlen. Hij hoorde het kraken en knarsen. Op ieder moment kon het gebeuren, kon je in een wak schieten of in een spleet rijden en ernstig gewond raken. En ook dat hoorde erbij, dat bestendige gevaar dat zich zo zelden echt manifesteerde.

Toen hij in de buurt van de Wippersmolen kwam, zag hij dat Grubbelt en Gilles nog altijd veegden. Hij kon het eenvoudig niet laten naar zijn zoon toe te rijden, wilde hem nog één keer van dichtbij zien. Maar de jongen veegde met grote, wijde uithalen in westelijke richting, pal tegen de zon in, die even door de diepblauwe wolken heen, heel laag aan de hemel, over de Monsterse sluis zijn laatste stralen wierp. Toen hij langs zijn zoon reed, die nog altijd pontificaal met de rug gekeerd naar alle schaatsers die uit de richting van Maasland kwamen, de baan veegde, haalde het kind opeens uit met zijn ruige bezem. Hij kon de langste twijgjes ervan niet ontwijken. Vlak voor de voeten van zijn zoon smakte hij op het ijs neer. Toen hij, niet eens erg geschrokken, eerder verbaasd opkeek, zag hij dat het kind al verderop bij de vlonder van de Wippersmolen met een sluw lachje naar hem stond te staren. Hij had ongetwijfeld al gezien dat ik eraan kwam, dacht hij, dus hij heeft me met opzet geraakt. Waarom? Wat heb ik hem aangedaan? Waarop nog een tweede, tamelijk onthutsende gedachte door hem heen schoot: kijk hoe hij daar staat met die bezem in zijn handen. Zou hij soms linkshandig zijn?

Grubbelt hielp hem overeind.

'Alles goed, mijnheer? Geen verse kwetsuren, mijnheer?'

'Hoogstens een paar schrammen.'

'Goddank.'

Hij reed al weer. Hij keek niet meer om. Hij wist nu dat hij een zoon had die hem haatte. Zoveel was zeker, haat was duizendmaal beter dan onverschilligheid. Haat kon omslaan in genegenheid, mits degene die veracht werd een uitgekiende strategie ontwierp om de haat te ontmantelen. Wat lag nu meer voor de hand om, als die jongen niet als prikkenbijter naar de Doggersbank of IJsland wilde, zijn ouders voorzichtig financiële hulp aan te bieden, zodat zij het kind bijvoorbeeld naar zo'n Franse kostschool konden sturen, waar je niet alleen goed lezen en schrijven en cijferen leerde, maar ook onderwezen werd in de Franse, Engelse en Hoogduitse talen, benevens in de eerste beginselen der geometrie, tekenen en bouwkunde. Was er niet zo'n school in Bodegraven? Daar onderwezen zelfs schermmeesters hoe je je met een degen teweer moest stellen. En een orkestmeester hoe je viool moest spelen. Weer zag hij, toen hij aan die viool dacht, dat guitige gezichtje voor zich van dat klavichordgnoompje. Zo klein nog, maar reeds zo uiterst bekwaam als instrumentalist! Dat zou zelfs zijn zoon, mocht het ooit lukken hem op zo'n Franse kostschool in Bodegraven te plaatsen, nooit meer kunnen evenaren. Maar dat hoefde ook niet, het zou al prachtig zijn als hij in staat zou blijken zijn zoon als het ware te adopteren, en hem te vrijwaren van dat prikkenbijtersvooruitzicht.

Een gelegenheid om daarover met zijn moeder te spreken deed zich onverwachts voor op 8 maart. Reeds om zeven uur werden op de grens met Maasland, bij het Huys ter Lugt, door twee stukken geschut saluutschoten gelost. Twee uur later zongen op de Markt honderden prinsgezinden het lied 'Willem van Nassau'. Vervolgens trokken de prinsgezinden op naar de Groote Kerk, waar om elf uur – het tijdstip waarop in Den Haag de plechtige installatie plaats zou vinden van prins Willem de Vijfde als stadhouder der Nederlanden – dominee Swaan een feestrede zou uitspreken. En andermaal zouden voorname meesters op allerhande instrumenten die feestrede muzikaal opluisteren.

Ter wille van die voorname meesters ging ook hij ter kerke. Gezeten in de redersbank luisterde hij naar dominee Swaan, die God aanriep: 'O, Heere der Heirscharen, wij danken U dat gij thans het einde executeert van de regeringsmacht van de dikke hertog. In uw ondoorgrondelijke wijsheid hebt U in 1751 prins Willem de Vierde tot U genomen. De moeder van ons prinsje werd toen regentes. Vanaf haar dood hebben wij gezucht en geweend onder het schrikbewind van de dikke hertog. Maar thans verlost Gij, Heere der Heirscharen, Israël weer, worden wij nogmaals grootmoedig uitgeleid uit het diensthuis. Oprichten mogen wij ons weer, aan onze onderhorigheid is thans een einde gekomen, de prins zal onze verlepte, verslempte, verslijkte gewesten herscheppen in vruchtbare landouwen.'

's Middags leek het of het feest even de adem inhield, maar toen de avond viel en men op vensterbanken overal de oranje illumineerkaarsen ontstak, gingen vrijwel alle inwoners van Maassluis andermaal de straat op. Her en der hingen zelfs oranje lampions, die 'tegen de hitte bestaanbaar waren' aan uithangborden en ijzeren puihaken. In de Kulk waren alle buizen en hoekers getooid met oranje wimpels, en zelfs hoog in de toren waren enkele vuurbakens aangebracht, zodat het, toen de nacht viel, leek alsof er in de hemel lampen brandden.

Hoewel hij zeker voor de visserij – was die ooit geprotegeerd door de Oranjes? – weinig heil verwachtte van de nieuwe stadhouder, ging hij in de avondschemering de straat op, met een oranje lint om zijn hoed teneinde niet op te vallen. Onvermijdelijk richtten zijn schreden zich naar het Lijndraaiersslop. Vanaf de Veerstraat liep hij rechtdoor, de Wegt op, in de richting van Maasland. In het rimpelende water zag hij de dansende weerspiegeling van de vele illumineerkaarsen. Aan de overzijde van de vliet kuierde een vrouw. Ze ontbeerde een metgezel, wat hem verbaasde. Welke vrouw liep er nu, op zo'n avond als deze, moederziel alleen over straat. Hij stond stil, keek haar na. Het was donker, en die illumineerkaarsen zorgden voor verwarrende, beweeglijke schaduwen, waardoor het hem nog moeilijker viel haar scherp te bekijken. Toch was hij er dadelijk zeker van geweest. Daar liep Anna, zijn Anna, en hij keerde op zijn schreden terug. Waar ging ze heen? Of ging ze nergens heen, was ze zomaar de straat op gegaan om deel te hebben aan het uitbundige oranjefeest? Hij volgde haar op gepaste afstand. Bij de Breede Trappen aangekomen draalde ze. Het leek hem alsof ze daar, onder aan die vele treden, zijn huis aandachtig bespiedde. Uiteindelijk ging ze omhoog. Eenmaal boven sloeg ze af naar de Hoogstraat. Toen ook hij daar hijgend aankwam, zag hij haar niet meer. Aan de trapleuningen van de bordessen van het Delflandhuys, het Raadhuys en de andere voorname percelen waren lampions aangebracht. Zo'n feestelijk verlichte straat, en hij werd er zo droevig van, zo dieptreurig. Hij schreed langs al die lampions, hoorde de opgewonden nachtstemmen van de vele voorbijgangers en haalde opgelucht adem toen hij de Zuiddijk bereikte. Het leek of het Zakkendragershuisje in brand stond. Binnen flakkerden overal kaarsen, en buiten had men aan de grote haak boven de voordeur drie zware lampions gehangen. Eenmaal daar voorbij bleek de duisternis haast ondoordringbaar. Hier en daar was in de vensterbanken der dijkhuizen nog wel een enkele illumineerkaars neergezet, maar zo'n flakkerend lichtje achter het venster verdiepte het donker alleen maar.

Liep ze daar nog? Hij was er niet zeker van. De lucht was zwaarbewolkt, dus maan- of sterrenlicht ontbrak. Op de omloop van de korenmolen brandden, zag hij al van ver, ook twee vuurbakens. Ze gaven juist genoeg licht om hem te verraden dat zij daar, ver voor hem uit, onderdoor liep.

Waar ging ze toch heen? Misschien andermaal naar die boerderij in de Sluyspolder waar ze vandaan was gekomen op die gedenkwaardige dag in juni. Hij versnelde zijn pas. Als ze daarheen op weg was, moest hij haar, liefst voor ze van de dijk afdaalde, hebben ingehaald.

Vlak bij de Boonersluis had hij haar bijna bereikt. Ze hoorde zijn stap. Ze keek om, ze schrok, hij zei: 'Anna, ik ben het.'

Ze stond stil. Hij eveneens. Toen stapte hij op haar toe. Hij rook haar geur. Al wat hij zich misschien had voorgenomen om na te laten, werd door de geur ogenblikkelijk tenietgedaan. Hij sloeg zijn armen om haar heen, snoof die geur op alsof niets ter wereld belangrijker was dan dat, zei nogmaals: 'Anna.'

Het leek alsof ze hem wilde afweren, alsof ze wilde tegenstribbelen. Maar haar armen zonken machteloos langs haar lichaam. Onderweg omvatten haar handen zijn middel en zo stuitte ze de val van haar armen. Ze fluisterde iets wat hij pas verstond toen ze het herhaalde.

'Wees toch voorzichtig,' zei ze, 'er kan altijd iemand aankomen.'

'Het is hier doodstil,' zei hij, 'het feest wordt elders gevierd. Waar was je op weg naartoe?'

'Nergens,' zei ze, 'ik liep zomaar wat. Ik kon het thuis niet uithouden. Ze staan elkaar naar het leven, m'n man en m'n zoon. Ik kan daar niet tegen.'

'Je zoon zou het huis uit moeten. Wat zou je ervan denken als ik hem onder mijn hoede neem en naar een kostschool stuur?'

'Als Grubbelt dat al goed zou vinden, zou m'n zoon zich daar vast hevig tegen verzetten. Want hij verzet zich tegen alles, hij is zo nukkig, zo dwars, zo obstinaat. Binnenkort naar zee, dat lijkt me veruit het beste. Aan boord van *De Duizent Vreesen* krijgen ze hem onder IJsland wel klein, denk je niet?'

'Ik zou hem zo graag een beter lot gunnen dan dat van prikkenbijter. Daarvoor staan ons ruimschoots genoeg weesjongens ter beschikking.'

'Hij kan toch altijd opklimmen? Prikkenbijter, omtoor, inbakker, matroos, stuurman.'

'Z'n hele leven lang visser. Wil hij dat?'

'Hij wil niets.'

'Hij zou...'

'Laat toch. Als ik naar hem kijk, zie ik jouw ogen, jouw mond. Als ik hem zie lopen, lijkt het of jij voorbijkomt. Z'n manier van praten... als hij straks de baard in de keel heeft, spreekt hij met jouw stem. Niemand heeft nog gezien hoe sterk hij naar jou aardt, maar als jij hem...'

'Ik zou zo graag...'

'Niet doen. Nu nog niet doen. Later misschien.'

'Een vraag nog, is Gilles linkshandig?'

'Ja.'

'Dan kan hij de zee wel vergeten. Geen buis of hoeker waar men aan boord een linkshandige hebben wil.'

'Weet je dat zeker?'

'Vraag het maar aan je man. Eerlijk gezegd verbaast het me dat hij je dat niet al lang gezegd heeft. Maar misschien schaamt hij zich ervoor dat hij een linkshandig kind in huis heeft. Op zee, daar zijn vissers van overtuigd, brengen linkshandigen ongeluk.'

'Maar...'

'Op scheepswerven zijn linkshandigen daarentegen juist gewild. Die zijn in staat te timmeren op plaatsen waar rechtshandigen slecht bij kunnen. Zal ik dan Leendert Steur eens vragen of hij op z'n werf plaats heeft voor een linkshandige leerjongen?'

'Ik zal 't met Grubbelt overleggen.'

Johann Ernst Rembt

In het najaar van 1768, het jaar overigens waarin Roemers moeder onverwacht op een zonnige voorjaarsdag zomaar doodbleef in het achterhuis, schoot meester Spanjaard hem aan op de Breede Trappen.

'Van onze grote dichter en rederijker en controleur der convoyen en licentiën, kortom onze bloedeigen rijmelende rijkaard Willem van der Jagt, heb ik gehoord dat een jonge Hoogduitse organist door Nederland zwerft en op alle orgels muziek speelt van die toondichter uit Leipzig van wie wij indertijd... hoe heette dat ook weer... dat heeft jou toen zo machtig aangedaan.'

'*Ich ruf zu dir, Herr Jesu Christ.*'

'Natuurlijk, dat was het. Wie weet speelt deze man, deze Rembt... makkelijk te onthouden... Rembrandt zonder rand... wie weet kan deze Rembt dat ook spelen. Misschien kunnen we hem hierheen lokken, wil hij ons hier op het Garrels-orgel eveneens laten delen in de muziek van die grootmacht, mits we daarvoor de nodige duiten bijeen kunnen brengen.'

'Hij kan bij mij verblijven.'

'Nee, nee, zo'n man moet je in De Moriaan onderbrengen. En na afloop van het concert moeten we hem aldaar ook verzorgen op een pijpje. En we moeten hem hierheen halen in een faëton...'

'Kan hij niet met de jachtschuit komen?'

'Eventueel... mij lijkt een faëton passender... z'n handen ingebakerd in warme polsmoffen zodat z'n vingers warm blijven en hij, zo van achter de paardenkont vandaan, de orgeltrap kan bestijgen om ons die... hoe was de naam ook weer?'

'Bach.'

'Precies, Bach, Johann Bach, Hansje Beek... zo'n orgelusurpator, en dat met zo'n naam, hoe is het mogelijk, enfin... wat ik ook nog zeggen wou eer we die Rembt benaderen... zo'n apart concert kan slechts met instemming van de schout z'n beslag krijgen. Als jij Prijn nu eens na afloop van een vergadering van het College van Visscherij in het Raadhuys zou willen aanstrijken... het is jammer dat schoutje Daniël Vollevens al weer een paar jaar dood is. Die hield ook van muziek. Was bovendien jouw buurman. Die hadden we bij wijze van spreken zelfs na afloop van het concert nog om toestemming kunnen vragen, maar deze Prijn, deze Samuel Prijn die we nu hebben... enfin, voor de voorzitter van het College zal hij hopelijk wel zwichten.'

Zo eenvoudig bleek dat echter niet. Na afloop van een vergadering van het College was hij afgedaald in het keldergewelf van het Raadhuys. Nadat hij op de zware deur van het comptoir van Samuel Prijn had gebeukt, was de nieuwe schout met bij voorbaat al hoog opgetrokken wenkbrauwen wantrouwig opgerezen in de deuropening. En na het verzoek van Roemer stegen de wenkbrauwen tot aan de gerechtelijke hoedrand. Even bars als achterdochtig vroeg hij: 'Wat wordt dan ten gehore gebracht? Lichtvaardige liedekens? IJdele wijsjes? Seditieuze deuntjes?'

'Maar natuurlijk niet. Koraalbewerkingen.'

'Elke woensdagmiddag speelt onze eigen organist Bruyninghuizen voor wie maar luisteren wil een uur op het orgel. Is dat niet suffisant? Moet ons orgel op een ander uur ook nog eens getrakteerd worden door een Duitser?'

'Bruyninghuizen is blind, zoals u weet. Speelt fraai en edel, maar speelt geen muziek van deze Bach uit Leipzig.'

'Allicht niet. Ik houd het erop dat 't seditieuze deuntjes zijn. En die kunnen wij goed ontberen aan de Kulk. Ik zal mij eerst verstaan met Bruyninghuizen, eens horen wat hij ervan zegt.'

'Hij weet er reeds van.'

'Maakt mij niet uit, eerst wil ik... laatst nog was er hier, in de Ankerstraat bij een bruiloft een violist uit 't Woudt. Met zijn liederlijk gefiedel heeft hij alle gasten tegen elkaar opgehitst. Hoe dat is uitgepakt, zal ook u ter ore zijn gekomen. Open wonden, rode striemen, verse kwetsuren. De bruid, ofschoon haastig adergelaten, in onmacht; de bruidegom liggend op een dubbele vloedplank afgevoerd naar de breukmeester.'

De schout zweeg enige tijd. Het leek of hij wachtte op een passend antwoord. Toen dat uitbleef, zei Prijn: 'Zoals een afgemeerd schip in een vliegende storm losbreekt van zijn trossen, zo slaan driften en neigingen op hol bij loos gefiedel. Allerhande ijdelheden? Mensenkind, geef ons gebeden. Geef ons, als lafenis voor ons gemoed, de psalmen Davids, die garanderen ons enig behoud. Alle andere muziek kunnen wij bekwaam missen. De dartelheid tiert hier al te welig.'

'Wij zullen uw beraad met Bruyninghuizen afwachten,' zei Roemer rustig.

Op de Monsterse sluis kwam hij enkele dagen later schepen Leendert Steur tegen. Steels tikte Steur aan zijn hoedrand, zei in het voorbijgaan: 'Namens de schout kan ik u zeggen: wat ons betreft mag het wel heenbruien, dat orgelspel van die Duitser.'

'Verheugend nieuws,' wilde Roemer antwoorden, maar de schepen was al voorbij, daalde gezwind de Breede Trappen af, alsof hij er al weer spijt van kreeg dat hij de schoorvoetende instemming van zijn principaal had overgebracht.

Nog bleken toen echter niet alle belemmeringen geweken.

'Rembt heeft ons laten weten,' zei meester Spanjaard, 'dat hij 't liefst vroeg in de avond begint. Maar dat betekent dat het, want we leven al in november, aardedonker is als het concert is afgelopen.'

'Eind november is het vollemaan,' zei Roemer.

'Ja, dat weet ik, maar wie garandeert ons dat wij dan ook inderdaad in gulle maneschijn huiswaarts kunnen keren? Meestal is het eind november zwaarbewolkt. Dan kan de maan nog zo driftig schijnen, maar heb je er niets aan. Wat schieten we ermee op als na het orgelspel iemand in de Kulk te water raakt en verzuipt? Of in de haven? Of in een van de vlieten? Nee, het is beter als Rembt aan het eind van de middag de toetsen beroert. Dan kunnen we hem in het laatste vleugje daglicht naar De Moriaan convoyeren, en aldaar verzorgen op een pijpje. Samen kunnen wij na dat pijpje de weg naar huis daarna op de tast nog wel vinden.'

Rembt, een jongen nog, amper negentien, was te voet vanuit Vlaardingen op die novemberdag reeds rond het middaguur gearriveerd, en door meester Spanjaard in De Moriaan opgevangen.

Aldaar werd hij gelaafd en gespijsd, waarna hij ruim een uur oefende op het orgel.

Zijn concert begon hij voor een dertigtal Sluyzers met de eerste triosonate. Roemer schrok ervan. Zo licht, zo speels, zo onvervalst seditieus. Had Prijn dan misschien toch gelijk? Maar waarom aan Prijn gedacht? Die was immers niet aanwezig. Hij liet zich, Prijn ten spijt, meevoeren door die twee stemmetjes die frank en vrij om elkaar heen buitelden, alsof ze op breekbare vlindervleugels door de Groote Kerk dartelden, met de gemoedelijke basstem eronder om ze toch nog tot enige ingetogenheid te manen. In gedachten sprak hij Thade toe: 'Zie je nou dat ook hier iets groots gebeuren kan, wat reuze spijtig dat je niet hier bent, dat je in Galle op Sylon vertoeft, want dit... o, Thade, hoor toch eens hoe die aanminnige orgelstemmen luchtig converseren.'

Terwijl het de hele dag zwaarbewolkt was geweest, scheen onverwacht de ondergaande zon even binnen door het grote, naar het Sluyse diep gekeerde boograam. Tijdens het tweede stuk, de Toccata in F, drongen de regenwolken weer op, vulde een driest duister de kerk. Het deerde hem niet, dit telde slechts: dat hem ultiemer, machtiger krachten Gods tot zaligheid werden geopenbaard dan waar hij ooit weet van gehad had. Het was alsof de muziek hem op de hoogte stelde van een stoere, manhaftige, kolossale onverzettelijkheid waarvan het zijn plicht was zich die eigen te maken, ook al zou hij daar de resterende dagen zijns levens voor behoeven. Na die Toccata was hij uitgeput, kon hij amper tot zich nemen wat daarna opklonk. Er was één motiefje uit de Toccata dat hij wilde vasthouden. Als hij dat maar kon blijven neuriën, dan zou hij wellicht voorgoed veilig verschanst blijken. Dan kon hij onaantastbaar, ongenaakbaar, onkwetsbaar over de Zuiddijk flaneren, zorg en kommer ten spijt. Dan deerde noch dat hij onbekwaam was in de echtelijke sponde, noch dat Anna zijn vrouw niet was.

Reeds bij het verlaten van de kerk werd zijn onkwetsbaarheid beproefd. Vanuit het Sluyse diep en de Brielse Maas waren tijdens het concert ondoordringbare nevels opgedoemd, die het Schanseiland hadden gedompeld in een weliswaar lichte, haast melkkleurige, maar desondanks ondoordringbare vloeimist.

'Zuivere zeenevel,' mompelde meester Spanjaard bezorgd, 'nou moeten we meteen al op de tast naar De Moriaan.'

'Volg mij,' zei Bruyninghuizen, 'ik loop er blindelings heen.'

'Dat het warempel soms nog een voordeel hebben kan dat je 't licht in je ogen moet missen,' fluisterde Willem van der Jagt.

Met de jonge virtuoos Rembt in derde positie schuifelden de zes mannen – ook voorzanger Bartholomeus Ouboter had zich bij hen aangesloten – door de Nieuwe Kerkstraat. Roemer sloot de rij. Toen ze de Ankerstraat bereikten, voelde hij hoe een gure windvlaag, die recht over de havenkom kwam ijlen, op hen aanviel. Huiverend vervolgde hij zijn weg. Hoe dicht waren ze al bij het water van de havenkom? Was het denkbaar dat ze daar zomaar in verdwijnen zouden? Hij hoorde het aanzwellen en weer afebben van de windvlagen, verbaasde zich erover dat die gure bries de grauwe melknevel niet verdreef.

Toen klaterde, eerst nog even haast geruststellend, maar allengs voluit dreigend, vanaf de Haringkade een kloek gerucht door de nevel. Uit het schimmenrijk op die kade doemde even later een harington op die, zwierig over de kinderhoofdjes bolderend, op hen af denderde.

'Pas op,' zei meester Spanjaard, 'bij elkaar blijven. Als we elkaar uit het oog verliezen, vinden we malkander nooit meer terug, stiefelen we stuk voor stuk het water in. Houd elkaar vast, mannen.'

Maar het bleef niet bij de ene ton. Vanaf de Haringkade doemden steeds opnieuw kuiptonnen op die onbekommerd en onbelemmerd op hen af rolden. Een enkele kuip week af van de koers die de meesten volgden, en kwam dan met een doffe plons in de havenkom terecht. Maar de meeste kuipen huppelden, alsof daar een bedoeling achter school, recht op de zes mannen af. Elke ton die hen bereikte, werd door een der mannen uit zijn koers geschopt, en verdween dan, doorgaans even om zijn as tollend, over de naar het water afhellende kade in de havenkom. Ook Roemer gaf een van de kuipen een schop en merkte toen dat hij die machtige klanken uit de Toccata niet meer neuriën kon. Het motief was opeens uit zijn geheugen gewist. Het was alsof hij het weg had geschopt. Haast wanhopig probeerde hij het terug te vinden, maar reeds doemde vanaf de Haringkade een nieuwe kuip op met een dolle gang die gepareerd diende te worden. Het bleek de laatste harington te zijn.

'We hebben het gehad,' zei meester Spanjaard. Bij wijze van slotakkoord schalde, naar het leek haast over het water, een bulderende jongenslach uit de ondoordringbare nevel. Een tweede lach klonk op, en een derde, en hoe vrolijk en zegevierend dat gelach ook klonk, niettemin voelde Roemer hoe zijn huid verstrakte.

'Je zou er kippenvel van krijgen,' mompelde meester Spanjaard. 'Knapen, vlegels, altijd weer loenen, alsof ik er in mijn lokalen al niet genoeg mee te stellen heb.'

'Rinkelrooiers,' zei Willem van der Jagt.

'Ja,' zei meester Spanjaard olijk. 'Vader, vergeef het hun want zij weten niet wat zij doen.'

'Toe, Wiggert,' zei Bartholomeus Ouboter.

Elkaar na deze beproeving nu zonder gêne vastklampend, vervolgden zij hun weg, eerst langs de herstelde havenkraan, daarna over de brug, waarvan de contouren onverwacht opdoemden uit de melknevel, vervolgens de Dijkhelling op, naar de Hoogstraat. Langs de Kleine Kerk schuifelend bereikten ze het vorstelijke Delflandhuys, toen het Raadhuys, en uiteindelijk De Moriaan. Eer ze daar binnenstapten, werden ze gepasseerd door een schimmig spook dat gehuld in een schansloper uit de nevel opdook en er weer in verdween.

'Ach, de vroedvrouw,' zei meester Spanjaard, 'weer of geen weer, toch uit ooievaren. Wie was er ook weer op 't uiterste zwaar? De vrouw van Rocus Bubbezon?'

Eenmaal binnen in de gelagkamer van het ruime logement zei meester Spanjaard schalks: 'Zullen we eens uit de band springen, Roemer, zullen wij jouw naam eens eer aandoen en een Rijnse roemer bestellen?'

'Nou, nou,' zei Willem van der Jagt.

'Ach, ons Roemertje kan 't zich veroorloven.' In een bizarre mengvorm van gebrekkig Hoogduits en Hollands zei meester Spanjaard tegen Johann Ernst Rembt: 'Unser Rumer is hier ter stede der grösste Reeder. Vier Schifflein in de vaart. Zwei...' Hij aarzelde even, vroeg: 'Wat is buis in het Duits? Hoeker, dat weet ik wel, dat is Huker, maar buis, is dat Bus? Also, zwei Busen und zwei

Huker. Ja, ja, zwei Busen hat er, und ein schönes Weib die mindestens zweihunderdfünfzig Rijnlandse ponden wiegt. Meine selige Ehefrau wog nicht halb so schwer, so hatte ich einer dazu van 't zelfde gewicht, dan had ik nog altijd minder vrouw in huis gehad dan deze reder mit sein zwei Busen und zwei Huker.'

In gewoon Nederlands voegde hij eraan toe: 'En dan heeft hij, uit de nalatenschap van zijn vader, ook nog een hoeveken in Maasland, in de Duifpolder, achter de kolfbaan van het Huys ter Lugt, daar trekt hij pacht en toepacht van.'

'In Maasland is weer runderpest uitgebroken,' zei Roemer somber. 'Als 't net zo gaat als in '44 zal er eind dit jaar van de pacht niet veel terechtkomen.'

'Dan vang je altijd nog toepacht,' zei meester Spanjaard, 'kinnetjes boter, kazen, kippen, eieren.'

'Kinnetjes boter van dode koeien?' vroeg Roemer.

'Met zoveel dode koeien komt er allicht aardig wat patervlees jouw kant op. Of malse braadstukken rondom de aars vandaan. O, adellijk gebraad, met uitjes en spruitjes!'

Toen zes Rijnse roemers voor hen neergezet waren en ze ook verzorgd waren op een pijpje, en meester Spanjaard vergenoegd na zijn eerste trekje had opgemerkt: 'Weten jullie wel dat in Zwitserland roken voor de wet gelijk gesteld is met overspel', zei Willem van der Jagt: 'Wordt het niet eens tijd dat wij, nu we vanmiddag weer hebben kunnen horen wat muziek vermag, iets doen aan het lamentabele psalmgezang in onze kerkdiensten hier?'

'Meteen voor,' zei meester Spanjaard, 'maar wat?'

'Een missive misschien aan de gemeente.'

'Met daarin?' vroeg meester Spanjaard.

'Een aansporing tot eendrachtig, voortvarend psalmgezang.'

'Wordt dat dan net zo'n geschrift als je *Verdeediging van den breidel voor de drift tot oproer aan de ingezetenen van Maassluis*,' vroeg Bartholomeus Ouboter.

'Nee,' zei Willem, 'ik wou deze aansporing kundiger berijmen, waarbij de nieuwe rijmpsalmen mij tot voorbeeld zullen strekken.'

'Wat was dat, die breidel?' vroeg Bruyninghuizen.

'Dat moet je nog weten,' zei meester Spanjaard, 'toen was je hier reeds aangesteld.'

'Dat is toentertijd langs me heen gegaan.'

'Bij de draaibrug onder de havenkraan had Jan van der Drift een jaar of zes geleden een nieuwe hoeker afgemeerd, met een vlag in top waarop een vrouw stond met gouden kleed aan en een stralenkrans om haar hoofd, en met een slingerstrik eronder. Daarop prijkte haar naam: Maria Magdalena. Wie ter kerke ging, moest langs die Mariavlag. Alle gelovigen wilden Van der Drift te lijf. Janneman heeft toen 't schip aan de overkant van de haven afgemeerd. Zowat half Maassluis heeft op de kade staan brullen: "Die vlag moet verbrand worden." Uiteindelijk heeft de onderbaljuw van Delft, geassumeerd met een vierschaar en een gerechtsdienaar, die vlag opgehaald en afgevoerd naar Delft. Net op tijd, anders was er opstand uitgebroken. Och, och, drift tot oproer, vanwege een paapse vlag!'

Veel later op de avond, toen Roemer en meester Spanjaard samen onderweg waren naar huis, zei de laatste op de nog altijd in dikke nevel gehulde Hoogstraat: 'Ons dichtertje mag wel oppassen! Eerst al dat geschrift over de breidel voor de drift tot oproer, nu weer een geschrift over psalmgezang. Fier steekt hij z'n nek in een strop als hij zich beijvert om het psalmgezang op rijm te reformeren. Dun zal het hem door de broek lopen.'

'Ach, dat beroerde psalmgezang...' zei Roemer. 'Ik wou dat ik die Toccata nog in m'n hoofd had.'

'Zoals die jonge Duitser speelde! Maar wat een saaie rekel. Heeft in De Moriaan geen woord uitgebracht. Ontbeert ook, naar 't lijkt, elk sneegje vernuft.'

'Wat een malligheid! Hoe had hij zijn vernuft moeten tonen? Die man sprak geen woord Hollands, was bovendien totaal uitgeput. Bovendien moest gij weer zo nodig het hoogste woord voeren.'

'Nou toch... ach, laat ook maar, nu nog wat anders... zelfs met een glaasje rijnwijn op kom je niet uit de plooi, blijf je maar sombertjes voor je uit kijken... Het lachen is jou helaas volledig vergaan, terwijl je nog zo jong bent. Vroeger, toen je nog samen met m'n Thadetje bij mij schoolging, kon je zo gul en smakelijk lachen... die lach, ik zou hem uit duizenden herkennen... die lach... begrijp jij dat nou? ...die lach heb ik warempel vanavond weer gehoord... een van die rinkelrooiers... '

Meester Spanjaard keek hem verbaasd aan zoals hij hem vroeger, toen hij nog bij hem schoolging vaak placht aan te kijken, met vrolijk glinsterende ogen, maar toch ook alsof hij diep in zijn gemoed wilde binnendringen, om daar iets na te vorsen.

'Het was echt dezelfde smakelijke lach. Heb je nog familie hier rondlopen? Een neefje?'

'Niet dat ik weet.'

'Wat spijtig dat jij nooit meer lacht. Zorg toch dat je je prikken levend houdt.'

Aan weerszijden van de sluis daalden ze de Breede Trappen af. Toen hij afsloeg naar het Schoolslop, stak meester Spanjaard joviaal zijn hand nog op. Het was alsof hij Roemer een hart onder de riem wilde steken, hem nog wilde opbeuren eer hij zijn huis zou hebben bereikt. Leefde mijn moeder nog maar, dacht hij, zij had er wel slag van om met Diderica om te gaan. Nu moeder dood is, wil dat mens maar steeds aandacht, terwijl het al die jaren zo prettig was dat die drie vrouwen elkaar in het achterhuis zo onophoudelijk bezighielden dat ik er totaal geen omkijken naar had. Soms kon ik zelfs vergeten dat ik met Diderica getrouwd was. Dan kwam ze dagenlang haar bed niet uit, wat een zaligheid, dan hoefde je er zelfs aan tafel niet overheen te kijken.

Voor hij de eikenhouten voordeur van zijn huis opende, draalde hij nog even op de Veerstraat. Hij keek uit over het rimpelende water, dacht: voor haar is het al net zo erg als voor mij, daarom zou ik met haar lot begaan moeten zijn, want haar lot valt met het mijne samen.

Zingtrant

Zeven magere jaren later was hij in de Taanschuurpolder met meester Spanjaard op weg naar diens zwager, de schuttingman, om bij hem een kostelijke zalm en rivierkreeften te procureren. Hoog in de schietwilgen, elzen en essen schamperden de teruggekeerde spotvogels. Jolig joelend woei een frisse bries over het Sluyse diep. Op de blinkende zandplaten van het eilandje Rozenburg lag zowaar een lome zeehond te zonnen.

'Je gelooft het haast niet,' zei meester Spanjaard, 'maar 't schijnt er nu toch van te komen. Eerst werden we al getrakteerd op die nieuw rijmpsalmen en nu, in het buiswater daarvan, wil men ook nog de korte zingtrant opleggen.'

'Toch niet terstond?' vroeg Roemer.

'De kerkvoogdij heeft besloten te gaan oefenen. Vier avonden per week 's avonds van zeven tot acht uur in de Groote Kerk. Zodat 't nog licht is als je het bedehuis verlaat.'

'Dat lijkt mij wijs. Kunnen de tegenstanders in ieder geval niet de huiswaarts kerende voorstanders in de invallende duisternis bruuskeren.'

'Zeker, een sneeg vernuft kan de kerkvoogden niet ontzegd worden. Temeer daar ook duidelijk is dat ze met de aankondiging van hun zanguurtje gewacht hebben tot zo'n beetje alle vissers na Sint-Jan waren uitgevaren naar Boekenes en Yarmuiden. Zeelieden zijn de grootste lastposten, de ergste tegenstanders. Nu kunnen de vrouwen en kinderen alvast wennen en oefenen. Bovendien zijn vrouwen en kinderen plooibaarder en meegaander dan mannen. Als de vissers dan na Cruysdag binnenvallen, moeten ze zich wel schikken.'

'Verwacht jij dat ze dat zullen doen?'

'Welnee, natuurlijk niet, ze zullen dit als hoogverraad ervaren.

En daarom zal het hier na Cruysdag of misschien zelfs al na Sint-Bartholomeus flink gaan spoken.'

'Denk je? Zo erg?'

'Ja, want die nieuwe rijmpsalmen, die korte zingtrant... het zal de brandstof zijn waaraan zich het vuur hecht, het vuur dat reeds jaren smeult... de Dikke Donder in Den Haag, die achter de schermen alles bedisselt, de schrikbarende declinatie der haringvisserij, de overstromingen, telkens maar weer, de hoge heren op de Hoogstraat, die verordineren dat binnen vijftien jaar alle Sluyse rieten daken door pannen daken vervangen moeten zijn, de rondwarende impostmeesters, en de alsmaar stijgende prijzen voor melk, boter en kaas.'

'Vanwege de runderpest. Maar de ziekte lijkt inmiddels goddank over z'n hoogtepunt heen.'

'Kan zijn, maar de prijzen zijn niet lager geworden. Voor een kinnetje boter betaal je met goudstof. Kaas siert nog slechts de dis der rijken.'

'Heb je 't boekje gezien dat Veerman hier in Maassluis heeft laten drukken, zijn *Verhandeling over de thans woedende smetziekte onder het rundvee*?'

'Nee, waarom zou ik? Da's meer iets voor de trotse eigenaar van een hoeve in Maasland.'

'Eigenaar van een sterfhuis zul je bedoelen. Duizenden runderen zijn omgekomen. Veerman schrijft over de Maaslandse weiden: "Immers daar, nog zo korteling, de dartelende Runderkudde, tot blijdschap van hunnen bezitter, allergretigst graasde, en alzints welig spelemeide, vindt men thans dezelve ontbloot, van hun gewoon beslag van vee." '

'In de Delftse krant las ik dat ze in Vlaanderen als ook maar één dier op stal besmet is, terstond de hele veestapel ombrengen.'

'Ja, dan garrotteren... dan wurgen ze al hun koeien om te voorkomen dat er besmet bloed rondspat.'

'Ene... o, mijn God, ik word oud, namen kan ik niet meer onthouden.'

'Lancisi, bedoel je hem? De heelmeester die in opdracht van de paus veeziektes onderzocht heeft?'

'Pleit hij voor wurgen?'

'Hij heeft de paus ervan weten te overtuigen dat je de ziekte zo 't best bestrijdt. In Vlaanderen, Oostenrijk, Frankrijk en zelfs Denemarken wurgen ze op last van hun overheden hele veestapels.'

'Verzetten die buitenlandse bouwmannen zich niet?'

'Vaak moet het leger eraan te pas komen om het wurgen af te dwingen.'

'Wurg wat bont en goed gezond is! Vliegensvlug het rund geveld voor het ziek wordt en herstelt.'

Ze liepen langs de grienden bij het prikkengat waarin grote en kleine karekieten en bosrietzangers schel door elkaar heen schreeuwden. In de elzen zongen de fitissen hun mistroostige liedjes. Verderop zoemde een snor, en raspten rietzangers en piepten rietgorzen. Meester Spanjaard bleef even staan, wierp een blik op de grienden, zei: 'Toe maar jongens! Zijn jullie de nieuwe zingtrant ook al aan 't oefenen? Juicht elk om strijd met blijde galmen.' Hij liep weer, zei: 'Ik wou dat ik nog jong was. Dan ging ik naar Leiden om mij daar bij Dionysius van de Wijnpersse in de afgetrokken wijsbegeerte te verdiepen. Wijnpersse... die naam alleen al, muziek in de oren van iemand zoals ik die met de neus in 't glas geboren werd. Wie weet zou 't mij, na een roemertje wijn, eindelijk lukken bewijzen van achteren op te maken voor het bestaan ener noodzakelijk algenoegzaam opperwezen.'

'Wat baat een mens wijsbegeerte?'

'Och, stiefzoontje van me... onlangs heb ik *An Enquiry Concerning Human Understanding* van David Hume stukje bij beetje doorgevorst. Elke avond bij een blaker een bladzijde... zo'n magistraal boek, dat verandert je hele leven. Alleen al hoofdstuk tien over de wonderen. Weet je dat hij zegt... nee, hij zegt het niet, hij toont het aan... hij toont aan dat wonderen niet bestaan. Je hebt goed Frans bij me geleerd. Zal ik je ook Engels bijbrengen? Kun jij die Hume ook bestuderen... na Hume heb ik, om m'n Engels nog wat op te vijzelen, met attentie in de King James-vertaling die hele Bijbel van begin tot eind opnieuw gelezen. Alle wonderen, alle lispelende slangen, sprekende ezels en drijvende bijlen heb ik geschrapt. Toen bleef er haast niks over.'

'Mij storen al die wonderen toch minder dan passages waarin iets verhaald wordt dat evident onmogelijk is. Twee Kronieken 28 vers 6 bijvoorbeeld, daar staat dat Pekah 120.000 strijdbare mannen doodsloeg op één dag. Stel dat hij 24 uur lang sloeg, dan doodde hij 5000 man per uur, da's bijna 84 man per minuut. Het is zonneklaar dat het, al ben je nog zo'n mannetjesputter, totaal uitgesloten is om vierentwintig uur lang elke minuut ruim 80 man dood te slaan, één per minuut zou al miraculeus zijn, dus wat daar staat is zotteklap, en toch zei dominee Van Wanen laatst nog in een preek: 'Hoe zou het geschiedkundig gedeelte van Gods woord iets kunnen behelzen wat niet reine waarheid ademde?"'

'Niks deed je als jochie al liever dan rekenen,' zei meester Spanjaard vertederd.

'Wat doet dat er nou toe?' zei hij wrevelig. 'Het gaat erom dat dit doodgewoon geen reine waarheid kan ademen, wat zo'n Van Wanen ook beweert, en als dit geen reine waarheid ademt, wat moet je dan van de rest denken, van Jozua bijvoorbeeld, die eigenhandig volgens hoofdstuk vijf van het Bijbelboek dat naar hem vernoemd is, alle mannen besnijdt omdat al het manvolk dat tijdens die veertig jaar zwerven in de woestijn geboren is, daar niet besneden was. Je moet gissen hoeveel mensen die Jozua heeft moeten besnijden, maar stel dat het er, ik noem maar wat, 48.000 waren. Een jaar of wat geleden werd hier voor het eerst een jongetje door een Haagse moheel besneden, Levi Cohen, de zoon van Samuel Cohen uit de Mareldwarsstraat. Die moheel is daar zowat de hele dag mee bezig geweest.'

'Ja, met alles eromheen, maar het besnijden zelf... ik geloof dat dat met een groot uur wel bekeken is.'

'Goed, reken per besnijdenis dus een uur, dan ben je 48.000 uur bezig. Da's dus, als je twaalf uur per dag besnijdt, want ja, zelfs een besnijder moet slapen, 4000 dagen, oftewel elf jaar. Elf jaar lang heeft Jozua, met zo'n stenen mes, onafgebroken mannen besneden. Gelooft ge dat?'

Meester Spanjaard barstte in lachen uit.

'Lach maar,' zei Roemer, 'mij is het lachen al lang vergaan, die Bijbel... er klopt niks van, het is beuzelpraat, het is dat je die mooie psalmen nog hebt...'

'Ach ja, die ranke psalmen... heb jij die nieuwe rijmpsalmen al bekeken? Ik wel. Niet slecht hoor.'

'Ja, ik stuitte op liefelijke rijmen. Ik lag en sliep gerust, van 's Heeren trouw bewust, tot ik verfrist ontwaakte, want God was aan mijn zij, Hij ondersteunde mij in 't leed dat mij genaakte.'

'Spreekt dat je aan? Slaap je slecht?'

'Nogal.'

'Hoe dat zo?'

'Vier gammele, matig onderhouden schepen buitengaats. Eén flinke storm en ze vergaan.'

'Onderhoud ze dan beter.'

'Waarvan? De verliezen worden elk jaar groter. We hebben ons steeds verder moeten bekrimpen. Dankzij de karige bezoldiging die ik als schepen beur en de schamele pacht en ruime toepacht die ik uit Maasland ontvang, houd ik het hoofd boven water. Ons is nu warempel toegezegd dat we van de Staten per haringbuis vanaf dit jaar een premie krijgen van vijfhonderd gulden. Tien jaar hebben we daarop moeten wachten!'

'Als de buizen en hoekers op de woelige zee dansen, woelt de arme reder aan land op zijn legerstede. Als schoolmeester ben je beter af.'

'Ja, en word je ook niet geroepen tot het ambt van schepen.'

'Vroeger heb ik anders vaak genoeg, vergeefs overigens, verbeten gebeden: wil mij toch een weg banen naar een ambt. Schepen... zo erg is dat toch niet? De schout regelt alles.'

'Ja, maar niettemin zaterdag om de veertien dagen te tien uur precies vergadering. Een boete als je ontbreekt of te laat komt. En vrijdag om de veertien dagen een zitting van de lagere vierschaar.'

'Dan verneem je tenminste wat er omgaat in dit gat. Of beter gezegd wat er niet omgaat. Hier geschiedt nooit iets. Zelfs een sappige separatie is er stellig sinds je schepen bent nog nooit bij de lagere vierschaar voorbijgekomen, laat staan een geval van openbare bespotting der justitie.'

Toen ze even later in de zalmschuur zaten, vroeg de schuttingman: 'En? Hoor je nog wel eens wat van Thade?'

'Onlangs kreeg ik warempel een brief uit Galle. Hij schreef z'n oude vader over een mislukte executie. Een soldaat had z'n principaal een oorveeg gegeven en was daarvoor ter dood veroordeeld. 't Gaat daar anders dan hier in Delft als ze d'r eentje van kant willen maken. Geen garrot, geen galg, maar een olifant. Die strompelt over je heen terwijl je vastgebonden op de grond vertoeft. En dan wijken meest dadelijk de levensgeesten. Aan een dwarsbalk met twee staken, bungelend uit de wereld raken, of toch liever al je leden een voor een bekwaam vertreden? Als zo'n olifant een jolige bui heeft, loopt hij niet over je heen, maar steekt hij die lange witte tanden haaks door je donder. Ben je ook meteen uit je lijden. Thade schreef dat ze die soldaat, in hun mooie fort daar in Galle, stevig vastgebonden, op de grond hadden neergevlijd. En toen wou die olifant niet over hem heen marcheren, en hij wou ook z'n tanden d'r niet in zetten. Wat ze ook deden, en hoe ze die goedlobbes ook ophitsten. Wat bleek nou? Twintig jaar eerder was er vlak bij 't fort brand uitgebroken. Diezelfde olifant, toen nog een fantje, denk ik, was daar vastgeketend. Die soldaat had een deken om zich heen geslagen en was dwars door de vlammen op dat olifantje afgerend en had 'm losgemaakt, en daarom vertikte die olifant 't twintig jaar later om 'm van kant te maken.'

'Hebben ze die soldaat toen in zee gegooid?'

'Nee, executie daar geschiedt standaard met een olifant. Van 't protocol kan niet afgeweken worden. Voorschrift is voorschrift, dus nou zitten ze in een gâchis. Thade wist me nog niet te vertellen hoe 't nou verdergaat. Misschien in een volgende brief, over een jaar of wat... ach, wat is dat toch hard, heb je één zoon, zie je die misschien wel nooit meer.'

Roemer had ook één zoon, en zag hem nu bijna elke dag. Of liever gezegd hij hoorde hem. Als hij 's morgens in zijn comptoirkamertje zat, klonk steevast de krachtige stap van Gilles Heldenwier. Onderweg van het Lijndraaiersslop naar de werf van Leendert Steur aan het Hellinggat, schreed zijn zoon altijd over de Veerstraat. En 's avonds hoorde Roemer hem ook vaak terugkeren naar het Lijndraaiersslop. Steeds diezelfde, veerkrachtige, soms haast daverende stap. Alsof z'n zoon ten oorlog uittoog.

In die ogenschijnlijk zo vredige zomermaanden van 1775 hoorde hij die veerkrachtige stap 's avonds vaak nogmaals. Werd er overgewerkt op de werf? Of was zijn zoon dan op weg naar de Groote Kerk om aldaar mee te oefenen met de vrouwen en kinderen? Hij kon dat nauwelijks geloven.

Op een van die avonden ging hij, toen de stap van zijn zoon weer opklonk tegen de gevels, het huis uit. Hij zag hoe Gilles de Breede Trappen besteeg. Kwiek volgde hij over de smalle treden. Bovenaan gekomen zag hij zijn zoon, plotsklaps in gezelschap van nog zo'n opgeschoten knul, Gideon van der Kraan, over de brug naar het Kerkeiland marcheren. Waren beide knapen dan toch op weg naar de Groote Kerk? Ze sloegen echter niet af, de Nieuwe Kerkstraat in, maar begaven zich, haast stampvoetend, naar de Ankerstraat.

Over de Haringkade naderde Willem van der Jagt, controleur der convoyen en licentiën en dorpsdichter. Hij wachtte tot Van der Jagt de hoek van Haringkade en Ankerstraat had bereikt, wees toen op de twee knapen die in het oogverblindende zomeravondzonlicht haast verbeten in de richting van het Hellinggat marcheerden, en vroeg kwanswijs achteloos: 'Wat zouden die twee nou toch van plan zijn?'

'Die twee hamerhelden? O, die zwalken hier elke avond een uur lang om de kerk heen. Vaak trouwens samen met andere lichtmissen en zwierbollen. Je hoort ze buiten brullen als we binnen zingen. En als de kerk uitgaat, staan ze bij de uitgang te wachten, en joelen ze: "Papenkost in geuzenschotels." Als 't daarbij blijft, hoeven we ons geen zorgen te maken.'

Op zondag 25 juni preekte dominee Daniël van Sprang over Colossenzen 2 vers 16: 'Dat u dan niemand oordeele in spijs of in drank, of in het stuk des feestdags, of der nieuwe maan, of der sabbatten', en Roemer hoorde hoe Van Spang uit die merkwaardige tekst, met die onbegrijpelijke verwijzing naar de nieuwemaan erin – maar daarover werd door Van Spang niet gerept – een aansporing tevoorschijn goochelde 'om de Gemeente tot eenparig en stichtelijk zingen op te wekken'. In diezelfde kerkdienst werden, nadat zes weken lang op vierentwintig zomeravonden de gemeente onder begeleiding van het Garrels-orgel de nieuwe zingtrant had kunnen oefenen, voor de eerste maal in een echte kerkdienst, licht en snel en zonder wanklank uit enkele nieuwe rijmpsalmen gezongen.

Na de dienst slenterde hij in het gloeiende zomerzonlicht langs de haven naar het Sluyse diep. Doodse stilte alom. Geen krabbelaar die het havenslik opwoelde. Geen buizen of hoekers die uitvoeren of binnenvielen. Hij liep tot aan het brede water, keek uit over het diep, wierp een blik op de hoge vuurbakens bij de ingang van de haven. Daarover even geen kopzorg. Toch leek het alsof hij nauwelijks ademhalen kon vanwege alle zorgen die op hem drukten. 'Werpt al uwe bekommernis op Hem,' had Petrus geschreven. Als hem dat toch ooit eens lukken mocht! Hij staarde naar de vele zandplaten en schorren en slikken. Daarop scharrelden, alle sabbatsrust ten spijt, in tomeloze bedrijvigheid tienduizenden knoeten en hoedjes en grote en kleine grillen en strandjes en witvodden en slikmussen. Hij hoorde de roep van de stuntel, zag hoe tussen lome zeehonden de vogel houterig stond te knikken. Toen schreed deze op zijn rode poten tussen de zeehonden door, verhief zich even, om vervolgens op een volgende schor neer te dalen. Daar werd zijn aanwezigheid betwist door een grotere vogel. Wat was dat? Zag hij groene poten? Was het misschien een grote stuntel? Het leek alsof diens aanblik, hoewel niet eens met zekerheid door hem vastgesteld, hem even verhief boven zijn allerminst schimmige muizenissen. Hij sloot zijn ogen, voelde hoe de warme zon op zijn oogleden aanviel. Als ik nu bestuursambtenaar was in het fort van Galle, zou ik er dan beter aan toe zijn, vroeg hij zich af.

Hij tuurde naar de zeehonden op de zandplaten. Wisten zij dat het zondag was? Doordeweeks zag je zelden een zeehond zonnen. Veel te gevaarlijk. Op elk moment kon een schuttingman opduiken om zo'n zeehond – net zo tuk op zalm als de visser – dood te knuppelen. Maar op de dag des Heeren hadden zeehonden niets te vrezen. Geen schuttingman die het wagen zou met een knuppel de sabbat te ontwijden. Het leek er sterk op dat de zeehonden daarvan op z'n minst een vermoeden hadden. Elke zonnige zondag lagen ze daar zorgeloos sluimerend op de blinkende zandplaten alsof ze wisten dat hun vredige aanblik hem steevast opbeurde.

Schout en schepenen

Bij een van de zaterdagvergaderingen van schout en schepenen in september kwam zijn zoon ter sprake.

'Op jouw werf,' zei de gewiekste Lambregt Schelvisvanger tegen Leendert Steur, die ook tot het ambt van schepen geroepen was, 'lijkt de ellende begonnen. Daar werken twee knapen die naar 't schijnt de vissers opstoken die af en toe bij jou komen buurten.'

'Gideon van der Kraan en Gilles Heldenwier,' gromde schepen Bastiaan den Exter.

'Zij zijn toch bepaald de enigen niet die de nieuwe zingtrant als paapse afgodsdienst bestempelen,' zei Leendert Steur.

'Paapse afgodsdienst? Lutherse afgodsdienst toch? Dat heb ik tenminste vernomen,' zei Jacob van der Lely.

'Paaps of luthers, wat maakt het uit,' zei Leendert Steur.

'Mijne heren,' zei schout Pieter Schim, die een jaar eerder Samuel Prijn was opgevolgd, 'laten wij scherp toezien op wat er gebeurt. Van dominee Van Sprang hoorde ik dat er bij hem en bij Van der Jagt een schotschrift onder de deur door geschoven is waarin zij, als uitvinders van "dien Dans- en Comediezang", zoals daarin de nieuwe zangwijs wordt aangeduid, bedreigd werden met molest.'

'Schotschrift? Dat is zwaar overdreven. 't Waren korte epistels. We vonden ze in de voorzomer ook in de kerkenzakjes,' zei schepen Jacob van Broekhuyzen die tevens diaken was, 'we hebben ze in de gerfkamer lachend verscheurd.'

'Ondertussen is een en ander toch al aardig uit de hand gelopen,' zei de schout. 'Wie van ulieden was op zondagmorgen 27 augustus aanwezig bij de morgendienst in de Groote Kerk?'

'Ik,' zei Roemer, 'bij 't zingen van psalm 3 het vierde vers, "Gij sloegt hen op de kaken, verbrekend onverwacht, hun tanden door

Uw macht", begonnen enkele kerkgangers te tieren...'

'Blijvende zij nog blaten, naar ik vernomen heb,' zei de schout, 'nadat de psalm uitgezongen was.'

'Inderdaad,' zei Roemer,' maar toch werd hen betrekkelijk snel de mond gesnoerd.'

'Wie waren de blaters?' vroeg de schout.

'Vanuit de redersbank heb ik het niet goed kunnen zien.'

'Het waren een paar kuipers en vissers, hoorde ik van mijn vrouw,' zei Bastiaan den Exter.

'Het zou goed zijn als wij de namen der blaters konden achterhalen,' zei de schout, 'want waren het dezelfden die op woensdag 30 augustus de weekdienst in de Kleine Kerk verstoord hebben? Heeft een van u daar gekerkt?'

'Mijn vrouw is daar geweest,' zei Roemer. 'Die heeft mij verteld dat op de galerij ook weer vissers, en vrouwen en bierstekers voorzanger Ouboter van de wijs probeerden te brengen.'

'Bulkend en tierend, naar wat ik ervan hoorde,' zei de schout. 'Welke vissers waren het?'

'Geen omtoren of inbakkers die op een van onze buizen of hoekers varen,' zei Roemer.

'Het stelde weinig voor,' zei Leendert Steur. 'Ze hebben Ouboter niet van de wijs kunnen brengen.'

'O nee? Mijn vrouw vertelde anders dat dominee Van Wanen zo deerlijk was aangedaan,' zei Jacob Verwoert, 'dat onze herder nadien niet bij machte bleek om te preken. Hij zag nog net kans de zegenwens uit te spreken, waarna 't vort ging met de hele gemeente. De Breede Trappen af en naar huis.'

'Een week later hebben ze 't bij de weekdienst in de Kleine Kerk weer geprobeerd,' zei Cornelis de Jong. 'Daar was ik zelf bij. Een stuk of tien mannen en vrouwen wilden vanaf de gaanderij Ouboter weer van de wijs te brengen. 't Is ze echter niet gelukt.'

'Nee, want Ouboter werd terzijde gestaan door zeven korte zangers met zeven zware stemmen,' zei Lambregt Schelvisvanger.

'Ze waren witheet, daarboven op de gaanderij,' zei Cornelis de Jong. 'Ze zijn met dreunende stappen op en neer gaan lopen, zodat 't beneden leek alsof de donder rommelde.'

'De zondag daarvoor hebben kuipers en vissers zowel in de morgendienst als in de middagdienst en in de avonddienst in het koor van de Groote Kerk staan schreeuwen en roepen en gillen,' zei Jacob Verwoert.

'Dat was nog niets vergeleken met wat er tijdens de vrijdagdienst van 8 september voorviel,' zei Den Exter. 'Van Sprang was nog maar net met z'n preek begonnen toen Kees Denick...'

'Die?' vroeg Lambregt Schelvisvanger. 'Die heeft nog bij mij als stuurman gediend.'

'Ja, die vaart nu bij Poortman en Klinge.'

'Maar dat is ruimschoots een grijsaard? Kon hij...'

'Hij werd geholpen door melkboer Hooghwerff en door die knaap die bij Leendert op de werf werkt, die Gideon van der Kraan... wat heeft die knul een machtige stem... Met z'n drieeën zongen ze psalm 68, het eerste vers, maar dan in de berijming van Datheen, "Sta op, Heer' toon U onversaagd, zo werden verstrooid en verjaagd, zeer haast al uw vijanden".'

'Heeft Van Sprang toen de prediking gestaakt?' vroeg schout Schim.

'Nee,' zei Den Exter, 'hij wachtte geduldig tot ze uitgezongen waren, en heeft toen de verkondiging hervat. Tot aan de slotzegen verliep de dienst rimpelloos. Toen echter begon Hooghwerff te roepen dat er papenkost was opgediend, en Van der Kraans maatje, dat schriele joch uit 't Lijndraaiersslop, begon flink te razen, en zo'n beetje alle vissers die die zondag daar kerkten, trokken al hun registers open... 't was opeens een geloei en gebrul... en van buiten drongen lichtmissen en beschaarders en scherluinen en koggels de kerk binnen... met onstuimig, baldadig geschreeuw, ongelofelijk. We mogen de Algenoegzame danken dat de meeste vissers nog buitengaats waren. Als de hele vloot weer in de Kulk aangeland ligt, kunnen we nog wat beleven.'

'Zo'n vaart zal 't niet lopen,' zei Steur, 'en op die vrijdag heeft Bruyninghuizen met de zwaarste orgeltonen...'

'Ja, dat was machtig mooi, u edele,' zei Den Exter tegen Schim. 'Het orgel zette opeens een keel op... 't leek wel of er bulderende reuzen door de kerk banjerden. 'k Had 't orgel nog nooit zo gehoord, 't leek wel of m'n oren op barsten stonden, 't leek wel of de aarde beefde zoals indertijd in Lissabon.'

'Dat brommende orgel... 't heeft al die oproerkraaiers machtig aangedaan,' zei Verwoert. 'Ze stroomden naar buiten, de Nieuwe Kerkstraat in, en de Haringkade op, en daar hebben ze toen staan schreeuwen dat ze 't huis van Van der Jagt leeg zouden halen...'

'Van der Jagt? Waarom het huis van Van der Jagt?'

'Die pleit al jaren voor de korte zingtrant. Zegt ook al jaren dat hij aan een pleidooi werkt...'

'Dat komt binnenkort van de drukpersen,' zei Lambregt Schelvisvanger. '*Een aansporing tot eendrachtig psalmgezang aan de gemeente van Maassluis.*'

'Ze hebben niet alleen Van der Jagt bedreigd. Ze zeiden dat ze ook de huizen van onze herders zouden plunderen en dat ze Van Sprang van de preekstoel af zouden donderen en de voorzanger zouden versmoren achter z'n lessenaar.'

'Och, mensen...' zei Leendert Steur. ''t Zijn vaak grote woorden waarop kleine daden volgen... laten we 't hoofd toch koel houden...'

'Dat zeg jij, Leendert,' zei Den Exter, 'maar ik heb die jongkerels die bij jou zo bekwaam op jouw werfje timmeren horen mompelen dat ze d'r met hun scherpe bijlen op af wilden.'

'Als ik ulieden allen goed beluister,' zei Pieter Schim, 'dan heb ik toen ik zelf op de eerste september, samen met de stedehouder van de baljuw en zijn dienders, de vrijdagdienst heb bijgewoond, slechts een bescheiden staal der ongeregeldheden mogen smaken. Eén enkele oude schipper zong toen tussen de regelen door... ach, hoe aandoenlijk...'

'Wat wil je,' mompelde Schelvisvanger zacht tegen Roemer, 'wie durft als de schout daar zelf, samen met dienders van de stokoude baljuw van Delfland en diens plaatsvervanger Verstaak, in de kerk is... allicht, allicht...'

Roemer knikte alleen maar, keek door de lage achterramen van het Raadhuys uit over de Havenkade. Hij zag toefjes blauwe lucht en witte wolkjes die achter elkaar aanjoegen in de richting van de Groote Kerk. Hij zag hoe twee buizerds hoog boven de havenkom traag op de thermiek rondwentelden. Ver daaronder doken krijsende mantelmeeuwen in de havenkom naar sprot en spiering. En ook kokmeeuwen lieten zich niet onbetuigd, krijsten en doken dapper mee, en daartussendoor zweefden visdiefjes met hun parmantig zwenkende, zwartgepunte, rode snaveltjes over het blinkende havenwater in de richting van het Sluyse diep. Zo dadelijk loop ik even naar het havenhoofd, dacht hij, en alleen al dat voornemen beurde hem op. Even gaan kijken of de zeehonden het vlak voor de sabbat reeds aandurfden zich op de zandplaten neer te vlijen. Even zien hoe de knoetjes zich opeens als één man op hun vleugels zouden verheffen, om vervolgens allemaal adembenemend vlug over de schorren te scheren. Wind, water, wolken, nazomerzon, grote en kleine stuntels, en bij wijze van bijzonder genade zo'n vlucht witvleugelmoeraszwaluwen, naar open zee, om dat zotte gekrakeel over de lange versus de korte zingtrant volledig uit je geest te bannen.

'U wel thuis wensend, wil ik u nog met klem verzoeken: laat gij allen zich tot het uiterste bevlijtigen om deze confusie te stremmen,' zei schout Schim.

'Laat Schim zich dan zelf,' zei Lambregt Schelvisvanger toen ze op de Hoogstraat stonden, 'bevlijtigen om wat getrouwer de godsdiensten bij te wonen en de heilige bondszegelen te gebruiken.'

'Is het waar dat hij eigenlijk remonstrants is?' vroeg Den Exter.

'Men zegt dat hij, teneinde zich een weg te banen naar dit ambt, Van Sprang steekpenningen toegestopt heeft om in de gereformeerde kerk opgenomen te worden,' zei Verwoert.

'Werkelijk? Is hij gemoffeld?' vroeg Leendert Steur.

'Net als ik komt hij uit Maasland,' zei Jacob van der Lely, 'maar daar heb ik hem vroeger nimmer zien kerken bij de remonstranten.'

'Waar praat je over! God zelf heeft indertijd, ruim twintig jaar geleden, een bulderende dwarrelstorm gestuurd die de voorgevel van de remonstrantse kerk wegblies als een strohalm. Sindsdien...'

'Toch hebben ze nadien nog gekerkt,' zei Van der Lely koppig.

'Waar dan?'

'Op de deel en in de koestal van de Likkebaartshoeve.'

Zangoefeningen

Waar hij ook kwam op die nog zo aangenaam warme septemberdagen, bij de visafslag, in de kuiperijen, op de werven, bij de zeilmakers, overal ontwaarde hij verhitte koppen, hoorde hij harde stemmen, werd tot in 't Peerd z'n bek toe het woord van Jezus bewaarheid: 'Ik ben niet gekomen om vrede te brengen, maar het zwaard.' Zelfs bij het clandestiene haringpakken achter in de Zure Vischsteeg, twistten de gezellen luidkeels over de zingtrant.

'Pas toch op,' zei hij nadat hij de steeg binnen was gelopen, 'over de haven liep daarstraks nog een kerel die kruinig gekleed was en er opgedrild uitzag. Vast en zeker weer zo'n verspieder uit Rotterdam die erop uitgestuurd is om te zien of wij hier stiekem haring pakken.'

'Godgeklaagd is het dat wij hier niet pakken mogen,' zei een bejaarde, enigszins aan lagerwal geraakte meesterknecht die eertijds nog geëmployeerd was geweest als impostmeester.

'Haringpakken mag nu eenmaal alleen in steden, niet in dorpen,' zei Roemer. 'Laatst is nog weer een nieuwe keur daaromtrent van kracht geworden.'

'Ophogen mag wel, pakken niet,' schamperde een ventje met een vaalblauw wambuisje aan en twee kakelbonte mutsjes op het hoofd.

'Ja, al die keuren, 't is om confuus van te worden,' zei hij.

'Welk is uw gevoelen ten aanzien van de korte zingtrant?' vroeg de meesterknecht.

'Mijn gevoelen daaromtrent is: laten we in godsnaam ophouden daarover te ruziën. Kerkdiensten in overvloed, weekdiensten op woensdag en vrijdag, en drie diensten op zondag, dus wat let ons om twee soorten diensten in te stellen, diensten waar men kort zingt, diensten waar men lang zingt.'

‘Diensten met dans- en komediezang,’ joelde het ventje in het blauwe wambuisje.

Ook de andere pakkers onderbraken hun verboden arbeid, tierden dat hun eerst al Datheen was ontnomen, en dat zij nu bovendien als papen moesten zingen.

‘Demp toch uw stemmen,’ zei hij rustig. ‘Wees toch bedacht op de Rotterdamse verspieders.’

‘Geef gehoor aan de reder,’ zei de meesterknecht. ‘Binnenkort wordt de tafel des Heeren aangericht. Laat ons tot het zover is alle twist en tweedracht ten zeerste matigen. Te meer daar Robbert van Nyn en Leendert Verschoor een smeekschrift hebben opgesteld dat door 41 vooraanstaande leden der gemeente is ondertekend en waarin zij verzoeken om het behoud van de oude zingtrant.’

‘Smeekschrift? Aan wie dan gericht?’ vroeg een der jonge haringpakkers.

‘Allereerst natuurlijk aan de douairière van Pieter van Wassenaar, de Ambachtsvrouwe van Maasland en Maaslandsluis, Anna Arnoldina van Boetzelaar. En natuurlijk een aan schout en schepenen, en een aan de kerkmeesters,’ zei de voormalige impostmeester weids en plechtig. Vooral het woord ‘douairière’ klonk alsof een rijtuig over de Hoogstraat ratelde.

‘Ja, maar ondertussen heeft de voorzanger van de Kleine Kerk, die gluiperige glazenmaker Ouboter, allerlei volk geronseld om in een huis aan de Nieuwstraat ’s avonds de korte zingtrant te oefenen,’ zei een van de pakkers nukkig.

‘We zullen hem een toontje lager leren zingen, die pralende Bartholomeus,’ zei het wambuisventje.

Of dat ventje op woensdagavond 20 september, toen het kersverse zanggezelschap voor de eerste maal bijeenkwam in de Nieuwstraat, een van de gangmakers was bij de manhaftige poging van het grauw om de bijeenkomst te verstoren, kon hij niet achterhalen. Diderica, doorgaans toch meestal bedlegerig, had warempel aan het begin van die avond ferm gezegd: ‘Ik ga naar de Nieuwstraat.’

‘Ga je oefenen bij Ouboter?’ had hij verbaasd gevraagd.

‘Ja,’ zei ze.

‘Ben je de oude toon zat?’

'Mag ik mij ook eens vertreden,' antwoordde ze korzelig.

En ze had haar reusachtige lichaam, ondersteund door Marije, verplaatst van de Veerstraat naar de Nieuwstraat, daarbij in een druilerig regentje de immense ruimte van de Markt overstekend met de voorzichtige pasjes van iemand die over een beijzelde straat glibbert. Staand voor het raam van zijn comptoirkamertje had hij haar nagekeken zolang het kon, zich afvragend of zo'n barre tocht naar de Nieuwstraat haar zwaarder viel dan het bestijgen der Breede Trappen. Had ze die Breede Trappen bestegen, dan bleek ze steevast door zodanige benauwdheden bevangen te zijn dat ze lange tijd rusten moest voor ze vanaf de Monsterse sluis de laatste stappen kon zetten naar de Kleine Kerk. Die vrouw! Nauwelijks te bevatten was het dat hij, Roemer Stroombreker, van alle vrouwen op de wereld – en hoeveel waren dat er wel niet? – uitgerekend met deze reuzin in de echt was verbonden. Twee buizen had ze ingebracht, *Het Jongste Gericht* en *De Laatste Vermaning 2*, en die waren inmiddels reeds lang vervangen door *Het Jongste Gericht 2* en *De Laatste Vermaning 3*, maar zij was nog altijd niet heengegaan, hoewel ze regelmatig leed aan hete bluskoortsen. Dan kwam de chirurgijn aangesneld om haar ader te laten, en kon ze, weliswaar danig verzwakt, weer een tijdje voort, hoewel met reumatieke pijnen in al haar gewrichten. Wat de chirurgijn ook probeerde, zuurdeeg aan haar voeteneind in de bedstede, het zetten van Spaanse vliegen, bloedzuigers op haar borst – niets hielp. Kininekuren bleven zonder resultaat. Zelfs het paardenmiddel van het zeebad – en wat kwam daar niet voor kijken: op een gloeiend hete zomerdag in een gesloten rijtuig naar 's-Gravenzande, en dan gehuld in oude kleren, ondersteund door Marije en de chirurgijn, voetje voor voetje door de branding heen tot het zeewater haar kolossale borsten omspoelde – baatte nimmer. En daarbij altijd maar kiespijn. Nu goed, wie had er géén kiespijn, maar bij haar waren alle tanden en kiezen, voor zover nog aanwezig, om beurten, of soms zelfs in commissie, voortdurend ontstoken.

Wat hem bij al haar lichamelijk onheil nog het meest van zijn stuk bracht was dat ze haar beproevingen zo akelig blijmoedig onderging. Nooit was ze ook maar een ziertje kribbig. Hoe kon je nu meevoelen met iemand die gul lachend elke aderlating onderging en zo'n uitstapje naar 's-Gravenzande als een snoepreisje ervoer?

Vol wrevel zat hij, terwijl het daglicht op de Veerstraat langzaam doofde, in zijn comptoirkamertje verwoed te cijferen, ofschoon hij de uitkomst van zijn berekeningen al wist. Rederij Stroombreker en Croockewerff zou zich nog verder moeten bekrimpen, ook al was dat jaar voor het eerst iedere buis die ter haringvisserij uitvoer met een premie van 500 gulden uit 's lands kas gesoulageerd. Eigenlijk was het onverantwoord om volgend jaar nog hoekers uit te reden, tenzij ook die met zo'n premie gesoulageerd zouden worden. Maar reedde hij zijn hoekers niet uit, dan werden prompt twee voltallige bemanningen werkeloos. Reeds zag hij voor zich hoe die mannen, hun vrouwen en hun talrijk kroost zich zouden voegen bij de legerschare ongelukkigen die zich, ondanks de ter wering van landlopers, bedelaars en, vooral pakdragende joden her en der opgehangen plakkaten van de Staten-Generaal, over de straten voortsleepten, smekend om ondersteuning. Hij dacht aan wat dominee Hoffman bij het eeuwfeest trots had gezegd: 'Maassluis, gij zijt ook een voorspoedige plaats, daar niemand zijn brood met veel angstvalligheid behoeft te zoeken, wil hij maar werken.' Het was maar goed dat Hoffman, die in 1759 gestorven was, de aanblik van al die bedelende stakkers bespaard was gebleven.

Toen het donker was geworden en hij zijn onverbiddelijke berekeningen amper nog kon ontwaren, hoorde hij Diderica, ondersteund door Marije, aankomen over de glibberige kinderhoofdjes. Hij stond op, snelde naar de voordeur, opende deze en liep zijn Diderica tegemoet. Een meter of tien achter beide vrouwen slenterden zeven jonge kerels.

'We werden nagelopen door schimpende beschaarders,' zei Diderica opgetogen. 'Ze hingen al tegen de leuning van de vlietbrug toen we bij Bartholomeus aankwamen. Ze riepen dat ze Ouboter in de Zuidvliet zouden smijten.'

'En toen,' vulde Marije aan, 'zei mevrouw "Gij kraaiende koggels, werp mij maar in het water, toe maar, ga je gang". Daar schrokken ze even van, toen deinsden ze toch achteruit.'

'Ja, ze hebben 't niet aangedurfd mij aan te vatten, spijtig genoeg. Gaarne had ik 't meegemaakt. Eentje heeft nog wel een hand naar me uitgestoken, die is ons ook nagelopen, die loopt nu nog achter ons, 't is die plug met dat IJslandse mutsje op.'

'Toe, mevrouw... als ze u aangevat hadden, wat had ik dan moeten doen?'

'O, maar zo makkelijk hadden ze me de Zuidvliet niet in gekregen. Mij dunkt dat er wel een half dozijn flinke pluggen moet aantreden om mij op te tillen... Spijtig hoor, dat ze 't niet geprobeerd hebben, ik had me schrap gezet, o, wat had ik me schrap gezet.'

Roemer had de plug met het IJslandse mutsje reeds herkend, wist reeds wie daar, in het schemerduister, vanaf de Nieuwstraat en over de Markt zijn Diderica was nagelopen. En natuurlijk werd hij geconvoyeerd door Gideon van der Kraan, alsmede enkele andere jonge scheepstimmerlieden.

'Toen we in de Nieuwstraat aankwamen, stond er ons daar zelfs allerlei vrouwvolk op te wachten, samen met prikkenbijters en omtoren en inbakkers die nog maar net waren aangeland. En schreeuwen en schimpen, och, och, je had erbij moeten zijn, ze brulden dat ze ons 't oefenen zouden beletten, dat ze ons de mond zouden snoeren, omdat het de Satan zelf was die ons influisterde om kort te zingen. Ja, 't was om doodsbang van te worden,' zei Diderica met schitterende ogen.

'Maar toen kwam gelukkig schilder Kornelis Langerak uit de Bogertstraat...' zei Marije.

'Ja, die verver,' zei Diderica. 'die zei tegen 't grauw dat 't geen pas gaf om, zo kort voor de viering van het Heilig Avondmaal, een voorzanger in de Zuidvliet te smijten... alsof dat anders wel gepast zou zijn, maar goed, dat zei hij, en hij wist ze warempel een beetje te kalmeren, dus toen konden we toch nog oefenen.'

'Kom,' zei hij, 'geef ook mij een arm, de kinderhoofdjes zijn vochtig en glad van de regen, daarstraks is nog iemand uitgegleden.'

'Dank je wel,' zei ze, terwijl ze haar arm door de zijne haakte, 'maar wees niet bezorgd, ik voel mij goed, in jaren heb ik mij niet zo goed gevoeld. Och, och, die plug met z'n grappige IJslandse mutsje op, die stak warempel z'n knuisten naar mij uit, die wou mij maar wat graag in de Zuidvliet duwen. Stel je toch voor, ik had maar zo kunnen verdrinken.'

'Daar is het niet zo diep,' zei Roemer, 'je kunt daar wel staan.'

‘O, maar je kunt al zomaar verdrinken in een klein laagje water, waar of niet, Marije?’

‘Ja, makkelijk zat,’ zei Marije.

‘Die plug heeft me ook nog beschimpt, hoe bestaat het, mij...’

Ze giechelde, probeerde om te kijken, maar dat lukte haar niet, en hij voerde haar snel mee, de gladde kinderhoofdjes over, naar de nog openstaande voordeur, die hij even later met een smak dichtgooide. Toch ving hij, vlak voordat de deur in het slot viel, nog een glimp op van Gilles Heldenwier. Het was alsof hij zichzelf zag staan op de dag van zijn bruiloft.

Een glas water

Twee dagen na haar uitstapje naar de Nieuwstraat zei Diderica: 'Ik wil vanavond naar de Groote Kerk.'

'Hoe dat zo?' vroeg hij verbaasd.

'Ik wil zo graag eens horen hoe het klinkt. Die nieuwe zingtrant. In een echte dienst. Met het grote orgel erbij.'

'Maar de Groote Kerk... eerst de Breede Trappen op, dat zal net gaan, maar dan de dijk weer af, naar de brug, en de Ankerstraat uit tot aan de Nieuwe Kerkstraat... je bent al uitgeput als je de Breede Trappen hebt bestegen.'

'Ik voel me goed, als Marije en jij me ondersteunen, kan ik het denkelijk wel halen.'

'Maar dan moet ik ook mee,' zei hij vol afgrijzen.

'Is dat zo erg? Naar de kerk?'

'Voorbereiding Heilig Avondmaal. Wat heb ik daarmee van doen? Mij ontbreekt de vrijmoedigheid om aan te schuiven bij de tafel des Heeren.'

'Waarom, heer Stroombreker?'

Op zijn tong lag: 'Omdat ik, onboetvaardig zondaar, buiten het huwelijk een zoon geteeld heb en God noch jou daar ooit vergiffenis voor heb gevraagd.'

Reeds jaren lag die bekentenis op zijn tong. Wat weerhield hem ervan om het eruit te gooien? Het besef dat het niet bij zo'n simpele bekentenis kon blijven? Want hoogstwaarschijnlijk zou ze dan stomverbaasd zeggen: 'Maar je bent toch onbekwaam?' En dan zou hij moeten antwoorden: 'Bij jou, omdat je geurde als die verschaalde heilbot.' En dan zou ze, toch al zo bezocht door kwalen en reumatieken en benauwdheden waar menig mens reeds onder bezweken zou zijn, ook die last nog te dragen krijgen: dat zij geen kinderen had omdat ze onder haar rokken het aroma met zich omdroeg van een platvis. Dat wilde hij haar besparen, en tegelijkertijd wilde hij zichzelf besparen dat ze mogelijkerwijs zelfs daarop zou reageren met dat stupide giechellachje.

'Waarom, Brekertje?' vroeg ze nogmaals.

'Omdat mijn geloof te nietig is.'

'Maar 't hoeft niet groter te zijn dan een mosterdzaadje,' zei ze, en daar verscheen dat schampere giechellachje al, en ze voegde eraan toe: 'Het mag zelfs kleiner zijn.'

'Zo klein dat je onmogelijk geloven kan dat er ooit een ark heeft gevaren waarin plaats was voor alle dieren? Zo klein dat je niet geloven kan dat er ooit een muur van water is opgerezen in de Schelfzee om 't volk Israël droogvoets daardoor te leiden? Zo klein dat je niet geloven kan dat er ooit een vissenmaag kan zijn geweest, groot genoeg om drie dagen logies te bieden aan Jona?'

'Wat laat je je nu kennen! Zo'n kolossaal zeemonster... dat is natuurlijk je eer als visser te na, maar je hebt me ooit verteld dat ze jouw moeder een reusachtige heilbot brachten. Als een heilbot al zo wanstaltig groot kan zijn, kan er toch best een reusachtige potvis in de oceanen rondzwemmen?'

Dat warempel nu die heilbot ter sprake kwam. Alsof hij zijn bekentenis reeds had gedaan. En daarom zei hij sussend: 'Wie weet.'

'Nou dan kun je gerust aanschuiven bij de tafel des Heeren.' En weer borrelde dat venijnige proestlachje uit haar omhoog, dat lachje waarmee ze te kennen leek te geven dat het hele leven pure malligheid was, een goedkope, boertige klucht, geen aanzien waard.

'Lach jij maar,' wilde hij gaan zeggen, 'natuurlijk, 't is waar, het hele leven is een sotternie, maar kijk uit, die sotternie kan elk ogenblik omslaan in rampspoed.'

Ze was hem echter voor. 'Weet je wat ik nou nooit heb begrepen? 't Waren toch vissers, die discipelen van Jezus, dus waarom nou stom brood en wijn bij 't avondmaal, waarom geen zalm of haring? Wie appelen vaart, die appelen eet. Wie vis vangt... 't zou ons zelfs vandaag de dag nog helpen als wij kostbare vis mochten leveren voor al die tafels des Heeren, en wat is er nou smakelijker dan een harinkje of sprotje?'

'In Galilea zwemt geen haring. Een meer dat afwatert naar zee, daar vang je graterige zoetwatervissen, ach, die arme stakkers, daar in 't beloofde land. Het vloeide misschien over van melk en honing, maar een lekker visje...'

'Brasems? Karpers? Blieken?'

'Wat voor vis ze vingen, weet ik niet. Je leest er niets over. En hoe ze visten, daar kom je ook niet achter. Met een slecht sleepnet, veronderstel ik. Over een beug beschikten ze nog niet, over staand want evenmin.'

'Hadden ze boetsters?'

'Daar lees je ook al niets over. Ergens in Mattheus staat dat Jezus discipelen roept terwijl ze hun netten vermaken, en dat staat ook in het eerste hoofdstuk van Marcus, maar meer lees je daar niet over. En je leest ook nooit hoe ze hun netten te drogen hingen. En hoe ze hun schepen onderhielden, of met wat voor schuiten zij dat meer op gingen, blijft duister. Vier evangeliën over vissers, maar 't hadden evengoed grutters kunnen zijn, of kuipers... nou ja, kuipers. Hadden ze kuipen? Bewaarden ze hun vis? Werd er gepekeld? Of voeren ze alleen "ter versche"? En wie reedden hun schepen uit?'

'De tollenaars,' riep ze plagerig, en nogmaals schalde haar spotlach door de grote achterkamer.

En diezelfde lach klonk ook weer op toen Marije en hij haar die avond trede voor trede de Breede Trappen op hadden gesleept, en ze lang op de Monsterse sluis moest recupereren. Roemer tuurde naar het rimpelende Noordvlietwater. Verderop, daar waar geen huizen meer stonden, glinsterde het water verblindend. Het was alsof het in brand stond, tot ver voorbij de klotsbanen achter het Huys ter Lugt in Maasland.

'Ik geloof niet dat ik verder kan,' zei Diderica, en ze grinnikte boosaardig.

'Dan dalen we weer af,' zei hij kalm.

'Maar nu weer omlaag... dat red ik ook niet,' zei Diderica.

'We staan hier goed,' zei Roemer.

Bij het Raadhuys draaide een lege handkar de Hoogstraat op. Met knerpende wielen kwam hij naderbij, voortgeduwd door twee opgeschoten jongens met IJslandse mutsjes op en bonte, van grauwgele klinken voorziene IJslandse kousen aan onder hun versleten kniebroeken.

‘Och, mevrouw,’ zei Marije, ‘als we u daar nu eens voorzichtig op zouden neervlijen...’

En zo ging Diderica voor twee stuivers ter kerke op een handkar. Met zwikkende, kreunende wielen vervoerde de tweewieler haar tot aan de grote stoep bij de hoofdingang van de kerk in de Olivierstraat. Met beide knapen sprak Roemer af dat ze na de dienst daar weer met hun handkar zouden staan, om zijn vrouw voor twee stuivers naar de Breede Trappen te transporteren.

Eigenlijk waren ze te laat. Bruyninghuizen was reeds aangevangen met het voorspel van de voorzang. Dominee Van Sprang wiste op de hoge preekstoel met een bonte zakdoek het glimmende zweet van zijn voorhoofd, dat onder zijn pruik opwelde en zich een weg naar omlaag zocht via de vele verticale rimpels op zijn bleke vollemaansgezicht.

Voetje voor voetje schreden ze naar de redersbank, alle kerkgangersogen op hen gericht. Veel liever was hij achter in de kerk op de eerste de beste lege bank neergestreken, maar dat was helaas ondenkbaar. Voorin was nu eenmaal zijn ereplaats, in de hoge, voorname bank schuin opzij van het middenschip, een bank die evenals een loge in zo’n operagebouw, waar hij nooit was geweest en waarschijnlijk ook nooit zou komen, met een deurtje kon worden afgesloten.

Terwijl ze over het brede gangpad schreden, hoorde hij hoe er achter hem luide stemmen opklonken. Werden ze gevolgd door andere laatkomers?

Bruyninghuizen beëindigde zijn broze voorspel, liet even een stilte vallen, zette toen ferm de voorzang in. Terstond zwol het stemgemompel achter zijn rug aan tot een ruige, schelle, daverende schreeuw. En die knetterende oerschreeuw werd gevolgd door dierlijk gebrul, geloei, gegil. Een snerpende kreet klonk op, alsof een vrouw werd gemarteld, gevierendeeld, gewurgd. Toen verschaalde het gebrul, dwars door het orgel en de aarzelende gemeentezang heen, tot één enkele kreet: ‘Geef ons heden de oude toon terug.’ Eerst waren het slechts de krachtige, hoge stemmen van loenen en pluggen die de kreet scandeerden, met één joelende, snerpende vrouwenstem daar nog hoog boven uit, maar al snel kreeg die hoge vrouwenstem steun van andere schrille vrouwenstemmen. Achter de prikkenbijters aan stroomden nettenboetsters en turfdraagsters de kerk in.

Toen ze hun redersbank ten slotte bereikt hadden, en hij zijn amechtige Diderica daarin zorgzaam, haar het drietredige trapje op helpend, naar binnen had geloodst, ruiste die kreet, inmiddels door vele kerkgangers overgenomen, ook vanuit de banken en vanaf de staanplaatsen in het middenschip door de hele kerk heen.

Zodra hij zat, wierp hij een blik op dominee Van Sprang. Verkrampt, doodsbleek, de ellebogen stijf tegen zijn lichaam aangedrukt, hing hij, met zijn borst steunend op de kanselbijbel, op de preekstoel. Het zweet gutste nu over zijn voorhoofd, spoelde zelfs dwars door zijn wenkbrauwen heen, de oogkassen in, zodat Van Sprang heftig met zijn oogleden moest knipperen om te voorkomen dat het schedelwater zijn blik zou vertroebelen.

Wat zijn het ondingen, dacht Roemer, die ellendige pruiken. Je gaat ervan zweten als een otter. En hij herinnerde zich weer wat zijn moeder altijd had gezegd: 'Toen ik nog klein was, preekten de dominees tegen de pruiken. Zette je er één op, dan zondigde je ongeveer tegen al Gods geboden, en nu dragen ze ze zelf.'

Zelfs het grauw dat achter hen aan de kerk was binnengedrongen, bleek ontvankelijk voor de aanblik van zoveel ontsteltenis op de preekstoel. Hier en daar klonk nog een zwak gemurmel, 'Geef ons heden...', maar de voortzetting bleef achterwege, en op de preekstoel richtte Van Sprang zich op. Toen boog hij zich voorover, naar de ouderlingenbank, in de diepte onder hem, en stamelde enkele onverstaanbare klanken. Een der ouderlingen stond op, schreed waardig naar de koster, fluisterde iets, en de koster stond vervolgens ook op, en bewoog zich, traag stappend, in de richting van de gerfkamer. Zoals die koster daar liep, zo behoedzaam, zozeer erop bedacht om geen geluid te maken, herinnerde het Roemer aan de stap van de grote stuntel op een van de zandplaten. Ook al omdat de koster onder zijn kuitbroek lange IJslandse sokken droeg, met daarin wonderschone, geelgespikkelde klinken. Zo traag als hij ging, zo traag keerde hij vrijwel dadelijk ook weer terug uit de gerfkamer, in het bezit nu van een glas water, dat hij tot aan de voet van de preekstoel droeg. Een ouderling nam het glas behoedzaam over, besteeg de preekstoeltrap, reikte het dominee Van Sprang aan, en die dronk zo gulzig dat er heel even besmuikt gelachen werd in de banken en in het middenschip.

Blijkbaar herwon Van Sprang dankzij dat glas water zijn moed. Zijn krachtige stem schalde door de kerk. 'Mag ik de gemeente, nu wij ons thans opmaken om ons voor te bereiden op de viering van des Heeren Avondmaal aanstaande zondag, verzoeken om gepaste aandacht.'

De weeshuisjongens en nettenboetsters die nog stonden knikten deemoedig. Zelfs toen de gemeente, geleid door Bruyninghuizen, in de eerstvolgende psalm, stoutmoedig weer de korte zingtrant praktiseerde, bleven protesten uit het middenschip achterwege. Van Sprang beklemtoonde in zijn preek dat slechts daar waar liefde woonde, de Heere der Heirscharen zijn zegen gebood, en dat bij godzaligheid broederlijke liefde toegebracht diende te worden, en bij die broederlijke liefde, liefde jegens allen, want alleen dan, 'vol liefde jegens allen, voor- en tegenstanders van de nieuwe zingtrant, kan men, zonder zich een oordeel te eten of te drinken, wandelend in vreze de tijd uwer inwoning, de knikkende knieën richten naar de tafel des Heeren.'

Zodra evenwel de preek waarin de voorganger zo klemmend had opgeroepen tot verzoening met een helder amen beëindigd werd, voelde Roemer hoe de spanning die als bij toverslag uit de kerk was afgevloeid tijdens het gnuiven vanwege Van Sprangs gulzigheid, zich eensklaps weer manifesteerde. Waar werd die spanning, die onrust, die haast onmerkbare huivering door veroorzaakt? Een dwarrelwindvlaag die de ruitjes van de glas-in-loodramen even liet rinkelen? Of het rauwe gekrijs van mantelmeeuwen boven de havenkom die blijkbaar prooien uit elkaars snavels gristen?

Bruyninghuizen zette in voor de nazang. De weeshuisjongens rezen dreigend op, een vrouwenstem schalde door de kerk: 'Geef ons de oude toon terug.' 'Zondag aanstaande,' brulden andere stemmen. Bruyninghuizen brak zijn spel af, bestookte toen de brullende kerkgangers met diezelfde zware bastonen waarmee hij reeds eerder het geschreeuw had weten te overstemmen. Daarop richtte zich de woede van de toonfanaten tegen het machtige instrument. 'We zullen het orgel omverstoten!' brulde een visser, en een tweede visser viel hem bij, en een derde, en even later gilden tientallen kerkgangers dat ze het orgel omver zouden halen en de pijpen eruit zouden breken. 'We hakken het orgel in stukken!' schreeuwden de scheepstimmerlieden. 'Onze bijlen zullen we als Boanerges op de pijpen laten dansen. '

Het geloei zwol aan, de zware bastonen ten spijt. Vlak onder de preekstoel zaten de ouderlingen en kerkmeesters even doodstil als doodsbleek, en naar het leek steeds meer in elkaar krimpend, met gekromde ruggen angstig naar elkaar te loeren, alsof ze dachten: een van ons moet het verlossende woord uitbrengen, moet met een koene aanspraak een einde maken aan dit verpletterende protest.

Een der kerkmeesters verhief zich, wilde iets roepen, maar terstond zwol het geloei aan, en de kerkmeester, de handen in vertwijfeling tot vuisten ballend, sloop naar de gerfkamer, vrijwel dadelijk gevolgd door de andere kerkmeesters.

Al het gebrul kristalliseerde ten slotte uit tot één machtige, groots door de weidse ruimte van de kerk daverende kreet: 'Geef ons de oude toon terug, geef de oude toon terug!' Steeds werd die kreet aangeheven door een doodsbleke feeks met schuin opstaande vlechtjes. En telkens als zij, eerst alleen, huiveringwekkend hoog en schril 'Geef ons de oude toon terug' door de kerk had laten schallen, vielen de bijters en boetsters in, alsof er afgesproken was canonisch te gillen.

Met schitterende ogen, de wangen overtogen met een diep rood, vroeg Diderica vol bewondering én afschuw: 'Wie is dat toch? Die met die schone scheeltjes. Ze hangt me in 't oog... hoe heet ze ook weer?'

'Dat is Kaat Persoon,' zei Marije. 'Ze spanseerde door de Nieuwstraat toen we bij Ouboter zongen.'

'Woont die Kaat... die Kaat de Frans zoals ze haar meestal noemen, woont die niet in de Sandelijnstraat?' vroeg Roemer.

'Ja,' zei Marije.

'En is zij niet...?'

'Ja,' zei Marije.

Zonen des donders

Na de voorbereidingsdienst werd Diderica, tot aan de Geerbrug geconvoyeerd door het jouwende grauw, naar de Breede Trappen vervoerd. Omdat zij, haar rug naar de voorkant van de kar gewend, haar belagers vanaf haar verheven zitplaats in de ogen kon kijken, werden haar bizarre bedreigingen in het gezicht geslingerd. Onbekommerd riep Diderica telkens vrolijk terug: 'De oude toon heeft afgedaan, thans vangt het nieuwe zingen aan.'

Zelfs toen ze weer thuis waren, hoorden ze op de Veerstraat nog lang het gejoel van boze stemmen opklinken.

'Het leek wel of ze mij erop aankijken,' zei Diderica vergenoegd, 'mij... alsof ik die nieuwe toon heb ingezet...'

'Ze hebben je in de Nieuwstraat gezien. Bij Ouboter. Je valt nu eenmaal op, je kijkt niet over je heen. En dan daarbij nu ook nog vervoerd op zo'n handkar...'

Uiteraard verzweeg hij het aandeel van zijn zoon. In de Olivierstraat had Gilles Heldenwier zijn werfmaten toegeroepen: 'Achter die kar aan.' Behalve door Heldenwier en zijn makkers waren zij ook gevolgd door een paar nettenboetsters bij wie Kaat Persoon zich had aangesloten. Later, toen hij in bed lag en hij uiteindelijk na lang woelen voelde hoe de slaap zich over hem ontfermde, schoot hij weer wakker omdat hij opeens dat hoofd met al die potsierlijke scheeltjes zo helder voor zich zag dat het wel leek alsof ze in zijn zolderkamer was binnengedrongen. Klaarwakker weer, en met bonkend hart, lag hij in het duister scherp te luisteren naar de onduidelijke geluiden die van buiten opklonken.

Toch stapte hij de volgende dag tamelijk onbevreesd het huis uit. Hij had zich echter bewapend met zijn rotting. Gewoonlijk placht hij die thuis te laten omdat de reusachtige ivoren knop ervan hem hinderde bij elke stap. Op weg naar de havenkom, waar mogelijkerwijs die dag *De Duizent Vreesen 2* zou binnenvallen, zag hij op de Hoogstraat ter hoogte van het Delflandhuys schout Schim naderbij komen. De schout wenkte hem. Hij trad op hem toe, de schout zei: 'Wat dunkt u? De kerkmeesters komen straks bijeen om zich te beraden. Mij hebben ze daarbij uitgenodigd. Welk advies lijkt u wijs? Mij dunkt: vooralsnog terugkeer tot de oude toon.'

'Men zou, waar er zoveel diensten zijn, godsdienstoefeningen kunnen houden waarbij de oude toon, en godsdienstoefeningen waarbij de nieuwe toon gezongen wordt.'

'Dat zal ik voorstellen. Op termijn zou dat een oplossing kunnen zijn. Maar morgen reeds... bij Gods tafel?'

'Juist vandaag vallen waarschijnlijk diverse beugschepen binnen. Morgen trekken de bemanningen naar het Avondmaal. Allemaal koppige vissers, stuk voor stuk liefhebbers van de oude toon. Zij zouden wel eens...'

'...voor veel confusie kunnen zorgen. Ik begrijp het.'

De schout lichtte zijn getoomde hoed, richtte zijn schreden naar het Raadhuys en gromde: 'Morgen dus toch eerst maar de oude toon terug.'

Terwijl hij wegliep, bedacht hij zich, wenkte Roemer weer, deed een paar passen terug diens richting uit en zei: 'Gisteren zag ik u in ons bedehuis. Wat riepen die scheepstimmerwerfjongens? Met hun bijlen zouden zij als... als...'

'Als Boanerges het orgel bewerken.'

'Boanerges...?'

Het leek haast of dat woord bleef hangen in de kille nazomerlucht.

'Ja, als Boanerges, als zonen des donders,' zei Roemer.

Schout Schim fronste zijn wenkbrauwen, keek hem vragend aan.

'Laatst heeft dominee Van Wanen gepreekt over Marcus 3 vers 17. Voorafgaand aan hun uitzending om duivelen uit te werpen, geeft onze Zaligmaker de zonen van Zebedeus toenamen. Hij noemt ze Boanerges, zonen des donders.'

'Aha, vandaar... zonen des donders... duivels uitwerpen... juist ja... dan zijn we gisteren aanmerkelijk grimmiger gewaarschuwd dan ik reeds dacht.'

En weer lichtte hij zijn opgetoomde hoed, weer verwijderde hij zich in de richting van het Raadhuys. Roemer liep de andere kant op en ademde vol welbehagen de prikkelende, kille nazomerlucht in. Het leek alsof hij, na zijn halfslaap vol nachtgezichten, met gescherpte zintuigen zijn begrensde wereld waarnemen mocht. Het was of hij alles voor de eerste keer zag: de havenkom, de reeds binnengevallen hoekers en buizen, de onrustig rondwiekende grote mantelmeeuwen, het blinkende haantje van de toren, de wachtende vissersvrouwen op de kade. Alles wat hij waarnam, leek opeens solide, hecht, duurzaam, en vol betekenis, zij het dat hij die betekenis minder dan ooit doorgronden kon. Eertijds had hij hier zo vaak gelopen met Thade. Hoe zou het hem vergaan, daar zo vlak onder de evenaar? Altijd als hij aan zijn jeugdvriend dacht, zag hij hem lopen op een woudpad onder uitbundig bloeiende bomen, die zo sterk geurden dat hij soms de illusie had dat hij al die duizenden bloesems rook, ja zelfs door de krachtige geuren daarvan bedwelmd werd, waarop dan dadelijk daarna de verschaalde, alom tegenwoordige taan- en vislucht zich zo krachtig aan hem opdrong dat hij er bijna van braken moest.

Terwijl hij in de richting van de Havenkade liep, zag hij haar, op enige afstand van de andere vrouwen, reeds staan. Ook zij keek uit naar *De Duizent Vreesen 2*. Hij dwong zichzelf tot een statige, langzame pas en liep op haar toe. Koel, bijna vormelijk bracht hij uit: 'Goedendag.' Ze knikte alleen maar. Hij zei: 'Jouw man, daar kunnen we staat op maken. Al zoveel jaar is hij op de voorlaatste zaterdag van september thuis gevaren, dat het wel raar moet lopen als hij vandaag niet binnenvalt.'

Ze knikte weer en keek van hem weg, de wijde havenkom over, waar de mantelmeeuwen krijsend heersten. Hoewel hij zich, reeds toen hij van huis ging, manhaftig had voorgenomen ditmaal niets van enige gemoedsbeweging te laten blijken, balde zich, nadat zij van hem wegkeek, alles wat er in hem woelde en kolkte samen tot een snik die zich hoog en schril, als was ook hij een mantelmeeuw, uit zijn keel wrong: 'Anna.'

Zijn raspende noodkreet, waar hijzelf danig van schrok, maar zij nauwelijks, werd overstemd door het gekrijs van de meeuwen. Hij vermande zich, mompelde een soort excuus, zei toen: 'Zo kerks zijn jullie toch niet. Die oude toon... ik kan mij niet voorstellen dat daar bij jullie in het Lijndraaiersslop ooit over gepraat wordt. Waarom duikt onze jongen dan steeds op tussen die hatelijke loenen en brakken die de oude toon terug willen?'

'Vrienden,' zei ze kortaf, 'werkmaten. Gideon van der Kraan, Ary Wouterse... Gilles is gaande geraakt door die loenen.'

'Het lijkt alsof hij het vooral op mij voorzien heeft. Weet hij iets?'

'Nee, natuurlijk niet,' zei ze bits, 'maar als bij ons thuis een enkele keer je naam valt, spuwt hij vuur. Waarom? Wij straatarm, jij in goeden doen, wij schamel, jij een voorname meester. Wees gewaarschuwd. Hij zou je iets kunnen aandoen. Met z'n bijl kan hij kollen.'

Ze schrok zelf, huiverde even, keek hem toen, één moment maar, aan zoals ze hem indertijd, in het hoge gras, had aangekeken. Weer welden die twee lettergrepen in hem op, zodat hij haast op zijn tong moest bijten om te voorkomen dat hij nogmaals zou krijsen als een mantelmeeuw.

Bij de vuurbakens doemde uit de lichte, maar dichte nazomernevels die boven het Sluyse diep hingen, een hoeker op die met vrijwel slap hangende zeilen langzamer dan de wijzers van een uurwerk de haven binnengleed. Was het *De Duizent Vreesen 2*? Tussen de hoge kadewanden had zich een dikke nevel genesteld die het havenwater aan het oog onttrok. Van de hoeker, die zo onthutsend traag naderbij kwam dat hij leek stil te liggen, kon hij slechts de contouren van de bezaansmast en een enkel zeil ontwaren. De nevel hield de naam van het schip verborgen. Toen hij ten slotte zo dichtbij was gekomen dat zelfs de in de Kulk kolkende nevel de naam niet langer kon verbergen, bleek het een hoeker te zijn van Lambregt Schelvisvanger.

Ook de zaterdag daarop, toen kerkmeesters, schout en schepenen in gezamenlijke vergadering bijeen waren, was *De Duizent Vreesen 2* nog niet binnengevallen. Omdat de vergadering in de achterzaal van het Raadhuys werd gehouden, kon hij, gezeten aan de lange tafel, uitkijken over de haven waarin *De Duizent Vreesen 2* zo langzamerhand beslist diende te verschijnen. Hij hoorde de schout zeggen: 'We zijn hier bijeen omdat metselaar Ary Luyendijk, horlogemaker Pieter van der Stolk en koperslager Maarten van Bommel afgelopen woensdag tijdens een kerkenraadsvergadering dringend verzocht hebben de oude toon voorgoed af te schaffen. Maar Robbert van Nyn en Leendert Verschoor hebben hun request om juist terug te keren tot de oude toon nogmaals met klem onder de aandacht der kerkmeesters gebracht. En zij worden gesteund door een veertigtal andere gemeenteleden. Wat nu?'

Terwijl de harde stemmen van schepenen en kerkmeesters onafgebroken opklonken, elkaar daarbij steeds nijdiger in de rede vallend, tuurde hij naar het kabbelende havenwater. Stel dat *De Duizent Vreesen 2* niet terug zou komen, omdat hij te pletter was geslagen op de kliffen van IJsland. Dan stond alleen Diderica nog tussen hem en Anna in. Ach, en die werd dagelijks bezet door beangstigende benauwdheden, die zou allicht niet lang meer leven. Dan zou... dan kon... ach nee, te laat, onontkoombaar te laat, reeds waren de beste jaren van het leven, van hun leven onherroepelijk verstreken. Niettemin drong zich zo sterk het beeld aan hem op van een wrak op IJslands klippen dat het hem bijna de adem benam. Maar waarom schipbreuk? Minder kon ook, de stuurman gestorven en, genaaid in zijn groene linnen zak, na een kort schippersgebed daar bij IJsland, of bij de Hebriden, of op de Doggersbank, overboord gezet.

'...een voorstel van Stroombreker. Godsdienstoefeneningen waarbij de oude toon, godsdienstoefeneningen waarbij de nieuwe toon gezongen wordt...'

'Twee partijen, verwijdering, tweedracht, scheuring, nee, slechte propositie, bar slechte propositie... wou u daar zelf nog iets over zeggen?'

Roemer schrok op. 'Nee, laat maar, mij dunkt dat er een ruime meerderheid is die herstel van de oude toon bepleit, de heer Luyendijk en zijn kompanen ten spijt. Anderzijds hebben wij slechts van de bijlen van een paar scheepstimmerlieden echt iets te duchten, van Ary Wouterse en Gideon van der Kraan...'

'Vergeet vooral ook die Gilles Heldenwier niet,' zei Schelvisvanger.

'Die is zo kwaad niet, die is gaande geraakt door zijn maten,' zei Roemer.

'Zou het? Ik heb hem anders, juist over jou...' zei Den Exter.

'Ach, die knullen,' zei Verwoert, 'die ducht ik niet, die haken naar heibel, maar Kaat Persoon...'

'Ja, ja, Kaat de Frans... tot nu toe waren de vrouwen... de hele zomer lang hebben ze braaf 's avonds de nieuwe toon geoefend, maar nu heeft zij de boetsters en turfdraagsters weten te ronselen... voorlopig maar terug naar de oude toon, dat lijkt me het beste,' zei Lambregt Schelvisvanger.

'Daar sluit ik mij bij aan,' zei kerk- en burgemeester Bubbezon. De vier andere burgemeesters knikten instemmend.

'Laat ons dan,' zei de schout, 'eenparig besluiten om de oude toon deze winter voorshands nog te handhaven. En we beleggen op 5 februari weer een gezamenlijke vergadering.'

Vloed

In zijn comptoirkamertje zat hij, diep gebogen over zijn werktafel, ijverig te rekenen. Vanaf de Veerstraat klonk het gerucht van voetstappen. Hij wendde het hoofd omhoog, tuurde naar het beslagen venster. Uit het schemerduister doemde een witte hand op, die traag het raam naderde. Even was hij er zeker van dat die lange vingers 'Mené, mené, tekél, upharsin' op de beslagen ruit zouden kalligraferen, maar toen besefte hij dat het venster aan de binnenkant beslagen was en er aan de straatzijde geen leesbare letters op aangebracht konden worden. Desondanks werden bij hem toch even de banden zijner lendenen los en stieten zijn knieën tegen elkaar aan.

Eén vinger slechts tikte dwingend tegen het venster. Hij hoorde de stem van meester Spanjaard: 'Diverteer je je zelfs 's avonds nog met besommingen? Leg weg, kom mee, het water begint weer te stijgen.'

Hij sprong op, haastte zich naar de voordeur, trad naar buiten, vroeg. 'Weet je 't zeker? Weertij was vanmiddag. Toen had 't toch moeten zakken.'

'Geen weertij, maar blijvend springtij, de hele dag al. Toen het vanmorgen vloed was, stond het zeven duim hoger dan indertijd bij de vloed van '46, en daarna is het niet meer gezakt. Als het nu, wanneer het opnieuw vloed wordt, nog verder stijgt...'

Hij zweeg, keek Roemer even donker aan, maar zei toen plagerig: 'Vanmorgen ben jij natuurlijk door die bulderende orkaan heen geslapen. Al je schepen veilig afgemeerd in de havenkom, dus waartoe bezorgd?'

'Ik hoorde pannen rondvliegen.'

'Ja, och, och, hebben veel Sluyzers onlangs, op last van de vroedschap, hun rieten dak vervangen door pannendaken, en waaien veel van die nieuwe pannen eraf... 't is her en der gebeurd... wat zijn wij toch bofkonten dat wij vlak achter de hoge dijk in betrekkelijke luwte wonen... en dan nog, wat een storm, ik kan me niet heugen ooit eerder zo'n storm te hebben meegemaakt.'

Ze togen naar de Breede Trappen, bestegen de smalle treden. Op de Monsterse sluis troffen zij groepjes monkelende vissers die zorgelijk uitkeken over de havenkom.

'Laten we maar even door de Hoogstraat naar de andere kant van de Kulk lopen,' zei meester Spanjaard, 'daar hebben we beter zicht op het tij.'

Haast in looppas snelden zij door de Hoogstraat. Ze waren niet de enigen. Vele vissers volgden hen. Aangekomen bij het Raadhuys wilden zij de hoek omgaan teneinde te kunnen afdalen over de schuine dijkhelling, de Havenkade op. Daar stond het water echter al hoog op de kade. Ze hadden er doorheen kunnen waden, maar niemand voelde zich daartoe geroepen. Daar waar het hevig klotsende, heftig rimpelende water reikte tot aan dc dijkhelling stonden ze, broederlijk naast elkaar uit te kijken over die inmiddels brede watervlakte die zich uitstrekte vanaf de Taanstraat tot de Haringkade.

'Het kan nog makkelijk een halve meter stijgen,' zei een der vissers, 'voor 't echt gevaarlijk wordt.'

'Bereids hedenvoormiddag had het al moeten afvallen,' zei een andere visser plechtig.

'Ja, maar 't zakte niet,' zei meester Spanjaard, 'toen ik na schooltijd hier langsliep, stond het maar weinig lager dan nu, terwijl het toen eb was.'

'Als het nu nog wast, stijgt het toch niet snel meer,' zei iemand die schuin achter Roemer stond. Was dat de stem van Gilles Heldenwier? Hij wendde zich om, maar zag hem niet, zag in de schemerdonkere novemberavond alleen maar de witte vlekken van de gezichten van vele vissers. Hij keek weer naar het woest golvende water, dat, zodra de maansikkel even tevoorschijn kwam van achter de jagende wolkenmassa's, betoverend glansde in het bleke licht. Uit de watervlakte rezen overal meerpalen omhoog, en aan al die meerpalen waren buizen en hoekers afgemeerd. Ze rukten aan hun touwen, haast in afwachting van het moment waarop het water, als het nog verder zou stijgen, die touwen en trossen kalm, haast onmerkbaar, over de koppen der meerpalen heen zou schuiven. Dan zouden de buizen en hoekers plotseling los blijken te liggen, en op drift kunnen raken. Maar waartoe daar bezorgd over? Zover zou het stellig niet komen. Dan moest het water nog minstens een halve meter stijgen.

Toch bleef het water haast onmerkbaar wassen. Stonden ze, amper tien minuten geleden, met hun schoenpunten nog vlak aan de waterrand, nu werden die schoenpunten al speels door het water omspoeld. Ze moesten zich terugtrekken en deden dat ook, en stonden toen weer pal achter de waterlijn. En ook die strategische positie moesten ze een kwartier later opgeven, omdat het water de schoenpunten bevochtigde.

'Hoe buitenissig,' zei meester Spanjaard, 'woest hoog water, dat hebben we vaak genoeg meegemaakt. Een halve meter in de Taanstraat, een kolkend riviertje in de Zure Vischsteeg, wie herinnert het zich niet? Echter alleen maar als het stormde. Springtij, een bulderende noordwester, en de wateren nemen boven aan de dijk de overhand, zo is het altijd geweest. Maar vergeleken met die orkaan van vanmorgen is de noordwester nu gekrompen tot een matig briesje.'

Roemer wilde dat tegenspreken, wilde wijzen op de wapperende jaspanden van de vissers, maar reeds klonk achter hem honend: 'Een matig briesje? Meestertje, kom nou toch.'

Akelig behoedzaam bleef het water rijzen. Traag als stroop, omzichtig als een onzichtbare sluipmoordenaar, maar niettemin werden weer de schoenpunten gedoopt en moesten ze een stap achteruit doen.

Eerst nog zacht lispelend, bijna fluisterend, maar allengs steeds krachtiger ruisend begon het water over de deuren van de Zuidersluys te stromen. Ook dat hadden al degenen die daar zwijgend waakten, eerder gehoord, en toch huiverden allen. Bleef het water stijgen, dan kwam onvermijdelijk het ogenblik waarop het water de afgemeerde buizen en hoekers zou bevrijden. En dan zou, steeg het water nog verder, het welhaast ondenkbare geschieden: het water zou over de dijk heen het achterland in stromen. Schuimend zou het afdalen over de Breede Trappen, en de op drift geraakte buizen en hoekers zouden door de stroming worden meegevoerd en dan zomaar, krakend, brekend, uit elkaar spattend, omlaag kunnen tuimelen, daarbij en passant de onder aan de dijk gelegen huizen mogelijk onherstelbaar beschadigend.

Waarom moest het, vroeg hij zich rond de klok van acht uur vertwijfeld af, op die stormachtige avond van de veertiende november uitgerekend *De Duizent Vreesen 2* zijn die als eerste hoeker in de havenkom op drift raakte? *De Duizent Vreesen 2* draaide traag om zijn as, wendde vervolgens de voorsteven naar de Zuidersluys, dobberde toen kalm naar het midden van de havenkom, en bleef daar oneindig traag rondcirkelen. Pas toen de op drift geraakte buis *Jacoba 2* hem aantikte, wendde *De Duizent Vreesen 2* de steven. Traag voer de hoeker in de richting van het Delflandhuys, spoedig gevolgd door de eveneens van rederij Stroombreker en Croockewerff afkomstige buis *Het Jongste Gericht 2*.

'Zo meteen stranden je schepen nog op de kade achter het Dorpshuys,' zei meester Spanjaard.

'Hangt van hun diepgang af,' zei Roemer. 'Misschien staat het water op de kade al hoog genoeg.'

'Ja, maar dan varen ze recht naar 't Delflandhuys. Dan kunnen ze daar met hun voorsteven ramen of deuren verbrijzelen.'

'Of ze varen de dakgoten eraf,' zei een visser meesmuilend.

'Zo hoog reiken ze niet,' zei een andere visser.

'O, nee? Met hun masten...'

'Moeten die toch eerst scheef...'

'Makkelijk zat. Eén valse dwarrelwind, en hij valt af.'

'Ook met gereefde zeilen?'

'Wacht maar af.'

Vooralsnog dobberden buis en hoeker in het matte, vredige maanlicht over de door de vloed aan het zicht ontrokken grens van havenwater en Havenkade. Ze voeren langs het hoekhuis waar ooit, volgens de overlevering, Jan Koppelstock had gewoond. Ze bereikten uiteindelijk, telkens weer even teruggeworpen door de verradelijke dwarrelwinden die langs de achterhuizen joelden, het statige Delflandhuys. Daar hielden stroming en storm elkaar blijkbaar in evenwicht, want beide schepen bleven daar dobberen ter hoogte van de vensters.

Inmiddels waren ook andere buizen en hoekers op drift geraakt in de havenkom. Doordat ze elkaar onophoudelijk aanstieten, bleven ze midden in de kom om elkaar heen cirkelen. Eén hoeker droste, viel af, voer toen tamelijk snel de haven uit, gevolgd door een buis die overigens een veel grilliger koers volgde en uiteindelijk tegen de draaibrug van het Hellinggat schoot en zich daaraan, zo leek het haast, vol vertwijfeling vastklampte. Hij bleef daar in ieder geval liggen, alle gierende windvlagen ten spijt.

Nog een hoeker maakte zich los uit die in langzame werveldans om elkaar heen cirkelende schepen, en wendde de steven naar de Monsterse sluis. Daar voer hij zo precies midden over de sluisdeuren heen dat hij pal daarachter, in de hekwerken, klemvast raakte.

'Och lieve mensen,' zei een der vissers, 'als 't water straks valt, wat dan? Hoeker gestrand op de Noordersluis! Hoe krijgen we die ooit weer vlot? We zullen hem moeten slopen.'

'Deze storm en deze vloed,' zei een andere visser opeens met zo'n krachtige stemverheffing dat hij makkelijk boven de soms toch bulderende wind uitkwam, 'deze storm en deze vloed... Godes straf voor die paapse zingtrant.'

'Wat je zegt, Jeremias, ja, Godes straf voor die nieuwe toon.'

'Maar we zijn toch tijdig tot inkeer gekomen? We hebben de oude toon toch weer terug?'

'Voor hoe lang? Mettertijd zullen ze de kerkvoogden... de Heere zelf grijpt in, de Heere zelf laat ons weten dat Hij het niet hebben wil,' bulderde Jeremias van Crombrugge.

'Wiens schip ligt daar klem op de Monsterse sluis? *De Ongecroonde Makreel* van chirurgijn Lambregt Schelvisvanger. Vurig voorstander van de nieuwe zingtrant. De Algenoegzame zelf...'

'Ja, de Heere der Heirscharen zelf...' riepen de vissers.

'En wacht maar, straks zullen ook de schepen van Stroombreker... die is ook... in ieder geval zijn vrouw, die heeft bij Bartholomeus Ouboter geoefend. Ja, wacht maar, de Bondsgod zelf...'

'Ja, de Algenoegzame zelf...' riepen de vissers andermaal.

'Mannen,' zei meester Spanjaard bezwerend, 'luister...'

Voor hij echter de waakzame omstanders, van wie er eertijds zovelen bij hem in de klas hadden gezeten, met een nieuwe proeve van zijn steevast sarcastische berispingen kon intimideren, schalde een jongensstem: 'Het water... het water... '

Roemer tuurde naar de onstuimige golven, waar de nog steeds krimpende noordwester overheen joeg. Daalde, zakte, viel het water? Vlak voordat het, als het ook maar iets verder gestegen zou zijn, over de dijk zou afvallen naar het lage achterland? Toch nog uitredding? Hoezo uitredding? Vlak boven de onzichtbare kinderhoofdjes van de Raadhuyskade dobberde een zijner buizen en een zijner hoekers. Waarschijnlijk hoefde het water maar luttele centimeters te zakken, en zijn scheepjes zouden neerdalen, stranden, vastlopen op de Raadhuyskade. En niet alleen stranden, maar ongetwijfeld ook omvallen, daarbij met hun omlaagzwiepende masten daken en goten en schoorstenen verbrijzelend. Voor hij de omstanders op dat gevaar attent had kunnen maken, klonk de stem van schipper Grubbelt Heldenwier: 'Kap de masten', en toen waadden dadelijk, in het water dat tot aan hun middel reikte, Gideon van der Kraan en Gilles Heldenwier over de Raadhuyskade naar *De Duizent Vreesen 2*. Terwijl ze moeizaam voortwaadden, daalde het water zo opmerkelijk snel dat ze, toen ze bij *De Duizent Vreesen 2* aankwamen, al niet meer tot hun middel in de vloed verkeerden. Gideon greep de benen van Gilles, duwde hem omhoog langs de achtersteven van de hoeker. Gilles klampte zich vast aan de reling, hees zichzelf op, daarbij geholpen door Gideon. Toen hij aan boord was, kon hij met zijn sterke armen op zijn beurt Gideon ophijsen. Even later al klonken de ferme bijlslagen, en zag Roemer hoe vooral Gilles zich uitleefde op het versplinterende hout van de bezaansmast.

'Waar hebben ze zo snel die bijlen vandaan gehaald?' vroeg meester Spanjaard.

'Die torsen ze haast altijd met zich mee,' zei hij.

Nadat Gideon en Gilles zich hadden ontfermd over de grote mast en bezaansmast van *De Duizent Vreesen 2*, sprongen ze over op de daarnaast dobberende buis. Ook de masten daarvan bezweken verbluffend snel onder de knetterende bijlslagen. Het leek haast alsof beide bijlgezellen een hoger doel nastreefden met hun verwoestende arbeid. Vooral Gilles zwaaide zijn gereedschap alsof hij vonnissen voltrok, alsof hij, in het voetspoor van de oude Samuel, die de koning der Amalekieten voor het aangezicht des Heeren te Gilgal in stukken had gehouwen, een tweede vorst Agag te lijf ging. En toen, terwijl de werfmaten nog de laatste hand legden aan de mastenverwoesting van *Het Jongste Gericht 2*, viel de Raadhuyskade droog. De buis en de hoeker die zo broederlijk naast elkaar hadden gedobberd, klapten onverhoeds tegen elkaar aan, elkaars spanten en ander houtwerk door de krachten die daarbij vrijkwamen, zo effectief verbrijzelend dat Roemer terstond besefte dat hij die twee schepen waarschijnlijk nooit meer zou kunnen uitreden. Gideon en Gilles verloren het evenwicht, tuimelden over het dek van de buis, klapten beiden tegen de reling aan, bleven daar even versuft liggen, maar krabbelden opmerkelijk snel overeind. Gilles zwaaide al weer met zijn bijl en baande zich, door de versplinterde reling heen hakkend, een weg naar de glinsterende kinderhoofdjes van de Raadhuyskade.

Wateren ter tuchtiging

Voor zij afdaalden langs de Breede Trappen, wisselden ze nog enkele woorden.

'Wat nu?' vroeg meester Spanjaard. 'Is herstel nog denkbaar?'

'Van *Vreesen 2* en *Gericht 2*? Daar op de kade? Als dat al zou slagen, hoe laat je ze dan vandaar weer te water? Nee, het is beter ze daar te slechten.'

'Dat begroot mij voor je.'

'Beide waren reeds duchtig vervallen. Lag ik in bed en joelde de wind om de schoorsteen, dan kon ik geen oog luiken. Dan zag ik voor me hoe ze vergingen, *Gericht 2* op de Doggersbank, *Vreesen 2* bij IJsland. Al die jaren... hoe lang nu al... twintig jaar, nee langer, lag ik in bed te woelen als het stormde. Al die jaren... al die barre, slapeloze nachten... en wat geschiedt er? *Vreesen 2* strandt niet op de klippen bij IJsland, maar vlakbij, op de Raadhuyskade.'

'Ja, zo gaat dat, de vink vreest de strik van de vogelvanger en wordt door de valk gevat. Wie bestemd is voor de wurgpaal, kan veilig schaatsen.'

'Drijf er maar weer de spot mee... Al die jaren, al die wurgende bezorgdheid, en kijk nu eens wat de Allerhoogste beschikt... op de Raadhuyskade tuimelen een van Diderica's buizen en een van mijn hoekers over elkaar heen... nou goed, goed, als de Algenoegzame maar niet denkt dat ik ooit nog wakker zal liggen van haar andere buis en van mijn andere hoeker... 't zou nog beter zijn om ook die twee schepen niet meer uit te reden, de graatmagere besommingen... jaarlijks jagen ze meer geld uit mijn beurs dan erin komt, 't is dat de buizen dit jaar uit 's lands kas met een premie van 500 gulden gesoulageerd werden...'

'De hoekers niet?'

'Daar wordt over gesproken, mettertijd zal dat zeker zijn beslag moeten krijgen, anders zal de beugvisserij mortificeren.'

'Als ik 't goed begrijp, is het dus eerder een zegen dan een vloek, al dat versplinterende houtwerk...'

'Mij begroot het voor de bemanningen. Waar vinden zij werk als de winter ten einde is? Straks vallen zij misschien ten laste van de diaconie.'

'Zo'n man als schipper Heldenwier vindt zeker elders emplooi. Zoals zoonlief trouwens met z'n bijl tekeer ging, op *De Duizent Vreesen* 2 nota bene, het schip waar z'n vader als schipper dient... hij sloeg erop los, zo'n tenger ventje, maar wat een passie... dat zal nog wat worden als ze in 't voorjaar weer beginnen over de korte zingtrant, de onvrede sluimert, het ongenoegen broeit, het is alsof iedereen de adem inhoudt, en wacht op het juiste ogenblik om de lont bij het kruitvat te houden. Waakzaamheid geboden, want ook wij zullen de dans niet ontspringen, men zal ons toerekenen bij de voorstanders van de nieuwe toon, en dienovereenkomstig met ons handelen.'

'Mij maakt 't niks uit, oude toon, nieuwe toon, 't is mij om 't even.'

'Pas op, onpartijdigheid, afzijdigheid zal je aangerekend worden als nog groter zonde. Dan springen beide partijen op je nek. Dan zul je vermorzeld worden door het monsterverbond van kat en hond.'

Dat onbedoelde rijmpje monterde Roemer op, en opmerkelijk gezwind daalde hij de laatste smalle treden van de Breede Trappen af. Er bleek een last van hem afgevallen te zijn. Twee schepen minder om je zorgen over te maken. Voortaan geen schuldgevoel meer omdat hij een schipper naar IJsland liet varen met altijd maar de dwangmatige bijgedachte dat Anna's man daar makkelijk zou kunnen omkomen.

Aan de andere zijde van de sluis daalde meester Spanjaard bedaard af naar het Schoolslop. Aan de voet van de dijktrap bleef Roemer nog even staan en riep, toen ook zijn meester beneden was aangeland, over de vliet heen: 'Laten we elkaar zo goed mogelijk bijstaan, mocht het tot een treffen komen met die oudetoonlummels!'

'Zorg dat je de prikken levend houdt,' riep meester Spanjaard, ‘en leg overal je oor te luisteren en wees naar ’t Woord van de Gezalfde voorzichtig als de slang, want al die aannemelingen popelen van verlangen om niet alleen elkaar, maar ook ons uit onbaatzuchtige naastenliefde de hersens in te slaan.’

‘En al wat we over de oude toon vernemen...’

‘Terstond aan elkaar overbrieven. Dat vooral. Bij vergaderingen van schout en schepenen verneem jij allicht over zaken die mij ontgaan, terwijl ik, op mijn schooltje, weer veel hoor dat jou ontgaat.’

Dat hij inderdaad gerekend werd tot de voorstanders van de korte zingtrant, bleek reeds enkele dagen later. In alle vroegte werd een schotschrift onder zijn deur door geschoven. Marije trof het aan op de gangplavuizen, en drapeerde het gegolfde papier naast de grote schotel met gort en rozijnen die zij ’s morgens steevast voor hem klaar maakte. Terwijl hij zich traag te goed deed aan zijn potjesbeuling, las hij:

Wateren der tuchtiging

Gelijk de Heere in zijn toorn Satans rijksgebied, de stadsschouwburg van Amsterdam, onlangs met vuur verwoestte, zo heeft Hij nu met wateren der tuchtiging de drek van Sions zonen en dochteren afgewassen. Want alzoo bevindt men dat des Heeren toorn billijk tegen ons lieve Vaderland is ontstoken en dat Hij zijn rechtvaardige hand heeft opgeheven om ons te tuchtigen vanwege de uitstekende, krijtende en roepende zonden die onder ons in zwang zijn. Niet de minste daarvan acht Hij dat wij de oude toon verloochend en verkwanseld hebben.

Ongemeen zoel en drukkend warm als een zomeravond – zo het weder des zondags 12 november, nadat in zovele bedehuizen in den lande de nieuwe toon had opgeklonken. Weldra ontlastten zich onweders in Zeeland en Brabant, en in Tholen daverden donderslagen en woedde het weerlicht. Toen stak een storm op, die tot een orkaan aanzwol in de nacht van maandag op dinsdag, en de wateren wiesen, zowel op Noorder- als op Zuydersee. Dokdeuren barstten te

Vlissingen, en te Amersfoort spoelden Welsluys en Laaksluys weg, en te Gouda stortte het water met groot geweld over de schutsluys, en in Schiedam stroomde het water, met grote schade voor de korenwijnstokerijen, over de vloeddeuren van de buitensluys. Zo blies de Heere en waarschuwde zijn volk, maar zij luisterden niet (Ezechiël 33 vers 3). Toen sloeg Hij bij Westkapelle en Domburg en Scheveningen en Ter Heide de duinen weg, en bij Petten de zeewering. Toen sprak de Heere: 'De groote wateren zullen u overdekken' (Ezechiël 26 vers 19), en het Land van Altena en Heusden en de eilanden Wieringen, Urk, Marken en Schokland liepen onder. Toen stroomde het water in vele steden en dorpen over de straten en steeg het zo hoog dat men te Dordrecht met bootjes op de Voorstraat voer. Toen werd te Doornspijk, waar de gemeente reeds voor jaren de korte zingtrant had omhelsd, de muur van de gerfkamer door de wassende vloed weggevaagd en stroomde het water de kerk in, waardoor de graven invielen. Toen spoelde op Kampereiland een lijk, nog boven aarde, uit zijn kist en dreven twee miljoen turven weg. Toen werd te Rotterdam, ofschoon de sluysdeuren opgekist waren, door het water voor 120.000 gulden schade toegebracht aan de suykeren.

Waarom heeft ons de Heere der Heirscharen alle deze beproevingen toegebracht? Zo spreekt de Heere: 'Zult Gij voor mijn aangezicht niet beven die der zee het zand tot eenen paal gesteld heb, met een eeuwige inzetting, ofschoon haar golven zich bewogen en bruisten, zodat hoornbeesten en paarden, varkens en schapen, geiten en hoenders jammerlijk verdronken?'

Maar zij zeggen: 'Wij zullen niet luisteren.' (Jeremia 6 vers 17) Toen verdronken te Nijkerk drie mensen, te Elburg twee kinderen, nabij Harderwijk 26 mensen, te Kampen één zieke vrouw, op het Kampereiland één vrouw met haar drie kinderen, één zoon daarbij in de armen van de vrouw, te Nieuwerkerk één jongeling, in het land van Heusden één man, in het Land van Altena vier mensen.

Zo oefende God Zijn schrikkelijk Gericht, herwaarts en

derwaarts, van Westkapelle tot Wieringen door het ganse land, maar ook aanpalend. Op Rozenburg liepen de polders onder waardoor zeventig hoornbeesten en varkens verdronken. In Vlaardingen bezweek de Schinkelkade en wies het groote water in de Vettenoordse polder en liepen tweehonderd huizen alsmede vier pakhuizen onder aan de westzijde van de haven.

Ook ten onzent overdekte het groote water reeds gans Maeslandtsluys bovendijks, en bleef het water lang na weertij wassen tot vlak onder de kruin van de dijk. Toen viel het water plotseling, des avonds in de ure tussen acht en negen.

Terwijl God hen benauwde, heeft Hij ons behouden.

Waaraan dankt de gemeente Maeslandtsluys zijn wonderbaarlijke uitredding? Waarom werd ten onzent de drek van Sions zonen en dochteren niet afgewassen door wateren der tuchtiging? Wij bewenen het verlies van buizen en hoekers. Ging God met ons in het gericht toen Hij ons deze vaartuigen ontnam? Of slechts met derzelfs reders, die de korte zingtrant zijn toegedaan. Heeft Hij ons, met uitzondering van die reders, behouden en bewaard omdat wij tijdig zijn teruggekeerd tot de lange zingtrant?

O, Maeslandtsluys, ziedaar uw loon voor d'oude toon.

Reeds terwijl hij las, was hij opgestaan. Wat nog restte van zijn potjesbeuling, schoof hij terzijde. Met het schotschrift besteeg hij even later de Breede Trappen, en daalde aan de andere zijde van de Monsterse sluis weer af. Door het Schoolslop haastte hij zich naar de schamele lokalen van meester Spanjaard. Schoolkinderen ontbraken nog op dat vroege uur. Hij roffelde op een der vensters. Meester Spanjaard dook op in het schemerduister van een lokaal, legde zijn zwarte smuigerdje op een lessenaar en opende de schooldeur.

'Heb je dit ook gekregen?' vroeg Roemer, zwaaiend met het schotschrift.

Meester Spanjaard nam het bobbelige blad van hem over, hield het dicht bij zijn ogen, zei toen: 'Mij hebben ze dat niet doen toekomen. Helaas kan ik het amper lezen, het is hier nog te donker, achter de school op de binnenplaats is het lichter, kom mee.' Samen liepen ze door de school naar de wonderlijk lichte schacht tussen de vrij hoge gebouwen.

Aandachtig las meester Spånjaard, daarbij onophoudelijk binnensmonds mompelend, het schotschrift door.

'Zie je wel,' zei hij, toen hij bij de regels over de reders was aangeland, 'dat ze jou als een voorstander van de nieuwe zingtrant beschouwen. Toch is deze predicatie opmerkelijk gematigd van toon. Maar 't klopt niet. Bij Westkapelle zou God de duinen... ja, maar juist in Westkapelle, vernam ik onlangs van een Zeeuwse neef, hebben ze hun voorganger op de kansel met voetenbankjes en stoven bekogeld toen de voorzanger heulde met de nieuwe zingtrant. En in Vlaardingen... tweehonderd huizen en vier pakhuizen onder water... maar daar is toch nog niks beslist? Daar bekampen twee voorzangers elkaar onophoudelijk, één die onvoorwaardelijk de oude toon is toegedaan, en één die... waar is in hemelsnaam m'n pijpje?'

'Dat heb je binnen neergelegd op een lessenaar.'

'Ach, ach, al die verdonken hoornbeesten, die schapen, die paarden. Die loeien, blaten, knorren en hinniken toch beslist nog op de oude toon. Ja, ja, een straf van de Algenoegzame, ook voor dat lijk dat uit de kist spoelde? Twee miljoen turven, zomaar weggespoeld... wat zonde, en ik hier maar zuinig stoken... zouden die turfjes teruggedobberd zijn naar de venen?'

Met pretlichtjes in zijn ogen keek hij zijn voormalige pupil aan. 'Mag ik dit prachtstuk houden? Dan berg ik 't op bij al mijn andere schotschriften. Bij de bladen over de aardbeving in Lissabon op Allerheiligen 1755. Juist waren de papen ter kerke gegaan toen de aarde schudde. Vanuit de basilieken stroomden dertigduizend gelovigen rechtstreeks naar het hellevuur. Gods gerechte straf, omdat daar, aldus die schotschriften, de inquisitie nog woedde. En bij de bladen over de schouwburgbrand... ja, ja, de Pijlkoker Gods... "verlangen zij niet, zelfs onder Gods oordelen, om zich op zondige Assemblées en in Comediën te verlustigen... allerhande ijdelheden in stede van vrome gebeden." Och, och, al die gelovigen, zo'n onmetelijk heelal, en in dat heelal een stofje, een kruimeltje, de aarde, en toch zijn die gelovigen er vast van overtuigd dat de Allerhoogste, terwijl Hij zo'n heelal met miljoenen zonnen en sterren een beetje in goede banen moet leiden, zich opwindt over toneelstukjes en de korte zingtrant.'

Compromis

'Vorig jaar, 29 september,' zei schout Pieter Schim, 'waren wij hier in voltallige vergadering bijeen en hebben u en ik afgesproken dat wij opnieuw bijeen zouden komen. Vandaar dat schout en schepenen u allen hier vandaag, de vijfde februari van het jaar onzes Heeren 1776, op het Raadhuys hebben ontboden. Kerkmeesters, ik groet u, burgemeesters, ik groet u, en natuurlijk groet ik u beiden, de heren Van Nyn en Verschoor als vertegenwoordigers van hen die gaarne de oude toon wensen te handhaven. En ook groet ik de heren Van der Stolk en Luyendijk die hier aanwezig zijt namens degenen die gaarne de korte zingtrant ingevoerd wensen te zien.'

Het kostte Roemer de grootste moeite om dat simpele openingstoespraakje aan te horen zonder reeds dadelijk, uitkijkend over het rimpelende, blinkende water van de havenkom, met zijn gedachten mijlenver weg te dwalen. Het was of hij die waterpartijen waar het glanzende, betoverende, verjongende februarizonlicht overheen scheerde, weer voor zich zag waar zij gisteren in het open rijtuig van Willem van der Jagt langs waren gereden. De weg naar Vlaardingen langs het Sluyse diep, en Vlaardingen zelf met zijn grote haven, waar een speels briesje over de korte golfjes stoof. Bij herberg De Zalm waren ze uitgestapt voor een verfrissing. Daar hadden zij de merktekenen van de Allerheiligenvloed uit 1570 en latere rampen bekeken die op een der muren van De Zalm waren aangebracht.

'Vorig jaar november stond het water anderhalve duim lager,' had de waard van De Zalm gezegd, 'maar hoger dan bij de Sint-Nicolaasvloed van 1665, die hier door mijn overgrootvader is opgetekend, en hoger dan bij de kerstvloed van 1717, die mijn grootvader vlak voor zijn dood erbij heeft gezet.'

'Vreemd dat de Algenoegzame, die ook Lissabon wegvaagde op

Allerheiligen, vrijwel altijd zijn rampen op feestdagen beschikt,' had meester Spanjaard zo zacht gemompeld dat alleen Roemer het hoorde, en hij had tegen zijn meester gefluisterd: 'Wees in hemelsnaam voorzichtig met wat je zegt.'

'We zijn hier met gelijkgezinden.'

'Zal best, maar stuk voor stuk ook aannemelingen.'

'Ik wou dat ik in hun hart kon kijken.'

Kon je ooit in iemands hart kijken? Dat vroeg Roemer zich af toen ze weer verderreden, Schiedam door, met rechts van hen het weidse water van de Maas, waarover grote golven soeverein westwaarts rolden onder dat glasheldere, sprankelende februarizonlicht, waarvan alleen reeds de aanblik, terwijl hij kleumend na de zoveelste doorwaakte nacht in zijn leven in een open rijtuig zat, hem verwarmde. Hoe akelig het ook is dat je een hele nacht niet slaapt, dacht hij, toch heb je daar de volgende dag weinig last van. Het enige is dat je de hele dag door rillerig bent.

Die vraag naar de mogelijkheid om in iemands hart te kijken, dook weer bij hem op toen ze in Rotterdam hun bestemming bereikt hadden. In een deftig herenhuis aan De Boompjes had hij, gezeten bij het venster, uitgekeken over de machtige rivier, die daar een bocht maakte en de uitstekende overzijde omspoelde, aandachtig geluisterd naar het tinkelende klavecimbel. Gaf zo'n componist, als hij in noten zijn ziel en zaligheid op tafel legde, inkijk in zijn hart? Of was hij er alleen maar op uit zijn hoorders te behagen met betoverende, huppelende melodietjes? Op die vraag had hij, naar het leek, een vrij afdoend antwoord gekregen toen de graatmagere, lijkbleke klavecinist een stuk had gespeeld van ene François Couperin, *Les Barricades Mystérieuses*, dat hem zo recht in zijn hart had getroffen dat het niet anders kon of het moest ook recht uit andermans hart afkomstig zijn. O, die muziek, het was alsof die vlugge nootjes zijn kwellingen, zijn zorgen, zijn smarten op de korrel namen om hem, eens en voorgoed, te demonstreren dat er geen uitweg was, geen ontsnappingsmogelijkheid anders dan de doodsslaap zelf, die uiteindelijk aan al zijn doorwaakte nachten onverbiddelijk paal en perk zou stellen. De beproeving school niet zozeer in de omstandigheid dat de slaap zich niet over je wilde ontfermen, als wel in het feit dat je, in het holst van de nacht, zo rond drie uur, wegzonk in catacomben van ellende. Maar waaruit kende hij de diepte zijner ellende, om met de Heidelbergse catechismus te spreken? Hij was nota bene een succesvol reder, en lid van het college van schout en schepenen, een gerespecteerd, aanzienlijk burger in het dorp Maassluis, in goeden doen, dankzij diverse nalatenschappen en een kolossale vrouw die zijn vermogen had verdubbeld. Zeker, hij had bij de stormvloed twee schepen verloren, maar het verlies daarvan was winst gebleken omdat hoeker en buis al jarenlang nauwelijks rendabel hadden gevist. Wat had hij te klagen? Niets, totaal niets, vergeleken met de thans werkloze bemanningsleden van zijn buis en hoeker, maar toch gierde vooral om drie uur 's nachts in zijn binnenste alsmaar zo'n giftige poolwind, toch gistte daar mateloze onvrede, net als blijkbaar bij die Couperin, die het naar buiten had weten te brengen, zo gracieus verpakt in liefelijke, achter elkaar aan buitelende nootjes dat die poolwind opeens transformeerde tot een koel avondbriesje dat je vrolijk begroette na een snikhete zomerdag.

Weer had zich, net als zo vaak reeds vroeger, die prangende vraag aan hem opgedrongen hoe hij dat opbeurende wondermelodietje kon onthouden. Toen na het klavecimbelspel het glas geheven werd, raakte hij in gesprek met de lijkbleke klavecinist. 'Wat bent u toch bevoorrecht,' had Roemer gezegd, 'u kunt dat wijsje van die toondichter Couperin, mocht u 't vergeten zijn, achter het klavecimbel zo weer oproepen. Maar als het mij al lukt om het tot de avond in gedachten te houden, heeft de slaap het morgen toch onherroepelijk uitgewist.'

De klavecinist neuriede zachtjes dat machtige wijsje.

'Zo, zo, u wilt dat onthouden,' had hij streng gezegd, 'waarom dan wel?'

'Omdat 't je opmontert als je 't zachtjes neuriet.'

'Als ge iets hoort wat u aangrijpt, moet ge er bliksemsnel woorden bij verzinnen. Die woorden kunt ge makkelijk onthouden, en met die woorden roept ge dan uw machtige wijsje weer op. Hier zoudt ge... kom, we lopen even naar het klavecimbel, ik zal het u tonen.'

En weer had dat machtige wijsje opgeklonken, en zacht maar duidelijk had de klavecinist erbij gezongen:

Jij snelle gazelle,
wat wil jij vertellen?
Wat drukt toch zo krachtig
op heel jouw ziel en hart en ook nog op jouw geest?
Jij snelle gazelle,
wat wil jij vertellen?
Vanwaar toch die smarten?
Waarom ben jij onlangs nog zo bedroefd geweest?

En nu zat hij daar, tussen de andere schepenen, en hij had er door vroeg te komen voor gezorgd dat hij juist daar plaatsnam waar hij het beste zicht had op de havenkom. Machtige mantelmeeuwen cirkelden zwijgend rond boven het kalm rimpelende water. Hij dacht aan het woord 'gazelle'. Vandaar was het maar één stap naar het klaaglied dat hij van meester Spanjaard had geleerd: 'Egidius, waer bestu bleven? Mi lanct na di, gheselle mijn.' Ach Thade, waar zijt ge toch? 'Dat was gheselscap goet ende fijn.' Zouden meester Spanjaard en hij Thade ooit nog terugzien? Soms kwam er zowaar een brief uit Galle, die meester Spanjaard dan terstond kwam voorlezen, maar het kon ook maanden stil blijven. Zelf kwam hij er, dat moest hij toegeven, helaas nimmer toe een brief te schrijven. Want wat moest hij hem berichten? Ze staan hier elkaar naar het leven vanwege divergerende opvattingen over psalmgezang?

Jij snelle gazelle,
wat wil jij vertellen?

Ongelofelijk, het machtige wijsje liet zich inderdaad via die woorden verschalken, drong zijn geest weer liefelijk binnen. Als hij dat eerder had geweten, had hij misschien ook dat motiefje uit die Toccata van de vorst der orgelspelers kunnen vasthouden,

Jij snelle gazelle,
wat wil jij vertellen...

Er klonk, terwijl al die gezichten zo-even nog zo ernstig gestaan hadden, opeens gelach op.

'Heer Stroombreker, gij waart wel heel ver heen met uwe mijmeringen,' zei schout Schim streng, 'ik wil 't nogmaals verzoeken. Gij hebt indertijd de volgende schikking geproponeerd: afwisselend nu eens de korte, dan weder de lange zingtrant. Denkt ge nog immer dat dat een oplossing zou kunnen bieden ter stremming der oproerigheid?'

Voor hij zelfs maar een begin kon maken met een antwoord, rezen de zware stemmen in de raadkamer.

'Dat nimmer! Onder geen enkel voorwaarde! Dan scheurt de gemeente! Hoe durft de heer reder zoiets te proponeren!'

'Het ware toch denkbaar,' zei Roemer, 'om diegenen die gaarne kort zingen – vooralsnog een minderheid in de gemeente, dunkt mij – in de weekdiensten van de Kleine Kerk de mogelijkheid te bieden om onder de beproefde leiding van Bartholomeus Ouboter de nieuwe toon te praktiseren...'

'Een minderheid, wat ge zegt, een minderheid,' duetteerden Van Nyn en Verschoor.

'Minderheid? Amper veertig gemeenteleden hebben 't verzoek ter handhaving van de oude toon ondertekend!' riep Luyendijk. 'Dus zou 't eerder andersom moeten zijn: oude toon voor de oudere gemeenteleden in de Kleine Kerk, vernieuwde zangwijs in de Groote Kerk.'

Weer rezen de zware stemmen fugatisch in de raadkamer. Bij wijze van ostinato continuopartij bulderde de bas van Verschoor: 'Geen hernieuwde zangwijs in de Groote Kerk, geen hernieuwde zangwijs in de Groote Kerk.'

'Heren,' zei schout Schim, 'dit alles vernemende wil ik u allen thans deelgenoot maken van een gans andere propositie, welke allereerst reeds het grote voordeel biedt dat de eenheid der gemeente in stand blijft, en welke vervolgens beide partijen mede zou kunnen behagen omdat aan hun beider begeerten in ruime mate tegemoetgekomen wordt.'

Op een der vensterbanken landde een mantelmeeuw, die nieuwsgierig met één oog naar binnen loerde.

'Kijk toch eens,' riep burgemeester Bubbezon, 'zelfs dat beest is nieuwsgierig, wil die propositie vernemen.'

Het daverende gelach joeg de meeuw bij het kozijn weg, maar

brak ook enigszins de spanning. Vol verwachting staarde iedereen naar schout Schim. Deze was echter allerminst bereid zo aanstonds zijn gans andere propositie prijs te geven. Hij zei: 'Naar wat ik ervan vernomen heb, stijgt reeds in vele bedehuizen, her en der in onze gewesten, landouwen en heerlijkheden, eendrachtig psalmgezang ten hemel als resultaat dezer minnelijke schikking.'

Hij stond op, boog naar Verschoor en Van Nyn, boog naar Luyendijk en Van der Stolk, wendde zich toen tot de kerk- en burgemeesters en zei: 'Met uw reeds tevoren verleende instemming mag ik thans allen hier verzameld aankondigen dat wij aanstaande zondag, 11 februari, vier weken lang willen beproeven of wij de huidige tweedracht kunnen modereren met een middelmatige zangtoon. Kort noch lang, doch daartussenin. Aan voorzanger Ouboter is reeds te kennen gegeven dat wij zodanige exercitie met een middelmatige zangtoon beogen en hij heeft de kerkmeesters aangekondigd dat hij het tot zijn hoogste plicht rekent deze orders te obedieeren.'

Hij wierp een grimmige blik op Van Nyn en Verschoor, loerde toen kwaad naar Van der Stolk en Luyendijk, gromde: 'Na deze proeftijd van vier weken kunt u van weerszijden eventuele op- en aanmerkingen bij mij neerleggen, waarna wij resolveren of wij deze middelmatige zangtoon zullen handhaven.'

Robbert van Nyn, zijn gezicht rood van woede, sprong op, snelde de vergaderzaal uit. Zijn basstem schalde door de gang: 'Mensen, we zijn de oude toon kwijt', en bleef dat bezwerend herhalen, tot hij op het bordes van het Raadhuys stond. Blijkbaar wachtte op de Hoogstraat reeds een mensenmenigte het einde der vergadering af. In de raadszaal werd een allengs aanzwellend gemurmureer van stemmen vernomen, en vervolgens een nog sterker aanzwellend, dreigend geluid van beukende schoenzolen die op de gangplavuizen naderbij kwamen. Toen drong stoeldraaier Cornelis van der Hoeve schreeuwend de raadszaal binnen: 'Geef ons de oude toon terug, anders zullen er koppen rollen.'

'Ja, wij zullen stenen rapen en de honden doodgooien,' schreeuwde een stem op de gang,' wij zullen u met een roede op het kinnebakken slaan, geef ons de oude zangwijs terug.'

'Mensen, mensen,' zei schout Schim sussend, 'gij hebt de oude toon nog geenszins verloren, wij beogen slechts een kleine moderatie van de oude toon. Zodat de voorstanders van de nieuwe zangwijs zich daarin schikken kunnen.'

'Geef ons de oude toon terug, anders zullen wij u havenen.'

'Mensen, gaat naar huis, wacht af wat de middelmatige toon ons brengen zal. Het is maar een proefneming. Vier weken slechts.'

Schim stond fier rechtop, staarde strak naar de binnengedrongen stoeldraaier. Van der Hoeve mompelde iets, deinsde terug, bleef stokstijf in de deuropening van de raadszaal staan wachten, zich daarbij aan de posten vastklampend. Achter hem klonken nog altijd vele woedende, door elkaar heen schreeuwende stemmen. Schim liet hen rustig razen, bleef Van der Hoeve strak aanstaren. Had de stoeldraaier ook maar één stap opzij gedaan, dan zouden zijn op de gang tierende makkers waarschijnlijk ook de raadszaal zijn binnengedrongen, maar nu hij daar door de blik van Schim vastgenageld werd tussen de posten, konden de anderen niet oprukken. Roemer zou zich altijd haarscherp blijven herinneren hoe Schim en Van der Hoeve, als twee standbeelden, tegenover elkaar bleven staan en hoe het geschreeuw en gebrul van al die stemmen langzaam aan kracht inboette en ten slotte uitdoofde. Van een der krachtigste stemmen moduleerde het gebrul opeens tot een hartverscheurende, assumante hoest.

'Hij wordt onwel,' werd er geroepen, 'breng hem naar buiten.'

Blijkbaar drong bij de andere fanaten toen ook het besef door dat zij maar beter terug konden schuifelen naar de Hoogstraat. Allengs werd het stiller, hoorde je alleen nog het gestommel van vele voeten, totdat ook dat wegstierf.

Toen Roemer een minuut of twintig later afdaalde van het bordes van het Raadhuys flaneerden alleen nog wat opgeschoten jongens door de Hoogstraat, die vol bravoure met hun hoofddeksels zwaaiden. Ondanks het feit dat de knapen hem, onder het uiten van diverse bedreigingen, naliepen tot aan de Breede Trappen, stapte hij fier langs het Delflandhuys en de Kleine Kerk. Alleen reeds het feit dat zijn zoon zich goddank niet bij dat gepeupel gevoegd had, troostte hem, en bovendien was dat wijsje nog altijd in zijn geest aanwezig: 'Jij snelle gazelle, wat wil jij vertellen?'

Hij daalde af langs de Kleine Kerk, liep het Schoolslop in, tikte krachtig op een der schoolvensters. Meester Spanjaard verscheen vrijwel dadelijk.

'Kom je verslag uitbrengen van de vergadering? En?'

'Schout en kerkmeesters sturen aan op een wonderlijke schikking. Een fusie van oude trant met nieuwe zangwijs tot iets daartussenin, de middelmatige toon. Deze zou reeds her en der gepraktiseerd worden. Weet gij daar iets van?'

'Middelmatig...? Zou al her en der... wat een leugen! Wie heeft dat bedacht, die zang halfom?'

'De schout heeft dat, denk ik, samen met de kerkmeesters uitgebroed. Of misschien wel op z'n eentje, hij was er niet weinig trots op.'

'Maar als er nu één les is... als de historie ons ook maar iets leert, is het dat je, als je twee partijen hebt die lijnrecht tegenover elkaar staan en je probeert te schikken door aan beide kampen iets toe te geven, de wrevel bij beiden niet alleen onderling toeneemt, maar zich vooral ook richt op degenen die met zo'n onzalig voorstel aankomen. Maar kom even binnen, dan kan ik je een substantiële uitbreiding van mijn schotschriftenverzameling tonen.'

Roemer liep achter meester Spanjaard door de school naar de woning van de weduwnaar daarachter.

'Zang halfom,' mompelde meester Spanjaard, 'm'n smuigerdje is ervan uitgegaan.'

'Dan is die zang halfom toch nog ergens goed voor,' zei Roemer.

Aangekomen in het kleine woonkamertje duwde meester Spanjaard zijn voormalige pupil dadelijk enige pamfletten in de hand. 'Kijk toch eens, drie stuks maar liefst, en allemaal op rijm. Hier, van onze eigen Willem: *De vredesbazuin, of Aansporinge tot eendrachtig psalmgezang, aan de gemeente van Maassluis*. Och, die Willem, had hij nou maar wat langer bij mij in de klas gezeten. Misschien had hij dan uiteindelijk naar mij geluisterd, had hij die bazuin afgeblazen. Zo'n vredesaansporing... da's pas goed olie op het vuur. Want moet je horen wat hij dicht:

Of voegt het, dat elkeen,
onkundig, lid of geen,
het kerkgezang koom' dwingen?
't Kan wezen...! 't Is gebeurd!
Waar Godsvrucht nog om treurt,
met al haar Voedsterlingen.

Daar zullen de voorstanders van de oude toon blij mee zijn! Uitgescholden voor onkundig en ongodvruchtig! Willem, Willem, ga ver weg, reis af naar Galle.'

'Wie hebben die beide andere schotschriften vervaardigd?'

'Dit hier, *Maassluis in rep en roer over den hernieuwden zangtoon*, vermeldt net zomin de naam van de dichter als *De verkiezinge tot de hernieuwde zangwys verdeedigt in een Samenspraak tussen een Land- en Zeeman te Maassluis*. Ook maar beter, want al deze even kundige als koddige rijmelarijen zullen bepaald niet in dank worden afgenomen door de oudetoonfanaten. En dan nu, uit de schoot van schout Schim, ook nog zang halfom, wat staat ons nog te wachten?'

Vredesbazuin

In de namiddag van vrijdag 29 maart hieven meester Spanjaard, dichter Willem van der Jagt en reder Stroombreker huiverend een roemer rijnwijn in de gelagkamer van logement De Moriaan.

'Op de, naar wij vurig hopen, goede afloop,' zei meester Spanjaard, 'en een snel herstel.'

Hij klonk met de dichter en de reder, rijmde toen schalks:

Die vredesbazuin bracht nog weinig fortuin,
een klaroenstoot ten oorlog, een wond aan de kruin.
Vissers en kuipers staan klaar om te muiten.
Straks rinkelen overal vensters en ruiten.'

Willem van der Jagt bevoelde zijn achterhoofd. 'Die wond... dat valt wel mee, een paar flinke schrammen, meer niet,' zei hij.

'Laten we hopen dat 't daarbij blijft,' zei meester Spanjaard, 'maar ik denk 't niet, want met die vredesbazuin...'

'Schim klopte bij me aan om me te imploreren mijn bazuin terug te nemen.'

'Toen heb je, naar wat ik ervan gehoord heb, de verkoop van je bazuin acht hele dagen uitgesteld. Sjonge, jonge, langer dan een week! Dat heeft geholpen!'

'Wat had ik dan moeten doen?'

'Geen bazuin, maar een fluisterzacht rietfluitje.'

'Dat zou laf zijn geweest.'

'Wellicht, maar tact lijkt mij hier minder misplaatst dan provocatie. Het lijkt alsof de gemoederen verhit zijn vanwege die oude toon, maar daaronder gisten andere woelingen... gebrek, armoede, broodnood, verpaupering, de oude toon is de stof waaraan zich de vlam hecht, de vlam die ons allen mogelijkerwijs zal verteren.'

'Zo'n vaart zal het stellig niet lopen.'

'Misschien niet, maar...'

'Heus, gisteren, wat had dat nou te betekenen? Een paar rinkelrooiers...'

'Nu nog rinkelrooiers en lanterfanters, straks ook vrouwen en vissers, vast staat dat er gisterenavond ten huize van hoekmaker Sloot vele vissers geconspireerd hebben.'

'Hoe weet ge dat nou weer?'

'Uit een der vele kindermonden die de burgerij alhier elke dag aan mij toevertrouwt... 't Schaap wist ook nog te vertellen dat ze gul op anijs en zoetekoek getrakteerd zijn. Die rinkelloenen die jou gisteravond bij 't uitgaan van de avonddienst hebben opgewacht, kwamen bij Sloot vandaan. Danig verhit door de warme anijs en met borrelende ingewanden vanwege de zoetekoek zijn ze na afloop van hun conspiratief treffen naar de schans getogen, waar ze, zwaaiend met hun hoeden, almaar rondom de kerk heen zijn geslopen, zoals eertijds de Israëlieten om Jericho. Ze bliezen niet op vredesbazuinen zoals die Israëlieten toen, maar ik denk toch dat je ze in de kerk gehoord zult hebben.'

'Nou en of, ze zongen, ze tierden, ze brulden, ze loeiden, 't mag een wonder heten dat 't in de kerk rustig bleef, want in 't middenschip verkeerden diverse medestanders. Maar die dorsten hun mond niet open te doen.'

'En in die dienst werd zonder een wanklank middelmatig gezongen?'

'Nou, zonder wanklank... Sinds die middentoon werd ingevoerd, proberen bij elke dienst allerlei lomperiken 't zingen in de war te sturen. Zelf zul je dat, neem ik aan, ook hebben meegemaakt?'

'Sinds die zang halfom heb ik niet meer gekerkt. Zo'n schrale schikking... nee, daar wens ik geen bemoeienis mee te hebben.'

'Hoe ben je toch aan die kruinwond gekomen?' vroeg Roemer.

'Buiten stonden de hoedzwaaiers Willem op te...'

'Mag ik misschien zelf vertellen wat mij is overkomen? Met m'n jongste zoontje liep ik na de dienst de kerk uit, en de Nieuwe Kerkstraat door. Daar stonden Gideon van der Kraan, Ary Wouterse en Gilles Heldenwier mij op te wachten. "Die hond moet er nu aan," riep Gideon, "verkerven, verderven zullen we hem!" "Smeer drek op z'n bek," tierde Gilles, en Wouterse brulde: "Sleur hem door het slijk." "Heren," zei ik zo kalm mogelijk, "mag ik, voor gij mij maltraiteert, eerst mijn zoontje naar huis brengen? Daarna sta ik tot uw beschikking voor slagen en slijk." Maar nee, ze bleven tieren en toornen, terwijl ik maar bleef proberen om ze tot bedaren te brengen. Steeds meer lidmaten die ondertussen de kerk uit waren gekomen, draalden in de Nieuwe Kerkstraat. Er waren ook vissers bij, en uit dat groepje drong zich een knaap naar voren die mij bij mijn middel aanvatte, optilde en als een meelzak tegen een boom kwakte. En daarbij trof mijn kruin z'n knoestige bast.'

'Hoe een mens 't ook treffen kan,' zei meester Spanjaard. 'In Maassluis groeien amper tien bomen, en warempel, juist tegen een van die zeldzame woudreuzen wordt Willems kruin gekeild.'

'Drijf er maar weer de spot mee,' zei Van der Jagt. 'Ik kan je verzekeren dat 't weinig aangenaam en ook weinig verheffend is om tegen een boom te worden gesmeten. En dan zwijg ik nog maar over de bittere tranen van m'n zoontje.'

'Uiteindelijk ben je er vrij goed van afgekomen.'

'Zeker, maar alleen omdat zowel Gideon als Gilles bij dat enakskind, bij die Hendrik Gerritszoon van der Hoeven, aan de armen gingen hangen, om verder molest te voorkomen.'

'Dus je belagers hebben je tevens gered,' zei Roemer. 'Zoveel kwaad hebben ze kennelijk niet in de zin. Het zou mij ook verbazen, die Gideon is wel een onruststoker, maar of die oude toon hem nu echt ter harte gaat... 't is eerder bravoure, baldadigheid, en Gilles... ach, ik ken z'n vader, was schipper van mijn *Duizent Vreesen*, vaart nu tot ik weer plaats voor hem heb op mijn enige overgebleven hoeker tijdelijk als stuurman bij Poortman en Klinge, daar zit nu werkelijk geen greintje kwaad bij... en Gilles zelf laat zich ook alleen maar meeslepen door Ary Wouterse en Van der Kraan en...'

Hij ving een blik op van meester Spanjaard, een vluchtige flonkering in diens ogen, en daardoor bleef wat hij verder nog had willen zeggen in zijn keel steken.

'Hebben die knullen indertijd bij jou schoolgegaan?' vroeg Van der Jagt aan meester Spanjaard.

'Die Van der Hoeven is er eentje uit 't weeshuis. Daar heb ik nooit bemoeienis mee gehad. Gideon van der Kraan evenmin, die is pas later in Maassluis komen wonen, 't is een Maaslander, maar die Gilles... ja, ventje Gilles... bijdehand kereltje, had 't ver kunnen brengen, mits... ach, al die verspilde talenten, daar word je als schoolmeester zo moedeloos van.'

Weer zag Roemer even die eigenaardige flikkering in de ogen van zijn leermeester.

Zou hij iets vermoeden, dacht hij even verschrikt als verbaasd, en hij nam zich voor er als hij straks met meester Spanjaard naar huis zou lopen, zo achteloos mogelijk naar te vragen. Hij was ervan overtuigd dat hij op zijn discretie zou kunnen rekenen. Nooit zou meester Spanjaard, zoveel was zeker, aan derden zijn geheimen prijsgeven, maar als hij iets vermoedde, was hij er op enigerlei wijze achter gekomen dat ventje Gilles... maar hoe dan? Dankzij die bulderende jongenslach na dat concert van Rembt? En zouden, op grond van vergelijkbare vluchtige aanwijzingen – welke dat dan ook mochten zijn – ook anderen dan...?

Toen zag hij, terwijl hij zich verlustigde in het altijd weer boeiende schouwspel van de krabbelaar die de havenkom bewerkte, een opgekruld manspersoon naderbij komen. Hij was zwierig getooid met een grote steek. Daaronder golfden de witte krullen ener allongepruik. Op zijn korenbloemblauwe jas glansden grote koperen knopen, die schitterden in het lage maartzonlicht. Hij schoof zomaar in beeld, voor de haven langs waarin het water zo laag stond dat er gespuid werd, en derhalve ook gekrabbeld kon worden. Hij schonk geen aandacht aan de krijsende mantelmeeuwen en grote burgemeesters, zodat het leek alsof havenkom en vogels vervielen tot onbeduidende decorstukken. Niettemin bleef de krabbelaar de havenbodem omwoelen. Uit de diepte kwamen platvisjes omhoog, waarvan de witte onderbuik zich scherp aftekenden in het donkere water. Zodra zo'n helderwit driehoekje opdook, stortten de mantelmeeuwen zich erbovenop. De grote burgemeesters aasden echter op de spierinkjes die samen met de losgewoelde modder door het snel stromende spuiwater afgevoerd werden naar het Sluyse diep. Een enkele keer zag je, als de Noorder- en de Zuidersluis bij eb openstonden en het overtollige boezemwater aldus geloosd kon worden, een groepje moeraszwaluwen boven de zwoegende krabbelaar verschijnen. Die hingen dan met razendsnel bewegende vleugels, als biddende torenvalken, vrijwel onbeweeglijk op één plaats boven het stromende spuiwater, alsof ze in ogenschouw wilden nemen wat de krabbelaar had opgewoeld, om dan weer, blijkbaar teleurgesteld over wat zij omhoog zagen komen, als één vogel de wijk te nemen naar hun vorstelijke pleisterplaatsen, de liefelijke drijftillen met krabbescheer in de Vlaardinger vlietlanden. Maar dat geschiedde alleen als de r uit de maand was.

Het opgekrulde manspersoon, een grijsaard reeds, leek op weg naar De Moriaan. Achter hem daalde plotseling, alsof het om zo'n vlucht moeraszwaluwen ging die even poolshoogte kwamen nemen, een groepje jonge vissers, weesjongens en kuipers de dijkhelling af. Snel kwamen zij naderbij, het opgekrulde manspersoon vliegensvlug omcirkelend eer hij De Moriaan kon betreden.

'Kijk eens,' zei Willem van der Jagt, 'daar is warempel de eeuwenoude baljuw van Delft. Zou hij iets vernomen hebben over de zangstrubbelingen alhier en nu zelf... Allemachtig, ze sluiten hem in, wat zijn ze van plan?'

'Ook jouw belagers van gisteren zijn van de partij,' constateerde meester Spanjaard kalm, 'weer die Wouterse, weer die Van der Kraan, weer die Heldenwier.'

Uit de haag manspersonen die om de baljuw heen stonden, drongen Wouterse en Van der Kraan zich naar voren. En zo luid schreeuwden zij tegen de baljuw: 'Kom, toe dan, neem ons dan gevangen, voer ons af naar Delft, als ge daar lust in hebt, toe dan, arresteer ons, als ge durft', dat het in de gelagkamer van De Moriaan duidelijk te horen was.

'Toe dan,' sarden Wouterse en Van der Kraan, terwijl ze een klein rondedansje uitvoerden, 'toe dan, heer baljuw.'

Gilles Heldenwier drong ook naar voren, hief zijn bijl, die hij blijkbaar altijd bij zich droeg, en kliefde daarmee de lucht. Het was alsof hij daarmee – zo flikkerde en glansde het staal van het kliefvlak in het lage zonlicht – een signaal gaf naar het achterland, want daar doemden ze op, de zwarte vogels. Maar het waren geen moeraszwaluwen, het waren aalscholvers, en ze verspreidden zich razendsnel, stuk voor stuk een top van een bezaansmast voor zich opeisend van een der hoekers of buizen. Van daaruit loerden ze naar de foeragerende meeuwen, die zich niets aantrokken van de ingesloten baljuw.

'Prijs de Heer dat hier geen bomen staan,' zei meester Spanjaard, 'maar 't ziet er toch tamelijk dreigend uit, 't lijkt mij dat ik er goed aan doe om naar buiten te stappen om een klaroenstootje op de vredesbazuin te geven.'

Hij stond op, en ook Willem van der Jagt verhief zich.

'Blijf jij alsjeblieft zitten. Als ze jou zien, raken ze nog verder van slag, kruip maar liever diep onder de tafel, "Van der Jagt" rijmt al te goed op "slacht", en juist daar hebben we nu geen behoefte aan.'

Opmerkelijk snel en kwiek voor een man die toch reeds de zestig gepasseerd was, beende hij naar de brede toegangsdeur van De Moriaan. Hij liet die deur, toen hij erdoorheen was gegaan, wijd openstaan. Zodra hij buiten op het bordes verscheen, verstomde het gejoel en geschreeuw van de opgeschoten jongens die de baljuw hadden ingesloten.

'Pas op, de meester!' riep Gilles Heldenwier.

'Jongens, kalm aan graag,' zei de meester weliswaar met stemverheffing, maar anderzijds zo bedaard en met zo veel natuurlijk gezag dat allen die daar stonden, verstomden en naar hem opkeken.

'Jongens,' zei hij nogmaals, 'wat haalt het aan om hier klokslag vijf uur, terwijl er driftig gespuid en gekrabbeld wordt, de baljuw van Delft te hinderen? Krijg je daar de oude toon mee terug? Wie weet is de heer baljuw zelf voorstander van de lange zingtrant. Kom, laat hem door, hij moet ongetwijfeld hier in De Moriaan zijn.'

Er klonk nog wat gemor. Ary Wouterse rechtte zijn rug en posteerde zich voor de baljuw.

'Kom, Ary,' zei de meester, 'zo ken ik je niet. Toen je bij mij schoolging was je geen braaf ventje, maar wel altijd een joch waar je op kon bouwen, dus ik begrijp niet dat je nu...'

'Ja, maar meester, ze hebben ons de oude toon ontnomen,' riep Ary verongelijkt.

'Zeker, alsof ik dat niet weet, maar gij weet ook, net als ik, dat de heer baljuw daar op geen enkele manier voor verantwoordelijk is, dus nogmaals, wat haalt het aan hem te hinderen. Laat hem door.'

Die laatste drie woorden werden zo beslist door meester Spanjaard uitgesproken dat Ary Wouterse een stap opzij zette, en de baljuw doorliet. Snel besteeg de Delftenaar de bordestrap van De Moriaan en schoot door de openstaande deur naar binnen. Kalm volgde meester Spanjaard, en hij sloot de deur behoedzaam achter zich.

Handspaken

Nauwelijks een etmaal later, op zaterdag 30 maart, klopte rond het middaguur een knaap driftig op Roemers voordeur. Het was Lambregt Schelvisvanger junior.

'Boodschap van mijn vader. De rinkelrooiers gaan langs bij de dominees, de ouderlingen, de kerkmeesters, de burgemeesters, de schepenen. Met bijlen, handspaken en kruiwagens zijn ze bewapend. Ze eisen herstel van de lange trant. Ge moet hun beloven dat ge morgen de oude toon weer zingt. Mijn vader raadt aan... mijn vader raadt aan...'

De jongen stokte, zei toen: 'Mijn vader heeft 't voor me opgeschreven, maar ik ben 't papier kwijt... waar heb ik dat toch gelaten...'

De jongen doorzocht de zakken van zijn broek en de plooien van zijn wambuis. 'Mijn blad is weg,' stamelde hij, 'daarnet, bij schepen Steur op de Hoogstraat, heb ik mijn vaders boodschap nog voorgelezen. Waar heb ik dat blad nou toch gelaten?'

'Onder je muts misschien?'

De jongen zette zijn muts af, greep erin, riep blij verrast: 'Ja', en las toen voor:

'Daar wij thans de nodige machtsmiddelen ontberen om dit perikel voorshands suffisant te matigen, raad ik schout, schepenen, burgemeesters en kerkmeesters aan: geef voorshands toe aan de eisen der wederspannigen.'

'Maar waarom? Waarom zouden we toegeven?'

'Als je niet toegeeft... ouderling Willem van Mechelen wou niets beloven... toen hebben ze zijn ruiten met hun handspaken verbrijzeld. En bij m'n oom Willem hebben ze het hekje bij de voordeur met een kruiwagen geramd en met bijlen in duizend stukken gehakt.'

'Ik zal de luiken voor de ramen toedoen. En een hekje heb ik gelukkig niet.'

'Ik ga snel verder, ik moet ook de andere schepenen nog waarschuwen.'

'Wees maar voorzichtig. Mij dunkt dat die wederspannigen...'

Maar de knaap rende al weg, en hij stond daar, op het stoepje dat een dag eerder nog brandschoon geschrobd was, en hij zag een loom, onverantwoord vroeg uit het zuiden teruggekeerd visdiefje naderbij komen dat precies midden boven de Noordvliet wiekte en bij de Monsterse sluis sierlijk keerde, en aan zijn lange terugweg over de trekvliet begon, weer zorgvuldig haarscherp het midden houdend boven het grauwe, bruinkoolkleurige water. Ook de wolkjes ter grootte van een manshand die even lijzig de heldere maartse hemel bezeilden, dreven, opgestuwd door de zuidwestenwind, onaangedaan noordwaarts. Niets wees erop dat hem, op dat moment, in dat zoele voorjaarswindje en bij zoveel heldere zonneschijn, van wederspannige zangers en zangeressen iets te duchten viel.

Toen ontwaarde hij de schout. Op de Breede Trappen daalde Schim zo onverantwoord snel omlaag dat hij struikelde. Zich vastklampend aan een leuning wist hij desondanks zonder al te veel verlies van waardigheid de Veerstraat te bereiken. Zijn hoed vloog echter af, zeilde zwierig voor hem uit, duikelde omlaag bij de sluisdeurtjes, maar werd door een heilzame windvlaag zorgzaam voor zijn voeten neergevlijd op de kinderhoofdjes. Driftig greep hij zijn hoed, zette hem weer op en riep: 'Ze belegeren thans het huis van burgemeester Bubbezon. Met kruiwagens beuken ze nu tegen de voordeur, omdat ze die met hun handspaken en bijlen niet konden openrijten.'

'Wie zijn het? En hoeveel zijn er?'

'Onderhand reeds zo'n tweehonderd oproerlingen. Vissers, kuipers, hoekers, stoeldraaiers, boetsters, weeskinderen.'

'Daarnet heb ik van de jonge Lambregt Schelvisvanger vernomen dat ze successievelijk alle leden der vroedschap bezoeken.'

'Inderdaad, stellig zult ook gij bezocht worden.'

'Al mijn luiken zal ik toedoen.'

'Of dat afdoende bescherming zal bieden, valt te betwijfelen.

Vooral met hun handspaken... ik zou willen aanraden ze kalm en vastberaden te woord te staan van achter het geopende raam van de bovenverdieping van uw huis. Dat heb ik daarstraks, toen het grauw zich bij mijn woning vervoegde, ook gedaan.'

'Hebt ge beloofd dat ge morgen weer de oude toon zult aanheffen?'

'Ik heb ze te verstaan gegeven dat de middelmatige toon slechts bij wijze van proef werd ingevoerd en dat inmiddels duidelijk is gebleken dat een meerderheid der lidmaten daar volstrekt niet van gediend lijkt, en dat ik daarom in een bijeen te roepen vergadering van schepenen, kerk- en burgemeesters, spoedige terugkeer tot de oude toon zou bepleiten. Een poosje hebben ze nog staan brullen: "Niet spoedig, maar morgen", en zijn vervolgens, zwaaiend met hun mutsen en hoeden, en onophoudelijk hoezee roepend, naar het huis van Lambregt Schelvisvanger getrokken. Ik was de eerste die belegerd werd. Toen waren er nog niet zovelen en waren de gemoederen nog niet zo verhit. Bij elk volgend adres evenwel... daarom vrees ik voor 't bezoek aan uw woning, en daarom ook heb ik gemeend er goed aan te doen u tijdig te waarschuwen.'

'Waar zijn ze nu?'

'In de Taanstraat bij schepen Den Exter.'

Het klokje van het Gildenhuysje begon te luiden, eerst nog ingehouden, maar allengs vinniger en sneller. Verbaasd hief de schout zijn hoofd op, snoof diep alsof hij wou ruiken wat er aan de hand was.

'Waarom luidt dat klokje?' vroeg hij.

'Misschien dat enkele oproerlingen zich nu daar uitleven,' opperde Roemer.

Uit het Schoolslop zag hij meester Spanjaard opdoemen. Bedaard beklom de bejaarde leerkracht de Breede Trappen tot halverwege, en al even bedaard daalde hij aan de andere zijde van de sluis weer af. Toch bleek de oude meester, toen hij het huis van zijn voormalige pupil bereikte, tamelijk aangedaan. Zijn gewoonlijk zo vrolijk schitterende ogen glansden nu dof.

'Goedemiddag,' zei hij, 'het lijkt erop dat 't nu eerst in alle hevigheid is losgebarsten. Vanmorgen hoorde ik van een van m'n jochies dat ze gisteren in de eerste schemer op de Ankerstraat Bruyninghuizen geschopt en geslagen hebben. Mezelf reken ik 't aan. Blijkbaar zijn ze, nadat ze bij De Moriaan waren afgedropen, kwaad opgetrokken naar de Schans en hebben ze zich daar uitgeleefd... nou goed, maar op iemand die blind is, blind... wat heb ik gisteren verkeerd gezegd? Ik meende dat mijn interventie... dat ik ze enigszins gepacificeerd had... sommigen heb ik warempel indertijd nog in de klas gehad, wat heb ik verkeerd gezegd?... Een blinde molesteren, dat staat haaks op al wat ik ze bijgebracht heb... en toen Bruyninghuizen naar huis was gestrompeld en daar net weer een beetje op adem was gekomen, zijn ze warempel bij hem aan de deur geweest en hebben ze hem opnieuw geschopt en geslagen.'

Hij vermande zich, balde zijn vuisten, zei: 'En nu trekken ze langs de huizen der magistratuur om elkeen de belofte af te persen reeds morgen terug te keren tot de oude toon. Ik zal ze hier opwachten en toespreken.'

'Dan kunt ge er vrij zeker van zijn dat ze u hier zullen trakteren gelijk ze gisteren Bruyninghuizen getrakteerd hebben,' zei de schout.

'Dat zou mij verbazen, zovelen van hen heb ik zes, soms zelfs zeven jaar in de klas...'

'Reken er niet op dat u dat vrijwaart...'

'Vrijwaart mij dat niet, dan heb ik als meester zo ernstig gefaald dat ik ruimschoots verdien hetzelfde lot te ondergaan als Bruyninghuizen.'

'Wees op uw hoede voor deze furie.'

'Ik ben op mijn hoede. Als zelfs blinden niet gevrijwaard zijn van molest... maar juist daarom.'

'Psalmgezang,' mompelde de schout, 'hoe is het mogelijk, de aanleiding kon nauwelijks futieler zijn.'

'Juist omdat de aanleiding zo futiel lijkt, is grote omzichtigheid vereist. Juist dan is er blijkbaar meer aan de hand dan men op 't eerste gezicht denkt. Juist dan weet 't grauw zelf amper waarom 't woedt, en wordt de furie gevoed door dieper gelegen, waarschijnlijk reeds jaren sluimerende grieven, waarvan zelfs degenen die ze koesteren amper weet hebben tot het moment waarop, zoals indertijd bij de De Witten, genadeloze, opgehitste beschaarders ogenschijnlijk gewetenloos en huiveringwekkend bruut hun gram halen.'

'Verwacht ge dan ook hier zulke taferelen?'

'Waar men in zulke aantallen als waarvan zelfs hier reeds sprake lijkt te zijn, gezamenlijk optrekt, moet men te allen tijde op 't ergste voorbereid zijn.'

'Des te meer reden te heroverwegen of ge er goed aan doet hier de oproerlingen aan te spreken.'

'Wie zou 't anders moeten doen? Tegen wie hebben ze toen ze nog schoolgingen vol respect opgekeken?'

'Ge zijt op dit punt wel griezelig zeker van uzelf.'

'Misschien vergis ik mij deerlijk, heb ik indertijd veel minder respect afgedwongen dan ik dacht. Dat zal nu blijken. Gisteren meende ik dat ik ze afdoende gekalmeerd had en toch hebben ze dadelijk daarna Bruyninghuizen... een blinde... hoe durven ze... mijn pupillen... hoe is het godsmogelijk! Wat drijft hen?'

'Bruyninghuizen wordt geroemd in 't geschrift van Van der Jagt. Misschien dat hij daarom...' zei de schout.

'Wat zegt Van der Jagt ook weer in zijn *Vredesbazuin*? "Bruyninghuizen, blind van jongs aan bei' zijn oogen, die toovert op 't klavier, met wonderbaar vermogen", maar zouden ze dat gelezen hebben? Zouden ze daarom...?'

In de milde voorjaarslucht klingelde nog altijd driftig het nieuwe klokje van het Gildenhuysje, en steeg een aanzwellend rumoer op, een verward geschreeuw van vele schrille, boze stemmen.

'Daar komen zij,' zei de schout.

'Nee, zij komen nog niet,' zei meester Spanjaard. 'Zij zijn nu op de Hoogstraat aangekomen bij het huis van Leendert Steur. Die zal, naar ik aanneem, stellig vrij spoedig beloven dat hij morgen terugkeert tot de oude toon, en dan zullen ze waarschijnlijk hierheen komen.'

'Ik zal mijn luiken maar eens sluiten,' zei Roemer.

Met toenemende wrevel sloot hij de oude, slecht scharnierende luiken. Al in geen jaren had hij ze dichtgedaan. Met handspaken zouden ze, ook al konden ze van binnenuit listig verankerd worden, desondanks vrij gemakkelijk weer worden opengetrokken. Niettemin ging hij naar binnen, schoof hij de ramen omhoog, en verankerde hij zijn luiken. Hij dacht: ik zou nu toch bevreesd moeten zijn, waarom ben ik dat niet? Waarom ben ik alleen maar pisnijdig, razend?

Hij ging weer naar buiten. De schout was heengegaan. Meester Spanjaard stond midden op de Veerstraat en tuurde naar de Breede Trappen.

'Blijf toch binnen,' zei hij, 'waarschuw je Diderica en je booi. En laat je niet zien. Ik zal ze te woord staan. Of wou je ze zodra ze verschijnen, beloven dat je morgen terugkeert tot de oude toon?'

'Nee.'

'Ik had niet anders verwacht. Ga nou maar naar binnen.'

In de gang van zijn huis werd hij opgewacht door Marije.

'Mevrouw vraagt wat er aan de hand is.'

'Ik loop wel even naar haar toe.'

Hij begaf zich naar haar bedstede. Bits zei hij: 'Het is zover. Psalmenoproer! Ze gaan langs bij de vroedschap, om de belofte af te persen dat je zult terugkeren tot de oude toon.'

'Zo vlug mogelijk zal ik opstaan. Roep Marije.'

'Waarom zou je opstaan?'

'Als ze hier binnendringen en mij nog in de bedstede vinden...'

'Ze dringen niet binnen. Waarom zouden ze?'

'Weet je dat zeker? Bij 't pachtersoproer zijn ze toch ook overal de huizen binnengedrongen?'

'In Amsterdam, ja, maar hier...'

'Nee, hier was helemaal geen oproer, maar nu... ik kom eruit. Roep Marije, die moet me helpen. Ik wil ze te woord staan.'

'Jij? Waarom?'

'Met klem wil ik ze op hun hart drukken dat die oude toon voorgoed heeft afgedaan.'

'Maar ze zijn bewapend met handspaken en bijlen.'

'Och... och... en moet je dan, terwijl ze daar dreigend mee zwaaien, beloven dat je de oude toon weer zult... o, maar dat doe ik niet... zouden ze mij met een handspaak... o, dat wil ik meemaken, Marije, Marije, help me, ik wil me zo snel mogelijk aankleden. Wat zal ik aandoen? Zwart maar, helemaal in 't zwart, dat is toch 't meest gedistingeerd... zouden ze mij, met handspaken... met bijlen, mij...?'

'Eer jij je aangekleed hebt, zijn ze al lang weer verder getrokken,' zei hij korzelig. Hij liep haar slaapkamer uit, en begaf zich naar de voorkamer op de eerste verdieping. Als hij daar in de erker zou gaan staan en zich enigszins verschool achter de gordijnen, kon hij niet alleen de hele Veerstraat overzien, maar hen ook zien aankomen over de Breede Trappen.

Maar toen hij daar stond, op die winderige voorjaarsmiddag, en uitkeek over het water en de Monsterse sluis, leek het alsof er sprake was van zinsbegoocheling. Het klokje van het Gildenhuysje klepte niet meer. Zeker, het vlietwater rimpelde en schitterde, maar op de Veerstraat was het doodstil. Midden op de kade, ter hoogte van zijn voordeur, stond meester Spanjaard onbeweeglijk, de armen gekruist op de borst, naar de Breede Trappen te turen.

Hij hoorde de mussen af en toe onstuimig tsjilpen tussen de pannen. In de grote stiltes tussen het getsjilp door kon hij zelfs de jongen horen wrielen. In zijn achtertuin herhaalde een zanglijster krampachtig zijn korte frasen en daarbovenuit weerklonk het eentonige gezaag van de koolmees. Veel verderop, ergens ter hoogte van de Goudsteen, weergalmde de schallende, brutale roep van de groene specht, en iets dichterbij snerpte de schelle klaroenstoot van het krakernaatje. Het was voorjaar, de ganse schepping behoorde toe aan de vogels, en die vogels zongen nu 'elk om strijd met blijde galmen'. Hij hoorde een vink onstuimig slaan en 't roodborstje hoog fluiten, en de heggenrienk als het ware daarop blijmoedig antwoorden met net wat lager, liefelijker, zachter tonen.

Langzaam drong zich, terwijl hij daar stond, en aandachtig luisterde naar de parmantige voorjaarszang van al die vogels op daken en in achtertuinen, de overtuiging aan hem op dat de opstandelingen hem zouden overslaan. Wat had hij in vredesnaam van doen met de korte dan wel lange zingtrant? Zelfs die nieuwe toon, die korte zingtrant, was nog verpletterend lijzig en melig, vergeleken met de buitelende nootjes van dat snaakse ventje, daar in La Ville de Paris, en met de snelle gazelle aan De Boompjes in Rotterdam. Ja, zelfs de vogels, alle vogels, zongen duizendmaal kordater en kwieker. Derhalve was hij net zo'n verklaard tegenstander van de korte zingtrant als de oudetoonaanbidders. Natuurlijk, ze zouden hem ontzien, temeer daar hij al die jaren de bemanningen van zijn schepen veel coulanter tegemoet was getreden dan enige andere reder ter plaatse. Hij wendde zijn blik naar het prille, lichte groen van de bomen langs de Noordvliet, en plotseling was daar dat wijsje weer, 'jij snelle gazelle, wat wil jij vertellen', maar voor hij het in zijn volle glorie tot het einde toe had kunnen neuriën, zag hij een schim opduiken pal onder het wapen dat de grote toegangsboog sierde van de Breede Trappen. En al bevond die schim zich ver weg, hoog op de sluis, hij wist dadelijk wie daar stond, en zich al weer verwijderde. Gilles snelde terug naar de Hoogstraat, verscheen even later opnieuw, en toen, plotseling, daalden tientallen woest de Breede Trappen af. Ja, zovelen waren er dat de Breede Trappen ze niet zo snel allemaal verwerken kon, maar dat deerde de haastig dalenden niet, ze stortten zich, aan weerszijden van de trappen, omlaag over het talud van de dijk. Sommigen gleden uit, rolden omlaag, stonden echter, daarbij haastig toegestoken handen aanvattend, vrijwel dadelijk weer op, en holden, elkaar voortduwend, en elkaar ondanks kleine kwetsuren bemoedigend toeroepend, over de kinderhoofdjes de Veerstraat op. Degenen die ter rechterzijde van de Breede Trappen over het dijktalud afdaalden, belandden aan gene zijde van het water. Sommigen klommen in allerijl terug, de sluis over, maar kwamen dan terecht in het gewoel van degenen die van de Trappen afdaalden, en werden daardoor ook veelal in hun gang gestuit. Vele anderen snelden naar de vlietbrug verderop, maar sommigen stelden zich, pal tegenover zijn huis, reeds op aan de waterkant en schreeuwden alvast: 'Hoezee, hoezee', en zwaaiden triomfantelijk met hun mutsen, hoeden en handspaken.

Reeds werd er, meester Spanjaard ten spijt, op zijn voordeur gebonsd, en één zo'n lichtmis beproefde of hij met zijn handspaak een luik open kon trekken. Toen schalde echter de stem van meester Spanjaard over de Veerstraat, en hij kon de mussen op zijn dak warempel weer horen tsjilpen. Blijkbaar viel er even een stilte. Maar niet voor lang, want wat meester Spanjaard die toegestroomde lange zangers toevoegde, kon hij niet horen. Reeds zwol het geluid van door elkaar heen schreeuwende, brullende stemmen weer aan, en opnieuw werd er op zijn voordeur gebonsd, en beproefde men andermaal of de luiken met handspaken open getrokken konden worden. Hun roestige sluitingen ten spijt boden ze zodanige weerstand dat ze vooralsnog dicht bleven. Waarop één zo'n lichtmis met een handspaak het ijzeren rooster van een kelderraampje opentrok, iets wat de aanwezigen met luid hoezeegeroep toejuichten. De andere kelderroosters ondergingen hetzelfde lot, maar daar niemand zich door de aldus ontstane openingen heen kon wringen, duchtte hij weinig gevaar van deze vernielingen. Waar het op aankwam, was of zijn luiken en zijn monumentale, massief eikenhouten voordeur bestand zouden blijken tegen gericht geweld van handspaken, kruiwagens en bijlen. Op den duur zouden ze daar uiteraard voor bezwijken, maar misschien zou het geduld van deze dwazen uitgeput blijken eer het zover was.

Hoe verging het ondertussen meester Spanjaard? Roemer durfde niet dichter naar het venster te treden en kon derhalve niet goed zien wat zich op de kade afspeelde. Hij hoorde weer een krachtige, haast klaterende handspaakroffel op zijn voordeur, toen plotseling de reeds vrij zware stem van Gideon van der Kraan. Die stem schalde: 'Naar Van der Jagt.'

Hij hoorde het gedreun van zich overhaast verwijderende voetstappen. Uiterst behoedzaam op het venster toetredend, en zich zo veel mogelijk achter een gordijn verschuilend, zag hij hoe de uitzinnigen zich, achter elkaar aan hollend, naar hun volgende doelwit spoedden. Niettemin beukte nog altijd één bijl verwoed op zijn eikenhouten voordeur. Hij daalde af, sloop door de koele gang naar zijn voordeur, wachtte tot weer een paar woedende bijlslagen de weerstand van het hout beproefden, en telde zacht hoeveel tijd er steeds verstreek tussen twee slagen. Eén, twee, drie, boem, één, twee, drie, boem. Na weer zo'n slag wachtte hij twee tellen, rukte na de derde tel de voordeur open. Gilles, al zijn kracht leggend in de volgende slag, ondervond geen weerstand van het eikenhout en tuimelde derhalve de gang in. Roemer griste de bijl uit de handen van zijn zoon, duwde de jongen met zijn rechterhand de Veerstraat weer op en sloot tegelijkertijd met zijn linkerhand de deerlijk gehavende voordeur, daarbij nog juist een glimp opvangend van meester Spanjaard. Die stond daar, lijkbleek, in elkaar gedoken, maar niettemin ongeschonden, midden op de Veerstraat.

Hij hoorde een gerucht. Achter hem, in de gang, verscheen Diderica.

'Zijn ze weg?' vroeg ze verongelijkt.

'Het lijkt erop.'

'Net nu ik klaar ben. Net nu ik naar buiten wou stappen om ze op hun hart te binden dat die oude toon... ik heb me nog zo gehaast... had je ze niet kunnen vragen om te wachten tot ik zou verschijnen?'

'Mens, prijs God dat ze ervandoor zijn.'

Voorzichtig opende hij zijn voordeur. De nagenoeg verlaten Veerstraat glansde vredig in het heldere voorjaarszonlicht.

'Blijf hier niet staan,' zei hij tegen meester Spanjaard, en hij stapte op hem toe, greep de oude man bij zijn arm en trok hem zijn huis binnen.

'Kom, laten we ons verschrikt gemoed met een glaasje korenwijn defroyeren.'

De koepel

Al na twee glaasjes korenwijn keerde een gezonde kleur terug op de wangen van meester Spanjaard. Desondanks bleef hij somber voor zich uit staren, herhaaldelijk mompelend: 'Mijn hand heb ik overspeeld.'

'Zoals die gideonsbende over de Breede Trappen omlaagtuimelde... al had je daar gestaan met een geladen snaphaan... niets valt je te verwijten. Wie had dit nu ooit kunnen voorzien...?'

'Ik was erop voorbereid, ik rekende erop dat dit zou gaan gebeuren, ik heb het voorzegd.'

'Ja, maar snaaks op rijm. Daaraan dank je misschien dat je, anders dan de profeten uit Jeremia, niet door hun zwaarden verteerd bent.'

'Zwaarden? Handspaken! In de knuistjes van weesjongens en prikkenbijters die ze amper tillen kunnen. Zulke kinderen nog... bij sommigen was hun haar naar de laatste mode met een kuifje gesneden. Met zulke wufte frisuren terug naar de oude toon? Da's toch meer iets voor verweerde, kromme vissers.'

'Ja, maar oproer... met handspaken en kruiwagens bij de hele vroedschap langs, dat moet machtig mooi zijn. Echt gebeuren, wie verlangt daar nou niet naar?'

'Hoe zou 't Van der Jagt intussen vergaan?'

'Zo dadelijk kunnen we ons misschien wagen aan een kuiertje daarheen. Maar eerst een derde glaasje.'

'En een pijpje tabak. Om bij te komen.'

'Roken? Hier in huis? Man...'

'Echt, om bij te komen dien ik...'

'Jij, bijkomen? Wie had dat ooit kunnen denken?'

'Kun je zien dat ik oud begin te worden.'

'Vooruit dan maar, steek een pijpje op, voor één keer dan.'

Na enkele trekjes aan zijn smuigerdje hervond meester Spanjaard zichzelf eerst recht, zag je de schalkse glinstering terugkeren in zijn donkerbruine ogen. Hij zei: 'Je had 't daarnet over een gideonsbende. Klopt. Die Van der Kraan voert aan, maar vlak toch ook dat ventje Heldenwier niet uit, die Gilles...'

De naam bleef hangen in het comptoirkamertje. Meester Spanjaard en Roemer Stroombreker keken elkaar aan. Toen zei meester Spanjaard: 'Je kunt erop rekenen dat mij nooit zal ontglippen...'

'Hoe weet je...?'

'Ach, ja, m'n Thade... hoe zou 't hem vergaan, daar in Galle tussen de olifanten... m'n Thade heeft me indertijd al verteld dat jij altijd hevig kleurde als je langsliep bij de nettenboetsters omdat een van die meisjes... 't zou me stellig zijn ontschoten als ik haar zoontje niet in de klas zou hebben gekregen, zo'n aardig, bijdehand knulletje, kon goed rekenen, al was hij soms flink opstandig... dat knulletje, ach, ik heb hem maar twee jaar in de klas gehad. Toen waren er al weer belemmeringen... maar desondanks, als ik in die twee jaar naar 'm keek, dacht ik steels: hoe komt 't toch dat dat tengere aposteltje me steeds doet denken aan m'n Roemertje. Toch was ik blind, maar toen later, in die melkmist, die lach, en je schrok zo toen ik daarover begon, ach jongen, zoals 't leven in elkaar zit, er klopt niks van, en intussen...'

'Als gij 't vermoedt, hoe groot is dan de kans dat een ander...'

'Hij lijkt nu minder op jou dan vroeger, hij lijkt sprekend op wijlen je vader.'

'Iedereen zegt dat ik sprekend op wijlen mijn vader lijk, dus...'

'Volgens mij niet. Gilles lijkt sprekend jouw vader. En die is al zo lang dood, ik denk niet dat enige Sluyser ooit op 't idee zou kunnen komen dat jij... stil, ik geloof dat ik je vrouw hoor aankomen...'

'Da's de stap van Marije, die is vast en zeker op weg naar buiten om na dit perikel ons stoepje te schrobben. Dat moet immers altijd doorgaan, al valt de hele wereld aan stukken.'

'Ja, schrobben, spoelen, dweilen, wassen,
zemen, sponzen, schuimen, plassen,
zepen, betten, bleken, stomen,
ziedaar waarvan de deernen dromen.'

'Nou ken ik je weer,' zei Roemer. 'Laten we nu maar eens gaan kijken of 't koepeltje van Van der Jagt nog staat.'

Op de Veerstraat kletterde, ondanks helderblauwe plekken tussen de grauwe wolken, een hagelbui op de kinderhoofdjes.

'Daarnet scheen de zon,' zei meester Spanjaard verontwaardigd.

'Ook de weergoden willen bijdragen aan dit perikel,' zei Roemer. 'Niets gedraagt zich zoals 't hoort. Vanmorgen zag ik een visdiefje over het water voorbijkomen.'

'Dat kan onmogelijk, de visdiefjes zijn nog niet terug.'

'Net wat ik je zeg, niets gedraagt zich zoals 't hoort.'

Over de glad geworden kinderhoofdjes glibberden ze, enigszins overmoedig van de korenwijn, naar de Goudsteen, en vandaar verder naar de Wagenstraat. De zon kwam al weer door, de grote, witte hagelstenen fonkelden oogverblindend in het kraakheldere licht. Daardoor zagen ze, toen ze het huis van Van der Jagt bereikt hadden, aanvankelijk de glasscherfjes over het hoofd die tussen de hagelstenen glinsterden.

De zijpoort van het huis van Van der Jagt stond half open, bewoog zacht knerpend heen en weer in de frisse maartse bries.

Voorzichtig duwde meester Spanjaard de poort nog wat verder open. Op de binnenplaats fonkelden grotere glasscherven. Reeds veegde de oudste zoon van Van der Jagt die scherven op met een lange bezem van wilgentakken.

'Wat is hier gebeurd?' vroeg meester Spanjaard.

De zoon wees naar de koepel.

'Ze hebben alle ruiten ingegooid,' zei hij kalm.

'Is je vader thuis?'

'Ja.'

'Aanspreekbaar?'

'Hij onderhoudt zich met Kommer Copijn, de chirurgijnsknecht. Toen ze hier via de zijpoort waren binnengedrongen, is mijn moeder in onmacht gevallen. Eerst hebben ze op het achterplaatsje met hun handspaken en bijlen de konijnenhokken vernield en de drachtige voedsters verjaagd, toen hebben ze de keukendeur ontzet en zijn ze met schotels en borden en kannen gaan smijten. Ze hebben een glazen binnendeur verbrijzeld en riepen de hele tijd tegen m'n moeder: "Waar heeft je man zich verstopt? Zeg op, anders slepen we jou weg, hier met Van der Jagt, hij moet bloeden." '

De jongen, die tot op dat moment zo kalm verhaald had wat er was voorgevallen, barstte bij het woord 'bloeden' opeens in snikken uit en veegde, zonder nog een woord te zeggen, wenend verder. Voorzichtig over de glasscherven heen stappend, begaven meester Spanjaard en Roemer zich naar de ontzette keukendeur. Toen zij die, omdat hij half uit zijn hengsels hing, behoedzaam openden, ontwaarden ze op een rieten stoel de tweede zoon van Van der Jagt. Een dienstbode bette een vurige striem op zijn voorhoofd.

'Jou hebben ze kennelijk ook flink te pakken genomen,' zei meester Spanjaard.

'Ik was niet thuis,' zei de jongen al even kalm als zijn oudere broer. 'M'n vader en ik kwamen in ons rijtuig uit Vlaardingen aanrijden. Bij de Boonersluys kwam een knecht van Maarten van Bommel ons tegemoet hollen en zei dat ze, zo'n tweehonderd man sterk, bij ons waren binnengevallen en brullend en tierend m'n vader zochten. Toen is m'n vader uitgestapt en ben ik in volle draf doorgereden naar de stal. Daar zijn ze boven op mij gesprongen, alsmaar roepend: "Waar is je vader?" Een van die ellendigen rukte m'n zweep uit m'n handen en brulde: "Wat let me, jij hond, dat ik die niet op je kop in stukken sla?" '

'Vandaar die striem op je voorhoofd,' zei meester Spanjaard.

'Ik mag nog van geluk spreken dat Kornelis Ladryven tussenbeide kwam, anders was 't zeker niet bij die ene striem gebleven, maar m'n moeder... die was binnen met de drie kleinsten... die is... ze ligt nog steeds in onmacht, de chirurgijnsknecht overweegt aderlaten... 't had nog erger kunnen uitpakken als die Kaat de Frans die snertkerels niet had tegengehouden... Toen ze zag hoe overstuur m'n moeder raakte, kreeg die sloerie warempel medelijden met haar.'

'Wie heeft je met jouw zweep gestriemd?' vroeg Roemer.

'Weet ik niet. Ken die knul niet. Nogal tenger ventje, maar slaan kon hij wel. Riep steeds nijdig dat we blij mochten zijn dat hij z'n bijl kwijt was.'

‘Zo, dus Ladryven en Kaatje zelf hebben die fanaten nog enigszins weten te matigen,’ zei meester Spanjaard.

‘Ja, maar die Kor Ladryven stond wel te brullen: “Wij zijn vandaag de prins, de Staten, de vroedschap, de dominees, wij moeten onze zin hebben, anders zal ik jullie de kop kloven met m’n zijdegeweer!”’

‘Had hij dan een degen bij zich?’ vroeg meester Spanjaard verbaasd.

‘Welnee, nergens was een zijdegeweer te bekennen.’

‘Adriaan,’ zei de dienstbode, ‘hou je hoofd stil, anders kan ik ’t bloed niet goed wegvegen.’

Willem van der Jagt doemde op in de gang van zijn huis. Voorzichtig stapte hij over de scherven van de verbrijzelde deur heen.

‘Hier moet ergens nog een scherp kerfmesje liggen, Copijn heeft z’n instrumentkist wel bij zich, maar een mesje om ader te laten... hé, jullie hier... zijn ze ook bij jou geweest?’

‘Zeker,’ zei Roemer, ‘maar ik heb amper schade. Met handspaken hebben ze zich uitgeleefd op m’n luiken, ondertussen tierend en brullend, en m’n voordeur hebben ze flink gehavend met een bijl.’

‘Waar ze mij vooral op aankijken, is mijn bazuin. Daarin zou ik alle vissers hebben uitgescholden. Gelezen hebben ze mijn missive dus niet. Mijn vrouw heeft, eer ze in onmacht viel, die Kaat de Frans er nog van kunnen overtuigen dat ik in mijn bazuin de vissers niet beledig, maar toen ik daarstraks thuiskwam, grepen ze me vast en begonnen ze weer te schreeuwen dat ik de vissers door het slijk haal, en wat ik ook zei... uiteindelijk heb ik plechtig moeten beloven dat ik morgen de oude toon weer zing en ze hebben me aangekondigd dat ze tijdens de dienst bij me in de bank zullen komen zitten om daarop toe te zien...’

Hij wees naar de glasscherven van zijn keukendeur en vanuit de diepte van zijn geprangd gemoed welde een wilde zucht op: ‘Ik zal wel moeten.’

‘Ze hebben overal de belofte afgedwongen dat ieder morgen weer op de oude toon zingt, bij Schelvisvanger, bij Bubbezon, bij Willem van Mechelen, ja, zelfs bij de schout,’ zei meester Spanjaard.

‘Schrale troost,’ mompelde Willem van der Jagt, ‘en krijgt ieder dan in zijn bank toezicht?’

‘Ze zwaaiden met hun hoeden en schreeuwden hoezee toen ze hier weggingen,’ zei Adriaan bitter.

‘Hou toch je hoofd stil,’ zei de booi.

‘Weet je soms waar ze heen zijn getrokken toen ze hier weggingen?’ vroeg meester Spanjaard.

‘Ze brulden dat ze bij scheepstimmerman Van Leeuwen de boel kort en klein zouden slaan.’

‘Dan gaan daar we een kijkje nemen,’ zei meester Spanjaard, ‘straks, als er, wat onvermijdelijk lijkt, recht gedaan moet worden, heeft in ieder geval één onzer schepenen zelf aanschouwd wat de toonmuiters hebben aangericht.’

‘Graag zou ik meegaan,’ zei Van der Jagt, ‘maar ik kan hier helaas niet weg.’

‘Dat begrijpen we,’ zei meester Spanjaard, ‘morgen zullen we bij je in de bank komen zitten om je te steunen.’

‘Dat zou mij zeker niet ontrieven, maar dan moet je de oude toon aanheffen.’

‘O, maar daar ben ik heel bedreven in. Elke noot zo lang mogelijk aanhouden, en herkauwen als een stukje zwoerd en versieren met pralende praltrillers of monumentale mordenten. Zo’n enkel psalmvers dat wel bijna een kwartier duurt, wie zou daar niet voor zwichten?’

Onderweg naar het huis van scheepstimmersmansbaas Van Leeuwen gromde Roemer: ‘Waarom heb je Van der Jagt toegezegd dat wij hem morgen zullen steunen? Als jij morgen ter kerke wilt gaan, moet je dat vooral doen, maar ik... waarom moet ik?’

‘Omdat je een der schepenen bent,’ zei meester Spanjaard onverwacht ernstig, ‘omdat deze confusie, als ze binnenkort niet gestremd wordt, onvermijdelijk uitloopt op moord en doodslag. En dan zal wellicht met de ergste raddraaiers te Delft in ’t koord justitie gedaan worden. Tenzij... tenzij de schepenen het vonnis van sommigen weten te matigen. Een der schepenen kan mogelijk, dankzij het feit dat hij alles zelf heeft gezien, zelf heeft onderzocht, gronden aanvoeren om, al zal dat allerminst eenvoudig blijken, ’t ergste onheil voor een enkeling af te wenden.’

Niets wist Roemer, terwijl hij voelde hoe zijn hart in zijn keel klopte en zijn keel kurkdroog werd, daarop te zeggen. Hij wankelde voort, en nog altijd glinsterden en fonkelden smeltende hagelstenen in het kraakheldere zonlicht. Het Goudsteenwater rimpelde, en hij dacht aan het ottertje dat daar, zo lang geleden reeds, uit kwam opgedoken, en daar nu nooit meer uit zou opduiken omdat het water inmiddels duchtig vervuild was.

Bij scheepstimmermansbaas Van Leeuwen aanschouwden ze de 'buitensporige vernielingen' waarover Roemer later in de processtukken zou lezen. Zijn zoon bleek door het grauw zo grondig mishandeld te zijn dat hij buiten bewustzijn was. Reeds had de chirurgijn hem adergelaten, maar dat had zijn toestand vooralsnog niet verbeterd. Lijkbleek lag hij doodstil op losse planken tussen de spanten. Reeds had Van Leeuwen zijn buurman, schepen Lambregt Schelvisvanger, laten roepen om hem zowel de schade als zijn gehavende zoon te tonen.

'Wat een tuig,' zei Van Leeuwen tegen Schelvisvanger. 'Ze dorsten het niet aan m'n vrouw te slaan. Die wou niks beloven. Die zei steeds als ze over de oude toon begonnen: "Geen denken aan, nee, geen denken aan." Toen hebben ze, voor het oog van hun moeder, m'n zoon met losse denningdelen zo'n pak rammel gegeven dat hij... nou ja, je ziet het, wat een Satanstuig. Zo onderhand wordt het de hoogste tijd dat de magistraat hier paal en perk aan stelt. Zorg voor criminele justitie, zorg dat dat Satansgebroed, ter discretie van ulieder schepenen, met roeden gegeseld wordt.'

Schelvisvanger knikte bedaard, drentelde rond over het werfje, waar het speenkruid her en der uitbundig bloeide, en groot hoefblad reeds opschoot. Hij mompelde tegen Roemer toen zij langs elkaar heen liepen: 'Intimatie van de stille vroedschap. Zondag, in aansluiting op de morgendienst. In de schepenkamer.'

Stille vroedschap

Met nog groter tegenzin dan gewoonlijk ging hij op zondag 31 maart ter kerke. Strelende, langzame orgelmuziek van Bruyninghuizen maande al bij voorbaat iedereen tot kalmte. Aanvankelijk leek er niets aan de hand. Zodra Willem van der Jagt met zijn zoon Adriaan echter het trapje naar zijn hoge bank besteeg, doemden terstond vanuit het koor Abraham Lamboy en Ary Wouterse op. Lamboy besteeg, alsof ook hij zich controleur der convoyen en licentiën mocht noemen, het trapje naar de voorname bank en zette zich brutaalweg naast vader en zoon neer. Wouterse sloot het deurtje van de bank, posteerde zich op het trapje. Het leek of hij de wacht hield. Ook elders betrokken onder de hoge tongewelven her en der de toonmuiters strategisch gelegen posten: opstapjes naar voorname banken, de hoekplaatsen in het middenschip.

In zijn hoge redersbank had Roemer goed zicht op de belegerde banken die aan gene zijde van het middenschip waren gelegen. Blijkbaar was het voor de toonmuiters geen optie om zijn eigen redersbank te bewaken of bezetten. Bleven de reders wellicht, als onmisbare werkgevers der vissers, buiten schot? Toen echter, terwijl hij zich er al bij had neergelegd dat hij blijkbaar minder belangrijk werd gevonden dan Willem van der Jagt, doemde uit het donkere gewelf onder het Garrels-orgel zijn zoon op. En dadelijk besefte hij waarheen de schreden van de jongen zich richten zouden. Natuurlijk, het lag ook voor de hand, zijn zoon had hem altijd gehaat, voor hem was dit oproer niets dan een voorwendsel om stokoude rekeningen te vereffenen. De jongen beklom de drie treden naar zijn bank, ging bij het deurtje staan, en legde de hand daarbovenop, alsof hij wilde aangeven: zonder mijn toestemming kunt gij uw bank niet verlaten. Hij keek de jongen aan, glimlachte, wees op de lege plaats naast hem, fluisterde zo vriendelijk mogelijk: 'Waarom blijf je staan? Kom naast me zitten, dat is veel aangenamer.' Stomverwonderd staarde Gilles hem aan. Ondenkbaar was het immers dat een lummel uit het Lijndraaiersslop zich naast een voorname meester zou neervlijen in een redersbank. Dat spotte met alle ongeschreven wetten in het dorp, de kerkgemeenschap, ja heel Holland. Nogmaals wees Roemer op de lege plaats. 'Kom zitten,' zei hij. Voorzichtig schoof hij op naar het deurtje en duwde het met Gilles' hand er nog op, langzaam open. 'Waarom zou je blijven staan als er nog zoveel plaats is? Kom zitten, had ik geweten dat je zou komen, dan had ik je bijl meegebracht. Nu zal ik hem vanmiddag door Marije in het Lijndraaiersslop laten terugbezorgen.' Hij zag iets van verbijstering in de ogen van zijn zoon, en wist: ditmaal is hij overmeesterd. Blijkbaar is hij toch net als ik, aan een vriendelijk gebaar, een hartelijke uitnodiging kan hij geen weerstand bieden. En toen geschiedde inderdaad waar hij de rest van zijn leven op zou teren: de jongen schoof naast hem de bank in. Roemer opende zijn psalmboek en legde het open voor Gilles neer.

'Kun je zo dadelijk meezingen,' zei hij, 'en mij laten horen hoe 't moet klinken.' Maar toen Bruyninghuizen psalm 119 inzette, bleef de jongen met stijf opeengeperste lippen voor zich uitkijken.

'Waarom zing je niet?' vroeg Roemer zacht. 'Je wilt mij toch niet vertellen dat je hier in het dorp met je bijl rondwaart en op deuren beukt om iedereen aan te manen zo langzaam mogelijk te zingen, terwijl je zelf helemaal niet zingen kunt of wilt?'

Met een wilde blik in zijn ogen keek de jongen hem aan. Roemer vertrok zijn mond in een grijns. Op zijn tong lag het om te zeggen: 'Zo, zo, dus je vecht voor een zaak die je in feite helemaal niet ter harte gaat', maar hij begreep dat zijn grijns al duidelijk genoeg was, en bovendien gaf het geen pas om tijdens psalmgezang allerlei mededelingen te fluisteren tegen degene die naast je verkeerde. Gezegevierd had hij immers reeds, de jongen stond nu bij hem in het krijt, zou mettertijd ongetwijfeld popelen van verlangen om zijnerzijds een verpletterende zet terug te doen in dit schaakspel, en die zet zou weer een opening bieden voor vervolg, waarbij hij het voordeel genoot dat het kind niet wist dat hij, krachtens het feit dat hij zijn vader was, enig inzicht had in het karakter van de jongen.

Reeds tijdens de voorzang kwam het tot ongeregeldheden. Hoewel Bruyninghuizen in psalm 119 de middelmatige toon aanhield, en de meeste gemeenteleden hem slaafs volgden, snauwden en brulden de toonmuiters tegen degenen die zij een dag eerder de belofte hadden afgedwongen dat zij de oude toon weer zouden zingen, dat zij zich, Bruyninghuizen ten spijt, daaraan houden moesten. Waaruit resulteerde dat de burgemeesters, de kerkmeesters, de schout, sommige schepenen en andere vroedschapsleden nog luidkeels en stug doorzongen toen de rest van de gemeente en het orgel al lang geëindigd waren. Desondanks bleven de toonmuiters murmureren. Van der Jagt kreeg na het slotakkoord door een tierende Lamboy aangezegd: 'Hond, ik zal jouw kop nog kloven.'

Juist omdat er, na de laatste slotakkoorden van de gelegenheidsoudetoonzangers, een even beangstigende als diepe stilte viel onder de tongewelven, kon elkeen duidelijk horen wat de ziedende Lamboy Van der Jagt toevoegde. Het leek of er een ijzige poolwind door de kerk vlaagde. De voorganger, dominee Gerardus Johannes Zwaan, verklaarde later dat hij een 'grote benauwdheid gevoeld had in keel en borst, alsof het einde van zijn leven naderde'.

Aldus geïntimideerd door een handjevol opgeschoten knullen, zong reeds bij de volgende psalm de gehele gemeente, dwars tegen de soepele begeleiding van Bruyninghuizen in, de oude toon. Bij het tweede couplet van die psalm paste Bruyninghuizen zich aan, verviel ook hij weer in het trage, zeurderige, diffuse geneuzel waar Roemer mee was opgegroeid.

Bij de slotzang was zo overduidelijk dat de toonmuiters glansrijk gezegevierd hadden, dat zij met bloemrijke complimenten voor de kerkgangers hun triomf listig consolideerden. Lamboy begreep blijkbaar dat hij iets goed te maken had. Luidkeels riep hij, toen er weer zo'n beangstigende stilte viel na het laatste akkoord van de slotzang, tegen Van der Jagt: 'Hoezee mijnheer, wij prijzen u ten uiterste, en wij vragen, nee, smeken u om vergiffenis voor wat wij u en uw vrouw en kinderen gisteren hebben aangedaan. Wij zullen u voortaan verschonen en bieden u nederig bescherming aan, mocht zich opnieuw confusie voordoen.'

Gilles onthield zich van enig commentaar op de zang van zijn vader, en glipte toen de dienst was afgelopen haastig de redersbank uit. Met gekromde schouders schuifelde hij zo snel mogelijk naar het gewelf onder het orgel, daaronder verdwijnend alsof hij opgeslokt werd.

In het fonkelende voorjaarszonlicht kuierde Roemer na de dienst naar het Raadhuys. Het leek hem of alles wat hij waarnam, de statige huizen aan de Hoogstraat, het betoverende zonlicht dat op diezelfde Hoogstraat ook voor zoveel diepe schaduwen zorgde, het schallende geroep van onzichtbare kokmeeuwen, de prille, zoete voorjaarsgeuren, en het zachte gekeuvel van de onthutste, huiswaarts kerende kerkgangers, brozer was dan een droombeeld. Zo dadelijk zou alles vervliegen, zou hij terugkeren op een solide aarde waar zo'n bizarre twist over psalmgezang en zo'n wonderlijke kerkbankschermutseling met je eigen kind zich vanzelfsprekend nimmer zouden voordoen.

Zelfs toen hij tussen zijn collega's in de schepenkamer zat en uitkeek over de havenkom, leek het nog of hij ontwaken zou uit een even broze als boze droom. Zijn hele bestaan zou vervliegen, plotseling zou hij een rauwe, maar tastbare werkelijkheid tegemoet treden, in een vehemente storm bijvoorbeeld nabij IJsland als omtoor op een hoeker van Lambregt Schelvisvanger.

Zelfs de harde stemmen van de verontwaardigde schepenen riepen hem niet terug in zijn zondagse werkelijkheid.

'Er moet terstond iets gebeuren, dit kan zo niet langer!' riep Bastiaan den Exter.

Het lag op Roemers tong om daarop te antwoorden: 'Waarom? Dit is niet echt. Dit is een droom.'

De schout was hem echter voor: 'Mij dunkt dat wij vandaag hebben geleerd dat ons weinig anders rest dan een, naar wij hopen, voorlopige terugkeer tot de oude toon. Wij ontberen eenvoudig de machtsmiddelen om ons tegen ruim tweehonderd luidruchtige oproerlingen en nog minstens evenveel stille aanhangers teweer te stellen.'

'We kunnen toch de baljuw van Delft...' begon Jacob Verwoert.

'Van ons perikel is hij op de hoogte gesteld, en hij is zeker genegen, als deze confusie voort zou woekeren, in te grijpen, maar ge begrijpt toch wel dat wij ons blameren als wij versagen. Ons wordt allereerst gevraagd zelf te reüsseren. En mij dunkt: een réussite is onder handbereik. Een tijdelijke terugkeer tot de oude toon in beide kerken. Twee jaar geleden, toen de Staten-Generaal het zingen van de nieuwe rijmpsalmen verplicht stelde, werd er hier ook geweeklaagd van Sandelijnstraat tot Alemansdam, maar nu zingt iedereen die nieuwe rijmpsalmen zonder enige wanklank, dus die oude toon... ach, 't is een kwestie van tijd, waarom zouden wij de zaak nu op de spits drijven?'

'Ge wilt dus toegeven aan die oproerkraaiers?'

'Gaarne wil ik zonder hulp van buitenaf, zonder voor de toch al door ongeregeldheden elders zwaar beproefde, bejaarde baljuw op de knieën te hoeven zinken, hier orde op zaken stellen. Nu bij deze dienst de vroedschap de oude toon weer heeft aangeheven, verwacht ik dat thans de rust weergekeerd is. Inmiddels weten wij nauwkeurig welke pluggen en rinkelrooiers het grauw gisteren hebben aangevoerd... 't Zijn trouwens steeds weer dezelfde drossaards die 't voortouw nemen, dus als wij die nu eens... er zijn toch mogelijkheden genoeg om ze... ge begrijpt me wel... 't gaat er maar om dat we ze stuk voor stuk op termijn onschadelijk weten te maken, 't zijn allemaal jonge melkmuilen die we via omwegen zo'n loer kunnen draaien dat ze 't wel uit hun hoofd zullen laten om nogmaals oproer te kraaien...'

'En intussen laten we ze, terwijl ze gisteren grote vernielingen hebben aangericht, ruiten hebben ingegooid, en de zonen van Van der Jagt en Van Leeuwen hebben mishandeld, vrijuit gaan?'

'Ja, maar alleen om ze vervolgens zo sluw aan te kunnen pakken dat we nooit meer last van ze zullen hebben, met nog daarbij dit voordeel dat wij baljuw Van der Lely alsmede onderbaljuw Verstaak laten zien dat wij in staat zijn onze eigen besognes...'

'Heer Schim, uw toeleg is duidelijk, ge wilt te Delft, niet alleen bij onze baljuw daar, maar ook hogerop, bij het Prinsenhof, een goede indruk maken. En waarom? Het antwoord daarop luidt waarschijnlijk: volgaarne zoudt ge zien dat Willem de Vijfde u mettertijd tot opvolger van onze reeds zo hoogbejaarde, dus spoedig te vervangen baljuw benoemt.'

'Zo komen wij geen stap verder!' riep Lambregt Schelvisvanger.

‘Laten wij nu eerst eens afwachten of de schout het bij het rechte eind heeft dat de rust thans is weergekeerd. Ik geloof daar namelijk niets van. Ik houd het erop dat nu pas echt de geest uit de fles is, dat ’t ergste nog komen moet, juist omdat wij ze zelfs de toegang tot onze voorname banken niet hebben kunnen ontzeggen. Nu zullen ze denken: als wij de vroedschapsleden zo makkelijk aan onze voeten kunnen krijgen, wat let ons dan om er nog een flinke schep bovenop te doen? Die oude toon... ach, dat is maar een voorwendsel... ’t gaat hun om heel iets anders... een van die oproerlingen, die Kornelis Ladryven, heeft bij Van der Jagt thuis geroepen: “Wij zijn vandaag de prins, de Staten, de regering!” Ziedaar hun toeleg: zij willen onze plaatsen innemen.’

‘Welke dient dan voor de komende dagen onze koers te zijn, heer Schelvisvanger?’

‘Tegen alle verstoorders van onze publieke rust dient onverwijld zonder conniventie te worden geprocedeerd,’ zei Schelvisvanger gemelijk.

‘Hoe?’ vroeg de schout kalm.

‘Zouden wij de ergste oproerlingen niet kunnen confineren?’ vroeg schepen Van der Lely.

‘Waar?’ vroeg de schout.

‘Hier ter stede of elders,’ zei schepen Van der Lely.

‘Zo wij ze elders confineren, dan behoeven wij zeker toestemming van de baljuw. Sluiten wij ze, in afwachting van die toestemming, alvast hier ter stede in, dan staat ons alleen het keldertje van dit Raadhuys ter beschikking. Dan behoeven wij, gelet op de miserabele toestand der kelderdeur, een gewapende cipier. Waar die te vinden? En hoe te voorkomen dat ’t grauw, zodra het weet zou hebben van ’t confinement, zijn aanvoerders bevrijdt?’

‘Laten wij eerst eens een lijst opstellen van de ergste oproerkraaiers,’ zei Jacob van Broekhuyzen.

‘Gideon van der Kraan, Ary Wouterse, Kornelis Arendszoon Ladryven, Kaat Persoon, Jan van der Thuyn, Hendrik van der Hoeve,’ somde Schim dadelijk op, en na een kuchje wilde hij verder gaan: ‘Gil...’, maar Roemer zei haastig: ‘Ook dokter Adriaan van der Hout heeft zich bij hen aangesloten.’

‘Die ook? Hoe weet ge dat?’

'Van meester Spanjaard. Een zijner pupillen heeft hem dat verteld.'

'De dokter kunnen wij voorzeker niet confineren,' zei Den Exter.

'Wij kunnen vooralsnog niemand confineren,' zei Schim. 'Waarschijnlijk is dat thans ook niet meer nodig. Het vuur lijkt gedoofd. In afwachting van betere tijden lijkt vooralsnog terugkeer tot de oude toon onze beste mogelijkheid. Ondertussen harceleren wij de ergste aanstokers. Daar waar ze geëmployeerd zijn, interveniëren wij bij hun principalen, zodat ze ontslagen worden en brodeloos raken. Kloppen ze dan vervolgens aan bij de diaconie om ondersteuning, dan kunnen de kerkmeesters deze onder voorbehoud toezeggen, mits zij beloven dat zij zich voortaan zullen commiteren aan de korte zingtrant.'

Extra besoigne

Op de avond van maandag 1 april werd er, terwijl hij juist aanstalten maakte zich naar bed te begeven, krachtig op zijn gehavende voordeur geklopt. Even vlaagde een onbestemde vrees door hem heen, maar toen hij in zijn gang behoedzaam naar die voordeur schreed, hoorde hij geen enkel gerucht op de Veerstraat. Terwijl hij traag de deur opende, ontwaarde hij in het avondduister, onder een flakkerde flambouw, de gekromde gestalte van de raadhuysbode.

'Of ge nog, mijnheer Stroombreker, ter late en extra besoigne naar het huis van de schout wilt komen. Ik zal u begeleiden. Hedenavond zijn zulke rampvolle tijdingen over verdere combustiën bij de schout ingelopen, dat thans alles in het werk gesteld moet worden om deze nog alsmaar toenemende confusiën te stuiten.'

Luxueus bijgelicht door de flambouw besteeg hij de Breede Trappen en schreed hij door de Hoogstraat. Bij het Raadhuys sloeg hij af, de Havenkade op, in de richting van het huis voorbij het Wijde Slop waarin de schout woonde. Nadat ze De Moriaan gepasseerd waren, zei de bode: 'Ik sla nu links af, de Taanstraat in, om schepen Van der Lely op te halen, erop hopende, en vertrouwende dat gij uw weg, hoe diep thans de duisternis ook is, naar het huis van de schout verder wel vinden kunt.'

'Zonder enig probleem,' zei Roemer en welhaast op de tast liep hij verder, zo aardedonker was het. Rechts van hem klonk het geruststellende, eeuwige gekabbel van het havenwater. Daar moest hij bij uit de buurt blijven, hoe verleidelijk het ook was in zo'n ondoordringbare duisternis, om juist dat altijd enigszins oplichtende water te zoeken.

Zo dicht mogelijk bij de huizen blijvend liep hij in de richting van het havenhoofd. Daar was het Wijde Slop al. Nu nog drie huizen, dan had hij het huis van de schout bereikt. Wat was er in godsnaam gebeurd dat de schout het nodig oordeelde zo laat nog een extra vergadering bijeen te roepen? En wie zouden er zijn? De hele vroedschap, of slechts de vijf burgemeesters en de zeven schepenen?

Nog had hij niet aangeklopt op de deur van de schout of uit de duisternis doemden de burgemeesters Bubbezon en Swanenburg op. Een domestiek opende de deur, liet hen binnen in de grote voorkamer, zei: 'De schout komt eraan.'

In het bestendige kaarslicht ontwaarde hij de drie andere burgemeesters, en natuurlijk, hoe kon het ook anders, Lambregt Schelvisvanger.

'Al iets gehoord over wat er vandaag is gebeurd?' vroeg Schelvisvanger nog voor Roemer zelfs maar een zitplaats had kunnen vinden.

'Nee,' zei hij.

'Vandaag is, zoals ik gisteren al voorspelde, het oproer eerst recht in alle hevigheid losgebarsten.'

'Nadat vanmorgen her en der een zeker pasquil werd uitgestrooid waarin Van Nyn, Verschoor, Van der Hoeve en schoenmaker Volkert Langerak werden aangetast,' zei burgemeester Swanenburg.

'Vooral Langerak heeft zich dat zodanig aangetrokken dat hij door zijn broer gekalmeerd moest worden,' zei burgemeester Du Feu.

'Maar naar wat ik ervan vernomen heb,' zei Swanenburg, 'heeft met name het gerucht dat alle vissers in dat pasquil vervloekt werden, het oproer weer onstuitbaar doen oplaaien.'

'Het zou toch wel opgelaaid zijn,' zei Schelvisvanger, 'en het waren weer Van der Kraan en zijn maatje, en Wouterse en Van der Thuyn, die, al snel aan 't hoofd van een menigte... een man of... wat denk jij, Swanenburg, hoeveel mensen schat je...'

'Ik houd 't op vijfhonderd,' zei Swanenburg, 'dus ongeveer de helft van de bevolking hier in 't dorp.'

'Dat zal niet ver bezijden de waarheid zijn,' zei Schelvisvanger, 'maar ze hebben zich opgedeeld in groepen.'

'Toch pas later,' zei burgemeester Bubbezon, 'eerst nog hebben ze op de hoek van de Havenkade en de Hoogstraat staan brullen dat men nu bloed wilde zien, dat nu de tijd was gekomen om al die pasquilmakers en nieuwe zangers te vermoorden.'

'Ja, en toen hebben ze Deunis van der Zalm alvast zowat doodgeslagen,' zei burgemeester Van Dorp.

'Deunis? Maar die is toch al stokoud,' zei Roemer. 'Wat heeft die grijsaard met de oude toon van doen?'

'Ik weet niet waarom ze Deunis... misschien liep hij net in de weg, misschien heeft hij, dwars tegen het gebrul in, iets geroepen wat de heren perturbators niet beviel,' zei Bartholomeus van Dorp.

'Nadat ze Deunis te pakken hadden genomen, zijn ze naar het huis van Hendrik Valk getrokken,' zei Schelvisvanger. 'Daar hebben ze zich door de kelderramen naar binnen gewrongen.'

'En daar de fijne wijnen opgedronken,' vulde Cornelis Swanenburg aan.

'Valk hebben ze met losse werplijnen vastgebonden en van huis tot huis meegesleurd, ondertussen steeds harder brullend: "Wij moeten die dominees doen zoals met de De Witten gedaan is!" Toen zeilmaker Wakker niet snel genoeg naar de zin van de heren met flink wat knuttels over de brug kwam, hebben ze die zodanig afgeranseld met een van z'n eigen tuistroppen dat hij voor dood in de schuur van z'n zeilmakerij bleef liggen. Ik denk dat ze nu nog steeds bezig zijn om hem weer wat op te kalefateren.'

'Wilden ze die knuttels op een stok zetten ter tuchtiging?' vroeg Roemer vol afgrijzen.

'Weet ik veel,' zei Schelvisvanger.

'De vrouw van Fool...,' begon Bartholomeus van Dorp.

'Fool, de schoenmaker?' vroeg Roemer.

'Precies. Die hebben ze aan haar lange haren over straat gesleurd, eerst door de Bogertstraat, toen over alle steentjes van de Kale Straat, toen over de Markt. Daar hebben ze haar geschopt, gefolterd, gepijnigd, en net als Wakker bleef ze voor dood liggen. Toen zijn ze teruggegaan naar de Kale Straat, en bij Ouboter binnengedrongen. Wat daar precies gebeurd is, weten we nog niet.'

'Van z'n glazenmakerij resten nog slechts scherven,' zei Swanenburg somber.

'Het schijnt dat ze meteen daarna bij oud-burgemeester Van der Gaag aangeklopt hebben. Ze zochten z'n zoon Aldert. Het gerucht ging dat Aldert meer wist van die nieuwe pasquil. Vader Jacob was al naar bed. Op z'n blote voeten moest Jacob mee, de straat over, in z'n wit nachtcamisool. Toen ze 'm, omdat ze er al snel achter kwamen dat hij ook niet wist waar z'n zoon Aldert was, weer lieten gaan is hij door de Boeksteeg en de Koeksteeg naar de Oude Kerkstraat gerend, en heeft daar in z'n nood bij mij aangeklopt,' zei burgemeester Bubbezon. 'M'n vrouw en ik hadden er een hele toer aan om 'm weer een beetje tot bedaren te brengen. Onderweg hierheen heb ik hem, samen met de bode, teruggebracht naar z'n huis. En heb toen dus meteen gezien dat ze 't huis van z'n buurman, van Ary Luyendijk, zo'n beetje half hebben afgebroken. Luyendijk zelf was gevlucht, maar z'n arme vrouw... ze lag ziek op bed, 't is toch allemaal niet te geloven... Met handspaken hebben ze de deur opengeramd en de ramen ingeslagen. Ze gooiden een grote steen naar binnen. Die raakte de stijl van een bedstee. Het kind dat daarin lag te slapen, begon te krijsen. Luyendijk heeft zich met een troffel op die etters gestort, en d'r een stuk of wat een flinke haal over hun wangen gegeven, maar ja, zelfs met een troffel begin je niks tegen zo'n overmacht. Uiteindelijk is Ary gevlucht. Niemand weet waar hij is. Toen ik daar met Jacob aankwam, zat die arme vrouw in de woonkamer aan tafel hartverscheurend te jammeren. Alle deuren waren ontzet, stonden wijd open. Zomaar van de straat af kon je haar zien zitten, 't sneed recht door je ziel.'

Schepen Van der Lely trad binnen. Hij zag er ontdaan uit. Van Dorp vroeg hem: 'Weet jij iets van de klokkenmaker die bij jou in de Taanstraat woont? Daar zijn ze toch ook geweest?'

'Van der Stolk is tijdig gevlucht,' zei Van der Lely, 'maar ze hebben z'n horloges geroofd en de slingers en raderen van z'n klokken her en der op straat uitgestrooid en vertrapt.'

Schout Schim betrad het voorvertrek, zei: 'Heren, op aandrang van schepen Schelvisvanger heb ik u allen op dit onmogelijk late tijdstip nog door de bode laten ontbieden. Thans ontbreken nog drie onzer schepenen. Wellicht dat het de bode nog lukt hen tijdig hierheen te dirigeren, maar ik stel toch voor dat wij, gelet op de ernst der onderscheide bisbilles...'

'Bisbilles, heer Schout, ge zijt geneigd al deze calamiteiten als evenzovele bisbilles te bestempelen? Terwijl hedenavond mannen zowel als vrouwen deerlijk gewond zijn geraakt...' riep schepen Van der Lely verontwaardigd.

'Ik val hem bij,' zei Lambregt Schelvisvanger, 'bisbilles...'

'Heren, laat ons geen kostbare tijd verbeuzelen met twist en tweedracht over woordgebruik,' zei burgemeester Bubbezon. 'Laat ons snel, nu het welzijn van Maassluis pericliterende is, voortvaren om verdere troubles te prevenièren.'

'Er zit niets anders op dan de baljuw van Delft te imploreren terstond tussenbeide te komen,' zei Schelvisvanger.

'Voor,' riepen de vijf burgemeesters eensgezind.

'Thans mag toch worden aangenomen dat het einde der confusie...' begon de schout.

'Heer Schim, hedenavond heeft Van der Hoeve de aangehitsten, nadat zij de klokken van Van der Stolk aangerand hadden, toegeroepen dat het thans wel lang genoeg had geduurd, dat ieder nu maar naar huis moest gaan opdat zij morgen verfrist weder zouden kunnen voortvaren. Mij schuilhoudend in de nauwe doorgang naar de Zure Vischsteeg, heb ik hem dat zelf horen uitschreeuwen, dus morgen vangen zij weder aan, tenzij de baljuw ingrijpt. Overigens is die Van der Hoeve een man met gezag, want warempel, daar gingen ze,' zei Swanenburg.

'Als dan het algemeen gevoelen der aanwezigen tendeert naar interventie van de hoofdbaljuw, staat ons weinig anders te doen dan enigen onzer af te vaardigen naar Delft.'

'U dient zelf te gaan, heer schout,' zei Schelvisvanger.

'Maar niet alleen,' zei de schout. 'Mij dunkt, één burgemeester en één schepen gaan met mij. Wie van u biedt zich aan?'

In de plotseling intredende stilte hoorde Roemer nadrukkelijk het geflakker van het kaarslicht. Op al die door zoveel grillige, verspringende schaduwen overtogen gezichten ontwaarde hij schrik, ontsteltenis, afkeer. Wie zich bij de schout voegde, met hem de reis naar de baljuw maakte, zou terstond getekend zijn. Mocht men niet in staat zijn de aangehitsten te bedwingen, dan zou diens have en goed bij een volgende ronde geteisterd worden door vijfhonderd uitzinnigen die er zelfs niet voor terugdeinsden vrouwen aan hun haren door de Sluyse straten te slepen. Schelvisvanger, toch altijd een gangmaker, boog zich op zijn stoel ver naar achteren zodat hij uit de lichtkring verdween.

'Swanenburg,' zei de schout, 'gij...'

'Waarom ik?' vroeg de burgemeester.

'Gij zijt weduwnaar. En kinderloos. Uw vrouw noch uw nageslacht kunnen zij deren.'

'Ik zal u vergezellen,' zei Cornelis Swanenburg mat.

'En ik,' zei Roemer rustig.

En hij zat daar, in dat flakkerende kaarslicht, denkend: als ik meega, geeft mij dat wellicht de kans om bij de baljuw uiterst voorzichtig te interveniëren ten gunste van Gilles. Misschien dat ik, waar strenge straffen voor Van der Kraan, Wouterse, Van der Thuyn en enkele anderen onvermijdelijk lijken, m'n zoon enigszins uit de wind kan houden door erop te wijzen dat hij slechts een meeloper was.

'Dan stel ik voor,' zei de schout, 'dat wij, daar de weg naar Delft te slecht onderhouden is dan dat wij daar met een koets snel overheen zouden kunnen rijden – laatst heb ik nog uren in de Oostgaag gestaan te midden van een hele rij karossen omdat het voorste vierspan met z'n wielen was weggezakt in de modder – morgen vroeg de eerste trekschuit derwaarts nemen.'

Onderweg naar huis, in de dichte duisternis, met nu links van hem het vredig kabbelende havenwater dat maar altijd trok, hinderde het hem dat hij in gedachten het woord 'meeloper' had gebruikt. Zijn zoon een meeloper? Natuurlijk niet, zijn zoon was een der gangmakers, een der ergste opstandelingen, en het was moeilijk daar niet trots op te zijn. Desondanks huiverde hij als hij dacht aan wat zijn zoon boven het hoofd hing: op z'n minst geseling, jarenlange opsluiting in spin- dan wel tuchthuys, of erger nog, bannissement voor jaren of eeuwig. Of misschien zelfs, kwam een der getroffenen te overlijden, justitie in het koord.

Het Prinsenhof

Daar hij eerst ver na middernacht naar bed ging, wilde de slaap zich niet meer over hem ontfermen, ofschoon de buis en de hoeker die hij nog in de vaart had veilig in de Kulk lagen. Eerst in het holst van de nacht zonk hij even weg, om vervolgens met een wild kloppend hart wakker te schrikken. Werd er op zijn voordeur gebonsd of had hij dat gedroomd? Drijfnat van angstzweet lag hij te luisteren. Geen enkel gerucht werd hij gewaar. Niets dan een doodse, dreigende stilte. Hij mompelde zijn lievelingspsalm, 'Ik lag en sliep gerust, van 's Heeren trouw bewust, tot ik verfrist ontwaakte, want God was aan mijn zij, Hij ondersteunde mij in 't leed dat mij genaakte', maar de anders zo geruststellende woorden drukten hem nog dieper terneer. Hij neuriede het melodietje bij 'Jij snelle gazelle, wat wil jij vertellen', maar zelfs daar ontleende hij geen kracht aan. Ik wou maar dat ik dood was, dacht hij, ik wou maar dat ik nooit bestaan had, waarom ben ik toch ooit verwekt? Stond er niet in de Bijbel: 'Het ware hem goed, zo de mens niet geboren ware geweest'?

Om vijf uur stond hij op. Hij trok zijn beste kuitbroek aan, zijn lange zwarte kousen en zijn schoenen met zilveren gespen. Hij hulde zich in zijn lange jas die voorzien was van koperen knopen op de borst, en zette zijn driekante, zwarte hoed op. Aldus mal deftig aangetooid, zoals hij het in gedachten noemde, ging hij in zijn comptoirkamertje zitten wachten.

Reeds werd de trekschuit geladen. Reusachtige manden werden aan boord getorst. Hij hoorde het jaagpaard hoog hinniken, maar wachtte rustig af. Hoe later hij aan boord ging, hoe beter. De schout doemde op, stapte op het dek en ging in de roef zitten. Burgemeester Swanenburg voegde zich weldra bij hem, maar Roemer wachtte nog. Schout en burgemeester waren nu beiden van de wal af zichtbaar. Wie toevallig langsliep, zou her en der kunnen laten vallen: 'Hé, ik zag de schout en burgemeester Swanenburg in de roef van de trekschuit. Wat zouden die in Delft gaan doen?' Ongetwijfeld zouden sommige aangehitsten terstond doorzien wat schout en burgemeester naar Delft dreef. Zouden dan tijdens hun afwezigheid hun huizen uitgeplunderd worden? Liep hij dat risico ook? Hij zag al voor zich hoe Diderica aan haar haren over straat zou worden voortgesleept. Waarom was juist dat, terwijl hij de dag waarop hij met haar getrouwd was dolgaarne uit zijn leven zou wissen, niettemin bijster beangstigend?

Pas toen de schuit losgemaakt werd, schoot hij uit zijn huis en stak hij vliegensvlug de Veerstraat over. Niemand zag hem aan boord gaan, dat was pure winst, maar in de roef hing al een verstikkende walm. Zowel de schout als Swanenburg had een lange pijp opgestoken, en diverse andere passagiers trokken eveneens aan hun smerige smuigerdjes. Maar terug naar het dek was vooralsnog uitgesloten. Dan kon men hem, zolang ze nog niet door de vlietlanden voeren, op dek zien staan of zitten.

De trekschuit, nog voortbewogen door de bomende schipper, gleed langzaam onder de hoge voetbrug door die de Markt met de Goudsteen verbond. Pas verderop, na de eveneens hoge Lijndraaiersbrug, werd de vaarboom op de schuit in het daarvoor bestemde gat gewrongen en werd de eraan vastgemaakte jaaglijn door de dekknecht naar de wal geworpen. De jager bevestigde de lijn aan het paardentuig, en liet de zweep over de rug van de dubbele hit knallen zonder hem te raken.

Hij hoorde het water geruststellend kabbelen, hoorde ook zo nu en dan het al even geruststellende ratelen van de draaipalen, dat werd veroorzaakt door de erlangs lopende jaaglijn. Geen der aanwezigen in de roef sprak een woord. Nors zat de schout voor zich uit te kijken, steeds driftig aan zijn lange Goudse pijp lurkend. Ons schimmetje is bar slecht geluimd, dacht hij, hoe zal dat gaan straks, bij de baljuw?

Zodra de trekschuit de vlietlanden in gleed, vluchtte hij naar het dek. Inmiddels scheen de zon laag over het strogele riet en hij tuurde naar de gele, wuivende pluimen. Daartussen vertoefden de schuifuit en de nachtreiger en de blafhond. Waarschijnlijk nestelden ze zelfs al, en heel misschien zou, mits hij terug was in het land, z'n lievelingsvogel, de zwarte moeraszwaluw, even opdoemen uit de Commandeurspolder.

Overal maalden driftig de molens, de drie van de Zouteveense polder, de drie van de Holierhoekse polder, en hij zag lepelaars, hun brede bek vol nestmateriaal, daar waar het riet wat minder dicht stond, waardig schrijden tussen de lange halmen. Bij de aanblik daarvan kon hij nauwelijks begrijpen dat hij die nacht gewenst had nooit geboren te zijn. Alleen al de glans van het lage zonlicht op die helderwitte lepelaarsruggen vervulde hem met tintelende geluksgevoelens.

Bij de Stinkslootmolen moest het paard, omdat het jaagpad aan de overzijde verderliep, met een schouwtje overgezet worden op de andere oever. Gedwee stapte de dubbele hit op het wiebelende schouwtje. Het dier was het gewend, want het stak dagelijks vele malen de vliet over. Niettemin bleef altijd de mogelijkheid bestaan dat zo'n ruin midden op het water hevig schrok van bijvoorbeeld een krijsende reiger en woest om zich heen begon te trappen. Geen dier was gevoeliger dan een paard. Onbegrijpelijk dat juist deze hypernerveuze, schichtige angsthazen voor koetsen draafden, trekschuiten trokken, kanonnen versleepten, en niet de zoveel paniekbestendiger ezels of muildieren of ossen.

Terwijl Roemer, mediterend over de extreme vreesachtigheid van paarden, aandachtig toekeek hoe de dubbele hit werd overgezet, voegde Cornelis Swanenburg zich bij hem.

'Straks, bij de baljuw, moeten we één lijn trekken. Schim is er nog allerminst van overtuigd dat er vanuit Delft ingegrepen moet worden. Hij gelooft nog altijd dat 't vuur vanzelf doven zal. Wij moeten bij de baljuw...'

Swanenburg maakte zijn zin niet af. Naast hem rees Schim op uit de roef. De schout blies reusachtige rookwolken pal in Swanenburgs gezicht. Een assumante burgemeestershoest schalde over het water. De dubbele hit schrok, trappelde wild met zijn poten, kon door de jongen die hem mende maar net in bedwang worden gehouden.

'Hoed u toch,' zei Schim bars.

Reeds schoof het schouwtje de schuine aanlegsteiger op. De

dubbele hit kalmeerde, beklom de oever. De schipper laadde vracht in, en even later gleden ze verder, langs het rechthuys van de ambachtsheerlijkheid Zouteveen. Schipluiden kwam in zicht. Midden in het dorp meerde de trekschuit af. Terwijl vele nieuwe passagiers aan boord traden, werd een vers trekpaard gehaald, dat eerst toen ze al weer buiten Schipluiden geboomd waren, aan de jaaglijn werd bevestigd. Langs de driftig malende Kerkpoldermolen voeren ze voort, ze passeerden het eigenaardige, als boerenschuur vermomde paapse schuilkerkje van Hodenpijl. De lucht was vervuld van het gekrijs der grutto's die uit de weilanden opwiekten zodra ze het jaagpaard zagen aankomen. Kieviten buitelden door het luchtruim, joegen kraaien weg, streken neer naast hun onvindbare nesten, en slopen daar dan heen, met hun parmantig knikkende kuifjes net boven het gras uit stekend.

En waar hij ook keek, overal zag hij malende watermolens, tot aan Delft toe, waar ze via de Buitenwatersloot in de richting van de Waterslootse poort voeren. Waren ze daar onderdoor, dan was de reis vrijwel ten einde, dan konden ze afmeren aan de trekveerkade van de Binnenwatersloot.

Toen ze, nadat de jaaglijn was losgemaakt, onder de Waterslootse poort door voeren, huiverde hij. Maar al te goed was hem bekend dat die poort tevens dienstdeed als gevangenis. Hier zouden, mocht de baljuw besluiten in te grijpen, de ergste raddraaiers opgesloten worden. Hij zag al voor zich hoe zijn zoon daar achter die getraliede raampjes zou zuchten. Wat stond hem te doen om dat te voorkomen?

Stram marcheerden ze gedrieën naar het vorstelijk comptoir van de baljuw op de Oude Delft. De schout schelde aan. Een gele gerechtsdienaar met knokige vingers opende de poort.

'Wij wensen de baljuw te spreken,' zei Schim.

'Waarover?'

'Combustiën in Maassluis.'

'Gij ook al! Daarstraks waren hier bereids enige heren, vier in getal, uit Maassluis. Zij oogden zeer gehavend. Ook zij wensten de schout te spreken.'

'Namen?' vroeg de schout bars.

'Zijn genoemd. Ben ik helaas weder vergeten.'

‘Waar zijn zij nu?’

‘Naar het Prinsenhof. Ook de baljuw is daarheen. Die is ontboden bij de Vijfde.’

‘Dan rest ons weinig anders dan ook daarheen te gaan.’

Over de smalle kade van de Oude Delft liepen zij in de richting van de Oude Kerk met zijn vervaarlijk scheef hangende toren, die in het prille morgenzonlicht glansde.

‘Wie zouden, zo vroeg al, vanuit Maassluis…’ mijmerde Schim.

‘Mij dunkt, enigen der zwaarst getroffenen. Reeds gisteravond, of wellicht eerst vannacht, hebben zij de wijk genomen voor het tomeloze geweld, en zijn tezamen naar Delft gelopen,’ opperde burgemeester Swanenburg.

‘Ach, van tomeloos geweld was nauwelijks sprake… ik denk eerder aan die eigengereide Van der Jagt en enigen van zijn zoons,’ zei de schout.

Het had voor Roemer iets onwerkelijks om in zoveel glanzend, aandoenlijk lentezonlicht onder de met een lichtgroen waas overtogen bomen langs het rimpelende water van de Oude Delft te marcheren. Dat zich, zo kort geleden nog, drie uur gaans van daar, een verbijsterend oproer had gemanifesteerd, leek een boze droom waaruit hij thans al lang ontwaakt had moeten zijn. Dat Diderica ondertussen, terwijl hij daar zo kalm naar het Prinsenhof slenterde, aan haar vlechten over de markt zou kunnen worden gesleept, leek volstrekt ondenkbaar. Alleen dit was de werkelijkheid, dit verrukkelijke, prille zonlicht, dit tere groen, dit liefelijke briesje over donker water.

Ter hoogte van de Oude Kerk sloegen zij links af bij een ronde poort en liepen door een steeg naar de ingang van het Prinsenhof. De schout trad toe op een der twee schildwachten aan de voet van het torentje, en vroeg naar de baljuw.

‘Is hierbinnen,’ zei de wacht. ‘Ik zal uw komst melden.’

Hij opende het torendeurtje, verdween daarachter, keerde even later terug.

‘Gij kunt hier binnentreden.’

In de voorhof troffen zij het viertal dat hun voor was geweest: Ary Luyendijk, Bartholomeus Ouboter, Hendrik Valk, Floor Fool.

‘Gij hier,’ zei de schout bars.

'Vannacht gevlucht,' zei Luyendijk.
'Zie je wel,' zei Swanenburg.
'De baljuw al gesproken?' vroeg Schim.
'Nee,' zei Luyendijk, 'maar wel Zijne Doorluchtigheid, de Vijfde. In alle vroegte zag ik hem hiernaast wandelen in de hoftuin en heb ik het na ampel overleg met de wachten voor elkaar gekregen dat ik, namens ons vieren, even naar hem toe mocht gaan. Mijn deerlijk geschonden camisool heb ik getoond, en hem kort verteld hoe dat zo gekomen was. Toen heeft hij me gezegd dat wij ieder voor zich, met een op schrift gesteld beknopt verslag van wat ons is overkomen, om tien uur terug moesten komen. Ondertussen zou hij de baljuw ontbieden.'
'Op schrift gesteld verslag... wat een dwaze eis! Waar haalt een mens zo snel ganzenveer en papier vandaan?'
'Die heeft Zijne Doorluchtigheid ons laten aanreiken. Ons werd verlof gegeven hierneven in een comptoirkamertje aan een lessenaar te schrijven. Waarna elk van ons hier op een provisorisch verslag heeft gezwoegd.'
'Bij mij, heer Schim,' zei Hendrik Valk met een van verontwaardiging trillende stem, 'bij mij hebben ze eerst al mijn wijnglazen in gruzelementen geslagen, al mijn roemers, mijn bokalen, en toen gristen ze wijnflessen uit m'n kelder. Ze namen niet eens de tijd om ze te ontkurken, nee, ze sloegen de hals eraf tegen een deurpost en... en...'
Een droge snik wrong zich omhoog uit zijn keel, maar hij vermande zich, zei grimmig: 'Toen schoot door hun ellendig brein dat ze geen glazen meer hadden om daarin m'n delicate wijnen uit te schenken, en trokken ze dus hun lompe schoenen uit, en goten daarin m'n kostelijke wijnen en slobberden het als zwerfhonden daaruit op. Uit hun besmeurde schoenen, echt waar, heer schout, uit hun vuile schoenen... al mijn prachtige wijnen en fijne dranken... ze goten alles in hun smerige puntschoenen en zopen het daaruit op.'
'Zodat ze stomdronken waren toen ze binnendrongen in mijn schoenmakerij,' zei Floor Fool. 'Ze hebben m'n vrouw... haar knijpmuts afgerukt... aan haar haar...'
'Wij hebben dat gisteravond al vernomen,' zei Swanenburg,

'maar weet ge nu hoe het haar sindsdien vergaan is?'

'Nee,' zei Fool, 'want mij restte niets anders dan een snelle vlucht.'

'Ze is thans weer thuis,' zei Swanenburg. 'Gisteravond nog is ze, midden op de Markt, nadat ze zwaar mishandeld en gefolterd was, tweemaal adergelaten door de chirurgijn, maar met weinig vrucht. Helaas is ze nog immer buiten zinnen. Dat kunt ge wellicht nog aanvullen op uw verslag.'

'Voor wij om tien uur aantreden bij Zijne Doorluchtigheid kunnen we in dat comptoirkamertje misschien die vier verslagen doornemen, bespreken en eventueel zelfs verrijken met nog andere ons ter ore gekomen schrijnende calamiteiten,' zei burgemeester Swanenburg.

Zodat de delegatie uit Maassluis, even na tien uur, met vier duchtig bewerkte en bijgeschaafde verslagen kon aantreden bij Zijne Doorluchtigheid, de erfprins van Oranje. Nadat zij allen aan hem voorgesteld en weer teruggetreden waren, en Hendrik Valk, die als eerste zou lezen, nerveus zijn keel schraapte, wierp de erfprins een verbaasde blik op Roemer, en Roemer keek al even verbaasd terug. Was deze al tamelijk vadsig ogende jongeman die er zo zachtaardig uitzag en wiens blozende, bolle gezicht nog zo'n onbeschreven indruk maakte, de machtige stadhouder? In maart 1766 hebben we uitbundig gevierd dat hij achttien werd, dacht Roemer, dus hij is vorige maand achtentwintig geworden. Hij zag er jonger uit, oogde akelig weerloos. Een knaap zonder ruggengraat, dacht Roemer.

Hendrik Valk las: 'Gisterenavond wedervoeren al mijne eigendommen gruwelijke openbare gewelddadigheid. Met ijsselijke force en brutaliteit viel het gruwbaar grauw mijn woonhuis binnen. Het gemeen verbrijzelde toe- en afsluitingen, en ruïneerde en plunderde, drong en vloog scheldende huis en kelder binnen, zich meester makende van al wat zich daar bevond, en zulks bij herhaling. Schier allen onder hen togen aan 't zuipen van al mijn fijne wijnen welke zij, daar men de glazen reeds verbrijzeld had, uit hunne uitgetrokken, beslikte puntschoenen slobberden. Aldus het kostelijke vocht daarbij veelal vermorsende, tot zich nemend.'

Abrupt eindigde Valk. Hij wiste zich het klamme zweet van het voorhoofd. De Vijfde staarde hem verbaasd aan, alsof hij wilde zeggen: zo kort slechts, terwijl ge daar zo lang aan gewerkt hebt?

Valk staarde op zijn papier, hield het dicht bij zijn ogen, zei toen met ontwapenende openhartigheid: 'Er staat nog iets, wat de schout mij influisterde', en hij las: 'Maar zelfs van de schamelsten onder deze misleiden houd ik mij verzekerd dat zij, mettertijd tot bedaren gekomen, de dagen dezer combustiën zullen vervloeken.'

De erfprins knikte alsof hij wilde zeggen: dat verwacht ook ik, en gaf toen een wenk aan schoenmaker Fool.

'Reeds van kindsbeen af,' las Fool met warme stem, 'het erfelijke Nassau hoog estimerende, en mijzelf thans nog zoveel te meer een vurig minnaar achtende van het welingericht stadhouderlijk bestuur in het vorstelijk Huis van Oranje, verzoek ik u, doorluchtige soeverein, een gunstig oor te verlenen aan mijn gepaste jammerklacht. Ook in mijn schoenmakerij drong het grauw, gewapend met allerhande handspaken, gisterenavond brullend binnen, terstond de opgespannen huiden van mijn werkbank rukkende, de juist gereedgekomen paardentuigen, zes stuks in totaal, met grof geweld vernielende, en diverse lange tomen in stukken hakkende. Daarvan nog allerminst genoegzaam satisfactie bekomend, begaf men zich naar mijn woonhuis achter mijn werkplaats, een grote zak erwten, die men in de gang aantrof, uitstrooiende over de vloer. Mijn dierbare vrouw, dit aanziende, smeekte hun zulks na te laten, waarop enkele hunner haar, na haar replement, bij de haren grepen en naar buiten sleurden. Eer ik haar, waartoe ik dadelijk openlijk neigde, te hulp kon snellen, wierpen de oproerlingen zich op mij, mij aldus belettend haar voor dit ellendig perikel te beschermen. Mij krachtig verwerend gelukte het mij mijzelf weder los te rukken, waarop mij niets anders overbleef dan de vlucht te nemen. Mijn arme vrouw, zo heb ik ondertussen vernomen, werd aan haar haren twee straten ver gesleept tot op de Markt en is thans, ofschoon sindsdien tot tweemaal toe adergelaten zijnde, nog steeds buiten zinnen. De schade, door mij geleden, acht ik nog 't minst. Maar de schrik en alteratie van mijn vrouw en van mijn kinderen die reeds te bed lagen, zal ons wellicht nog maanden aankleven.'

De erfprins knikte begrijpend en meelevend, wendde zich vervolgens tot Ary Luyendijk en gaf met een handgebaar te kennen dat hij nu geacht werd zijn verslag voor te lezen. Luyendijk wees echter, voor hij begon te lezen, nog maar eens nadrukkelijk op zijn gehavend camisool, zijn schoenen, waarvan de gespen verdwenen waren, en zijn IJslandse kousen, waarvan de heldergele klinken door modder aan het gezicht werden onttrokken.

Toen las hij: 'Ook mijn huis en huisgezin hebben geleden onder de schromelijke gevolgen, welke uit de zo hoog gerezen differenten tussen de voor- en tegenstanders van de nieuwe zingtrant zijn voortgevloeid. Voorafgegaan door enige turfstuwsters drong het woest gepeupel, nadat eerst de luiken met handspaken opengestoten en de ruiten verbrijzeld waren, ook mijn woning binnen, mij en de mijnen onophoudelijk injuriërende. Een der muiters, een scheepstimmerknecht, stiet mij met een tot dan toe sinisterlijk achter zijn rug verborgen geweest zijnde bijl onverwacht op de borst daarbij mijn camisool deerlijk havenend, en mij toeroepend: "Hondenjongen, kom maar af, ik zal je naar je moer jagen zodat je nooit meer kort kunt zingen." Zijn maat schreeuwde mij toe: "Ik zal je ogen doen druipen," en enkelen anderen brulden: "Wij zullen je naar de bliksem helpen." In onbesuisde drift wierp toen een andere muiter een grote steen tegen de stijl van een bedstee waarin een mijner kinderen reeds ter ruste was gelegd. Mijn gade, ziek te bed liggend, werd door een turfstuwster bij de keel gegrepen, waarop ik, in drift ontstekend, een troffel greep. Mij daarmee krachtig verwerend gelukte het mij desondanks niet mijn gade te ontzetten, vanwege de ongehoorde overmacht. Zelfs toen mij, dodelijk ongerust vanwege datgene wat de muiters mijn vrouw en kinderen nog konden aandoen, niets anders restte dan een overhaaste vlucht, kon ik, her en der aankloppend en om onderdak smekend, mij nergens verbergen omdat mij, waar ik ook om hulp ging, niemand in zijn huis wou opnemen, de gevolgen daarvan namelijk vrezend. Waarop ik derhalve uiteindelijk de stad uit gevlogen ben, daarbij nog tot op het draafpad bij de Wippersmolen achtervolgd door het tierend, van de drank bezet zijnde gepeupel.'

'Verwacht ook gij,' vroeg de erfprins, 'dat de misleiden, van berouw vervuld zijnde, mettertijd tot bedaren zullen komen?'

'Edelachtbare Hoogheid,' zei Luyendijk, 'dat denk ik niet.'

‘Wederkeer tot de oude toon zal de confusie voorshands stremmen,’ zei de schout.

‘Is dat ook uw gevoelen?’ vroeg de prins aan Bartholomeus Ouboter.

De voorzanger vatte de vraag blijkbaar op als een uitnodiging om zijn verslag voor te lezen, want dadelijk schalde zijn sonore basstem door het Prinsenhof.

‘De kerkmeesters van Maassluis, goedgevonden hebbende een andere zangwijze, als aldaar gebruikelijk, in de kerk te introduceren, ontboden mij voor hen en hebben mij gelast, voorzanger der Kleine Kerk zijnde, op zodanige wijze de gemeente voor te zingen als bij hen onderling was vastgesteld. Doch vermits enige personen daarin geen genoegen schenen te nemen, heb ik van gemeld college order ontvangen om op de aldaar van ouds in gebruik geweest zijnde zangwijze voor te zingen, maar op de tiende februari dezes jaars heb ik van de kerkmeesters order ontvangen om op ene zodanige wijze de gemeente voor te zingen, als mij werd voorgeschreven, aan welke orders mij te obediëren ik tot mijn hoogste plicht heb gerekend en welke ik ook dadelijk heb geobserveerd. Intussen heb ik moeten ondervinden dat mij van tijd tot tijd verscheidene onaangenaamheden zowel aan mijn persoon als aan mijn huis zijn overkomen, welke zodanig zijn toegenomen dat gisterenavond enige luiden zich verstoutten met geweld in mijn huis te dringen en aldaar genoegzaam al mijn meubelen en huissieraden in stukken te slaan, en mij van al mijn zilverwerk en andere goederen te beroven, mitsgaders in mijn glazenmakerswinkel een menigte glas te verbrijzelen, de verf en olie door de winkel te werpen, en aldaar de linnen en wollen klederen in te wentelen en te bederven, daarenboven benevens mijn vrouw in zodanige omstandigheden brengende dat dezelve een geruime tijd buiten staat is geweest, en nog zal blijven, niet alleen om iets tot sustentatie van mij en mijn huisgezin te bekomen, maar ik daarenboven tot het bekomen van doctoren, chirurgijns en van de benodigde medicamenten mede kosten heb moeten en zal moeten impenderen. Door al hetwelk ik mij, hebbende een sobere kostwinning om mijn talrijk huisgezin te kunnen onderhouden, in zeer onaangename omstandigheden bevind en importante schade geleden heb.’

Dankzij de welluidende stem van voorzanger Ouboter en zijn gedragen wijze van voorlezen leek het alsof hij veel zwaarder getroffen was dan Valk, Luyendijk en Fool.

'Verf en olie door de winkel geworpen, linnen en wol daarin gewenteld,' mompelde de onthutste erfprins.

'Inderdaad, Doorluchtige Hoogheid,' zei Ouboter.

De erfprins strekte zich, waardoor hij groter leek. Hij deed een stap in de richting van de baljuw, balde zijn vuisten, hief deze langs zijn lichaam en zei toen fier: 'Ter stremming der oproerigheid moet er de nodige zorg voor worden gedragen dat tegen de aucteurs van zodanige oproerige discoursen als hiervoren gemeld ten nauwkeurigste worde geïnquireerd en ten rigoureuste geprocedeerd.'

Waarop hij, meteen ook weer inzakkend terwijl zijn armen slap langs zijn lichaam omlaagvielen, geconvoyeerd door enige hofdomestieken met stramme passen de zaal uit liep, zonder zich te verwaardigen ook nog maar een der zwaar getroffen Maassluisers aan te kijken. Pas toen hij bij een deur was aangekomen die door een lakei geopend werd, wierp hij nog even, schichtig, over zijn schouder een blik op het gezelschap. Het leek alsof hij er, met een rafelige staart tussen de poten, als een keeshond vandoor ging.

Aanhoudingen

'Van deze Doorluchtige Vijfde,' zei Roemer, toen hij een dag later aan het einde van de middag in De Moriaan bij een bokaal rijnwijn meester Spanjaard verslag uitbracht van zijn wederwaardigheden, 'zal nimmer gezegd worden: "Wie is toch deze, dat ook de wind en de zee hem gehoorzaam zijn?"'

'Ach, die nukkige Nassaus,' fluisterde meester Spanjaard, 'bronstige broodrovers. In amper dertig jaar tijd versleet de Zwijger vier echtgenotes, en z'n zoon Maurits teelde acht gewettigde kinderen bij zes vrouwen plus een veelvoud aan bastaarden bij duistere deernes. Een van die bastaarden was mijn overgrootvader, dus ik ben ook zo'n bronstig Oranjebeest. Klopt. Ach, hoe gaarne zou ik nog eens een juffertje ontrijgen.'

'Ben jij... je heet Spanjaard... ben jij een nazaat van Maurits?'

'De naam Spanjaard diende indertijd ter camouflage. Ik ben een trotse, maar ook zorgvuldig weggemoffelde telg uit het Huis van Oranje, een lot dat ik met velen deel. Maar genoeg daarover. Toen jij gisteren in Delft bij mijn bolle achterneef gasteerde, ging hier het gerucht dat er vanuit Den Haag krijgsvolk in aantocht was. Waarop het grauw buiten zinnen raakte. Ze wilden de gerechtsdienaars tegemoet gaan om ze bij Naaldwijk tegen te houden. Ze brulden dat ze de stad in brand zouden steken. Ze zopen jenever met buskruit. Ze hebben daarbij, zoals ik gisteravond in het kroegje van Duijfhuijzen vernam, hun roemers in stukken gebeten, daarbij, zoals m'n zegsman zei, allerijsselijkst dreigend dat ze de harten van hun tegenstrevers ten lijve uittrekken en, met peper en zout toegemaakt, opvreten zouden.'

Meester Spanjaard nam een teugje rijnwijn.

'Zelf heb ik er weinig van gehoord en gezien,' zei hij. 'Ik was de hele dag in m'n schooltje, maar eind van de middag hoorde ik toch iemand op de Hoogstraat roepen: "Wij zullen al die nieuwe zangers in vier kwartieren hakken." Die snaak had zeker net de Bijbel gelezen, 1 Samuel 15 vers 33: "Toen hieuw Samuel Agag in stukken, voor het aangezicht des Heeren te Gilgal." Toen was die Samuel minstens net zo oud als ik nu ben. En dan, zo oud zijnde, en op dat punt ongeoefend, iemand in stukken hakken? 't Zou me al de grootste moeite kosten om iemand te ontpinken. Ach, ach, de Bijbel, wat daar toch allemaal in staat waar geen moer van kan kloppen. Nou ja, de geest ervan, of althans van de nieuwe bedeling, lijkt toch dat je je naaste moet liefhebben, en daarom ijveren ze er hier voor om mekaar in vier kwartieren te hakken vanwege de zingtrant. Kun jij 't nog volgen?'

'Ik volg 't al heel lang niet meer,' zei Roemer.

Een paar minuten zaten ze elkaar enigszins bedroefd en bedremmeld aan te staren, nipten toen weer steels van hun rijnwijn.

'Ge spaart toch pasquils en libels?' zei Roemer. 'Heb je 't schotschrift al bemachtigd dat maandag verschenen is?'

'Maandag is er geen schotschrift verschenen.'

'Maar 't oproer laaide toen weer op omdat er een pasquil was verschenen waarin de vissers belasterd werden.'

'Volgens mij heeft iemand een vals gerucht in omloop gebracht dat er een hekelschrift was verschenen waarin Van Nyn en Verschoor en Langerak onder handen werden genomen.'

'Maar waarom dan?'

'Misschien puur voor de grap. Omdat 't 1 april was.'

'Of misschien om 't vuurtje weer op te stoken, zou... zou...'

'Ja, zeg 't maar.'

'Zou Lambregt Schelvisvanger 't gerucht wellicht in omloop gebracht hebben? Om alsnog gelijk te krijgen dat 't vuur weer zou oplaaien. En om daar dan zelf, als een man die scherp aanvoelt wat er te gebeuren staat, goed garen bij te spinnen?'

'Welk garen?'

'Hij wil graag burgemeester worden.'

'Wie niet? Ben je burgemeester, dan kun je ambten vergeven. Kun je neven en nichten in 't zadel schuiven. Kun je versleten domestieken wegwerken door ze aan subalterne baantjes te helpen.

Hoef je ze niet op jouw kosten te pensioneren.'

'Weet ge zeker dat er maandag geen pasquil verschenen is?'

'In alle taveernen heb ik ernaar gevraagd, want je weet, ik ben verzot op schotschriften, maar ik heb niks te zien gekregen, ik houd 't erop dat 't een vals gerucht is.'

'Maar als 't een vals gerucht was, waarom heeft de baljuw dan overal hier plakkaten laten affigeren...'

'Ja, ik heb ze gezien, je krijgt een beloning van vijftig gulden als je schotschriftschrijvers aanbrengt.'

Hij nam een slok van zijn wijn, citeerde toen opgetogen: 'Kennisgeving dat by Baljuw en Welgeboren mannen van Delfland geresolveerd is om een publicatie te arresteren tot ontdekking van zekere pasquillen uitgestrooyt, en uitgeloofd een premie van vijftig gulden uit Delflands Cassa.'

Weer nam hij een slok van zijn wijn, en vervolgde toen: 'En eronder staat zo ongeveer dat "allen en eenieder ernstig worden vermaand om zich als stille en vreedzame opgezetenen te gedragen met expresse last zich ten zorgvuldigste te wachten van alle oproerige gesprekken, bewegingen en samenrottingen en alles wat verder aanleiding zou kunnen geven tot storing der onderlinge rust en eendracht, en aan de magistraat over te laten het straffen der schuldigen".'

'Heb je toevallig ook gehoord dat er, zodra die plakkaten geafficheerd waren, meteen al weer tientallen woedende vissers het Raadhuys zijn binnengedrongen? Schim heeft ze toegezegd dat hij ervoor zal zorgen dat we terugkeren naar de oude toon. Da's altijd al z'n opzet geweest.'

'Uiteindelijk krijgen de muiters dus geen straf, maar hun zin.'

'Straf krijgen ze ook. Eind van de middag arriveert de baljuw om de ergste oproerkraaiers te arresteren.'

'Eind van de middag? Nu zo dadelijk? Kunnen we erop wachten? Wou je me daarom hier verzorgen op een boeteltje rijnwijn? Kunnen we van achter een glaasje toezien hoe de baljuw bij 't Raadhuys toeslaat. Heb je enig idee wie hij...'

'Gisteren wou de schout hem de personalia toefluisteren van de aanvoerders, maar hij bleek zelf al te beschikken over een namenlijst.'

'Zijn het soms de knullen die hem, toen hij hier onlangs was, uitgedaagd en getergd hebben?'

'Precies.'

'Dus ook...'

'Ja.'

'Wat wou je eraan doen?'

Roemer zuchtte. Hij zei: 'Eerst maar eens afwachten hoe 't verder gaat. En of er wel rechtsgang zijn zal waar wij schepenen bij betrokken worden. Behalve Ary Wouterse, Jan van der Thuyn, Gideon en Gilles willen ze ook Kaat Persoon aanhouden.'

'Ach zo, meteen ook maar, onder voorwendsel dat ze tot de harde kern der oproerkraaiers behoorde, zo'n lichte deerne uit de Rue du Sandelin afvoeren naar de Watersloot.'

'Zij heeft, toen ze daar vorige week zaterdag alles vernielden, de vrouw van Willem de hand boven 't hoofd gehouden, dus in haar geval kan ik erop wijzen dat er verzachtende omstandigheden zijn.'

'En dan hoop je maar dat 't minder opvalt als je vervolgens ook Gilles probeert te verschonen. Maar hoe wou je dat doen? Overal heeft hij duchtig met z'n bijl gezwaaid en gehakt.'

'Zoals je weet heb ik hem vorige week zaterdag die bijl afhandig gemaakt, en zondag heb ik hem die weer laten terugbezorgen.'

'Laat niemand dat horen! Had 't maar niet gedaan. Met z'n bijl heeft hij, naar 't schijnt, het camisool van Ary Luyendijk in flarden gespleten. Zonder daarbij overigens de metselaar te verwonden, wat op zich een knappe prestatie is.'

'Hij was geen gangmaker, maar een meeloper.'

'Juist ja, ik heb je dat eerder horen beweren. Kijk eens, daar is de baljuw met zijn bataljon. Laten we naar 't balkon gaan, dan hebben we goed zicht op wat er gebeurt.'

Eer ze goed en wel op het smalle balkon van De Moriaan stonden, was er reeds, onwerkelijk snel, een mensenmenigte samengestroomd op de kop van de haven. De lucht was vervuld van het gekrijs der mantelmeeuwen. Op de daklijsten van de huizen der voorname meesters aan de Hoogstraat monsterden krassende kraaien de mensenmassa, maar de vissers en kuipers en nettenboetsters zwegen.

‘Waar zijn al die lui zo snel vandaan gekomen,’ fluisterde meester Spanjaard toen ze het balkon betraden, ‘en waarom zegt niemand iets?’

Zwijgend schreden vier gerechtsdienaars naar de hoeker *Het Laatste Oordeel*, die vlak achter het Raadhuys afgemeerd lag. Hun lange sabels rinkelden bij elke stap omdat ze over de kinderhoofdjes sleepten. Hun wit-blauwe montering glansde in het heldere voorjaarszonlicht. Reeds had de zon zich hoog boven het Sluyse diep genesteld, zijn licht gul de haven in strooiend, zodat het kalm kabbelende water schitterde alsof het in brand stond.

Op *Het Laatste Oordeel* hadden de gerechtsdienaars inmiddels Jan van der Thuyn naar de reling geleid. In doodse stilte werd hij nu, nadat eerst twee gerechtsdienaars op de Havenkade waren gesprongen, door de twee andere gerechtsdienaars opgetild en over de reling op de Havenkade gesmeten, waar hij, voor hij kon neerkomen op de kinderhoofdjes, werd opgevangen door vier blauwwitte armen.

‘Moet je nou toch zien,’ zei meester Spanjaard, ‘hoe die knul uit z’n ogen kijkt. Alsof hij z’n laatste oortje versnoept heeft. Waar is z’n bravoure? Wat valt me dat van ’m tegen. Indertijd in de schoolbanken had hij altijd ’t hoogste woord. Jammer dat hij zo snel naar zee ging. Ook hem heb ik maar twee jaar onder m’n hoede gehad... och, Jantje, waarom kijk je zo beteuterd?’

Tussen de samengedromde mensen door werd hij traag afgevoerd naar het Raadhuys. Steeds weken de vissers en boetsters zwijgend uiteen als de kleine processie eraan kwam, om vervolgens de rijen terstond te sluiten. In de zonnige voorjaarslucht hoorde je niets anders dan ’t zachte gerinkel van de over straat slepende sabels. Zelfs de aandachtig toekijkende kraaien zwegen, terwijl de mantelmeeuwen geruisloos in de havenkom op de glinsterende golfjes dobberden.

Jan hief opeens zijn rechterhand, wenkte ermee, en er was niemand aan wie ontging wat dat gebaar te beduiden had. ‘Mensen, alsjeblieft, jullie zijn met zovelen, kom mij toch te hulp, als jullie je op de baljuw en zijn dienaars storten, hebben ze geen schijn van kans.’ Er vlaagde een zucht door de mensenmenigte, een siddering bijna, maar niemand gaf gehoor aan de smeekbede van Jan van der

Thuyn. De omstanders volhardden in nukkig zwijgen. Men zag toe hoe Jan van der Thuyn, een van hun onversaagdste aanvoerders tijdens het psalmenoproer, dwars door een menigte heen als een bedremmeld schooljongetje werd afgevoerd naar, vooreerst, de Wagt, het klamme kerkertje onder het Raadhuys, waar reeds zovelen enige uren of soms zelfs nachten hadden moeten doorbrengen in afwachting van transport naar de Delftse Watersloot-gevangenis.

Zodra Jan van der Thuyn om de hoek van het Raadhuys uit het zicht was verdwenen, kwam de menigte in beweging. De lucht was plotseling vervuld van het gonzen van honderden stemmen. Er werd zelfs hier en daar daverend gelachen, en dat gelach schalde na in de Taanstraat, waardoorheen velen zich, blijkbaar voor lief nemend dat ze over de rulle aarde van het Zandpad langs de Zuidgeer terug naar het dorp zouden moeten lopen, zich zo snel terugtrokken dat het leek alsof ze op de vlucht waren geslagen.

Smeekbede

In zijn comptoirkamertje schipperde hij met zijn besommingen, ofschoon hij de uitkomst reeds wist.

'Jaarlijks leg ik nu ruimschoots toe op de hoeker en buis die ik uitreed,' mompelde hij in gedachten tegen meester Spanjaard, 'ik mag van geluk spreken dat mijn andere hoeker en buis op de Raadhuyskade vergaan zijn.'

Zo vroeg was het nog dat hij de onthutsende getallen onder zijn ganzenveer amper zien kon. Zwarte vlekjes waren het, het leek of een vlo die per ongeluk in de inktpot was geraakt, daar halsoverkop uit was gesprongen en over zijn papier heen op de loop was gegaan. Ondanks het vroege uur klonken voetstappen op de Veerstraat. Hij wist wie eraan kwam. Sinds de stremming der combustiën en de overhaaste vlucht van Gilles had hij op haar gewacht. Wat te doen? Zou hij haar in zijn comptoirkamertje ontvangen of was het beter als hij naar buiten ging en met haar opliep naar de Taanweide? Onvermijdelijk zou hij dan in haar gezelschap gezien worden, terwijl het, als ze snel bij hem binnenstapte, misschien onopgemerkt zou blijven dat zij hem consulteerde.

Hij opende de deur naar de gang, snelde naar de voordeur, opende die, en daar was ze, daar liep ze, recht op hem af, en hij wenkte haar, en op de reeds zo zonnige kade was verder niemand aanwezig. Hoogstens zou een enkeling die aan de overkant van het water toevallig uit het raam keek, kunnen zien hoe ze haar lange rokken opschortte, de hoge stoep voor zijn huis betrad, de drempel overschreed en in de gang verdween, waarna de zware eikenhouten deur even behoedzaam als gezwind gesloten werd.

Hij ging haar voor naar zijn kamertje. Hij betreurde het dat hij in dat kamertje slechts één stoel had staan, de zetel achter zijn werktafel. Hij wees haar zijn plaats, zei rustig: ‘Ga daar zitten.’

‘Maar jij dan?’ vroeg ze haast angstig.

‘Ik zit daar de godganse dag, ik ben blij dat ik nu mag neerzinken op een van mijn mooie schabelletjes. Die worden anders nooit gebruikt.’

In het glaszuivere morgenlicht, dat zo vrijpostig binnenviel door de hoge vensters, schrompelde ze ineen tot een tamelijk oud geworden nettenboetster, zoals je er zoveel zag als je langs de Taanweide liep. De schaarse rode lokken die nog onder het knijpmutsje uit kwamen, waren dof geworden, en het leek onmogelijk dat ze ooit nog eigengereid van onder dat witte mutsje tevoorschijn zouden kunnen springen. Het eertijds zo gave, blozende gezichtje was getransformeerd tot een vrij breed, nog altijd imponerend, maar vlezig gelaat, waarin hij echter nog zo duidelijk de contouren waarnam van haar ‘liefelijk aangezicht’, zoals hij het in gedachten altijd Bijbels aanduidde, dat hij het, terwijl ze tergend langzaam naar zijn stoel toe liep, niet kon nalaten even met zijn hand over haar rug te strelen. Het was alsof ze daarop gewacht had. Ze drukte zich wild tegen hem aan en hij omvatte haar zo woest dat ze bijna uitgleed.

‘Dat is geen omhelzen meer,’ zei ze onverwacht schalks, ‘dat is omknelzen.’

‘Anna,’ zei hij.

‘Je zegt altijd alleen maar Anna,’ zei ze nukkig.

‘Anna,’ zei hij, ‘Anna, Anna, Anna.’

Van dichtbij keek hij in haar donkergroene ogen. Haar wangen werden weer overtogen met dat diepe rood van eertijds, en van ver weg kwam haar geur, nog altijd diezelfde doordringende geur, maar niet meer zo overrompelend als voorheen en hij wist dat hij haar minder goed rook omdat hij alles zoveel minder goed rook dan toen hij nog achttien was. Zelfs van de alomtegenwoordige Sluyse taangeur had hij minder last. En de heilbotgeur van Diderica rook hij nog amper, maar veel maakte dat niet meer uit, ze was nu zo griezelig uitgedijd dat er domweg geen ruimte overschoot in de bedstede als zij erin lag. Alleen al daarom was er geen denken aan haar alsnog ooit te beslapen.

‘Ik kom voor Gilles,’ zei ze.

'Ga nou eerst zitten,' zei hij, terwijl hij zich nestelde op een van de kleine hoekbankjes.

Terwijl ze ging zitten, keek hij haar onafgebroken aan, zei: 'Ik wist dat je voor Gilles zou komen, ik had niet anders verwacht, maar toch: waarom? Je weet immers net zo goed als ik dat ik alles voor hem doen zal wat in mijn vermogen ligt.'

'Ze hebben me verteld dat hij vorige week op zaterdagmiddag met zijn bijl op jouw voordeur heeft staan beuken.'

'En je dacht dat dat voor mij een reden zou zijn om hem af te vallen.'

Ze knikte alleen maar.

Hij keek haar recht in de ogen. 'Je kent me blijkbaar slecht, maar ja, hoe zou dat ook anders kunnen, ik ken jou ook slecht, waarom is alles zo gelopen? Waarom mochten wij elkaar niet beter leren kennen... wij... we horen bij elkaar, al was het alleen maar omdat we samen een kind hebben geteeld, en desondanks...'

Het leek of ze niet naar hem luisterde, zich nog verdedigen wilde tegen de licht verwijtende toon van zijn stem toen hij over afvallen had gesproken.

'Gilles heeft niet alleen op zaterdag met z'n bijl op jouw voordeur gebeukt, hij heeft zondag juist jou...'

'Waarom zou mij dat hinderen?'

'Maar hij was daar om jou te beletten kort te zingen.'

'Hij zong zelf niet, leg mij dat nou eens uit... zo'n jongen, zo'n knul nog... hij waart rond met z'n bijl. Omwille van de oude toon? Maar die oude toon zegt hem totaal niks, hij zat naast me en bracht niets voort, geen syllabe. Zeg me eens: heb je hem ooit een psalm horen zingen?'

'Gilles zingt nooit,' zei ze al weer nukkig.

'Precies, hij zingt nooit, heeft nooit gezongen, zal nooit zingen, oude toon, korte zang, 't is hem allemaal om 't even, hij weet 't verschil misschien niet eens, hij zou een kerk binnen kunnen stappen, en je waarschijnlijk niet kunnen zeggen of daar kort of lang gezongen werd, en toch... en toch schaart hij zich onder de voorstanders van de oude toon, sterker nog, waart hij met z'n vlijmscherpe bijl rond als een Amelekiet... waarom? Enkel maar omdat hij samen met die andere knullen van zijn leeftijd zich erin verlustigt bovendijks alle voorname meesters de stuipen op het lijf te jagen? Is dat het? Groot welbehagen in de opstand zelf? 't Dondert absoluut niet waarom?'

'Ze hebben 'm op sleeptouw genomen, die Gideon van der Kraan voorop, uit zichzelf zou hij nooit...'

'Zou je denken? Je kent hem beter dan ik... ach, ik weet zo akelig weinig van hem af, ik weet eigenlijk alleen maar dat 't m'n zoon is, maar misschien biedt dat mij juist de mogelijkheid hem goed te begrijpen, want als je diep in m'n hart kon kijken, zou je zien dat ook ik dolgraag, net als hij, al die voorname, welgedane ellendelingen hier met een vlijmscherpe bijl te lijf zou gaan, al die schavuiten, die Schelvisvangers, die Schimmen, ja zelfs al die hoge heren in Den Haag en Delft, de vadsige erfprins voorop.'

Met stemverheffing had hij gesproken. Hij schrok er zelf van. Hij luisterde naar de geluiden in huis. Diderica lag nog in bed, zou er waarschijnlijk die dag niet eens uit komen, dus daar had hij niets van te vrezen. Maar waar was Marije? Had ze hem misschien gehoord, daar achter in de keuken? Het leek weinig waarschijnlijk, temeer daar ze inmiddels tamelijk hardhorend was. Toch dempte hij zijn stem toen hij zachter vervolgde: 'Ik vrees dat hij niet ongestraft zal blijven.'

'O, God, o... m'n kind, zullen ze... denk je... met het koord?'

'Dat denk ik niet. Er zijn bij deze oproerige discoursen, zoals onze erfprins ze aanduidde, geen doden gevallen.'

'Maar bij het pachtersoproer in Amsterdam zijn de ergste raddraaiders toch ook met het koord...?'

'Jazeker, zomaar pardoes, bij toortslicht nog wel, vanuit een raam van de Waag. Maar dit ligt anders, dit was geen oproer waarbij men erop uit was zich te vergrijpen aan andermans bezittingen... goed, goed, ze hebben hier en daar fijne wijnen opgedronken uit vunzige puntschoenen... maar Gilles niet, geloof ik, ik heb van niemand gehoord dat Gilles wijn uit een van z'n schoenen heeft gedronken... niet dat dat er veel toe doet, nee, wat helaas... helaas schier onoverkomelijk zal uitpakken, is dat hij de baljuw getergd en bespot heeft. Dat zal hem en die drie anderen lelijk opbreken. Openbare bespotting en verachting van de justitie, da's immers haast erger dan doodslag.'

'M'n kind... het is nog zo'n kind, echt, hij...'

'...woont zelfs nog bij Grubbelt en z'n moeder in het Lijndraaiersslop, maar die hebben hem er toch niet van weten te weerhouden om met z'n scherpe bijl sinisterlijk hier iedereen de stuipen op het lijf te jagen.'

'M'n man heeft geen vat op die jongen, er zit een geest in...'

'Ja, vertel mij wat, de geest van een Stroombreker, och, ik wou dat ik, toen ik zo oud was, in opstand was gekomen. Waarom heb ik me in godsnaam laten knechten?'

Hij tuurde naar de twee glanzende pronkhoekertjes die op zijn vensterbank stonden. Hij wees ernaar, zei bitter: 'Bij m'n doop hebben ze me als pillegift twee pronkhoekertjes gegeven om me toen als het ware al te zeggen: "In jouw leven ligt alles reeds vast, jouw bestemming is reder. Waag het niet daaraan te tornen, noch in twijfel te trekken dat het juist is dat wij Diderica Croockewerff, die maar liefst twee schepen zal inbrengen, voorbestemd hebben jouw bruid te worden." '

Anna staarde naar de pronkhoekertjes, vroeg bedeesd: 'Zijn ze van goud?'

'Van hout zijn ze dat met dun bladgoud is overtogen.'

'Mijn pillegift was een piepklein belletje. Meer kon er niet af.'

'Twee pronkhoekertjes... ik had toch met jou, met jou en niemand anders... "Jij wilt toch niet naar je eigen gril trouwen", zei mijn moeder steeds tegen me, en ik heb naar haar geluisterd, en ben omwille van twee buizen met Diderica getrouwd. Uiteindelijk is m'n moeder hiervoor zelf ook gestraft, want toen het haar duidelijk werd dat ze nooit de kaneelstok zou roeren vanwege de geboorte van een eigen kleinkind, is ze van verdriet weggekwijnd.'

Het leek of Anna van zijn monoloog alleen het woord 'kind' opving.

'Kan jij... voor mijn kind... denk jij...?'

'Alles zal ik doen wat in mijn vermogen ligt, maar toch vrees ik... ik zei je al, ze hebben de baljuw getergd, dat zal ze nagedragen worden.'

'Openbare geseling?' vroeg ze fluisterend.

'Eerder verbanning, denk ik.'

Ze sprong op, riep: 'Echt waar? Verbanning?'

‘Voorzichtig,’ zei hij, ‘er zijn hier in huis mensen die je zouden kunnen horen.’

‘Verbanning,’ herhaalde ze zachter, maar niet minder geschokt.

‘Ik vrees ervoor.’

‘Maar verbanning is verschrikkelijk,’ zei ze, ‘dan heb je nergens meer een thuis, dan zwerf je maar wat rond, moet je maar zien hoe je werk vindt, aan onderdak komt... o, m’n kind, o Gilles, verbanning... nee, nee, dat niet, geen verbanning, dan liever, veel liever openbare geseling. Jij zou dan als schepen al gauw kunnen zeggen: “Het is genoeg”, en ik zou daarna tenminste z’n wonden... O, o, verbanning, ’t is nog zo’n kind, zo’n jongen, dat zullen ze hem toch niet aandoen?’

‘Je zou liever willen dat hij gegeseld werd ter discretie van de schepenen dan dat hij verbannen werd?’

Ze knikte, ze ging weer zitten, rechtte haar rug, zei toen trots: ‘Maar ze hebben hem nog niet, ze zijn wel aan huis geweest om hem te halen, maar hij was er niet, en ik zei dat hij gevlucht was, en ze vroegen: “waarheen?”, en ik zei: “Dat weet ik niet”, en toen zijn ze weer gegaan.’

‘Als hij gevlucht is, kan hij voorlopig niet terugkomen. In feite heeft hij zichzelf dan verbannen.’

‘Hij is... hij zit...’

‘Vertel me niet,’ zei hij, haar haastig in de rede vallend, ‘waar hij heen is gevlucht. Mocht hij daar gepakt worden, dan zou je, als je mij had verteld waar hij nu uithangt, nimmer de gedachte van je af kunnen zetten dat ik degene ben geweest die hem verraden heeft.’

‘Ik weet toch dat jij hem nooit zou verraden?’

‘Heus, als hij gepakt zou worden, zou toch, onvermijdelijk, af en toe de gedachte door je heen schieten: heeft z’n vader misschien z’n mond voorbijgepraat?’

Ze keken elkaar een poosje zwijgend aan.

Hij zag hoe haar ogen verkleurden.

‘Wou je mij soms raad vragen over de plek waar hij naartoe is gevlucht? Wou je mij...’

‘Ja, ik wou je vragen: is hij daar voorlopig veilig?’

‘Houd niettemin maar liever voor je waar hij heen is gegaan. Besef dat vlucht ook verbanning is, maar dan verbanning waarbij je voortdurend in angst zit dat je gepakt zult worden. In ieder geval kan ik minder voor hem doen als hij op de vlucht is dan als hij in Watersloot...'

'Watersloot,' stoof ze op, 'm'n kind in Delft, in Watersloot, maar hij is nog nooit van huis geweest.'

'Nu is hij toch ook van huis?'

'Ja, maar op een vertrouwd onderkomen. Wat moeten we doen? Als zelfs jij niet helpen kunt, wat moeten we dan doen?'

'Ik weet daar net zomin antwoord op als jij. Het enige wat ik ervan zeggen kan is dat hij, gevangen of gevlucht, verbannen kan worden, met dit verschil dat hij zeker langer verbannen zal worden als hij nog op de vlucht is. Dus mij... ik denk...'

'Jij vindt dat hij terug moet komen en zich moet laten vonnissen.'

Hij knikte aarzelend, want zo zeker was hij ook weer niet van zijn zaak.

Ze stond op, zei dof: 'Ik weet waar ik aan toe ben. Ik ga maar eens naar de Taanweide.'

Hij liet haar uit, keerde terug in zijn comptoirkamertje, liep naar het venster en keek haar na. Hij dacht: als haar zoon verbannen wordt, ontberen ze in het Lijndraaiersslop het dagloon dat hij inbrengt. Moeten ze daar weer hongerend rondkomen van de schaarse, onzekere verdiensten van Grubbelt en de zesthalven die ze zelf inbrengt.

Haar rokken wederom opschortend beklom ze de Breede Trappen. Het leek of het voorjaarszonlicht nog nooit eerder zo gul over de smalle treden was uitgestort. Het leek of het licht haar voeten optilde, en hij dacht: er komen andere tijden, en andere mensen, met andere bekommernissen en beslommeringen en ergernissen, en dan sluimeren wij al lang in onze diepe groeven der vertering, en weten wij nergens meer van. En zacht zong hij een nieuwe rijmpsalm: 'O blij vooruitzicht dat mij streelt, ik zal, ontwaakt, uw lof ontvouwen.'

Publicatie

Terwijl hij op diezelfde zaterdag, beschenen door het betoverende voorjaarszonlicht waarin hij eerder Anna had zien klimmen, de Breede Trappen besteeg, hoorde hij schallende stemmen op de Hoogstraat.

'Minstens honderd man zijn gevlucht.'

'Waarheen?'

'Zeeland.'

'Alsof je daar veilig bent.'

'Waarom zijn ze gevlucht?'

'Gisteren kwamen er opnieuw gerechtsdienaars. Voor dag en dauw hebben ze Gideon van der Kraan uit z'n huis gehaald en meegenomen naar Delft. Toen heeft Ary Wouterse meteen de benen genomen. Ook Kornelis Ladryven is ervandoor gegaan. Frans Steil hebben ze wel gegrepen.'

'Dat zijn er drie. Nog geen honderd.'

'Later zijn er nog vele anderen op de loop gegaan. In kleine bootjes, het Sluyse diep over.'

'Dan liepen ze dus niet.'

Reeds die zondag daarop kwam dominee Van Wanen aan het slot van zijn preek met een nauwkeuriger schatting. Zeventig gemeenteleden waren gevlucht, riep hij onder zijn luifel, waarop hij plotseling uitbarstte: 'O, uitgedunde schare alhier vergaderd, hoort toe, zeventig zijn gevloden, hoort toe wat onze Zaligmaker zegt in Mattheus 18 vers 21 en 22, als Petrus hem vraagt: "Zal ik mijn broeder zevenmaal vergeven als hij tegen mij zondigt?" Dan zegt onze enige Borg: "Niet tot zevenmaal, maar tot zeventigmaal zeven maal." Zeventigmaal, o, kuddeke, alhier bijeen, en zeventig zijn gevloden, wat leert ons juist dat getal? Dat wij ook deze zeventig zevenmaal vergeven moeten, opdat ook wij zeventigmaal zeven maal vergeven, zodat zij naar onze schoten en boezems terugvlieden kunnen, snikkend, krijtend van wroeging, ootmoedig, vol berouw, en wij hier wederom, een stil en gerust leven voerende in de landouwen onzer herkomst, de godvrezende werken onzer handen hervatten kunnen. Buiten deze zeventig overwegend kloeke jonge mannen kunnen wij het hier niet stellen, hoor toe, zeventigmaal zeven maal, dat zegt onze enige Borg, en daar willen wij ook gehoor aan geven, en daarom smeken wij de magistraat, laat hen, nu toch alles voorbij is en al deze beroeringen en combustiën eindelijk achter ons liggen, weer in ons midden terugkeren, nu wij immers ook hartelijk besloten hebben terug te keren tot onze innig geliefde oude toon, Amen.'

Van Wanen wiste het overvloedig opwellende pruikenzweet van zijn voorhoofd, wierp een doordringende blik op de burgemeestersbank, knikte de heren toe, boog zelfs een weinig, gaf toen het tweede vers op van de nieuwe rijmpsalm 130. Bruyninghuizen zette kalm een kabbelend voorspel in, en langzamer dan ooit, oneindig traag als de matte ebstroom vlak voor het kerend getij, klonk door de kerk:

Zo Gij in 't recht wilt treden,
O Heer', en gadeslaan,
onz' ongerechtigheden,
ach, wie zou dan bestaan?
Maar neen, daar is vergeving
altijd bij U geweest;
dies wordt gij, Heer', met beving,
recht kinderlijk gevreesd.

Vanuit zijn hoge redersbank kon hij goed zien hoe al de kerkgangers, behoedzaam, ja knikkend bij het woord 'vergeving' instemden met de gewaagde smeekbede van Van Wanen. Het woord werd zo lang aangehouden en zo kunstig met trillers en mordenten versierd dat het leek alsof het stilstond onder de tongewelven. Zevenmaal vergeven wilde men de zeventig vluchtelingen, en hij dacht: wat jammer dat Anna nooit ter kerke gaat. Nu ziet ze niet dat er goede hoop is voor onze jongen. En ik kan het haar ook moeilijk gaan zeggen. Misschien dat ik het haar terloops toevoegen kan als ze morgenochtend in alle vroegte op weg naar de Taanweide langsloopt.

Maar toen hij haar, enkele dagen later, aan de overkant van de Veerstraat voorbij zag gaan, en hij zich naar buiten haastte om tegelijk met haar aan de voet van de Breede Trappen te zijn, zodat ze vanzelf naast elkaar naar boven zouden klimmen, bleek ze al van Van Wanens hogere vergevingswiskunde af te weten.

'Zie je, het komt goed,' zei hij.

'Maar ik hoor ook steeds zeggen dat de ergste raddraaiers niet ongestraft mogen blijven, en dan kijken ze me scherp aan, en dan weet ik dat ze... dat Gilles...'

Haar stem stokte, ze greep de leuning van de Breede Trappen, hees zich omhoog naar de volgende trede, bleef daar staan, zei: 'Ik wou dat ik hem kon laten weten wat die dominee in z'n preek gezegd heeft. 't Zou hem allicht opbeuren. Nu zit hij op z'n schuiladres de godganse dag te kniezen en hoort niets.'

'Wat wou je hem laten weten?' wilde hij vragen, maar boven op de dijk sloeg ze af naar links, de Hoogstraat in, en hij liep rechtdoor, naar de brug over het Schanseiland. Zou ze beseffen dat de Sluysers geen inmenging van buiten dulden, vroeg hij zich af. Wat men hier beslist niet wil, is dat de schuldigen door vreemden elders gestraft worden. Vandaar die roep om vergeving. Naderhand weet men hier zelf wel methoden te bedenken om de raddraaiers alsnog keihard te treffen. Daar hoeft geen baljuw uit Delft aan te pas te komen. Maar Gilles en die andere knullen hebben zich niet alleen schuldig gemaakt aan plundering van Sluyse huizen, doch ook de baljuw getergd. En die rekening kan hier helaas onmogelijk vereffend worden. Dus vrees ik toch...

Hij liep daar in de volle voorjaarszon en besefte dat hij niets doen kon. Dat besef werd sterker in de weken die volgden. Van de zeventig gevluchten keerde reeds half april de eerste waaghals terug uit Zeeland. Toen spoedig bleek dat die niet afgevoerd werd naar de Waterslootgevangenis, slopen begin mei nog een tiental vluchtingen over de Havenkade, door de Hoogstraat, langs de vlieten, door de Sandelijnstraat. Eind mei waren alle zeventig vluchtelingen terug in het dorp, behalve Gilles Heldenwier en Ary Wouterse.

Reeds toen wisten alle Sluysers dat zowel Gilles als Ary terstond naar Watersloot zou worden afgevoerd als ze zich in Maassluis vertoonden. Dus bleven zij kniezen op hun schuiladressen. Daar vernamen zij uiteindelijk wat de publicatie over de opstand behelsde die de Staten van Holland en West-Friesland hadden uitgevaardigd die eind juli de muur van het Raadhuys sierde:

De staaten van Holland en Westvriesland.

Aan al degenen die dit zullen zien of horen of lezen.

Anna Arnoldina van Boetzelaar, douairière van Pieter van Wassenaar, ambachtsvrouwe van Maasland en Maaslandsluys, heeft ons te kennen gegeven dat tussen de ingezetenen van de Ambachtsheerlijkheid Maaslandsluys sedert geruime tijd vergaande onenigheden zijn ontstaan over het Psalmgezang in de Gereformeerde kerken der gemelde heerlijkheid. Sommigen pretenderen dat men met gemelde zang op de oude wijze zou moeten voortvaren, anderen daarentegen dat men een nieuwe zangwijs in gang zou moeten brengen. De Ambachtsvrouwe had de gemelde onenigheden tussen haar ingezetenen wel trachten te doen ophouden, doch zij had daar niet alleen niet in kunnen reüsseren, maar had tot haar leedwezen moeten ondervinden dat de Gemoederen van haar Ingezetenen meer en meer tegen de anderen waren verbitterd, zodanig dat dezelve tot feitelijkheden waren uitgebarsten, met dit gevolg, dat door de Baljuw van Delfland zodanig werd geprocedeerd dat reeds vijf personen in hechtenis waren genomen, terwijl een zesde, op het punt staande ook gearresteerd te worden, zich met de vlucht had kunnen redden.

Een zeer groot aantal van de ingezetenen hebben zich aan gemelde feitelijkheden schuldig gemaakt. De Ambachtsvrouwe voorzag dat justitie zich genoodzaakt zou zien tot nog meerdere activiteit. Tevens had zij geconcludeerd dat als daarmee rigoureus werd voortgegaan, daar noodzakelijkerwijs uit zou voortvloeien dat een groot aantal van de ingezetenen der gemelde heerlijkheid ongelukkig gemaakt, vele vrouwen en kinderen in de uiterste armoede gedompeld, en de gemelde heerlijkheid van veel van haar ingezetenen beroofd zou worden.

Daarom verzocht de Ambachtsvrouwe ootmoedig dat wij vanuit onze soevereine macht en autoriteit, omdat er 'periculum in mora' was, zo spoedig mogelijk een Akte van Amnestie zouden doen uitgaan, waarin wij zouden ordonneren dat al hetgeen ter zake vermeld, vergeten en vergeven zal zijn en blijven, met een verbod aan de justitie daar zowel nu als later tegen iemand enig onderzoek te doen, en met hoog bevel dat niemand zich voortaan aan soortgelijke zaken schuldig zal maken.

Na ingewonnen advies van de President en Raad van ons Hof, en conform het hoog, wijs advies van Zijne Hoogheid de Heer Prins van Oranje en Nassau, zijn wij genegen aan de bede van Anna Arnoldina van Boetzelaar gehoor te geven.

Aldus verordonneren wij dat al hetgeen hiervoor ter zake vermeld blijvend vergeten en vergeven zal zijn, met last aan ieder zich van alle soortgelijke zaken te onthouden, en bijzonder van al hetgeen zou kunnen strekken om de mede ingezetenen over de wijze van het zingen der psalmen in hun Huizen of elders enige moeilijkheid te veroorzaken. Wie zich daaraan in het vervolg schuldig maakt, zal na onderzoek rigoureus worden gestraft. In deze gratie of amnestie zullen niet zijn begrepen Kaat Persoon, anders genaamd Kaat Frans, Jan van der Thuyn, Gideon van der Kraan, Gilles Heldenwier en Ary Wouterse, welke volgens de ingewonnen informatie de aanvoerders of voornaamste medeplichtigen waren bij de oproerige bewegingen welke in Maassluys hebben plaatsgehad. En opdat niemand zich zal kunnen beroepen op onwetendheid, begeren wij dat deze kennisgeving te Maaslandsluys zal worden gepubliceerd en ter plaatse geaffigeerd zoals dat daar te doen gebruikelijk is.

Gedaan in Den Haag, onder het klein zegel van het Land, de 26 juli 1776.

Was getekend,
C. Clotterbooke.

Uiteindelijk hoorde Roemer in diezelfde 'gemeene haard' van waaruit hij had kunnen aanschouwen hoe zijn zoon en zijn makkers op een onnozele woensdagmiddag de baljuw getergd hadden, van meester Spanjaard, die monter met een mes op het snijbord tabak kerfde, hoe het vonnis luidde.

'Ze maken meteen van de gelegenheid gebruik om Kaat Persoon weg te werken. Twaalf jaar verbanning.'

'Twaalf jaar?'

'Ja, wist je dat niet? Jij bent toch schepen? Heeft Schim jullie schepenen dan niks verteld?'

'Schim schaamt zich omdat hij niet in staat is gebleken zonder inmenging van buitenaf het oproer te stremmen. Daarom zwijgt hij erover alsof het nooit gebeurd is.'

'Mij verbaast het dat de baljuw hier eigenmachtig, zonder dat er ook maar een vorm van proces is geweest, vonnissen velt. Maar goed, met Kaat hebben ze dus korte metten gemaakt, en die jongens die hem hier indertijd getergd hebben, zijn ook verbannen, Gideon van der Kraan en Ary Wouterse voor zes jaar, Jan van der Thuyn en Gilles Heldenwier zelfs voor twaalf jaar.'

'Vier knullen,' zei Roemer bitter, 'die vrouw noch kinderen te onderhouden hebben. Aan de oproerkraaiers met een gezin hebben ze amnestie verleend. Weet je waarom?'

'Maar natuurlijk,' zei meester Spanjaard, 'die kerels kunnen slecht gemist worden. Zodra je ze verbant, vallen vrouw en kinderen ten laste van de bedeling. Dat heeft men uiteraard willen voorkomen.'

'Was Gilles maar getrouwd geweest.'

'Het staat te bezien of hij dan buiten schot zou zijn gebleven. Openbare bespotting van de justitie... en ja, daar ga je, twaalf jaar maar liefst, terwijl z'n maatje Gideon...'

'Ja, maar die was niet gevlucht.'

Een sterfgeval

Vroeger nog dan gewoonlijk zat hij reeds in zijn comptoirkamertje. 'Twaalf jaar lijkt verbazend lang als je vooruitkijkt,' mompelde hij, 'maar als je terugkijkt, denk je: wat zijn die jaren snel omgevlogen.'

Op een oud vel, gevuld met reeds lang achterhaalde besommingen zette hij '1776'. En daarachter het jaartal 1788. Dat lijkt nog zo ver weg, dacht hij, maar als je van 1776 twaalf jaar aftrekt, kom je in 1764 terecht. Is dat lang geleden? Welnee. 't Lijkt nog pas gisteren dat dat linkshandige knulletje mij in de winter van 1766 van het ijs veegde. En 1766 min twaalf is 1754. Toen was ik vijf jaar met Diderica getrouwd. En ga je nog ruim twaalf jaar terug in de tijd, dan kom je al zowat uit bij het eeuwfeest.

Het leek of hij het adembenemende ruisen van de violen en gamba's weer hoorde. Het was of hij de handkar met de wanstaltige heilbot opnieuw aan zag komen over de Veerkade. Lang geleden leek dat allerminst, het leek haast dichterbij en vertrouwder dan al wat zich in het ondoorgrondelijke heden afspeelde. Want wie had ooit kunnen verwachten dat na de onverwacht milde gratie en amnestie, waarvan slechts vijf personen uitgesloten waren geweest, het vuur allerminst geblust zou blijken. En dat terwijl men zowel in de Groote als in de Kleine Kerk nota bene teruggekeerd was tot de oude toon. Niettemin waren in mei van het jaar 1778 opnieuw overal in het dorp depêches geafficheerd waarin de baljuw van Delfland haast verongelijkt en ongrammaticaal naar voren bracht dat 'de onenigheden niet alleen niet zijn opgehouden, maar ook sedert enige tijd het psalmgezang onder de godsdienst in de publieke kerken door verscheidene personen werkelijk werd gestoord, en zo door het maken van een verward geschreeuw, zonder enige acht te geven, noch op het orgel, noch op de voorzanger, zowel door het voortgaan met hun gezang, nadat het orgel en voorzangers reeds hadden opgehouden'.

Ach, wat deed het ertoe. Ter kerke ging hij zelden meer. Streek hij neer in zijn redersbank, dan zag hij ogenblikkelijk het gezicht van zijn zoon voor zich, op die zondagmorgen begin april. Toen had zich, totaal onverwacht, een mogelijkheid voorgedaan om zijn zoon eindelijk zodanig te raken dat de jongen hem vol ongelovige verbazing had aangekeken. Eén enkel moment slechts waarop sprake was van een soort verstandhouding, van een flits van wederzijds begrip. En daarop moest voort te bouwen zijn, maar ja, de jongen was nu voor twaalf jaar verbannen. Misschien zag hij hem nooit meer terug. Temeer daar z'n moeder het hem persoonlijk leek aan te rekenen dat Gilles zich maar liefst een dozijn jaar niet in Holland of West-Friesland mocht vertonen.

'Gideon van der Kraan zes jaar en Gilles twaalf jaar, hoe kan dat nou? Gideon heeft m'n kind op sleeptouw genomen. Die verdient twaalf jaar. Had jij dan niets kunnen zeggen, niets kunnen doen...' had Anna een paar keer vol vertwijfeling herhaald als ze elkaar op straat of op de Breede Trappen tegen het lijf liepen.

Nee, hij had niets kunnen doen. De baljuw had eigenmachtig gevonnist, en de enige keer dat hij hem, toen Jacob van der Lely vanwege de 'vergaande feitelijkheden over de wijze en maat van het psalmgezang' in het vroege voorjaar van 1778 in Maassluis was geweest om 'de ingezetenen dezer heerlijkheid' andermaal te vermanen, in het Raadhuys had kunnen aanspreken over tweemaal zoveel straf voor Gilles als voor Gideon, gromde de hoogbejaarde baljuw: 'Gij waart erbij toen de erfprins mij gebood ten rigoureuste te procederen, gij zoudt derhalve terdege moeten beseffen dat ik mij te schikken heb naar zijn directieven. Herinnert gij u niet meer dat een uwer ingezetenen expresselijk tegen de erfprins memoreerde dat juist deze jongeman zijn camisool sinisterlijk met zijn bijl gehavend had.'

Zes jaar extra verbanning vanwege één bijwoord dat die vadsige, besluiteloze erfprins met zijn inmiddels beroemde 'prodigieuze memorie' blijkbaar scherp was bijgebleven.

Vanwege dat ene woord, die haast potsierlijke term 'sinisterlijk', diende hij nu twaalf jaar te wachten op het moment dat hij de draad met zijn zoon weer kon oppakken. Vooral 's morgens vroeg als hij zich in zijn comptoirkamertje neervlijde achter zijn werktafel om met besommingsgetallen te goochelen, leek het hem alsof hij zelf verbannen was. Behalve met besommingen goochelde hij nu ook met het getal twaalf. Reeds waren drie van de twaalf jaar verstreken, nog drie jaar en je was al op de helft, en als je op de helft was, schoot het op, en keek je terug, dan was drie jaar niets, want wat was er nu in die drie jaar gebeurd? Behalve het immer voortgaande gekrakeel over het psalmgezang slechts dat er in 1777 zowaar door de Staten was afgekondigd dat een gecombineerd bedrijf waarbij de haringbuis die 's winters ter kabeljauwvangst of een hoeker die 's zomers ter haringvangst ging, per schip ook met een premie van vijfhonderd gulden uit 's lands kas gesoulageerd werd. Daardoor had hij de laatste drie jaar nauwelijks hoeven toeleggen op zijn uitgerede buis en hoeker, ja, kon hij zelfs voorzichtig overwegen mettertijd nog een buis uit te reden.

Hij staarde uit het venster. De eerste trekschuit van die dag stond op het punt van vertrekken. Flets oktoberzonlicht glansde op de roef, waarin de passagiers zich waarschijnlijk al weer opmaakten voor langdurige en uitputtende twistgesprekken over de vraag of het beter was in de voorzijde genade te bezomeren dan te bewinteren. Negen jaar nog, dacht hij, hoe zou 't met hem gaan, waar zou hij nu zijn, waarom hoort zelfs zijn moeder niets meer over hem? En waarom kan ik dit maar niet van mij afzetten?

Op de gang hoorde hij een snelle stap. Wie was dat? Marije? Op dit vroege uur? En dan zo snel? Reeds werd krachtig op de deur van zijn comptoir gebonsd. Eer hij had kunnen opstaan, vloog de deur al open en staarde hij in het van ontsteltenis verwrongen gezicht van de inmiddels hoogbejaarde domestiek. Ze wilde iets uitbrengen, maar dat lukte haar niet. In grote vertwijfeling wrong ze haar handen, wees achter zich, en hij stond op en volgde haar door de donkere gang, toen de trap naar de slaapkamer van Diderica. Zo zelden had hij daar, sinds hij in dat vertrek onbekwaam was gebleken, een voet over de drempel gezet dat het hem leek alsof hij opeens in een totaal ander huis terecht was gekomen. In de huwelijksbedstede ontwaarde hij zijn vrouw. Ze lag er rustig bij; één moment dacht hij dat ze dood was en vlaagde een kolossale opluchting door hem heen. Een siddering trok door haar lichaam, ze kronkelde als een zalm die in een schepnet terecht was gekomen. Ze strekte zich uit, hapte naar adem als een vis op het droge, schudde haar hoofd, en kwam langzaam weer tot rust. Alleen haar oogleden trilden nog.

Na enkele windstille, vredige minuten sloeg ze haar ogen op en fluisterde kalm: 'Hier zal ik niet meer van opkomen, ik ga op het einde aan.'

'Hoe kom je daar nou bij?' zei hij enigszins wrevelig.

'Op m'n tong heb ik zo'n rare smaak, de hele nacht al, ik denk dat ik de dood proef.'

Ze glimlachte naar hem, en daar was reeds weer dat ellendige giecheltje, dat wonderlijke geluid van iemand die zich verkneukelt.

'Ik kan mij er wel in schikken dat ik ga sterven,' zei ze. 'Het is beter zo, zowel voor mij als voor jou. Bijna vijftig ben je, da's nog zo oud niet, hertrouw met een jonge dochter, het zal je goed doen, misschien ben je bij zo'n schaap niet...'

Een trilling vlaagde door haar heen. Ze bewoog als het goudsteenwater op die gedenkwaardige eerste november van het jaar 1755. Hij herinnerde het zich zo scherp alsof het eerst onlangs gebeurd was. Achter in hun tuin stond hij, toen het kalme water plotseling heftig in beroering kwam. Vastgemaakte roeibootjes rukten aan hun touwen, en hij had geroep gehoord, en later vernomen dat in de Kulk verscheidene buizen en hoekers losgeslagen waren van hun touwen, en nog later dat in katholieke kathedralen kroonluchters wild heen en weer hadden gezwaaid.

Diderica schudde in haar bedstede alsof zij een hoeker was die bij zware storm in de Kulk aan zijn trossen rukte. Ze greep de deken die over haar heen lag, alsof ze zich daaraan wilde vastklampen. Ze trok de deken naar zich toe, verhief zich uit haar bedstede, graaide maar naar die deken, raapte hem van het bed af, trok hem naar zich toe, probeerde hem over haar kolossale lichaam heen te draperen. Toen viel ze langzaam terug op haar bedstede, en dat uiterst behoudzame, haast oneindig lang durende vallen zou hem de rest van zijn leven bijblijven als het beklemmendste moment in zijn ganse bestaan. Daar ging ze, daar viel ze, ze klauwde in de deken, maar ze kon toch die trage val niet stuiten. Toen kwam ze tot rust, net als indertijd dat golvende Goudsteenwater, de aardbeving was voorbij, en daar lag ze, gestuit in haar neergang door het brede bruidsbed, dat zich nu uiteindelijk ook ontpopte als haar doodsbed, want dat ze, zo verbluffend snel nadat ze nog zo kalm haar verscheiden had aangekondigd, volstrekt onverhoeds heen was gegaan, zomaar opeens op een fletse oktobermorgen, zelfs nog voor de eerste trekschuit was afgevaren, daaraan twijfelde hij niet. Maar van die kolossale opluchting van zo-even was nu geen sprake meer. Het leek of alle in de loop der jaren opgehoopte wrevel verdampte, vervluchtigde, vervloog, zich in een oogwenk transformeerde tot een drukkend schuldgevoel. Wat nooit in zijn vermogen had gelegen, vermocht hij nu. Voorzichtig streelde hij haar nog hoogrode, maar reeds onder zijn strelende handen pijlsnel verblekende wangen. Achter zich hoorde hij een woest gesnik. Hij zei: 'Schrei niet, dat is niet in haar geest', maar dat onbetamelijke gesnik ging niettemin door alsof Marije niets had gehoord, dus hij herhaalde met kracht zijn hoog bevel: 'Schrei niet, houd je kalm, vlak voor ze heenging heeft ze immers nog vrolijk gelachen.'

Hij liep terug naar zijn comptoir. Toen hij daar weer zat, sloeg hij zijn handen voor zijn gezicht. Dat lachje, dat schampere lachje, daarmee had ze hem steevast de stuipen op het lijf gejaagd. En wat bleek nu? Dat lachje was geen schamper giecheltje. Dat bleek een lachje te zijn van iemand die bevreesd was. Moest hij daaruit opmaken dat ze haar hele leven lang bang voor hem geweest was? Maar waarom dan? Was hij zo angstaanjagend? Had hij zich, ten aanzien van dat lachje, dan zo deerlijk vergist? In dat schampere lachje had hij minachting bevroed, diepe, peilloze minachting. Maar als ze hem niet minachtte, doch vreesde, wat restte dan nog van zijn leven? Dan had hij dagelijks gefaald, zoals weinigen ooit gefaald hadden. Dan had ze misschien zelfs – want vreesde je iemand, dan kon je slechts met genegenheid je vrees enigszins onschadelijk maken – van hem gehouden.

Pamflet

'Uit Gouda vandaan schreef m'n zwager dat ze daar nog steeds reuze verguld zijn met organist Joachim Hess, die hier een blauwe maandag in de Schans gespeeld heeft,' zei meester Spanjaard. Hij zette zijn roemer rijnwijn aan zijn mond, keek rond in de gemeene haard van De Moriaan, dempte toen zijn stem en mompelde: 'Hij schreef ook dat de magistraat daar een dreigende aanschrijving heeft doen rondgaan om zeker libel op te halen.'

Willem van der Jagt zei niets, Roemer evenmin, ofschoon meester Spanjaard hen vol verwachting aankeek.

'Aan jullie iets bekend over zeker libel?' mompelde hij, terwijl hij een achterdochtige blik wierp op een paar in stemmig zwart geklede kaartspelers aan een tafeltje verderop.

'Waarom wil je daar iets over weten?' vroeg dichter Willem.

'Je weet toch dat ik pamfletten en schotschriften sprokkel. Aan m'n verzameling mag dit opzienbarend libel, dit adres van een gewetensvol burger, *Aan het volk van Nederland*, beslist niet ontbreken. Maar ja, hoe eraan te komen?'

'Vorige week schijnt het 's nachts overal in de grote steden verspreid te zijn. Hier en daar zwierde 't, reeds danig door paardenhoeven vertrapt, gewoon op straat rond,' zei Willem.

'Grote steden,' zuchtte meester Spanjaard, 'daar ja, maar ons dorpje hebben ze natuurlijk overgeslagen. Maassluis, hebben ze gedacht, daar een pamflet verspreiden, waarom zouden we? Daar zijn ze niet goed snik, daar hebben ze mekaar zowat de hersens ingeslagen vanwege de zingtrant, en slaan ze elkaar nu weer de hersens in vanwege 't feit dat de officieren van 't hier ingekwartierde regiment dat Maassluis voor een gerichte Engelse aanval over de Maasmond heen moet behoeden, in de kerk 's zondags in de regeringsbanken mogen aanschuiven, zodat de burgemeesters morrend hebben moeten inschikken. En alsof 't nog niet genoeg is slaan ze mekaar daar ook de hersens in vanwege 't dempen van 't prikkengat...'

'Nee,' zei Roemer, 'da's van de baan. Het gat wordt niet gedempt. Er komen daar geen kanonnen.'

'Waar dan wel?' vroeg Willem.

'Verderop misschien,' zei Roemer, 'aan gene zijde van de haven. Daar moet een redoute komen met tien kanonnen.'

'Tegen de tijd dat er daar een redoute verrezen is,' zei meester Spanjaard, 'is de oorlog met Engeland onderhand voorbij. Mooi toch, staat 't geschut er alvast voor de volgende oorlog. 't Schijnt dat in dat libel...'

'Er staat niets in over kerkbanken of de verdediging van de Maasmond,' zei Roemer.

'Hoe weet je dat? ' vroeg meester Spanjaard.

'Vorige week zat ik 's morgens vroeg nog maar net achter m'n werktafel toen ik hoorde dat iemand iets onder mijn deur door probeerde te schuiven. Blijkbaar was het te dik, het kwam niet ver. Dadelijk vloog ik erop af, wierp de deur wijd open, maar er was al niemand meer te zien. Wel lag er...'

Ook Roemer wierp nu een achterdochtige blik op de zwarte kaartspelers. Wie waren dat? Dorpelingen zeker niet, want Sluysers kregen vanaf de kansel minstens eenmaal per maand te horen dat het kaartspel niet alleen hoogstpersoonlijk door de Satan was uitgevonden, maar ook door hem gedrukt en verspreid werd. Als het al een enkele keer in de gemeene haard van De Moriaan opdook, werd het daar uitsluitend door vreemdelingen ter hand genomen. Wie kaartte kwam van elders en had weinig goeds in de zin, zoveel was zeker, en daarom dempte ook Roemer zijn stem.

'Ik heb 't terstond gelezen,' zei Roemer. 'Eronder staat dat 't in Ostende geschreven is, maar dat geloof ik niet, da's alleen maar een list om de regering op een dwaalspoor te brengen. Het bevat veel geschimp op 't Huis van Oranje, maar niks, niks, totaal niks over de visserij, en dat terwijl hier alle negotie door dat belachelijke krijgsbedrijf vrijwel volledig is stilgevallen. Maar geen woord daarover, het lijkt wel alsof die libelschrijver er geen enkel oog voor heeft dat ook de visserij door die rampzalige oorlog dodelijk getroffen is.'

'Toch hebben sommige parteniers, dwars tegen 't bevel van de Staten-Generaal in om alle scheepvaart stil te leggen, 't desondanks aangedurfd stiekem hun hoekers uit te reden,' zei Willem van der Jagt.

'Ook alleen maar omdat het ze gelukt is ze om te vlaggen.'

'Vaart het veiliger onder Oostenrijkse vlag?' vroeg meester Spanjaard.

'Ach, die Engelsen zijn heus niet gek, die begrijpen donders goed dat Hollandse reders dankbaar gebruikmaken van 't feit dat de Zuidelijke Nederlanden bij Oostenrijk horen, en dat je Sluyse hoekers derhalve listig met een vlag van een land waar Engeland niet mee in oorlog is, de zee op kunt sturen.'

'Tot op heden hebben de Engelsen omgevlagde schepen toch ongemoeid gelaten? Durf jij 't niet aan om je hoeker onder Oostenrijkse vlag uit te reden?'

'Met een van mijn schippers heb ik overlegd. Die dorst 't niet aan om onder vreemde vlag naar IJsland te varen, dus ja, wat moet ik dan doen? Zeggen: "Ik beveel je om te gaan"?'

'Ja,' zei de dichter, 'dat zou je moeten zeggen. Je hebt veel te veel consideratie met de vissers. Kunnen ze bij jou niet uitvaren, dan varen ze bij andere reders uit.'

'O, ja? De meeste schepen liggen anders aan wal. En daarom ligt hier alles stil, en kloppen steeds meer behoeftigen aan bij de diaconie. Als die gewetensvolle burger, die patriot uit Ostende hier eens rond zou kuieren... Och, hoe alles hier zich in rampspoed wentelt, hoe hier de uitgemergelden zich langs de deuren slepen en overal aankloppen en smeken om een stukje brood... je hart breekt...'

'Heb je dat libel nog?' vroeg meester Spanjaard begerig.

'Stil toch,' zei Roemer, 'zelfs wie uit dat pamflet zinsnedes aanhaalt, kan al door ons Schimmetje in de Wagt op havenwater en zeekaak gezet worden.'

'Ja, ja,' zei meester Spanjaard, 'en als je het pamflet bezit, pikt hij 't ook nog van je af.'

'Je mag je gelukkig prijzen als 't daarbij blijft,' zei Roemer. 'Ik zou maar oppassen, op jouw leeftijd nog met roeden gegeseld...'

'Een paar klappen heb ik er best voor over, en trouwens, als ik ter discretie van de heren schepenen zou worden gegeseld, mag ik er toch wel op rekenen dat jij, heer schepen, algauw zou zeggen: "Hij heeft z'n aandeel wel gehad."'

'Ja, maar misschien roepen de andere schepenen dan wel in koor: "Welnee, heer beul, bevlijtig u nog maar een klein kwartier, op school blies hij ons indertijd net zo lang rookwolken in 't gezicht tot je vreselijk moest hoesten en je ogen ervan gingen tranen."'

'Ik denk dat ik de Goudsteen maar weer eens opzoek,' zei Willem van der Jagt.

'Hebben ze 't libel bij jou soms ook op de stoep gelegd?' vroeg meester Spanjaard.

'Waarom zouden ze? Ben ik burgemeester of schepen?' vroeg Willem.

'Nee, maar wel dichter. Als dat libel in jouw handen viel, zou je het meteen kundig op rijm zetten, en dat rijm vervolgens verder kroppig verspreiden.'

'Ik bezit 't helaas niet,' zei Willem kortaf, 'en als ik 't wel had, zou ik 't toch nooit aan jou geven, want jij zou er zo trots op zijn dat 't je was toegevallen dat je 't onbekommerd aan iedereen zou vertellen. Toen hier vorige maand uitbundig gevierd werd dat Zoutman en Van Kinsbergen bij de Doggersbank de Engelsen naar huis hadden gejaagd, bazuinde jij overal onbekommerd rond dat die overwinning totaal niks voorstelde.'

'Zeven Nederlandse linieschepen hebben een poosje liggen schieten op zeven Engelse linieschepen die terugschoten. Ze hebben mekaars tuig en want geraakt, plus een enkele ra en een boegspriet, en toen is iedereen weer naar huis gevaren,' schamperde meester Spanjaard.

'De Engelse linieschepen waren veel groter.'

'O ja, ben jij erbij geweest, heb jij ze gemeten?'

'Graaf Bentinck is gesneuveld.'

'Ach ja, die Engelsen vuurden alvast een proefschotje af, en prompt viel Bentinck dood neer. Met pracht en praal hebben ze hem nota bene op staatskosten ter aarde besteld!'

'Zoutman heeft de Engelsen verdreven.'

'Ja, in 't gedicht dat jij erover gemaakt hebt. Op rijm heb jij al die Engelsen schitterend naar de kelder gejaagd! Neem alleen al de titel van je gedicht, "Doggersbank", die is waarlijk wonderbaarlijk! Hoe kom je erop. En dan de eerste vier regels!

Voor Zoutman vlood
in grote nood,
daar Albions vloot
van glans ontbloot.

Willem wierp een boze blik op zijn oude schoolmeester, stond op en verliet met stramme pas de gemeene haard van De Moriaan.

'Kunt ge 't dan nooit laten om iedereen te harasseren?' vroeg Roemer. 'Straks heb je enkel nog vijanden. Waar moet je dan heen als je binnenkort je schooltje uit moet?'

'Ach, praat me er niet van, kun je je mij voorstellen in het oudeliedentehuis? Tussen mummelende aartsvaders? En begrijp jij nou iets van onze Willem? Patriot in hart en nieren, maar toch bezingt hij de slag bij de Doggersbank, waarover de erfprins ons heeft wijsgemaakt dat het een miraculeuze overwinning was.'

'Ach, Willem mag dan patriot zijn, z'n vaderlandsliefde is nog net wat groter, dus bezingt hij de slag. Wat je huisvesting betreft, trek zolang bij mij in tot je iets hebt gevonden wat je bevalt. Helemaal alleen in zo'n groot huis... Onherroepelijk krijg ik vroeg of laat een paar officieren van het eerste bataljon van Zijne Hoogheids tweede regiment Oranje-Nassau ingekwartierd of van het bataljon van het regiment van Munster, dat Oranje-Nassau volgend voorjaar zal aflossen. Die officieren logeren nu nog in De Moriaan, in De Zon en in 's Lands Welvaren, maar dat kost twee gulden per week, dus om de kosten te drukken, zullen ze stellig op termijn bij particulieren worden ondergebracht. Krijg ik straks misschien kolonel graaf von Wartensleben of luitenant Wittgenstein in huis. En nog een paar van die fijne lui. Als ik op de Veerstraat niet alleen woon, scheelt me dat misschien één of twee officieren. Sinds Diderica mij ontviel en ik onze Marije aan een plekje heb geholpen in het besjeshuis, is het bij mij op de Veerstraat ook wel erg stil...'

'Meen je dat nou? Zou ik zolang bij jou mogen komen wonen om Von Wartensleben of Wittgenstein buiten de deur te houden? Dat zou... och Heere, laat uw dienstknecht thans heengaan in vrede want zijn ogen hebben Uw zaligheid gezien.'

'O, maar als je thans dadelijk in vrede heen wilt gaan, kunnen we ons de moeite van je verhuizing besparen.'

'Och, bij jou in een klein zijvertrekje... wat zou me dat goed passen.'

'Goed passen? Denk erom, je mag komen, mits je je smerige smuigerdjes in de tuin opsteekt. Geen kwalijke dampen in huis.'

'Eén enkel pijpje! Het lijkt waarachtig wel of we misdadigers zijn. In Maasland hebben vijfenveertig inwoners een request ingediend omdat de aldaar ingekwartierde soldaten in schuren pijpen rookten.'

'Behalve dat ze roken zijn ze ook voortdurend van de drank bezet.'

'Nou, maar toch, die pijpen... In Zwitserland, hoorde ik laatst, staat roken op één lijn met overspel, of heb ik dat soms al verteld? Dat krijg je als je oud wordt. Enfin, zo onbetamelijk vinden ze 't daar als je een pijpje opsteekt.'

'Het zou natuurlijk ook kunnen dat ze daar overspel niet zo erg vinden, namelijk even erg als 't opsteken van een pijpje.'

'Zou je denken? Maar onze Zaligmaker zegt dat wie een vrouw aanziet om haar te begeren, in z'n hart al overspel met haar heeft gepleegd.'

'Kun je ook uit opmaken dat hij eigenlijk wil zeggen: ach, als je 't in je hart toch al gedaan hebt, kun je 't net zo goed in werkelijkheid ook doen.'

'Och mensen, wat zou ik dolgraag nog eens een juffertje ontrijgen, maar ja, op mijn leeftijd... voor mij rest alleen nog het genot van een pijpje, en zelfs dat wordt me betwist.'

'Dan zoek je maar elders onderdak.'

'Nee, nee, als ik tijdelijk bij jou mag intrekken, heb ik 't er wel voor over om m'n pijpje uit te laten... Aan de andere kant... als je zo'n Von Wartenssterben ingekwartierd krijgt, zou je toch juist baat hebben bij iemand die hem uitrookt? Ja, bij jou... wat een uitkomst, wat moet ik daarvoor doen?'

'Mij Engels leren en mij 's avonds opmonteren. Soms ben ik zo gruwelijk somber.'

'Ben ik vaak ook. Het lijkt hier toch net of je in een krankzinnigengesticht woont. Alleen al dat gedoe over die tamboer...'

'Dat is langs me heen gegaan. Hoe zat dat?'

'Het regiment van Wittgenstein heeft een tamboer. Maar onze eigen schutterij heeft er ook een. Die ging vrolijk rond, slaande op de trom, om volk te werven voor een kaperschip. Waarop de tamboer van 't regiment op hoge toon eiste dat die andere trom moest zwijgen. Alleen hij had 't recht de trom te roeren.'

'Ik wou maar dat 't alleen zulke zaken waren waar ik somber van werd. Dan zou 't nog wel uit te houden zijn. Hoe dan ook, samen somberen met jou, dat lijkt me nog zo slecht niet, gedeelde smart... kom, laten we gaan, hier hebben de muren misschien oren, loop met me mee naar de Veerstraat, laat ik je meteen dat zijvertrekje zien dat ik jou toegedacht had.'

'Maar stel dat je zou hertrouwen...?'

'Ik? Hertrouwen? Hoe kom je erbij!'

'Ook niet als Anna beschikbaar kwam?'

Roemer antwoordde niet. Pas toen meester Spanjaard en hij op de Hoogstraat liepen, zei hij bitter: 'Anna beschikbaar? Hooguit als ik haar man als schipper op een omgevlagd wrak naar IJsland stuur. Maar ja, ik ben koning David niet.'

'Ach ja, die koning David, die verrukkelijke man naar Gods hart. Haalde hij daarom zo ongeveer de grootste schoftenstreek uit die in de hele Bijbel te vinden is? Onder het motto "Als man naar Gods hart kan ik me dat wel veroorloven."'

Toen Roemer zijn oude schoolmeester in het achterhuis aan de Veerstraat de brochure *Aan het volk van Nederland* overhandigde, en meester Spanjaard erin bladerde met handen die beefden van opwinding, zei zijn oud-leerling: 'En nou ben je in m'n macht. Als je me ooit nog uit je smuigerdje van die gore gifdampen in m'n gezicht blaast, of me net zo tergt als je vandaag onze grote dorpsdichter getergd hebt, geef ik je terstond aan bij Schim. En dan kom je er niet van af met een paar slagen van de roede. O nee, dan worden al je smuigerdjes sinisterlijk met voorhamers verbrijzeld.'

'Sinisterlijk? Hoe dat zo?'

Roemer antwoordde niet, verbaasde zich er zelf over dat dat omineuze woord hem ontvallen was, en dacht: spookt dan maar altijd door m'n hoofd rond hoe 't hem zou vergaan?

Separatie

Zo geviel het dat hij, terwijl in het oorlogsjaar 1782 de kabeljauwvangst, zowel op de inmiddels beroemd geworden Doggersbank, alsmede bij de grillige rotskusten van IJsland, door enkele roekeloze parteniers stoutmoedig hervat werd, *Het Ware Geloof* niet uitreedde. Samen met enkele andere hoekers van voorzichtige reders lag het schip tussen de haringbuizen in de Kulk. Terwijl de meeste parteniers er niet voor terugdeinsden hun hoekers naar de Doggersbank of IJsland te sturen, durfde geen reder het aan om de haringvangst te hervatten. Ofschoon er, zo was wel gebleken, van de Engelse marine weinig te duchten viel, en de Staten-Generaal eenvoudig noch de schepen, noch de middelen had om het in 1781 ingestelde vaarverbod af te dwingen.

Juist omdat telkens door zijn hoofd schoot dat hij alsnog Anna zou kunnen huwen, mits ook zij weduwe zou zijn, luchtte het hem op dat de oorlog hem een voorwendsel bood om *Het Ware Geloof* niet uit te reden. Telkens zag hij, als hij wakker lag, ongewoon helder voor zich hoe de hoeker bij IJsland op de rotsen zou lopen. Een spiegelgladde zee, windstil weer, hoogstens wat dunne nevel, maar desondanks: plotseling stootte *Het Ware Geloof* op zo'n verraderlijke onderwaterrotspunt. Vervolgens verging hij zo snel dat de bemanningsleden niet eens de tijd kregen zich in een boot te redden. Ook droomde hij een keer dat *Het Ware Geloof* door de kanonnen van een Engels linieschip naar de bodem van de zee gejaagd werd. Als een IJslandklip of een linieschip zijn hoeker echt zou vernietigen, wist hij, zou hij zich de rest van zijn leven schuldig voelen. Dan was hij degene geweest die met opzet *Het Ware Geloof* naar IJsland of langs Engeland gestuurd had om Grubbelt Heldenwier, inmiddels als stuurman geëmployeerd op zijn laatste hoeker, net zo sinisterlijk uit de weg te ruimen als indertijd koning

David de man van Bathseba. In een brief voor Joab die hij aan Uria meegaf, had de man naar Gods hart geschreven: 'Stel Uria vooraan tegenover den sterksten strijd, en keer van achter hem af, opdat hij geslagen worde en sterve.'

Sinisterlijk, dat boze woord, hij kon het maar niet kwijtraken. Zes jaar extra verbanning, deels natuurlijk omdat hij bij verstek veroordeeld was, maar ook omdat die vadsige erfprins die term had opgevangen. Of zou die erfprins zich niet met het vonnis van zijn zoon bemoeid hebben? Maar toen de Vijfde, vorig jaar, eind mei, samen met de Dikke Donder, de hertog van Brunswijk, naast wie de erfprins haast slank oogde, een inspectiebezoek had gebracht aan het rokende en zuipende bataljon van Von Wartensleben en Wittgenstein, had Roemer de prins in het Raadhuys de hand gedrukt, en bij die gelegenheid had de Vijfde gezegd: 'U herinner ik mij nog, u was er ook bij, toen in Delft, ach ja, dat psalmenoproer, baljuw Van der Lely, de Ambachtsvrouwe en ik hebben ons toen beraden over een amnestieregeling.'

Wat je ook van die erfprins zeggen kon, niet dat hij geen goed geheugen had. En evenmin dat het lot van Maassluis hem niet ter harte ging. Nochtans was het dorp dankzij die vierde Engelse zeeoorlog totaal verpauperd, de hervatting van de kabeljauwvangst ten spijt. De broodprijzen waren onrustbarend gestegen, net als trouwens de zuivelprijzen, want vlak voor het uitbreken van de oorlog waren opnieuw duizenden koeien bezweken aan runderpest.

Desondanks deerde het hem niet dat zelfs hij het zich amper kon veroorloven een brood of een stuk kaas te kopen. Als hij een paar grijpstuivers tot zijn beschikking kreeg, loerde hij op een kans die Anna toe te stoppen. Ook zij, gespeend van de gelden die haar zoon inbracht en met een humeurige man die werkeloos thuis zat, leed gebrek. Zelf had ze eveneens weinig om handen. Aan herstelde netten was geen behoefte sinds de haringvangst stillag. Kabeljauwen werden immers met de beuglijn gevangen.

Haast achteloos zei meester Spanjaard op een avond, toen ze weer eendrachtig samen somberden: 'Al die nare, grimmige, en telkens ook weer andere sloofvrouwen die hier steeds over de vloer komen om te boenen en te poetsen en te wassen... waarom vraag je jouw mooie Anna niet om jouw huishouden overdag hier een beetje aardig te beredderen? Strijkt ze tenminste een paar zesthalven op.'

'Anna, hier, als werkmeid? Nee...'

'Vind je haar daar te goed voor?'

'Ja.'

'Mij dunkt dat ze God zou loven en prijzen voor zo'n aanbod. Niemand kan zich vandaag de dag immers nog enige trots veroorloven ten aanzien van de keuze zijner werkzaamheden. Zal ik het haar vragen? Tegen mij kan ze makkelijker nee zeggen als het haar om wat voor reden dan ook niet zou aanstaan.'

'Ja, maar Anna hier dagelijks in huis...'

'Waar ben je bang voor? Dat ze niet aan 't werk komt, omdat je haar de hele dag door in je armen wil nemen? Da's na een weekje heus wel minder, en in dat weekje zorg ik wel dat ik uit de buurt ben. Ga ik overdag naar de zoon van m'n broer. Daar geen lelijke gezichten als ik in zijn schuttingschuur m'n pijpje opsteek.'

'Nee... nee, ik... nee.'

'Toe, slaap er eens een nachtje over.'

Hij sliep er niet over, hij lag er wakker van. Anna in huis als werkmeid, als keukenmeid? Waarom niet? Indertijd had haar moeder Engeltje ook jarenlang als domestiek in huize Stroombreker gediend. Toch stuitte het hem tegen de borst, het was alsof hij haar dan van haar voetstuk zou stoten.

Niet eens zoveel weken later klopte op een vredige zomermiddag echter de bode van het Raadhuys aan.

'Heer Stroombreker,' zei hij, 'heden dient er een zaak voor de lagere vierschaar. Voor zijn commissie had de schout de heren Verwoert en Steur aangezocht. Schepen Verwoert is echter onverwacht verhinderd wegens een sterfgeval. Zoudt gij zich, aldus het verzoek van de schout, disponibel kunnen maken?'

Roemer kon geen reden bedenken het verzoek niet in te willigen, dus vergezelde hij dadelijk de bode de Breede Trappen op, de Hoogstraat door, naar het Raadhuys.

Onderweg vroeg hij de bode: 'Om wat voor zaak gaat het?'

'Een request tot separatie van bed, tafel en goederen.'

'Werkelijk? Hier in Maassluis?'

'Waarom niet? Bij mijn broer in Amsterdam – die aldaar gerechtsbode is – zijn separaties aan de orde van de dag. Soms zijn er zelfs divorties. Voorafgaande aan de zitting moet daar een notaris het request opstellen, en een procureur maakt het op de zitting aanhangig, en menigmaal is er ook nog een advocaat bij, ach ja, daar procedeert men met aanzienlijk meer staatsie dan hier, separatie met staatsie zogezegd, maar ja, daar dienen soms wel drie, vier zaken per dag, dus dan kun je 't ook niet zo gemoedelijk afdoen als hier geschiedt.'

In het Raadhuys begaf Roemer zich naar de schepenkamer. Hij ging naast Schim achter de gerechtstafel zitten en vroeg de schout: 'Wie wil separatie?'

'Een der uwen. Vandaar ook dat ik Verwoert voor de commissie had gevraagd. Mij leek het beter u, vanwege het feit dat deze man op een uwer hoekers dient, hiermede niet te belasten, maar nu Verwoert onverwacht verhinderd is, moest ik de bode er wel op uitsturen.'

'En die is toen naar de schepen gelopen die 't dichtst bij het Raadhuys woont.'

'Precies. Zoudt gij 't anders gedaan hebben?'

Roemer antwoordde niet. Hij keek uit over de havenkom, hij tuurde naar de lusteloos rond wiekende meeuwen, hij zag *Het Ware Geloof* liggen, niets wees erop dat er een oorlog woedde, waarom in vredesnaam had hij zijn hoeker thuis gehouden? Dan zou hem deze beproeving bespaard zijn gebleven. Zo zeker meende hij reeds te weten wie er zo dadelijk voor de schepenbank zouden verschijnen, dat hij onafgebroken naar de meeuwen bleef turen toen de man en de vrouw door de dorpsbode naar hun zitplaatsen werden gebracht.

Plompverloren vroeg Schim, nadat hij de zaak had geopend: 'Stuurman Heldenwier, gij dient een request in om te komen tot separatie van bed, tafel en goederen van uw huisvrouw Anna Kortsweyl. Wat is reden van uw verzoek?'

Grubbelt Heldenwier antwoordde niet. Hij boog het hoofd, omklemde zijn smoezelige muts, die hij in zijn handen langzaam verfrommelde. Aandachtig staarde Roemer naar die klauwende vissersknuisten. Dat had hij eerder gezien, maar waar? Opeens viel het hem in. Zo had Diderica in haar laatste ogenblikken aan haar deken geklauwd. Mocht hij daaruit opmaken dat Grubbelt doodsbenauwd was? Maar waarom? Wat lette hem om uit te brengen waarom hij separatie verlangde?

Nogmaals vroeg Schim rustig: 'Mogen wij vernemen wat de reden is van uw request?'

Grubbelt Heldenwier stond op, liep naar de tafel waarachter de commissie zat, boog zich voorover naar de schout, fluisterde hem iets in het oor. Roemer ving slechts enkele lettergrepen op, begreep niettemin dadelijk wat Grubbelt de schout had toevertrouwd. Schim zei: 'Ga toch zitten', wendde zich toen tot Anna, en zei: 'Ge zult er allicht begrip voor hebben dat ik niet luidop herhaal wat uw man mij meedeelde, maar toch dienen de leden van deze commissie, willen zij kunnen oordelen, op de hoogte gesteld te worden van de reden van zijn request en daarom verzoek ik u beiden even deze schepenkamer te verlaten.'

Nadat ze gegaan waren, zei de schout kortaf: 'Ze refuseert om vleselijke conversatie te voeren met haar man, goed, laat ze weder voor ons verschijnen.'

Zodra Anna en Grubbelt met zijn inmiddels totaal verfrommelde muts weer achter de tafel zaten, vroeg de schout: 'Anna Kortsweyl, gij weet toch dat de echt een verzameling is van man en wijf tot een gemeen leven, medebrengende een wettelijk gebruik van malkanders lichaam, waarom refuseert gij dan uw man zijn wettelijk recht?'

Ook Anna viel het moeilijk de schout toe te vertrouwen waarom zij weigerde haar echtelijke plichten te vervullen, ook zij leek ertoe geneigd op te staan en de schout een en ander in het oor te fluisteren, maar toen keek ze Roemer even aan, en hij keek terug, en reeds overtoog een blosje haar brede wangen. Ze vatte moed, blijkbaar beseffend dat er althans één lid van de schepencommissie was dat haar onvoorwaardelijk zou steunen. Ogenschijnlijk heel kalm zei ze: 'Mijn man is bovenmatig van wriemelend ongedierte bezet.'

Welk antwoord Schim ook verwacht mocht hebben, deze bedaard uitgesproken mededeling blijkbaar niet. Zijn mondhoeken zakten omlaag, en met glazige ogen staarde hij naar het echtpaar.

Schepen Steur achtte daarom blijkbaar het ogenblik gekomen om Grubbelt vriendelijk te vragen: 'Kunt gij u daarvan slecht zuiveren?'

'Ja, heer schepen,' fluisterde Grubbelt met neergeslagen ogen.

'Maar ik veronderstel dat die levende buitensporigheden zich vooral in uw hoofdhaar diverteren. Dat kunt ge toch laten snijden?'

'Waarna gij vervolgens een pruik...' zei de schout.

'Nee, heer Schim, een pruik, dat nooit, nee, zo'n ding wil ik niet opzetten, nee, nooit, nooit.'

Om zijn woorden kracht bij te zetten rukte hij aan zijn muts, kneedde hem tot een bal, vouwde hem wild weer uit, en zette hem even op zijn hoofd alsof hij wilde verhinderen dat iemand hem een pruik zou opzetten.

'Mijn man is dichtbehaard over zijn hele lichaam heen,' zei Anna, 'en overal woelt en krioelt het.'

'Luizen?' vroeg de schout.

'Dierkens,' fluisterde Anna, 'allerlei dierkens, luizen, maar ook... overal... rode en bruine en zwarte wriemelende dierkens. Als ge z'n haar afknipt, wandelt de lok die op de grond neerkomt, gewoon weg, zoveel dierkens...'

'Van zulke dierkens zijn de schamelsten onder ons gemeenlijk in ruime mate bezet,' zei Steur, 'en de minder schamelen vaak zelfs ook, dus ik vermag niet te begrijpen waarom gij, vrouw Kortsweyl, daarom refuseert... gijzelf zult toch ook enigermate bezet zijn?'

'Nee,' zei Anna kortaf.

'Dat verwondert mij zeer,' zei Steur, 'hoe zuivert gij u dan?'

'Mijn moeder hield ons altijd voor: mits er veel water is, kan men zich reeds met weinig zeep verschonen,' zei Anna nukkig.

In de schepenkamer viel een stilte, ondanks het feit dat de vraag voor de hand lag: hoe bekostigt gij vandaag de dag, nu zelfs bedeling en diaconie niet in staat zijn de behoeftigen van een weinig grof brood te voorzien, die kostbare zeep?

Het leek Roemer, omdat hij daar het antwoord op wist, dringend gewenst de aandacht af te leiden met een andere, liefst onschuldige vraag. Reeds opende hij zijn mond, en ondertussen keek hij Anna aan. Vrijmoedig keek ze terug, en toen zei hij plompverloren tegen haar: 'Grubbelt verzoekt om separatie van tafel, bed en goederen vanwege het feit dat u hem afwijst in het echtelijke bed. Op uw beurt zoudt gij, vanwege dit wriemelend perikel, toch eveneens separatie kunnen verlangen, en dan kunt gij beiden, daar er sprake zou zijn van onderling goedvinden, dus van willige separatie, elk tijdelijk uws weegs gaan.'

'In dat geval,' zei Anna, 'kan een van ons beiden in ons huis in het Lijndraaiersslop blijven wonen, maar waar vindt de ander dan onderdak? Waar moet ik heen als schout en schepenen besluiten dat mijn man huis en huisraad mag behouden?'

'Gij zou, daar ge nog niet zo oud zijt, allicht ergens in een der voorname huizen als keukenmeid of domestiek emplooi kunnen vinden, net als eertijds uw moeder Engeltje voor zij trouwde.'

Terstond begreep ze waar hij op doelde. De rode blos op haar wangen, waar hij de wereld wel voor wilde omvaren, verdiepte zich. En terwijl hij haar aandachtig opnam, merkte hij plotseling dat het woeste bonzen van zijn hart niet meer overstemd werd door de krijsende mantelmeeuwen, en hij dacht: zou het dan nog goed kunnen komen? Goed? Te laat, veel te laat! We zijn nu beiden al ruim een halve eeuw oud, ons leven is welhaast voorbij, binnenkort dalen we af in de groeve der vertering, divortie is bovendien ondenkbaar, dus ik kan haar nimmer trouwen en zelfs al zou dat wel kunnen, heffen we daarmee toch de verbanning van onze zoon niet op... waar zou hij zijn? Nog zes jaar. Zoveel is zeker: als Anna, mocht hij inderdaad over zes jaar verschijnen, als domestiek bij mij in huis woont, dan kunnen we hem er misschien toe overhalen bij ons op de Veerstraat... En dan kan hij mettertijd alles erven, dan kan hij hoekers en buizen uitreden, en de landerijen in Maasland beheren.'

'Ooit heb ik vernomen,' zei schepen Steur, 'dat als ge zeer fijn gestoten witte peper op uw hoofd uitstrooit, deze onaangenaamheden, van lieverlede afdalend, zich schielijk heen spoeden.'

'Witte peper,' grauwde Grubbelt met gebogen hoofd.

'Mijn man bedoelt,' verduidelijkte Anna blijmoedig, 'dat dat goedje peperduur is.'

Het leek alsof dat onweerlegbare feit alle aanwezigen ervan overtuigde dat zich vooralsnog geen andere uitweg aandiende dan separatie van tafel, bed en goederen, ofschoon Steur nog zachtjes mompelde: 'Maar ge hebt er misschien weinig van nodig.' Zijn gemompel werd overstemd door Schim, die kortaf meedeelde: 'Wij zullen de akte opmaken.'

Psalm 146 vers 3

'Op de langste dag gaan de bataljons er met de trekschuit vandoor,' zei meester Spanjaard, 'kom nu maar, gij Britten, mitsdien Maassluis binnenkort wederom zonder militie zal zijn.'

'We kunnen ons zeer wel zelf verdedigen,' zei Willem van der Jagt, 'de schutterij bestaat uit bijna vijfhonderd man.'

'Met één roestig, snoezig snaphaantje per dozijn mannen.'

'We zullen geld inzamelen voor nieuwe snaphanen. Een oproep heb ik alvast gedicht. Die zal mettertijd in de *Post van den Neder-Rhijn* verschijnen.'

'Hij is weer aan 't rijmen geslagen,' fluisterde meester Spanjaard tegen Roemer, 'da's steevast de opmaat tot nieuwe beroering.'

Van der Jagt declameerde trots:

Wel aan, stort van uw' schat door 's Hemels gunst verkregen,
ook nu een ruimen' zegen
In 't Vaderlandsche Fonds. Geld is des Oorlogs kracht.
Geen geld, geen oorlogsmacht!

'Weet wel dat ik voor oorlog huiver. Daarom van mij zelfs nog geen stuiver,' zei meester Spanjaard.

'Wat doe je dan als de Britten binnenvallen?' vroeg Willem.

'Dan treed ik op ze toe en zeg: "Goodbye Sir, nice to meet you. This is Maassluis. Why are you coming to this godforsaken place? This is the most boring village in Holland. Never a bright moment." En dan vragen die Britten mij: "But aren't there any nice harlots here." En dan zeg ik: "I'm sorry sir, no hookers here. Our only hooker was banished eight years ago."

'Hoekers? Wat zou je tegen die Britten over onze hoekers zeggen?' vroeg Willem wantrouwig.

'Dat ze reuze geliefd zijn bij onze vissers en reders,' zei meester Spanjaard, 'en ik zou tegen die Britten ook zeggen: "The only amusement we can offer you, are the best places in church. But beware! Sing very, very slowly, otherwise the wroth of the Sluysers will arise and they will smite you, like Bileam smote his ass." '

'Wat zegt hij?' vroeg Willem achterdochtig aan Roemer.

'Ik weet het niet, ik heb nog niet zo lang Engelse les.'

'Nu het uurglas van jouw leven op 't leste loopt, zou jij je beter kunnen richten op je eeuwig heil dan op het Engels,' gromde de dichter tegen meester Spanjaard.

'Het een sluit het ander niet uit. Samen met Roemer lees ik de King James-vertaling. Geen betere manier om een vreemde taal te leren.'

'Op voorwaarde dat je de Schrift regel voor regel kent,' zei Willem.

'In de hemel kijken ze nog niet uit naar meester Spanjaard,' zei Roemer, 'zo'n man die overal de draak mee steekt en iedereen tergt, kunnen ze daar missen als jicht.'

'Ik begrijp niet dat je hem bij jou in huis hebt genomen. Nu al heb ik spijt dat ik hem uitgenodigd heb mee te gaan naar Rotterdam. Maar ik dacht: ach, m'n stokoude schoolmeester. Laat ik hem zondag meenemen. Heeft hij ook wat vertier.'

'Zal ik uitstappen en teruglopen?' vroeg meester Spanjaard.

'Dan mis je die knul uit Bonn.'

'Uit Bonn zou alleen iets goeds kunnen komen als 't in Frankrijk lag,' zei meester Spanjaard.

'Zou je denken? Wat ik ervan gehoord heb... zelfs de Vijfde schijnt hem te willen horen op de pianoforte... hij is een jaar of dertien, veertien. Samen met z'n moeder is hij de Rijn komen afzakken.'

Ruim een uur later arriveerde de koets van Willem van der Jagt bij hetzelfde adres op De Boompjes waar Roemer indertijd het lied van de snelle gazelle had gehoord. Weer nam hij plaats bij het venster, weer keek hij uit over de rivier, en over de zonnige zuidoever van de Maas, en het kwam hem voor of al wat hij sinds dat vorige bezoek had meegemaakt verzonk, verdween, vervluchtigde. Even leek het alsof zich geen psalmenoproer had voorgedaan en zijn zoon niet was verbannen. Maar toen dacht hij: sinds ik hier zat zijn reeds acht jaar voorbijgegaan, nu nog slechts vier jaar, aanschouw toch hoe die acht jaar omgevlogen zijn. Niettemin scheen het alsof nog een zee van tijd zich voor hem uitstrekte. Vier lange jaren nog, vier eindeloze jaren, en dan? Zou Gilles terugkeren? En zou hij, als hij verscheen, zich naar het Lijndraaiersslop begeven of naar de Veerstraat? Zijn hele wezen leek gericht op dat ene punt in de tijd, dat moment waarop hij zijn zoon zou weerzien en hij hem, zo had hij reeds met Anna afgesproken, uiterst voorzichtig doch onomwonden zou onthullen: 'Ik ben je vader. En daarom woont je moeder, sinds haar separatie, nu bij mij op de Veerstraat. Voor het oog van de wereld als keukenmeid die zich uitnemend verstaat op braden en stoven en andere zaken de tafel behorend. Helaas kan dat niet anders, een divortie is nu eenmaal onmogelijk, maar wees ervan verzekerd dat ik jouw moeder en jou mettertijd al mijn bezit zal nalaten.'

Soms leek het hem alsof hij zich zou blameren als hij zo'n toespraak tegen de jongen zou houden. En was het verstandig hem te onthullen dat hij zijn vader was? Zou de jongen dat wellicht dadelijk door heel Maassluis heen uitbazuinen? Zijn moeder dacht van niet. 'Hij geeft geen zier om Grubbelt, ik geloof wel dat hij van mij houdt, en mij zal hij niet willen belasteren.'

Op meester Spanjaard had Roemer een proeftoespraak uitgeprobeerd. Aandachtig had de oude man geluisterd, toen gezegd: 'Ach, 't zal mettertijd allemaal totaal anders gaan dan je je nu voorstelt. Handel dan naar bevind van zaken. Bedenk ook dat Gilles, als hij al opduikt, geen jongen meer is, maar een kerel van een jaar of dertig.' Meester Spanjaard had hem aangekeken met iets van deernis in zijn ogen, en vervolgens gezegd: 'Bij ondervinding weet ik wat het is, een zoon die je nooit ziet.'

Terwijl hij, turend naar het glinsterende water, onafgebroken aan zijn verloren zoon dacht, ging er een deur open en verscheen, voorafgegaan door zijn moeder, de jongen van veertien uit Bonn. Eén ogenblik schoot door Roemer heen: daar is hij, m'n jongen, want de knaap die binnentrad, had dezelfde fiere, nijdige, opstandige blik in z'n ogen als Gilles. Maar hij was kleiner, gedrongener, en zijn haar was nagenoeg pikzwart. Het omwolkte het hatelijke hoofd met woeste, weerbarstige krullen, die blijkbaar nooit gekamd werden. De jongen droeg onder een grijze linnen kiel een camisool van donkere, grauwe stof, en van diezelfde stof waren ook zijn bizarre, oudmodische beenkappen vervaardigd. Zijn gezicht was olijfbruin, alsof er negerbloed door zijn aderen stroomde. Zonder iets te zeggen, alle aanwezigen alleen maar monsterend met zijn doordringende, kwaadaardige ogen, schreed de knaap naar de pianoforte. Daar aangekomen zeeg hij neer op een kruk, keek toen weer om naar zijn gehoor, alle gezichten als het ware een voor een grimmig aftastend of men wel oplettend genoeg was, terwijl hij ondertussen alvast een akkoord aansloeg. Uit de pianoforte kroop een volkswijsje omhoog dat Roemer vaag kende. Gaat hij ons op zulke onnozele liedjes vergasten, dacht hij teleurgesteld. Snel evenwel maakte zijn teleurstelling plaats voor eerst verwondering, vervolgens verbijstering. De knaap ging het wijsje woest te lijf, alsof hij het tegelijkertijd wilde vernietigen en op een hoger plan wilde bestendigen. Uit het schamele deuntje toverde hij notencascaden tevoorschijn die het zicht erop volledig verduisterden, waarna het opeens dromerig en liefelijk glanzend opdook, alsof het hersteld was van een gevaarlijke ziekte. Het leek of de knaap uit Bonn zijn gehoor voorhield: 'Jullie denken nu wel dat je naar een onschuldig heuveltje kijkt, maar pas op, zo'n heuvel kan opeens uitbarsten, net als vorig jaar vulkaan Raptor op IJsland.'

Roemer keek naar de rivier en naar de lucht erboven. Het was of hij de dampen van de Raptor nog zag die een jaar eerder voor zulke wonderlijk getinte avondhemels hadden gezorgd. Soms liefelijke luchten, lichtrood en wazig groen, soms spookachtige, grauwe, diepblauw getinte uitspansels, alsof het einde der tijden was aangebroken. En het leek net of die luchten nu in klank gebeiteld werden, door een knaap nog, een kind nog, maar hoe anders oogde en speelde dit kind dan dat ventje in La Ville de Paris met die snaakse uitdrukking op zijn brede gezichtje, en zijn vlugge, liefelijke, zorgeloze klavichordwijsjes. Wat zou er van dat kind geworden zijn? Als hij nog leefde, was hij nu een jaar of dertig, ongeveer even oud als Gilles. Waar zou zijn zoon vertoeven? Hoe zou het hem vergaan? Nog vier spookachtig lange jaren, vier jaren die zich eindeloos uitstrekten, terwijl de acht jaren die reeds voorbij waren, welhaast uitgewist leken.

'Wat een grootmeester, die knaap,' zei meester Spanjaard toen ze terugreden.

'Uit Bonn kon toch alleen iets goeds komen als het in Frankrijk lag?' vroeg Willem.

'Dit was ook niet goed,' zei meester Spanjaard, 'dit was ronduit beangstigend. Zo'n knaap nog, en dan al zo'n veelomvattende geest, waar leidt dat heen?'

'Jammer dat hij zo weinig toeschietelijk was,' zei Roemer. 'Na afloop heb ik nog in m'n beste Frans aan hem gevraagd of hij wist wat er van dat ventje geworden is dat ik in La Ville de Paris heb gehoord, die Moot Sart, en toen gromde hij iets in het Duits dat ik niet verstaan kon, alleen het woord "wien" kon ik verstaan... steeds zei hij: "Wien", blijkbaar wou hij vragen: "Wien bedoel je toch?"'

'Wien,' zei meester Spanjaard, 'nee, nee, daarmee bedoelde hij niet te vragen: "Wien is die Moot Sart?", daarmee bedoelde hij vast en zeker te zeggen: "Die Moot Sart woont tegenwoordig in Wien."'

'Dat geloof ik niet, hij sprak dat "wien" met zoveel afschuw uit.'

'Ja, maar zou er iets zijn dat z'n afschuw niet opwekt? Als je hem bekeek... met knullen heb ik toch aardig wat ervaring, maar zo iemand als deze brute nazaat van Kaïn heb ik nog nooit meegemaakt, hier schuilt een wereldveroveraar in, een hemelbestormer, een tweede Hannibal. Met olifanten trekt deze woesteling over de pianoforte. Mocht er iemand zijn, nee, ik noem geen namen, die zich geroepen voelt een gedicht te schrijven over dit beest uit Bonn, dan voorspel ik hem: jouw gedicht zal in het kielzog van de roem die deze knaap vergaren zal in de verre toekomst nog met huiver geciteerd worden.'

'Ach kom,' zei Willem, 'ze doven zo snel uit, dit soort knapen, je ziet het aan Gideon van der Kraan en Ary Wouterse. Zijn al lang weer terug na hun verbanning, en wat verneem je nog ooit over ze?'

'Wacht maar af,' zei meester Spanjaard, 'binnenkort volgt een tweede ronde, dezelfde langzame zangers, nu van overigens tamelijk snel gezongen princeliedjes, tegen dezelfde patriottische meesters.'

Het leek haast of hij met zijn voorspelling die nieuwe ronde over hen afriep. Nog voor zij Maassluis binnen konden rijden, werden ze op de Vlaardingerdijk staande gehouden door de oudste zoon van Van der Jagt, die daar, zo bleek, op de terugkeer van de koets van zijn vader had staan wachten.

'Onze nieuwe dominee, die Brand van Someren, heeft vanmorgen gepreekt over psalm 146 vers 3,' zei Adriaan van der Jagt.

'Put not your trust in princes, nor in the son of man,' citeerde meester Spanjaard trots, om vervolgens ook dadelijk de vrije vertaling te leveren: 'Vest op prinsen geen vertrouwen, noch op de zoon des menschen.'

'Ja, die tekst,' zei Adriaan, 'al tijdens de dienst begonnen de vissers en boetsters en kuipers te morren en te schreeuwen. En nu trekken ze verhit met handspaken in groepjes door het dorp. Ik weet niet of het veilig is om met de koets...'

'Dan spannen we hier zolang af en stallen we koets en paard in een van de schuttingschuren,' zei Willem van der Jagt, 'en gaan we welgemoed te voet verder. Dan kunnen we als we dat Oranjetuig over de dijk zien aankomen, de foepen makkelijk via een zijstraatje ontlopen.'

'Waarom,' zei meester Spanjaard, 'moest je ook zo nodig rijmen: "Laten wij eendrachtig roepen, weg met alle Sluyse foepen." Had toch gerijmd: "Patriotten, prinsgezinden, in beide kampen heb ik vrinden." Dan hoefde ik nu niet te zeggen: derhalve moet ik, oud van dagen, huiswaarts keren zonder wagen.'

Burgemeester

Nog voor de zeeoorlog met Engeland voorbij was, nam hij uit de desolate boedel van de weduwe Goudje Cortebrand twee haringbuizen over. Als gevolg van de rampzalige oorlog was zij, evenals diverse andere kleine reders, failliet gegaan. Zelfs overwoog hij enkele haringbuizen uit andere desolate boedels over te nemen. Zodra immers de buizen weer zouden kunnen uitvaren, wachtten de scheepjes dankzij het feit dat de haring zich een paar jaar ongestoord had kunnen vermenigvuldigen, visgronden met duizelingwekkende, immense scholen. De miraculeuze vangsten uit het wonderjaar 1780 moesten moeiteloos geëvenaard kunnen worden. Zeker, hij wist dat het riskant was, ze konden zich deerlijk vergissen, en normaal gesproken zou hij het ook nooit hebben aangedurfd zo zijn nek uit te steken, maar Anna heerste nu bij hem over het achterhuis. Wat kon hem deren? Bovendien ging het er vooral om dat hij, als zijn zoon straks in 1788 na twaalf jaar verbanning zou opduiken, Gilles trots zou kunnen zeggen: 'Aanzie de rederij Stroombreker. Thans reden wij jaarlijks drie buizen en één IJslandse hoeker uit.' Hoe overmoedig hij dankzij Anna ook was, hij liet de andere buizen uit andere desolate boedels aan zich voorbijgaan. Vier schepen, net als vroeger, dat was suffisant, en voor drie van de vier schepen streek hij al aanstonds de jaarpremie van 500 gulden op die de Staten van Holland soulageerden. Het jaar daarop kreeg hij zelfs een premie van 700 gulden voor elke buis. Spijtig genoeg zakte de premie een jaar later weer tot 500 gulden.

In het jaar 1785 werd hij, net als in voorgaande jaren, gepolst of hij het burgemeestersambt ambieerde. Steevast had hij eertijds gezegd: 'Nee, burgemeester, dat wil ik niet worden', maar nu was alles anders geworden, nu waarborgde het grote aanzien dat je als een der burgemeesters genoot, dat hij zich mettertijd makkelijker over de banneling zou kunnen ontfermen. Bovendien, niemand zou een der Sluyse burgemeesters er toch van verdenken dat hij in concubinaat leefde met zijn keukenmeid?

Hij kwam op de voordracht, hij werd gekozen en meester Spanjaard zei: 'Dat verbaast me. Dit jaar hebben ze verder alleen kezen gekozen, denken ze dat jij ook een kees bent? Of hebben ze jou genomen omdat je juist altijd zo zorgvuldig vermeden hebt partij te kiezen? Wilden ze één neutrale burgemeester in hun college?' Roemer kon daar geen antwoord op geven. 'Misschien ben ik,' opperde hij, 'alleen maar gekozen omdat ik vlak bij het Raadhuys woon, zodat men mij vervolgens tot sleutelbewaarder kon aanstellen.'

Dat hij abusievelijk deel uitmaakte van een patriottencollege, bleek echter maar al te duidelijk eind oktober van het jaar 1785, toen op de twintigste oktober het vaandel werd overgedragen aan het Exercitie Gezelschap. Reeds eerder dat jaar, eind februari, had het gezelschap van het burgemeesterscollege toestemming gekregen om, begeleid door tromgeroffel, van het exercitieweitje naar de Markt te trekken.

Twee commissarissen van het gezelschap, de heren Willem van der Jagt en Hendrik Valk, dienden in april het reglement van het gezelschap in bij het burgemeesterscollege en de Ambachtsvrouwe. De douairière wilde zich daarmee niet inlaten; het college verleende zijn fiat wel. Drie drilmeesters werden aangesteld. Met patroontassen en witte bandelieren werd het gezelschap verder luisterrijk aangekleed.

Op die twintigste oktober kon burgemeester Stroombreker, hoe graag hij dat ook gewild zou hebben, zich niet absenteren van de plechtigheid op het exercitieveld. Het was een winderige dag met kolossale, beangstigend diepblauwe reuzenwolken die de hemel bezeilden als linieschepen. Toen het vaandel, een geschenk van Johanna Keyser, de echtgenote van niemand anders dan schout Schim, aan een der drilmeesters werd overgedragen, sloeg een kil motregentje neer. Een nukkige windvlaag greep het doek. Van het veldteken erop, Vrouw Vrijheid met speer en hoed, kon Roemer vanaf zijn zitplaats op de geïmproviseerde tribune alleen een stukje boezem ontwaren. In het schemerlicht van de late namiddag volgden sierexercities, afgewisseld met declamaties van Willem van der Jagt, die deze zelf eerst aankondigde als: 'Diverse dichtmatige aanspraken, bij gelegenheid der plechtige overgifte van het vaandel, ten geschenke van het vrijwillige Exercitie Gezelschap, onder de spreuk: Vrij en Getrouw te Maassluis.'

Aan het slot van de plechtigheid, toen de duisternis reeds viel en het motregentje zich transformeerde tot een volwaardige stortbui, verhief de dichter nog eenmaal zijn stem en zei: 'Maassluis mag openlijk zich zeer gelukkig noemen, wijl thans men onderling hier in alle eendracht leeft.' Terloops refereerde hij nog aan het verleden, 'toen twist, met laffe vrees, in 't heimlijk door kwam breken, tot merklyk achterdeel der nieuwe schutterij'.

Het leek Roemer of hij meester Spanjaard spottend hoorde aanvullen: 'En nu is alle leed geleden en zijn wij heden reuze blij', maar in plaats van diens aangename kraakstem, klonk het bevel: 'Vuur.' Toen alle roestige snaphanen naar het ondoordringbare wolkendek waren gericht, weerklonk zowaar een flinke knal, en diezelfde knal klonk ook weer op toen bij de voorjaarsafvuring op 18 mei 1786 al die snaphanen opnieuw naar de lucht werden gericht. Maar toen schoten de weerbare mannen op de hemel vanaf het weitje achter het Taanhuys, het nieuwe exercitieterrein van het gezelschap, dat evenwel, om de kosten in de hand te houden, ook verpacht werd om beweid te worden. Elke donderdagmorgen diende de pachter de paardenmest van het weitje te verwijderen en moest hij het gras met zand bestrooien.

Omdat datzelfde grasland eertijds in gebruik was geweest als taanweide, leek het Roemer, als hij er op weg naar de visafslag langskwam, alsof het ontwijd werd. Daar had hij zijn Anna veertig jaar geleden tussen de andere, oudere boetsters vlug en behendig in de weer gezien met het gehavende want, en daar had zich altijd die dieprode, onvergetelijke blos gemanifesteerd als hij haar aankeek. Op zo'n weitje, zo'n gewijde plek kon en mocht toch niet door zo'n stel uilskuikens met snaphanen geëxerceerd worden? Ach, ze woonde nu bij hem, dus wat deed het ertoe? Niettemin hinderde het hem; het was alsof op dat weitje juist een gedenkteken geplaatst moest worden, nu dan eindelijk, na zoveel jaar, terwijl het uurglas van zijn leven al aardig ten leste liep, Anna alsnog zijn huishouden bestierde. Hij verheugde zich erover dat zij deze wending van haar lot, haar verbannen zoon ten spijt, als een godswonder ervoer. De hele dag door liep ze te neuriën. Meester Spanjaard hoorde haar telkens zeggen: 'O, ik ben zo in m'n schik, als je in het Lijndraaiersslop naar 't godsgruwelijk stinkende, gemeenschappelijk secreet wilde, moest je altijd wachten, hier nooit. En hier stinkt 't secreet ook haast niet.' Wat aan meester Spanjaard toen ze 's avonds uit de King James-vertaling 'the Lord's Prayer' lazen het commentaar ontlokte: 'Waarom ontbreekt in het onzevader de bede: "Geef ons heden ons eigen gemak"? Niets verheugt jouw Anna immers meer dan dat zij het secreet slechts met twee anderen hoeft te delen?'

Wat hem, juist omdat zij zo opgemonterd bleek, ook verbaasde, was dat hij onverminderd bleef kniezen. Hij kon maar niet verkroppen dat zij al minstens dertig jaar eerder zijn vrouw had kunnen zijn. Nu het zo'n geschenk bleek om haar in huis te hebben, betreurde hij het eens te meer dat duizenden dagen voorbij waren gevloden zonder haar aanwezigheid. Ook maakte hij zich, al was hij dan burgemeester, zorgen dat niettemin zou uitkomen dat ze zich, hoewel hij nog altijd op zolder sliep en haar ledikant zich in het achterhuis bevond, verstond op andere zaken dan stoven en schrobben. Goddank, al die boetsters die eertijds haar dieprode blos hadden aanschouwd, waren al lang dood; die konden niets meer verraden. En haar man was bijna het hele jaar door met *Het Ware Geloof* het zeegat uit; ook van hem viel weinig te duchten. Desondanks verwachtte hij als hij zich in zijn comptoirkamertje diverteerde met besommingen dat er opeens, net als in geval van koning David, een Nathan zou opduiken die hem zou zeggen: 'Zie, Ik zal kwaad over u verwekken uit uw huis, want gij hebt het in het verborgene gedaan.'

Meester Spanjaard zei op een avond toen ze samen weer over de King James gebogen zaten: 'Wat schort er toch aan?'

'Ik ben bang dat 't uitkomt,' zei hij.

'Ach, kom,' zei meester Spanjaard, 'ze hebben hier in 't dorp totaal andere dingen aan hun hoofd. Telkens komt onze roemruchte onderbaljuw Jonas Verstaak uit Delft haastig aangesneld omdat er een gerucht gaat dat er weer princeliedjes gezongen zijn. Ja, ja, nog even, en het psalmenoproer laait weer op, nu vanwege princeliedjes. Onze Willem zou kunnen dichten: "Haast elke zang, 't zij kort of lang, zet hier kwaad bloed in overvloed." Verstaak heeft in de Boonestraat bij twee huizen waar een princeliedje was gehoord, de bewoners aangemaand voortaan iets anders te zingen. Moet je nagaan: zo'n man komt helemaal uit Delft om een paar Sluysers in te peperen: "Zing voortaan wat anders." En dat terwijl baljuw Van der Lely ons hier aan ons lot overliet toen de huizen bij 't psalmenoproer uitgeplunderd werden.'

'Toen was Verstaak nog niet zo waakzaam, en Van der Lely was destijds al achter in de zeventig. Wist je trouwens dat Verstaak ook weer uit Delft haastig met de trekschuit hierheen gekomen is om voermansknecht Van Dijk te verhoren?'

'Nee, wat had Van Dijk gedaan?'

'Die heeft op zondag 22 april, toen hij met de postwagen uit Rotterdam kwam, op de Hoogstraat bij het Delflandhuys stilletjes een princeliedje gezongen.'

'Oei, oei, daarmee zouden ze de galg moeten versieren, net zoals ze dat vorig jaar met dat arme schaap in Delft gedaan hebben die rottenkruid in de gekookte karnemelk van Ary van Besooijen en z'n vrouw had gedaan dat ze voor een stuiver bij apotheker Simon Alewijn had gekocht.'

'Waarom denk je daar nu opeens aan?'

'Omdat ik toevallig juist vandaag een afschrift heb bemachtigd van het gebed dat dominee Koot uit Delft vlak voor haar executie opzond naar de Algenoegzame. "Hoge God, Richter der ganse wereld, wij danken U, dat wij nog leven in een land daar gerechtigheid wordt uitgeoefend, daar Uw goddelijke wet, die mensenbloed vergiet, zijn bloed zal door een mens vergoten worden, nog gehandhaafd wordt. Ai, mocht deze rechtspleging diepe indrukken maken op 't hart van alle de aanschouwers", en toen volgde nog van alles over 't bloed van Jezus, dat gewichtig en genoegzaam was om haar schuld uit te wissen. "Laat zij om de verdienste van dit bloed een ruime gang vinden in de hemel." Nou, en daarna werd ze verhangen, een meisje uit Maassluis van twintig jaar oud.'

'Alsof ik me dat niet herinner. Ik was toen schepen, ik heb de rechtsgang nauwlettend gevolgd, de vrouw van Besooijen is na een nacht van gruwelijke pijn 's morgens vroeg overleden.'

'Een jong schaap van twintig! Ze zal er heus wel een reden voor gehad hebben om haar principalen op rottenkruid met gekarnde melk te trakteren.'

'Ze werd nogal eens geslagen en geschopt.'

'Nou dan!'

'Als haar dienst bij de Besooijens haar niet beviel, had ze toch makkelijk naar de besteedster kunnen stappen en zeggen: "Ik wil graag veranderen, weet ge voor mij een nieuwe dienst?" Bijna niemand houdt vandaag de dag z'n domestieken immers nog langer dan een jaar of twee?'

'Ze had stellig een gegronde reden om met haar mevrouw af te rekenen. Mij dunkt, jullie schepenen hadden...'

'Maar ze had een medemens met rottenkruid vergiftigd!'

'Ja, en die verwurg je dan met het koord, na zo'n walgelijk, godsgruwelijk gebed over 't zoenbloed van Jezus.'

'Als je dat gebed zo walgelijk vindt, waarom verzamel je zulke gebeden dan?'

'Voor 't nageslacht. Zodat ze weten dat wij barbaren waren.'

'Daar denk ik toch anders over. Maar om terug te komen op die voermansknecht, Verstaak is dus uit Delft aan komen snellen om hem te verhoren, vanwege één liedje.'

'En wat zei die knecht?'

'Dat hij van korenwijn bezet was.'

'Dus toen was alles weer vergeven en vergeten?'

'Hij heeft een zangverbod opgelegd gekregen.'

'Bevlijtig je toch als burgemeester om hier in 't dorp alle zang te verbieden. Zodra ze hier beginnen te zingen, betrekt de lucht. Straks gaan ze mekaar voor de tweede keer in ruim tien jaar te lijf vanwege psalmen en liedjes. Laatst nog hoorde ik vanuit de Zure Vischsteeg het tweede vers van psalm 146 opklinken.'

En met vaste stem zong meester Spanjaard het na:

Vest op prinsen geen betrouwen,
waar men nimmer heil bij vindt;
zoudt g' uw hoop op mensen bouwen?

Als Gods hand hun geest ontbindt,
keren zij tot d'aarde weer,
storten met hun aanslag neer.

'Wie hief dat aan in de Zure Vischsteeg?'
'Heb ik niet kunnen zien. Een kees ongetwijfeld.'

Declaratoir

Op een onbewolkte zomermorgen in juni van het jaar 1787 begaf hij zich naar zijn nieuw verworven buizen. Waren ze gereed voor vertrek? De lucht was heiig, lichtblauw, in de haven werd gespuid, de krabbelaar woelde het slik los, dat vervolgens met het spuiwater werd afgevoerd. Visdiefjes, kokmeeuwen, grote sterns doken onophoudelijk naar de omhooggewoelde platvisjes, waarvan de blanke buikjes oplichtten in het snelstromende spuiwater. Behalve ondermaatse platvis werden ook sprotjes en spierinkjes driftig opgeschrokt door de bedrijvige vogels.

Over de brug liep hij naar het Kerkeiland. Van ver zag hij dat er in de Ankerstraat, ter hoogte van het huis van Jan Schoevaers, tientallen druk gebarende vissers en boetsters en mosselwijven stonden. Wat was daar aan de hand? Op het punt gekomen waar hij moest afslaan naar de Haringkade, draalde hij. Wat lette hem even door te lopen? Er was daar iets gaande. Hij wilde weten wat al die mensen op de been had gebracht. De inspectie van zijn buizen kon wachten.

Reeds toen hij zijn eerste stappen de Ankerstraat in zette, bij het huis van rijglijfmaker Hendrik Moerings, zag hij dat een der boetsters een jonge visser iets toefluisterde. Over zijn schouder wierp de omtoor een blik op de naderende burgemeester, riep: 'Hoed u', en al die pratende vissers en boetsters vielen plotseling stil. Wat kan daar het daglicht niet velen, schoot door hem heen, en hij hield zijn pas in.

'Goedendag, Hendrik,' zei hij tegen Moerings, die in een voorkamertje achter een geopend raam met fijne baleinen in de weer was.

'Goedendag, heer burgemeester,' zei Moerings.

'Naar ik vernomen heb, kerkt gij binnenkort vlak bij mij op de Veerstraat.'

'Op de korenzolder van Ary de Jongh, heer burgemeester, totdat we, naar we hopen volgend jaar bij leven en welzijn, onze eigen parochiekerk kunnen inwijden.'

'De pastoor van Maasland, hoorde ik, wil noch miskelken, noch kazuifels, noch altaarschellen afstaan, ofschoon indertijd de gelden daarvoor uit Maassluis werden aangedragen.'

'Zelfs onze gezangboeken wil hij houden.'

'Het zal hem allicht zwaar vallen dat z'n parochie opeens danig slinkt.' Hij dempte zijn stem, vroeg: 'Weet gij wat er bij het huis van Schoevaers gaande is?'

Moerings schudde het hoofd, boog zich diep over zijn baleinen.

Hij weet wel wat, maar wil zich erbuiten houden, dacht Roemer, en dat is begrijpelijk. Als daar bij Schoevaers het Oranjegespuis iets uitbroedt, heeft Moerings alle reden bevreesd te zijn. Dat de roomsen hier binnenkort op een korenzolder bijeen kunnen komen, is tenslotte vooral te danken aan het feit dat de macht van de erfprins taant.

Hij wendde zich om, liep met gezwinde pas terug, schreed over de brug, daalde de Breede Trappen af, viel zijn huis binnen en riep: 'Anna, waar is de meester?'

'In de achtertuin,' riep ze, 'daar rookt hij zijn pijpje.'

Hij begaf zich naar zijn achtertuin, trof daar meester Spanjaard, zei: 'In de Ankerstraat is een opstootje. Men schrok nogal toen men mij zag aankomen. Graag wil ik weten wat daar geschiedt. Zou jij...'

'Moet ik daarheen als spion? Da's nou iets waar ik altijd al naar heb uitgezien. Ik weet nog goed dat ik steevast tegen m'n moeder zei: "Als ik groot ben, wil ik verspieder worden." '

'Blijf niet dralen bij het huis van Moerings, hoe verleidelijk de aldaar uitgestalde rijglijfjes ook zijn.'

'O, nog één keer, voor ik dood ga wil ik één keer nog...'

'...een juffertje ontrijgen, ik weet het. Ik geloof dat ik daar in de Ankerstraat tussen de boetsters ook Kootje Morsdam zag staan. Misschien kun je met haar iets afspreken, in de Bijbel slapen de verspieders ook bij Rachel, de hoer, dus mijn zegen heb je, plus een bijdrage uit mijn beurs, mits je achterhaalt wat daar omgaat.'

'Ze vraagt drie stuivers.'

'Hoe weet je dat? Ik dacht dat publieke meisjes niet voor minder dan een zestenhalf...'

'In Den Haag of Amsterdam, maar hier niet.'

'Drie stuivers, dat moet op te brengen zijn. Ik zou echter, zeker in haar geval, zeer beducht zijn voor een venuskwaal.'

'Wat zou dat? Mag ik ook eens een keertje doodgaan?'

'Nee, dat mag je voorlopig nog niet, ga jij heen, dan...'

'...woon jij hier alleen met Anna. Wat wil je nog meer?'

'Ja, maar men zal dan wellicht gaan fluisteren.'

'Zeker, dan zal men rondbazuinen dat Anna gemak boven eer stelt, met haar baas slaapt en daarom maar één bed hoeft te schudden. Hier ben ik onmisbaar, wat let mij om voortaan m'n smuigerdje binnen te roken? Je zult me er toch nooit uit gooien. Vooruit, op naar de Ankerstraat.'

Vrij snel en tamelijk geagiteerd keerde meester Spanjaard terug. Desondanks bracht hij zakelijk verslag uit van zijn bevindingen.

'Schoevaers heeft z'n huis beschikbaar gesteld voor de onlangs opgerichte Oranje Sociëteit. Het bestuur ervan, vier lui, ik ken ze amper, ze noemen zich commissarissen, beschikt over een verklaring die ze deftig als Declaratoir aanduiden. Graag zou ik het stuk bezitten voor m'n verzameling. Het staat haaks op de Akte van Consulentschap van de patriotten, waarmee ze direct na de oorlog de erfprins een kopje kleiner gemaakt en de Dikke Donder vermorzeld hebben. Met dit Declaratoir beoogt dit duistere Oranjekwartet eerherstel van de erfprins. Ik heb de tekst wel mogen bekijken, maar heb helaas nog geen afschrift kunnen bemachtigen... Goed, de tekst luidt: "Wij ondergeschrevenen, alle burgers, ingezetenen van Maeslandtsluys, verklaren hiermede volkomen tevreden te zijn met de Staats- en Erfstadhouderlijke regering zoals deze door 's Lands octrooien, privileges en wetten, en wel laatstelijk in 1766 is bevestigd."'

'Ondergeschrevenen? Is het hun bedoeling dat dat Declaratoir hier door zo veel mogelijk mensen getekend wordt?'

'Zeker, maar ja, hoe? Wat daar stond aan vissers en boetsters had amper school gegaan. Die kunnen alleen een kruisje zetten.'

'Toch niet allemaal?'

'D'r waren er maar weinig die hun naam konden zetten. Desondanks dreigden die vier heren dat er direct na buisjesdag weer oorlog met Engeland zou uitbreken als er niet getekend zou worden. Wat een sluwe beschaarders, die lui, vissers bang maken dat ze, amper uitgevaren, meteen al weer door Engelse linieschepen geënterd... Maar ja, 't werkte wel, wat tekenen kon probeerde z'n naam eronder te krijgen. En wie tekende, kreeg een kaartje met het vetgedrukte opschrift "Voor de oude constitutie" en z'n eigen naam en Maeslandtsluys daaronder. Werd je geënterd en liet je dat kaartje aan de Engelsen zien, zei dat canaille, dan liep je geen gevaar. Och, och, wat een bedrog. Toch heb ik een paar vissers geholpen met tekenen.'

'Maar...'

'Ja, ik weet wat je zeggen wilt. Bedenk echter dat die goedgelovige vissers dolgraag zo'n kaartje wilden hebben. En wat maakt 't nou uit of ze onder zo'n stomme declaratie wel of niet hun naam zetten? Als zo'n kaartje nou bewerkstelligt dat ze rustig slapen kunnen...'

'Stiekem ben je ook een Oranjeklant.'

'Stiekem? Al eerder heb ik je gezegd dat ik zelf een Oranje ben. Was de stuiver anders gerold, dan was ik nou erfprins.'

'Je zou 't beter doen dan de Vijfde.'

'Zou je denken? Je moet als machthebber steeds besluiten nemen waar je nooit alle consequenties van kunt overzien.'

'Ja, maar deze Vijfde neemt geen besluiten. Die is besluiteloos.'

'Omdat, en dat begrijp ik best, hij donders goed beseft dat hij niet weet hoe z'n besluiten op termijn zullen uitpakken. Bij die oorlog heeft hij totaal verkeerd gegokt, alles gezet op de landsverdediging, terwijl hij juist de zeevloot had moeten versterken.'

'En daarom is hij nou uit Den Haag weggejaagd.'

'Je zult zien, z'n Wilhelmientje zal daar niet in berusten, die heeft vast en zeker haar broertje al om hulp gesmeekt.'

'Zou de koning van Pruisen z'n zus...?'

'Mij zou het niks verbazen. Heb je macht en een knap leger, en dat heeft Fredericus, dan smacht je naar krijg. Het enige wat hem nog ontbeert, is een voorwendsel om binnen te vallen. En de patriotten hier zijn stom genoeg om hem zo'n voorwendsel te leveren. Of anders helpen Oranjeklanten hem wel op de een of andere manier aan een voorwendsel. Waar nog bij komt dat soldaten zelf er ook altijd naar snakken om iets te ondernemen, want wat een mens vooral niet wil is bedaard thuis zitten koekeloeren.

Gaat een soldaat tekeer
op 't veld van eer,
dan zie je hem al glunderen,
straks mag hij zalig plunderen.

Een mens haakt naar groots gebeuren, en geen groter gebeuren dan oorlog. Liever dreunende kanonnen en kreunende knollen dan verveling, zo zit de mens in elkaar. En wie oorlog voert, verveelt zich nimmer. Niet ledigheid, maar de vlucht in groots gebeuren om ledigheid te ontlopen, dat is des duivels oorkussen.'

'Wat een toespraak! Ook zonde dat je maar één toehoorder hebt. Zeg eens, was Kootje...'

'Och ja, dat zou ik haast nog vergeten. Ja, ja, dat Morsdammetje heb ik gesproken, die vertelde me trots dat ze een handvol stuivers had opgestreken na ondertekening van dat Declaratoir.'

'Kan ze dan schrijven?'

'Nee, natuurlijk niet, ze jokte. En onder haar luchtig jakje had ze geen smeuïg veterlijfje aan, nee, daar viel helaas niks te ontrijgen. M'n stuivers kon ik in m'n beurs houden.'

'Toch ben je erg verhit.'

'Zo, waar zie je dat aan?'

'Je wangen zijn vlekkerig rood.'

Meester Spanjaard slikte moeilijk, legde toen beide handen op zijn wangen alsof hij zelf wilde controleren of daar de vlammen uitsloegen, mompelde toen: 'Ik zou... ik wou maar dat ik even een trekje kon nemen van m'n smuigerdje.'

'Waarom?'

'Om een beetje tot rust te komen.'

'Wat is er dan? Kootje Morsdam?'

'Nee,' zei meester Spanjaard korzelig, 'natuurlijk niet, zo'n meidje... nee, ik moet je nog wat anders vertellen, maar hoe breng ik dat in godsnaam zo dat je niet meteen de deur uit vliegt om iets akelig stoms te doen... Ik weet werkelijk niet hoe ik dit nou moet aanpakken. Kom, laten we even naar de achtertuin gaan, dan kan ik daar m'n smuigerdje opsteken en er ondertussen nog eens rustig over nadenken hoe ik je moet zeggen...'

'Stond... was... is hij... maar nee, dat kan immers nog niet? Als Schim daar lucht van krijgt...'

'Heb ik al te veel gezegd? Ja, je hebt 't goed geraden, hij stond tussen al die Oranjeklanten, hij is erg veranderd, je herkent hem haast niet, hij was nog een snotneus toen hij verbannen werd, nu is hij een man, maar toch denk ik dat Schim hem dadelijk herkent. Ik herkende hem per slot van rekening ook dadelijk...'

'Dan moet... ik ga...'

'Daar was ik nou zo bang voor. Je wilt er terstond op af. In godsnaam doe het niet.'

'Hij zou hier kunnen komen, hij zou hier in huis zolang kunnen verblijven, tot hij zich volgend voorjaar weer fier op straat kan vertonen...'

'Dacht je nou heus dat hij als een lam met jou mee zou gaan om hier zolang onder te duiken? Dacht je dat jij, als je samen met hem oploopt, niet gezien zou worden? Jij als burgemeester kunt je niks veroorloven. Als jij hem waar dan ook hier in 't dorp op straat zou aanspreken, zou niet lang daarna iedereen dat weten en zich afvragen: wat besprak burgemeester Stroombreker met die vreemde kerel? Vreemde kerel? Welnee, da's niemand anders dan Gilles Heldenwier. Schim, toe, grijp hem, zet hem zolang in de Wagt totdat Verstaak in de gelegenheid is hem naar Watersloot af te voeren.'

'Maar kun jij hem dan niet aanspreken? Kun jij hem dan niet zeggen dat hij hier...'

'Zelfs als hij dat zou willen, wat ik sterk betwijfel, kun je hem hier niet negen maanden lang verborgen houden. Wat hij moet doen is: pijlsnel maken dat hij weg komt. Hij denkt natuurlijk: er is zoveel commotie vanwege de scherpe tegenstellingen tussen patriotten en prinsgezinden dat niemand nog enige aandacht heeft voor een banneling die wat te vroeg terugkeert naar huis, maar daar vergist hij zich in. Schim is een patriot in hart en nieren, de oude baljuw van Delft is prinsgezind, maar Verstaak is net zo'n kees als Schim, en wat Schim ook weet, net zoals jij en ik dat weten, is dat al die lui die elf jaar geleden hier heel Maassluis op stelten gezet hebben vanwege die korte zingtrant, allemaal vurig prinsgezind zijn. Twee teruggekeerde bannelingen zijn immers al berispt omdat ze met een oranje w op hun hoed liepen, dus wat zou 't een triomf voor Schim zijn om nog zo'n banneling in de Wagt te smijten van wie hij kan zeggen: "Zie je wel, die eerloze prinsgezinden, klakkeloos overtreden ze de wet."'

'Ik wil toch... ik ga toch...'

'Je wilt hem zien, net zoals ik ook dolgraag mijn Thade weer eens zou zien. En toch bezweer ik je: blijf thuis.'

'Maar ga jij hem dan zeggen dat hij beter weg kan gaan.'

'Dat heb ik hem al op z'n hart gedrukt, maar hij schrok er niet eens van dat ik hem herkende, hij keek me alleen maar honend aan alsof hij wou zeggen: "Afgeleefde grijsaard, waar bemoei je je mee..." 't Is ongelofelijk zoveel als hij inmiddels op je is gaan lijken. Alleen al daarom moet hij weg. Iedereen hier met scherpe ogen en ook maar een sneegje vernuft zal terstond begrijpen dat hij... nou ja, misschien ook niet, ik denk niet dat hier in 't dorp iemand op 't idee zou kunnen komen dat zo'n ingetogen burgemeester ooit in 't verre verleden... Waar trouwens nog bij komt dat in 't dorp 't gerucht gaat dat jouw Diderica geen kinderen kon krijgen omdat jij onbekwaam bent.'

'Gaat dat gerucht?'

'Dat gerucht gaat al jaren.'

'Maar hoe...?'

'Marije.'

'Zij... heeft zij haar mond voorbijgepraat? Dat kan ik haast niet geloven.'

'Ach, ze heeft zich misschien per ongeluk iets laten ontvallen. Een half woord kan genoeg zijn geweest. Wees blij dat je er zo op staat. Niemand zal je er daarom van verdenken dat je een spruit geteeld hebt buiten het huwelijk, zomin als iemand je ervan zult verdenken dat je het bed deelt met je dienstbode.'

Hoedtooi

Alsnog ging hij erop uit om zijn buizen te inspecteren. In de Ankerstraat ronselden nog altijd die vier commissarissen ondertekenaars. Hij kon het eenvoudig niet laten, hij moest erlangs, stond zijn zoon daar nog? Nee, zijn zoon ontwaarde hij niet tussen de vissers, die hun mond hielden toen hij voorbijkwam. Hij liep naar het Hellinggat, tuurde over het stille, wijde water, staarde naar de werf, waar geen enkele bedrijvigheid viel te bespeuren, sloeg af naar links, het Zandpad op, en het leek of hij alles wat hij zag waarnam met de ogen van zijn teruggekeerde zoon. Wat is alles hier veranderd in die elf jaar, dacht hij, waarom ligt de hellingwerf stil? Waar toeven nu de scheepsbouwers? Kan ik daar nog aan de slag met mijn sinistere bijl?

'De oorlog met Engeland heeft ons ver teruggeworpen,' antwoordde hij in gedachten zijn zoon. 'Zelfs nu, drie jaar na beëindiging ervan, is het verval nog overal merkbaar. Wat ons vooral geschaad heeft, is de inkwartiering van elkaar opvolgende bataljons soldaten die zich hier vervolgens dood verveelden en ons kaalvraten. Vergeefs vooralsnog zijn onze pogingen gebleken om bij de Staten schadeloosstelling te krijgen wegens de kosten van dit kantonnement. Maar de municipaliteit van Maassluis laat het er niet bij zitten, wij procederen door.'

Over de Havenkade liep hij terug naar de Kulk. Op een van zijn drie buizen klonk nog de droge slag van de breeuwhamer. De twee andere buizen trokken kalm aan hun kabeltouwen. Hij vroeg de breeuwer: 'Alles in orde, Van Ast?'

'Ja, heer burgemeester,' zei Gommert van Ast, 'maar stuurman Staal was hier zonet nog en die vertelde mij dat Gerbrand van Teylingen heeft gedreigd dat de buizen der patriotten voor vertrek uitgeplunderd zullen worden.'

'Van Teylingen heb ik juist nog voor het huis van Schoevaers gezien. Dat is toch een van de vier commissarissen van de Oranje Sociëteit?'

'Ja, heer burgemeester.'

'En wanneer zou dat plunderen moeten geschieden?'

'In de nacht na buisjesdag, zodat de buizen de volgende morgen vroeg niet kunnen uitvaren.'

'Wat dacht Staal? Zouden onze buizen gevaar lopen?'

'Hij wist het niet. Niemand weet of gij patriot dan wel prinsgezind bent.'

'Zelf weet ik dat ook niet, Van Ast. Helaas vrijwaart ons dat waarschijnlijk niet van plundering als Van Teylingen en z'n drie medestanders loze vissers weten te mobiliseren.'

Hij liep verder, doorkruiste het hele dorp, zowel boven- als onderdijks. Tweemaal vertoonde hij zich in het Lijndraaiersslop, maar niets wees erop dat zijn zoon zich daar – Grubbelt Heldenwier was al lang met een hoeker van een der andere reders onderweg naar IJsland – in het ledige huis ophield. Waar vertoefde zijn zoon? Zelfs toen hij later die dag in het burgemeesterscollege verslag uitbracht van zijn bevindingen, en erop aandrong dat er maatregelen zouden worden genomen om plundering van de buizen te voorkomen, en een der andere burgemeesters hem niet alleen bijviel, maar ook bezorgd opmerkte dat er 'een geest van wrevel en gemompel tegen weldenkenden en patriotten gekweekt werd', bleef maar door zijn hoofd spoken: waar is hij?

Tijdens die vergadering drong zich opeens de gedachte op: nu, terwijl ik hier zit, bezoekt hij zijn moeder. Wist zij al dat hij terug was? Had ze Gilles wellicht reeds elders in het dorp teruggezien en daar niets van gezegd om hem niet bezorgd te maken? In overleg met meester Spanjaard had hij besloten Anna vooralsnog niet te zeggen dat de jongen in de Ankerstraat was gezien. Wist ze niets, dan kon ze ook niet bezorgd zijn.

Na de vergadering haastte hij zich terug naar de Veerstraat. Anna schrobde de voorstoep. Niets wees erop dat ze bezoek had gehad. Het was alsof hij haar voor het eerst zag, en voor het eerst ook opmerkte dat ze, hoe aangenaam mager ook, schonkig en knokig oogde. En ze kon erg nukkig zijn, kriegelig, humeurig, wat sterk contrasteerde met Diderica, bij wie hij nooit enige humeurigheid had bespeurd.

De dag daarop verliet hij in alle vroegte zijn huis en doorkruiste de stad opnieuw. Hij liep eerst naar het Lijndraaiersslop, toen langs de schamele huisjes van de reeds teruggekeerde bannelingen, toen de hele Sandelijnstraat uit, tot aan het Paard z'n bek, en weer terug, en hij verbaasde zich erover dat die hemelsblauwe papegaai, alsof er in een halve eeuw niets gebeurd was, met zijn hevig rollende r's nog altijd opriep tot bekering. Hij liep door de Ridderstraat, en daar besefte hij dat dit dolen totaal zinloos was, tot niets zou leiden. Toch kon hij het niet laten, moest hij voort, al die straten door. Het was alsof zijn hele leven zich samenbalde tot deze ene tocht, die al begonnen was toen hij met zijn heilbotmoot diep in de Sandelijnstraat was doorgedrongen. De Alemansdam, de Patijnestraat, de Reinestraat, de Kleine Bogertstraat, de Bogertstraat, de Kale Straat, de Kerkstraat, de Oude Kerkstraat, de Markt, de Goudsteen, de Wagenstraat, de Marelstraat, de Korte Boonestraat, de Lange Boonestraat, de Nauwe Koestraat, de Wijde Koestraat, de brug weer over, en opnieuw door het Lijndraaiersslop. De dag ving aan, uit de bouwvallen doemden haveloze, in lompen gehulde lummeltjes op die hem om een duitje smeekten. Bij elke duit die hij uitreikte, leek het alsof hij het moment waarop hij zijn zoon zou weerzien dichterbij bracht. Hij kocht de tijd af die hem nog restte tot dat moment. Al spoedig had hij een drom dreumesen achter zich aan die hun smoezelige handjes uitstrekten naar deze miraculeuze weldoener. Toen zijn duiten op waren, vluchtte hij weg uit het troosteloze, totaal verpauperde stratencomplex tussen de beide blinkende vlieten.

In zijn comptoirkamertje probeerde hij tot rust te komen door zich te storten op zijn besommingen. Handig goochelen met getallen, ingewikkeld rekenwerk, dat had hem altijd ten diepste bevredigd. Wat hij had moeten worden, had hem allengs, eerst in de vette, toen in die magere jaren steeds duidelijker voor ogen gestaan: wiskunstenaar. Niets immers was zo verrukkelijk en zo geruststellend en zo bevredigend als rekenen. Met onberispelijke rijtjes getallen kreeg je greep op al wat je omringde.

Op enig moment zou de jongen, als hij tenminste nog steeds in

Maassluis vertoefde, toch ergens te horen krijgen dat zijn moeder zich als domestiek had verhuurd op de Veerstraat? Dan zou hij zich spoorslags naar de Veerstraat begeven om zijn oude moeder te zien. Het parool was dus: blijf thuis. Hij dacht: de jongen zwemt vanzelf de fuik in, en dan laten we hem niet meer gaan, dan brengen we hem onder in het achterhuis, dan kan hij zich daar schuilhouden tot hij zich volgend voorjaar, als de twaalf jaar verstreken zijn, fier in het dorp kan vertonen. En in de tussentijd kan ik hem voorbereiden op zijn taken als reder en beheerder. Zodat hij mettertijd ook in mijn voetsporen kan treden als, eerst, schepen, en vervolgens misschien zelfs burgemeester. Of schout, want ook de sluwe Schim zal het eeuwige leven niet hebben.

Waarom vertoonde hij zich niet? Waarom bleef hij zich schuilhouden, daar ergens in die achterafstraatjes bij de Sluyspolderkade? Of zou hij misschien vertoeven in een van die lege schuren op de stille hellingwerf? Hij kon het niet laten, hij greep zijn zwarte hoed, snelde het huis uit, beklom de Breede Trappen en liep dwars over het Kerkeiland naar de werf. Hij opende de lege schuren, rook een geur van rottend hout, hoorde ongedierte ritselen, zag huiszwaluwen via de ramen waaruit het glas al lang weg was, in en uit vliegen om hun kwetterende jongen te voeden. Hij aanschouwde de ronde nestjes die zo vernuftig tegen de dakbalken waren aangebouwd. Hij zong zachtjes en vlug:

Zelfs vindt de mus een huis, o Heer',
de zwaluw legt haar jongskens neer
in 't kunstig nest bij Uw altaren.

Ook een mooie, nieuwe rijmpsalm, dacht hij, net als die psalm 3: 'Ik lag en sliep gerust, van 's Heeren trouw bewust, tot ik verfrist ontwaakte.' Vannacht helaas volstrekt niet, dacht hij, maar dat komt wel weer als ik eerst maar die jongen heb opgespoord.

Nee, op de werf toefde zijn zoon niet, dat was duidelijk, die werf was naar het woord van Jesaja een wijkplaats geworden voor de wilde zwaluwen 'die haar jongskens zal uitbikken en onder hare schaduw vergaderen. Ook zal het nachtgedierte zich aldaar nederzetten, en doornen zullen opgaan, netelen en distelen in zijn vesting.' Tussen de brandnetels door die daar inderdaad manshoog waren opgeschoten, liep hij naar de Havenkade. Aan de overkant van het water zag hij een drom mensen ter hoogte van het huis van Bregman. Men zwaaide met grote hoeden waarop oranje linten gespeld waren in de vorm van de letter w. Zou daar zijn zoon misschien tussen staan? Hij zag verderop Schim aankomen. O, mijn god, dacht hij, als mijn zoon daar tussen staat, ook met zo'n stomme lintenhoed op, heeft Schim hem voor het grijpen. Heel even overwoog hij om in de haven te springen en naar de overkant te zwemmen, maar hij besefte terstond dat hij dan onmogelijk als burgemeester gehandhaafd zou kunnen worden. Er zat niets anders op dan teruglopen, de Haringkade helemaal uit, het Kerkeiland af, de Hoogstraat door, naar de Havenkade.

Toen hij buiten adem bij het huis van Bregman arriveerde, was Schim nergens meer te bekennen, maar de jonge kerels met hun grote zwarte hoeden stonden daar nog en namen uiterst beleefd hun hoed af voor de burgemeester. Hij zei: 'Goedendag, Gideon van der Kraan, goedendag, Ary Wouterse, wat is hier aan de hand?'

'Hier is de Oranje Sociëteit,' zei Gideon.

'Maar die is toch in de Ankerstraat, in het huis van Schoevaers?'

'De Oranje Sociëteit is verplaatst naar het huis van Bregman.'

'Wat deed Schim hier zonet?'

'Die heeft ons gemaand de oranje w's van onze hoeden te halen, en toen wij dat niet deden, ons gedreigd dat Verstaak met z'n dienaren spoedig zou komen om ons naar Watersloot af te voeren. Maar Verstaak zit ver weg, in Delft, van Verstaak hebben we voorlopig niets te duchten. Niemand kan ons beletten om een oranje w op onze hoed te dragen. Ook u niet, heer burgemeester.'

'Ik heb niet de minste behoefte om wie dan ook aan te manen om versierselen van zijn hoed te halen. Waarom zou ik? Tweemaal heb ik de erfprins ontmoet. Mij lijkt dat wij weinig van hem te verwachten hebben, maar wij hebben ook weinig van hem te duchten. Het is onzinnig om hem, zoals de kezen doen, af te schilderen als een nero. Het is een buitengewoon beminnelijke man, die 't beste met Holland voor heeft, hij is alleen niet in staat om iets voor elkaar te krijgen en hij heeft zich helaas vergaloppeerd bij die oorlog.'

‘Ge kunt mooi praten, heer burgemeester, maar daar schieten we niets mee op. Schaar u toch achter het Huis van Oranje.’

Hij negeerde de oproep, vroeg zo achteloos mogelijk: ‘Jullie misschien iets bekend van de andere bannelingen? Ooit iets gehoord van Jan van der Thuyn of van... hoe heette hij ook weer... eh, die knaap die op de scheepswerf... o ja, Gilles Heldenwier?’

‘Nee,’ zei Gideon van der Kraan kortaf.

‘Niemand heeft ooit meer iets van Jan en Gilles vernomen,’ zei Ary onaangedaan.

Zo overtuigend bleken die beide ex-bannelingen hem voorgelogen te hebben dat hij, toen hij later op die dag bij een vanwege de Oranjeopstootjes haastig belegde extra vergadering van de vroedschap, van burgemeester Swanenburg te horen kreeg dat schout Schim op de haven een der bannelingen had geapprehendeerd, dadelijk dacht: dat moet Kaat de Frans zijn geweest, want Jan en Gilles waren daar niet.

‘En waar heeft Schim juffrouw Persoon geconfineerd?’ vroeg hij Swanenburg.

‘Hoe kom je erbij dat hij Kaat de Frans in de Wagt heeft gezet?’ vroeg Swanenburg verbaasd. ‘Hij heeft een van die twee kerels geapprehendeerd die voor twaalf jaar verbannen waren.’

Hij voelde hoe zijn hart terstond in galop raakte, voelde ook hoe het zweet hem uitbrak.

‘Wie van die twee dan?’ vroeg hij en hij schrok zelf van de verstikte klank van zijn stem.

‘O, dat weet ik niet,’ zei Swanenburg onbekommerd. Kennelijk verbaasde hij zich niet over Roemers duidelijk waarneembare ontsteltenis.

‘Weet jij wie Schim op de haven gegrepen heeft?’ vroeg Swanenburg aan burgemeester Govert de Hoest.

‘Het staat me bij dat het die zoon is van jouw keukenmeid, Stroombreker,’ zei De Hoest kalm.

Buisjesnacht

Weer doemde, toen hij na de vroedschapsvergadering via de Breede Trappen afdaalde naar de Veerstraat, de vraag op: 'Zal ik iets tegen Anna zeggen?' Eenmaal in huis, legde hij die vraag voor aan meester Spanjaard. Kalm zei de grijsaard: 'Je hoeft niets te zeggen, ze weet het al.'

'Van wie?'

'Ze heeft het zonet op de markt gehoord.'

'Is ze ontdaan?'

'Ze houdt zich goed. Ze vroeg zich af of het mogelijk zou zijn hem te spreken, desnoods door dat traliehek van de Wagt heen.'

'Daar gaat Schim over.'

'Als jij hem bewerkt, moet het mogelijk zijn.'

'Ik zal Schim polsen.'

Hij moest al zijn overredingskunst aanwenden om de onbuigzame schout zover te krijgen dat hij toestemde in een kort onderhoud tussen moeder en zoon. Tijdens het overleg met Schim werd hem en passant meegedeeld wat er met Gilles zou gebeuren.

'Hij blijft hier tot na buisjesdag,' zei de schout. 'De substituutbaljuw zal op buisjesdag tot 's avonds laat of, als dat nodig mocht blijken, zelfs de hele nacht nog, met zijn dienaren de schepen bewaken. Zodra de buizen 's morgens vroeg uitgevaren zijn, keert Verstaak, de banneling daarbij afvoerend, met zijn mannen terug naar Delft.'

Anna begaf zich naar het Raadhuys, kwam anderhalf uur later met rood behuilde ogen terug en barstte, telkens als ze probeerde iets te zeggen over het onderhoud met haar zoon, in snikken uit. Reeds toen, terwijl hij haar telkens in zijn armen nam en steeds maar toefluisterde: 'Niet schreien, Annaatje, het komt goed, ik zal alles doen wat in mijn vermogen ligt om nieuwe verbanning en geseling en nog andere poene te voorkomen', beraamde hij een even stoutmoedig als roekeloos plan. Zo roekeloos is het niet eens, overwoog hij, het is doodeenvoudig. Dankzij het feit dat ik van alle burgemeesters het dichtst bij het Raadhuys woon, ben ik benoemd tot sleutelbewaarder. Op ieder moment van de dag of nacht kan ik mij derhalve daar toegang verschaffen. Eenmaal binnen hoef ik alleen maar af te dalen naar de kelder, ik schuif daar een paar roestige grendels weg, en zeg tegen de jongen: 'Kom mee, op de Veerstraat kunnen we je voor zo lang als dat nodig is verborgen houden.'

In gedachten maakte hij telkens die tocht naar het Raadhuys. Klaarwakker stelde hij zich, als hij in bed lag, voor hoe hij in de nachtelijke duisternis de Breede Trappen beklom. Boven aangeland sloeg hij af naar links, de Hoogstraat op. Enkele passen slechts, en hij was al bij het Raadhuys. Hij wist: de sleutel zal helaas in het slot knarsen, daar viel niet aan te ontkomen, hij had die sleutel al vele malen in dat slot gestoken en omgedraaid.

De vraag rees: welke late avond, welke nacht zou hij kiezen voor zijn gedurfde, maar uiteindelijk toch nauwelijks gevaarlijk of riskant te noemen onderneming? Was het niet verstandig om eerst maar eens, hij had immers nog vijf nachten te gaan tot buisjesdag, in de duisternis de tocht naar het Raadhuys te maken? Uiteraard had hij al vele malen in de duisternis het tochtje van de Veerstraat daarheen gemaakt, maar nooit midden in de nacht, nooit ook als het vanwege zware bewolking of omdat het nieuwemaan was, zo aardedonker bleek dat je geen hand voor ogen zag. Hoe was het om zich als het ware op de tast van de Veerstraat naar de Hoogstraat te begeven?

Toen hij uiteindelijk in het holst van een van die vijf nachten moed vatte, zijn bed verliet, zich in de duisternis aankleedde en zonder blaker, inderdaad louter op de tast, twee trappen afdaalde, bleek uiteindelijk die tocht van zijn bed tot op de Veerstraat nog de hachelijkste onderneming. Allereerst merkte hij al dat hij zich moeilijk in de duisternis geruisloos kon aankleden. Voorts was er sprake van krakende traptreden, een zware eikenhouten, bijlbestendige voordeur die piepend openzwaaide en met een doffe dreun weer in het slot viel. Hij kon niet geloven dat Anna en meester Spanjaard door zoveel lawaai heen zouden slapen, en: straks, als hij terugkeerde, moest hij zijn voordeur weer openmaken. Ook dan, midden in de nacht, gerucht en gerommel. Zou het niet beter zijn als hij de voordeur liet aanstaan? Dat scheelde veel kabaal. En hij moest, als hij naar bed ging, zijn kleren domweg aanhouden. Van slapen kwam toch niks, dus kon hij dan net zo goed zolang met zijn kleren aan in zijn ledikant gaan liggen.

Zodra hij over de Veerstraat sloop, overwoog hij of hij Anna en meester Spanjaard zijn drieste plan zou onthullen, maar het leek hem beter erover te zwijgen. 'Al was het alleen maar omdat meester Spanjaard het mij misschien zal afraden, en het mij moeilijk zal vallen zijn goede raad naast mij neer te leggen.'

Toen eenmaal zijn ogen gewend waren aan de duisternis, viel het hem mee hoeveel hij nog zien kon. Boven zijn hoofd welfde de nachthemel met de honderden, duizenden sterren, en bijgelicht door die flonkerende stipjes besteeg hij de Breede Trappen. Aangekomen op de Hoogstraat verbaasde hij zich erover dat hij, toen hij tussen de Kleine Kerk en het Delflandhuys omhoogkeek, zo'n duizelingwekkend glanzend witte heerbaan van sterren aan de hemel zag schitteren. Het leek haast alsof die sterren een band vormden, een zee van licht was het, en die zee van licht voerde hem vanzelf naar het Raadhuys, dat aan het eind van de Hoogstraat opdoemde als een vierkante, inktzwarte, monsterachtige kolos. Had ik nu m'n sleutel maar bij me, dacht hij, dan zou ik Gilles meteen al kunnen bevrijden. Toen dacht hij: maar wat te doen als ik binnen ben? Daar is het aardedonker. Daar zie ik niets. Ach, ik weet de weg daarbinnen, op de tast daal ik moeiteloos af naar de kelder. Ook die grendels kunnen mijn vingers in het donker wel vinden en openschuiven. Ondertussen moet ik Gilles dan toespreken zodat hij weet wie ik ben, want hij kan mij net zomin zien als ik hem. Een beetje licht zou toch handig zijn. Maar ik kan moeilijk een lantaarn meenemen, laat staan een blaker, en daar eerst vuur maken, en een kaars aansteken. Dat zie ik mezelf nog niet doen.

Hij keerde terug op zijn schreden, liep de Hoogstraat weer door, voortdurend opkijkend naar dat brede lint van sterren dat door de zwart oprijzende huizen in de Hoogstraat werd afgebakend. Het leek haast of al die jaren van zijn leven verschrompelden, weggevaagd werden, uitgewist bleken. Die fonkelende witte sterrenbaan zette er een streep doorheen. Afgedaan, onbelangrijk, onbetekenend, en dat bleek allerminst onprettig. Integendeel, die sterren zouden nog fonkelen als hij al lang dood was, wat een geweldige troost! Hoe nietiger en onbetekenender je was, hoe minder het ertoe deed dat er een einde zou komen aan je onbeduidende leven. Het had immers, dat stond inmiddels wel voor hem vast, nimmer mogen beginnen. 'Het ware hem goed, zoo die mens niet geboren ware geweest,' werd er in het evangelie van Marcus over Judas gezegd, maar dat gold niet alleen voor Judas, dat gold voor ieder mens, en dat kon hij, daar onder die majestueuze heerbaan van sterren, volmondiger beamen dan ooit. Niettemin: hij had per ongeluk een zoon gekregen, en nu die zoon er eenmaal was, rustte op hem de taak hem uit handen van Schim en Verstaak te bevrijden.

Desondanks bleek in de dagen die volgden dat hij elke nacht een reden wist te bedenken om de bevrijding uit te stellen. Hij had nog tijd, pas na buisjesdag zou Gilles naar Delft afgevoerd worden. Naarmate buisjesdag dichterbij kwam, zag hij steeds duidelijker in dat zijn onderneming verbazend riskant was. Werd hij betrapt, dan zou hij zeker als burgemeester afgezet worden. Misschien was het vergrijp composibel, kon hij schikken met Schim, zou hij eraf komen na betaling van een forse som geld, maar waarschijnlijker leek dat hij in Delft gegeseld zou worden. En daarna zou ook voor hem, de eerloze, voormalige reder, verbanning een feit zijn. Dus stelde hij van nacht tot nacht zijn tocht uit, tot het uiteindelijk buisjesdag werd en de dienaars van Verstaak niet alleen in het dorp verschenen, maar ook al dadelijk moesten optreden omdat in de toppen der masten van diverse buizen oranje wimpels wapperden.

Buisjesnacht, dat was zijn laatste kans. Maar waarom had hij in vredesnaam zo lang gewacht? In buisjesnacht zouden die lummels van Verstaak tot 's morgens vroeg rondom de Kulk met al zijn afgemeerde vissersscheepjes patrouilleren om uitplundering te voorkomen. Aan gene zijde van de Kulk lag de Hoogstraat. Reeds als hij de Breede Trappen besteeg, kon hij door de mannen van Verstaak gezien worden.

In die buisjesnacht van het jaar 1787 ontlaadde zich echter pal boven Maassluis een noodweer dat de inwoners van het dorp nog jaren heugde. Het was alsof de Heere God zelf de taak van Verstaak overnam. Onophoudelijk rommelde, knetterde, daverde de donder. De bliksemflitsen volgden elkaar razendsnel op, en rond een uur of drie opende de hemel zijn sluizen. Hij hoorde de droppels roffelen op zijn dak. Hij kon zich niet herinneren ooit eerder zo'n stortbui te hebben meegemaakt. Hij hoorde het water klateren, gorgelen, sissen, hoorde hoe het zelfs, dwars tussen zijn dakpannen door, op zijn zoldervloer neerkletterde. Hij dacht: nu biedt de Algenoegzame mij de kans, nu moet ik gaan, er is geen mens meer op straat, de kerels van Verstaak zijn weggespoeld. En zelfs als er nog wel iemand deze stortbui trotseert, zal hij dadelijk begrijpen dat een reder na zo'n kolossaal noodweer zijn buizen wil inspecteren. Hij was gekleed naar bed gegaan, stond dus gekleed weer op, daalde de krakende trap af, opende de zware voordeur, en liet hem aanstaan. Nog voor hij de Breede Trappen bereikt had, was hij al doornat. Over de smalle treden kolkte het schuimende water omlaag. Het gutste zomaar in zijn schoenen. Het deerde hem niet. Soppend besteeg hij de trappen. Op de Hoogstraat kon het water slecht weg tussen de hoge huizen. Daar stroomde het als een snel vlietende beek over de onzichtbare kinderhoofdjes. Hij waadde langs het Delflandhuys. Reeds gloorde in het oosten het eerste daglicht.

Aangekomen bij het Raadhuys waagde hij zich even om de hoek ervan. Aandachtig tuurde hij naar de Havenkade. In het allereerste hazengrauwen zag hij niets anders dan de mat glinsterende kinderhoofdjes. Er was niemand te zien. Hij deed een paar passen langs de zijkant van het Raadhuys, keek uit over de havenkom. De buizen dobberden stil en vredig in de Kulk, maar ook daar was verder geen enkel teken van leven bespeurbaar.

Hij liep terug, de Hoogstraat weer op, beklom het bordes van het Raadhuys. Met de grote sleutel die hij sinds hij van huis was gegaan in z'n rechterhand geklemd hield, opende hij de voordeur. Toen dacht hij: stel nu dat Schim of Verstaak daar beneden voor een bewaker gezorgd hebben, wat doe ik dan? Dan zeg ik dat vele jaren geleden de kelder van het Raadhuys na net zo'n noodweer is onder gelopen, en dat ik kom kijken of de gevangene, nu er sprake was van een vergelijkbaar noodweer, nog kurkdroog in zijn cel vertoeft. Toch daalde hij met kloppend hart in de duisternis af naar de kelder. Wat was het daar nog donker! Hij kon geen hand voor ogen zien. Niettemin was hij in staat om de cel van de Wagt zonder al te veel gerucht te maken, te bereiken. En hoe donker het ook was, hij was er dadelijk zeker van dat daar geen bewaker sluimerde. Hij hoorde geritsel. Hij wist: mijn zoon verheft zich nu van zijn brits en denkt doodsbang: wie komt daar aan? Hij zei: 'Gilles, schrik niet, ik ben het.'

Hij hoorde hoe aan gene zijde van de tralies zwaar geademd werd. Even overwoog hij om aan zijn simpele mededeling zijn naam toe te voegen, maar toen siste zijn zoon al: 'Reder Stroombreker? U? Wat...'

'Ik kom je hier weghalen. Ga met me mee. Dan verbergen we je zolang op de Veerstraat. Tot volgend voorjaar als de termijn van je verbanning afgelopen is.'

Moeiteloos schoof hij de grendels weg. Blijkbaar waren ze onlangs nog met walvisvet gesmeerd. Voor hij zelf aan het hekwerk kon morrelen, had zijn zoon het reeds opengeduwd. En zo dichtbij was zijn zoon dat hij zijn gejaagde ademhaling in zijn gezicht voelde en hem ruiken kon. Bijna dezelfde duizelingwekkende geur als die van zijn moeder, maar helaas met angstzweet gemengd. Roemer stond daar en probeerde die geur op te snuiven, en was er daardoor volstrekt niet op voorbereid dat zijn zoon, die hem tussen zijn op elkaar geklemde tanden door witheet toevoegde: 'Vuile pol, ge houdt 't met mijn moeder', met zijn volle vuist een mokerslag toebracht tegen de onderkaak. Roemers hoofd schoot omhoog, sloeg achterover. Zijn hoed vloog af. Zijn kruin knalde tegen een muur aan, het laatste wat hij hoorde was het gekraak van zijn schedel, het laatste wat hij zag was een lichtflits. Toen verloor hij, terwijl het hem leek alsof hij, zoals hij als peuter zo akelig vaak gedroomd had, over de Breede Trappen duizelingwekkend snel omlaag tuimelde, het bewustzijn.

Koetsier

Vierentwintig jaar later, in het najaar van 1811, reisde hij, als een van de zeven leden van een commissie, die waren gerekruteerd uit het College van de Groote Visscherij, voor het eerst in zijn leven naar Amsterdam. Hij was toen al 81 jaar, maar desondanks gekozen omdat hij beter Frans sprak dan enig ander lid van het College, zijn voornaamste rivaal Lambregt Schelvisvanger niet uitgezonderd. Schelvisvanger, toen ook reeds achter in de zestig, was president van het College. Zodra Schelvisvanger vernam dat de kleine korporaal Nederland in oktober met een bezoek zou vereren, schreef hij de leden of het niet gewenst was dat het College 'hulde en eerbied aan de Monarch zou betonen'. En passant zou men dan, mits aan enige leden van het College een audiëntie bij de Monarch kon worden vergund, 'Zijne Majesteit allerneederigst kunnen verzoeken om, bijaldien het met Hoogstdeszelfs groote oogmerken enigszins bestaande was, nog in de loop van dit jaar de verschharingvangst en in de aanstaande winter de kabeljauwvisserij en in een volgend jaar de zoutwatervisserij te mogen uitoefenen onder zodanige bepaling, dat Zijne Majesteits bedoelingen daardoor niet verhinderd werden'.

Vanaf 1799, toen de Republiek formeel in oorlog was met Engeland, was er van visserij nauwelijks nog sprake geweest. In 1799 was zelfs geen enkel schip uitgevaren, in 1800 en 1801 evenmin. De gevreesde paalworm had het houtwerk van de stilliggende buizen en hoekers aangetast. Gewiekste Harderwijkse vissers brachten hun inferieure Zuiderzeeharing, toebereid als pekelharing, op de markt als Noordzeeharing. Zelfs vanuit Noorwegen probeerden vismakelaars de Nederlandse markt te penetreren met miserabele schooijharing.

In 1802 mocht er weer gevist worden. In 1803 werden evenwel

ruim honderd vissersschepen uit Vlaardingen en Maassluis gevorderd voor de marine. Consul Bonaparte wilde met een grote invasievloot de Noordzee oversteken. Noch van dat stoutmoedige plan, noch van de visserij kwam dat jaar iets terecht. In 1804 en 1805 kon warempel weer een handvol buizen en hoekers uitgereed worden, maar toen de Engelsen een gaffelschuit uit Middelharnis overmeesterden – hij voer nota bene onder Pruisische vlag om de Britten te misleiden – schokte dat alle reders en vissers. Toch werden, ofschoon de reders zich uiterst bezorgd toonden, in 1806 en 1807 enkele buizen uitgereed, maar in 1808 brachten slechts enkele Vlaardingse en Sluyse schepen, toegerust als korf- of doggevaarders, een luttele duizend last haring aan land. In 1809 invadeerde de Britse marine de eilanden Walcheren en Zuid-Beveland, en kregen de vissers te verstaan dat zij zich, als ze de euvele moed hadden om zich op zee te begeven, eerst binnendoor naar Texel moesten varen om dan van daaruit zee te kiezen. Als gevolg daarvan werden slechts 28 buizen uit Vlaardingen en 13 buizen uit Maassluis uitgereed.

In 1810 werd Nederland ingelijfd bij Frankrijk. Midden in de teelt, toen nog een handjevol Vlaardingse en Sluyse buizen op zee was, kwam het voorschrift dat er geen haringschepen meer mochten uitvaren. Als gevolg daarvan konden de vissers die terugkeerden van de eerste trek, niet opnieuw uitvaren, zodat dat jaar elke buis slechts één haringreis maakte. En in 1811 werd, vanwege het continentaal stelsel, zelfs aan geen enkele buis of hoeker toegestaan om uit te varen, beducht als de keizer was voor informele contacten op zee van Nederlandse vissers met Britten ter uitwisseling van allerhande smokkelwaar.

Op 18 augustus 1811 wendde het College van Visscherij zich tot de intendant-generaal van Financiën, de heer Gogel, met de smeekbede om tenminste in september nog te mogen uitvaren omdat 'door de stilstand van de zoutharingvaart, zowel als van de kabeljauwvisserij op IJsland en de Noordzee, de ingezetenen der plaatsen die anders daaruit hun grootste bestaan ontleenden, zich in de diepste armoede bevonden en wanneer de kabeljauwvisserij in de aanstaande winter niet zou mogen worden uitgeoefend, het dan bijna als zeker te voorzien was, dat verscheidene huisgezinnen van gebrek zouden moeten omkomen, wijl de armen- en plaatselijke kassen geheel waren uitgeput, en het aantal ingezetenen welke nog iets kunnen contribueren, te klein was om in de noodzakelijkste en dringendste behoeften hunner medeburgers te kunnen voorzien'.

Gogel liet weten dat hij daarover geen besluit kon nemen, maar dat de keizer binnenkort naar Nederland zou komen en dat er dan wellicht een mogelijkheid zou zijn om Napoleon hetzij via zijn ministerie van Binnenlandse Zaken, hetzij wellicht zelfs persoonlijk te verzoeken de haring- en kabeljauwvangst te mogen hervatten.

Met het nog zeer onzeker te noemen vooruitzicht misschien Napoleon zelf te kunnen spreken en smeken hadden twee koetsen met in totaal zeven commissieleden de lange reis naar Amsterdam gemaakt. In de tweede week van oktober waren de commissieleden in Amsterdam gearriveerd en hadden zij hun intrek genomen in de Nieuwe Stadsherberg.

Daar was toen het grote wachten begonnen. Daar ook, in dat logement, zaten Lambregt Schelvisvanger en Roemer Stroombreker in alle vroegte op vrijdag 11 oktober als eersten aan het petit déjeuner. De andere commissieleden, jong nog, waren de avond ervoor tot diep in de nacht van speelhuis naar speelhuis gezworven, en sliepen uit.

Lambregt Schelvisvanger en Roemer Stroombreker keken elkaar aan over een wel toebereide ontbijttafel. Het was alsof ze elkaar, hoewel ze elkaar al veertig jaar kenden, voor het eerst zagen. Nooit eerder was er sprake geweest van enig informeel contact.

'Wanneer ben jij schepen geworden?' vroeg Roemer.

'Vlak voor dat grote psalmenoproer,' zei Lambregt.

'Eigenaardig dat je nooit benoemd bent tot burgemeester.'

'Nee, spijtig genoeg, en nu kan 't niet meer, nu is het burgemeesterscollege verleden tijd,' zei Lambregt. 'Maar goed, jij mag dan jarenlang burgemeester zijn geweest, daar staat tegenover dat ik ruim vijftien jaar schout ben geweest... Ach ja, ik ben ons Schimmetje, onze Pietje Pik in 1795 opgevolgd, tot februari van dit jaar, toen het ambt van schout werd opgeheven. Van mij zullen ze later zeggen: "Schelvisvanger was de laatste schout van Maassluis."'

'Och ja, da's waar ook, jij bent Schim opgevolgd, maar die was toen toch nog maar net twee maanden...'

'Zeker, Schim werd bij de omwenteling van 1787 geremoveerd, en bij de volgende omwenteling is hij weer kortstondig schout geworden, maar toen was hij al te oud, dus...'

'Te oud? Jij bent ook ver in de zestig, en Schim is nog lang niet uitgespeeld. Die is op ons akkertje gaan ploegen, die heeft de afgelopen jaren steeds twee schepen uitgereed.'

'Bij de omwenteling van 1787 ben jij toch ook geremoveerd als burgemeester? Maar waarom eigenlijk? Was jij nu zo'n kees? Nee toch?'

'Nee, mijn lijfspreuk was toen een rijmpje van meester Spanjaard... jij hebt toch ook bij meester Spanjaard in de klas gezeten... ja, zie je wel, nou, die had zo'n rijmpje: "Teerbeminde prinsgezinden, jullie zijn net zulke zotten, als die malle patriotten." Nee, ik ben toen om gezondheidsredenen geremoveerd als burgemeester.'

'O, ja, nou komt er vaag iets boven. Ach, 't is ook al zolang geleden, wat was er ook weer gebeurd, je was...'

'Ze hebben mij, de dag na buisjesdag, 's morgens vroeg in het Raadhuys gevonden,' zei Roemer behoedzaam, denkend: hij wil mij uithoren, van mij zelf horen wat er toen gebeurd is, om daar later eventueel zijn voordeel mee te doen, deze uiterst gehaaide, voormalige chirurgijn, schepen en schout Schelvisvanger.

'Je lag daar in onmacht, als ik me goed herinner.'

'Ruim een week heb ik in onmacht gelegen. De chirurgijn was ervan overtuigd dat 't met mij afgelopen was. Hij weigerde zelfs om me ader te laten. Volgens hem was dat nutteloos. Als meester Spanjaard, die toen bij mij in huis woonde, mij niet, telkens als ik een enkel ogenblik min of meer bij kennis kwam, te drinken had gegeven, zou ik het niet gehaald hebben. Dag en nacht heeft hij aan mijn bed gezeten en mij erdoorheen gesleept. Later zei hij altijd dat hij dat alleen maar had gedaan omdat hij, als ik dood was gegaan, dan geen onderdak meer zou hebben gehad. Och, och, meester Spanjaard, ik mis hem nog elke dag, hij heeft de Franse invasie nog net meegemaakt... Ik weet nog goed dat het eerste wat hij mij, toen ik na twee weken weer bijkwam, vertelde, was dat Wilhelmina bij Goejanverwellesluys was aangehouden en weer was teruggestuurd naar Nijmegen. “Ze zeggen,” zei hij, “dat ze door patriotten is aangehouden, maar m’n zwager in Gouda heeft me geschreven dat hij die loenen allemaal kent en dat ’t vroeger in ieder geval prinsgezinden waren.” Volgens meester Spanjaard was ’t doorgestoken kaart, hebben prinsgezinden, volgens afspraak met de Oranjes, Wilhelmina bij Goejanverwellesluys zogenaamd aangehouden, om haar broer aan een voorwendsel te helpen Nederland binnen te vallen.’

‘Daar geloof ik niks van.’

‘Meester Spanjaard was ervan overtuigd. “Die hele komedie,” zei hij altijd, “was alleen maar bedoeld om Frederik van een smoes te voorzien om met z’n leger Nederland in te kunnen trekken.” En meester Spanjaard zei ook: “En toen hebben ze in Gouda nieuwe sloten op de deuren van de stadspoorten gezet omdat ze bang waren dat die twintigduizend Pruisen daar rechtstreeks heen zouden marcheren vanwege het feit dat die zogenaamde patriotten uit Gouda afkomstig waren. Wat een komedie! Alsof je een leger tegen kunt houden met nieuwe sloten op de poorten.”

Roemer zweeg. Het was gelukt. Hij had Schelvisvanger afgeleid. Over de nacht na buisjesdag wilde hij zich met Lambregt niet onderhouden. Reeds kwam de waard aanlopen met twee reusachtige glazen scharrebier. Hij boog zich over zijn eetgerei, greep manhaftig alvast zijn lepel, maar Schelvisvanger vroeg desondanks honingzoet: ‘Toch nog even terug naar die nacht na buisjesdag. Je werd dus ’s morgens vroeg gevonden in het Raadhuys. Hoe lang lag je daar toen al?’

‘Nog niet zo lang.’

‘Weet je dat zeker? Een stuurman van een van mijn buizen heeft gezien dat je vlak voor het licht werd de Breede Trappen besteeg. In juni, een week voor de langste dag, wordt het al om een uur of vier licht, en je bent door de bode om acht uur gevonden, dus je lag daar misschien al vier hele uren.’

‘Waar voert dit heen, als ik vragen mag?’

‘Nergens, maar ik heb mij altijd afgevraagd... ja, ik ben nu eenmaal niet voor niets ruim vijftien jaar schout geweest... da’s een vak, een roeping waarbij ’t een verdienste is als je achterdochtig bent... Wat ik mij ervan herinner is dat er gezegd werd dat je na dat vreselijke noodweer 's morgens vroeg erop uit bent gegaan om te inspecteren of je drie buizen dat perikel goed hadden doorstaan, en dat je, toen je langs het Raadhuys liep, zag dat een stuk of wat pluggen bezig waren hun makker Gilles te bevrijden. Dat wou je toen verhinderen, waarop die pluggen je in het Raadhuys hebben neergeslagen.'

'Ik heb een ongelofelijke klap gekregen, dat is alles wat ik nog weet, maar wat daarvoor gebeurde, daar herinner ik me niets meer van. Ik weet alleen dat ik er in alle vroegte inderdaad op uit ben gegaan om m'n buizen...'

'Ja, ja, die buizen, ja, da's heel plausibel, ik ben er zelf toen ook op uitgegaan om m'n buizen te aanschouwen, en daarom weet ik nog dat jouw drie buizen afgemeerd lagen aan de Haringkade. Dus toen jij boven aan de Breede Trappen kwam, ben jij, als je toen inderdaad op weg was naar je buizen, niet naar links afgeslagen, de Hoogstraat op, maar ben je rechtdoor gelopen, de brug over, het Kerkeiland op.'

'Echt, ik herinner me...'

'Dat zal best. Het is ook al zo lang geleden. Toch is mij juist uit dat jaar veel bijgebleven, vooral de omwenteling op 18 september. Herinner je je dat dan ook niet meer?'

'Toen lag ik nog steeds in bed.'

'Dus je hebt niks gemerkt van de rondgang door het dorp van de prinsgezinden die met grof geweld overal de snaphanen uit de huizen van de kezen hebben gehaald? Je hebt niets gezien van de brand waarbij al die mooie spullen van de patriotten in het vuur werden gesmeten, dat vaandel van de vrouw van Schim voorop? Je hebt er ook niks van gezien dat de kanonnen bij het prikkengat zijn weggehaald en door het dorp heen zijn gesleept? Die vervloekte schavuit Schim, zo bleek toen, had alle kogels eruit gehaald en in het diep gesmeten.'

'Dat heeft meester Spanjaard me verteld, en ik heb uit m'n bed kunnen zien hoe die arme papen bij het uitgaan van hun noodkerk "Oranje boven" moesten roepen terwijl boven hun hoofd een ontblote sabel heen en weer werd gezwaaid. Sommigen, zoals de vader van Hendrik Moerings, moesten zelfs knielen.'

Lambregt Schelvisvanger stortte zich op zijn scharrebier, maar keek Roemer na een paar gretige slokken al weer recht in de ogen en zei: 'Zal ik jou eens vertellen wat er volgens mij in die buisjesnacht met jou gebeurd is? Jij bent er niet op uitgegaan om jouw buizen te inspecteren, jij bent erop uitgegaan om de zoon van jouw dienstbode Anna te bevrijden. Ja, ja, die mooie Anna... niet lang nadat haar man... ach, wat een droef lot viel hem ten deel, ver van huis is hij bezweken op een hoeker van Pietje Pik. Op jouw hoeker wou hij niet meer varen omdat jij, zei men, na de separatie z'n wijf als dienstbode in huis had genomen. Bij IJsland werd hij, in z'n groenlinnen kist genaaid, overboord gezet. Niet lang daarna ben jij met haar getrouwd. Heel het dorp sprak er schande van, een rijke reder die met zo'n pover domestiekje trouwt van achter uit de Sandelijnstraat. En nog was je niet met haar getrouwd of in de krant las je advertenties waarin een beloning werd uitgeloofd voor iedereen die kon vertellen waar zoonlief Gilles uithing... Ja, ik wist toen al hoe de vork in de steel stak, het was jou te doen om Anna, ik denk dat je het ten tijde van de omwenteling al met haar hield, of daarvoor misschien zelfs al, en daarom – ze had 't je vast en zeker afgesmeekt – haar zoon wou bevrijden...'

'En die door mij bevrijde zoon zou mij als dank voor zijn bevrijding hebben neergeslagen? Kom nou toch.'

'Ja, 't is vreemd dat hij je heeft neergeslagen, maar het was ongetwijfeld nog pikdonker in de kelder van het Raadhuys. Hij heeft misschien niet gezien dat jij het was, hij heeft stellig gemeend dat Schim of Verstaak of een zijner dienaren de grendels wegschoof om hem reeds in alle vroegte naar Delft te transporteren. Ach, nou ja, wat doet het er ook toe, het is allemaal al zo lang geleden en niemand heeft ooit van mij te horen gekregen wat ik vermoed. Niemand zal dat ook ooit te horen krijgen, want wat zou ik ermee winnen om wie dan ook deelgenoot te maken van mijn vermoedens?'

Hij zweeg, dronk opnieuw gretig van zijn scharrebier, zei toen achteloos: 'Adrianus de Jongh heeft me gezegd dat dat ambt van maire hem zwaar valt, en dat hij hoopt dat ik hem binnenkort zal opvolgen. Toen heb ik gezegd: "Vroeger beslisten de oud-burgemeesters steevast wie de nieuwe burgemeesters zouden worden, en hoeveel er ook veranderd is, nog steeds hebben die oud-burgemeesters veel invloed..." '

Schelvisvanger keek zijn collega aanminnig in de ogen en Roemer dacht: o, dus dat is bedoeling. Hij heeft mij deelgenoot gemaakt van zijn vermoedens om mij, in ruil voor zijn zwijgen, zo ver te krijgen dat ik hem aanbeveel als nieuwe maire.

Zo kalm mogelijk zei hij tegen Schelvisvanger: 'Mijns inziens ben je een zeer geschikte, waarschijnlijk zelfs de geschiktste kandidaat om De Jongh op te volgen. Aan mij zal het niet liggen als je het niet wordt, maar chanteer mij niet met je bizarre veronderstellingen over mijn omzwervingen in de buisjesnacht van het jaar van de omwenteling. Vertel iedereen gerust wat er volgens jou is gebeurd. Anna is al lang dood, van Gilles hebben wij na die nacht helaas nooit meer iets gehoord, wat zou ik te verliezen hebben als jij met je dwaze vermoedens naar buiten zou komen?'

'Je eer,' zei Schelvisvanger minzaam.

'Wat deert mij nog mijn aanzien? Over de tachtig ben ik. Niet lang heb ik meer te gaan. Het uurglas van mijn leven loopt ten leste, om met Willem van der Jagt te spreken.'

'Da's nou iemand die ik node mis,' zei Schelvisvanger. 'Helaas is hij ook al van ons heengegaan. Ons bezoek aan de Monarch zou hij voor het nageslacht bezongen hebben.'

'Laten we eerst maar eens afwachten of wij deze despoot inderdaad te zien zullen krijgen.'

Roemers scepsis ten aanzien van het bezoek aan Napoleon bleek gerechtvaardigd. In twee koetsen begaf de commissie zich over grachten en bruggen naar het huis van de Amsterdammer Hope, waar Gogel Hollandse smekelingen placht te ontvangen. Daar aangekomen na een tocht in mat oktoberlicht, met overal traag neerdwarrelend blad in een ongewoon windstille, zonnige hoofdstad, kregen de commissieleden van de intendant te horen dat de minister bij de keizer ontboden was en 'dat de audiëntie heden geen voortgang zou hebben'.

In de twee koetsen keerden de commissieleden terug naar hun hotel. Wat nu? 'Houdt u zich blijvend gereed,' had een ambtenaar van het ministerie, de heer Janssen, hun bij het afscheid ten huize van de heer Hope toegevoegd, 'zo de keizer niet in de gelegenheid blijkt u te ontvangen, dan zal hoogstwaarschijnlijk minister Gogel u gehoor verlenen, en in dat geval mag ik uw tolk zijn.'

In de gemeene heerd van hun logement verschansten de commissieleden zich in leunstoelen. Het leek onverstandig erop uit te gaan. Ieder moment immers kon het verlossende woord klinken, konden ze alsnog ontboden worden, hetzij bij Hope thuis om Gogel te ontmoeten, hetzij in het Paleis op de Dam, waar de keizer tijdens zijn verblijf in Amsterdam vertoefde. Niettemin viel het wachten zwaar. Reeds droeg de kastelein ter verpozing een kaartspel aan, maar dat werd in krachtige bewoordingen door de commissieleden afgewimpeld. Met Satans prentenboek de tijd doden, dat viel onder de krijtende zonden. Dus toefden zij daar in ledigheid en Roemer dacht terug aan de audiëntie van Sluyse getroffenen bij de erfprins. Van hem werd gezegd, mijmerde hij, dat hij een nero, een despoot, een tiran was, en toen de Fransen in december '94 over de bevroren rivieren Nederland binnenvielen, zeiden ze dat hun oorlogsgeweld niet tegen de Hollanders gericht was, maar uitsluitend tegen die vreselijke despoot. Daarvan zouden zij ons bevrijden. En wat gebeurt er? Een oneindig veel grimmiger usurpator knevelt ons inmiddels, en heeft overal in den lande, en vooral ook in Maassluis, vanwege zijn verbod op de visserij, voor mateloos veel ellende gezorgd. Ons dorp zucht, steunt en zieltoogt, en niet alleen ons dorp, maar alle steden en dorpen in alle gewesten.

De logementhouder opperde tegen Schelvisvanger: 'Zal ik mijn zoon erop uitsturen? Voor een schelling wil hij wel nagaan waar de keizer en de keizerin uithangen.'

Dat voorstel bekoorde Schelvisvanger. 'Mits de knaap,' zei de uiteraard zuinige Sluyser, 'ook met een zesthalf genoegen wil nemen.'

De jongen, toch reeds van plan een poging te wagen de keizer te zien te krijgen, kon zijn vreugde dat zulks nu zo vorstelijk betaald zou worden nauwelijks verbergen. Hij ging heen en bracht aan het einde van de middag verslag uit. 'Gisteren heeft de keizer zich eerst over het Pampus laten roeien en later is hij in dezelfde sloep vliegensvlug langs de kade van het IJ gevaren, want hij was, zeiden ze daar, doodsbang dat iemand met een snaphaan van de kade af op hem zou aanleggen, dus bleef de sloep nogal ver bij de kade vandaan en de keizer tuurde door een verrekijker naar de huizen, en vandaag is hij in dezelfde sloep naar het arsenaal van de marine gevaren, en met overal paarden om hem heen en zelf ook boven op een paard is hij door de stad gereden en ze zeggen... ze zeggen... (de jongen was nu buiten adem geraakt) ...ze zeggen dat hij morgenavond met de keizerin naar de houten schouwburg op het Leidseplein zal gaan, maar ik weet nog niet wat daar opgevoerd zal worden, daar ga ik morgen wel achteraan, en wat hij morgen overdag doet, weet ik ook niet, maar zondag... Ze zeggen ook dat hij in het Trippenhuis naar schilderijen is wezen kijken, maar ik weet niet wanneer en dat er toen hij in z'n koets terugreed naar het Paleis, in de Halsteeg een kar van een aschman stond en dat die aschman niet uit de weg wou gaan, die zei dat hij van de prefect alleen maar uit de weg hoefde te gaan voor een koets van een chirurgijn, dus die aschman hebben ze nu voor zes weken vastgezet op water en brood... weet u zo genoeg?'

De jongen hief zijn hand op en Schelvisvanger stopte er een zesthalf in en zei: 'Goed gedaan', waarop de jongen vroeg: 'Morgen weer?'

'Ik vertrouw erop,' zei Schelvisvanger, 'dat de audiëntie morgen voortgang zal vinden.'

En inderdaad reden de twee koetsen op zaterdag 12 oktober in datzelfde matgouden najaarszonlicht over de bebladerde grachten naar het huis van de voorname meester Hope. Daar kregen ze te horen dat minister Gogel hun nu inderdaad audiëntie zou verlenen, en weer sloop daar ook die even welwillende als geheimzinnige ambtenaar Janssen rond. En hoewel Schelvisvanger hem verzekerde dat zij geen tolk nodig hadden, daar zij allen, en reder Stroombreker wel in het bijzonder, zulk goed Frans spraken dat zij zichzelf wel met de minister zouden kunnen onderhouden, week Janssen niet van hun zijde. Sterker, hij nam zelfs het woord toen Gogel binnentrad in het voorvertrek waar zij heen waren gebracht.

'Met diepe eerbied,' zei Janssen, 'voor hun grote souverain, verheugen de commissieleden zich dat het hun geoorloofd is met de eerbied aan Uw rang verschuldigd, de zachtere gevoelens van vertrouwen en liefde te mogen paren, die alleen aan talenten en deugden worden toegedragen.'

Wat bazelt die man, dacht Roemer. Enigszins korzelig wendde

hij zich rechtstreeks tot Gogel en vroeg hem in zijn beste Frans: 'Verwacht u dat de audiëntie bij de keizer nog op enig moment voortgang zal vinden?'

'Dat hangt grotendeels af van het onderhoud dat ik heden met u zal hebben,' zei de minister. 'Wellicht kunt u mij reeds zodanig bevredigend expliceren waarom gij de visserij wenst te hervatten dat ik zulks zo duidelijk aan de keizer kan doorgeven dat een audiëntie niet nodig zal blijken, want u zult begrijpen dat de keizer hier overladen is met velerlei zaken, besognes en beslommeringen.'

'D'accord,' zei Roemer, 'geen audiëntie dus bij de keizer zelf. U bent zijn plaatsvervanger, en daarom wend ik mij tot u en smeek u: laat ons toch weer ter visvangst uitvaren. Zowel in Vlaardingen als in Maassluis, waar alle inwoners van de desbetreffende plaatsen op enigerlei wijze hun levensonderhoud vinden in de visserij zelf of in bedrijfstakken die rechtstreeks met de visserij verband houden, is de bevolking zo totaal verpauperd dat de miserabelen niets anders rest dan bedeltochten langs de huizen der voorname meesters, waar zij vaak net zo lang op de vensters bonken tot ze erbij neervallen of tot hun wat grof brood wordt toegeworpen.'

Gogel schrok op. Of dat kwam door de boze fierheid waarmee de stokoude reder zijn klacht naar voren bracht, of door het voor Gogel blijkbaar opzienbarende Frans, met de fel uitgesproken woorden 'les misérables' erin, kon Roemer moeilijk achterhalen, maar Gogel stelde, plotseling toch geïnteresseerd, scherpe vragen over de bedrijfstakken die met de visserij samenhingen, en bracht daarmee Roemer in moeilijkheden omdat hij niet zo snel alle Franse woorden paraat had voor zeilmakerij, touwslagerij, kuiperij, nettenboeterij. Ook de heer Janssen bleek de Franse woorden voor al deze ondersteunende gilden niet te kennen, maar met de woorden voor zeil, touw, ton en net en wat nadere omschrijvingen kwam Roemer niettemin vrij ver, en bovendien had Schelvisvanger reeds enig voorwerk verricht. Namens de commissie kon hij een nota aan Gogel overhandigen waarin de minister, zo deelde hij hem mee, nog eens precies zou kunnen nalezen wat het College beoogde. En toen het onderhoud dan eindelijk ten einde was, en Schelvisvanger de nota plechtig had overhandigd, zei Gogel: 'Na dit alles aangehoord te hebben, verklaar ik dat, uit hoofde van de gevaren voor de Engelsen, de grote zwarigheden voor de visserij nog allerminst zijn bezworen, maar niettemin zal ik de gedane voorstellen aan Zijne Majesteit de keizer te kennen geven.'

'We hebben dus helemaal niets bereikt,' zei Roemer tegen Lambregt toen zij in het milde zonlicht, waar zij in hun bedompte koets helaas weinig van zagen, terugreden naar hun logement.

'Zou het? Ik heb er wel moed op dat deze Gogel onze zaak bij de keizer zal bepleiten.'

'Ik niet,' zei Roemer. 'Onze smeekbede is welwillend aangehoord en smoort nu bij deze minister. De keizer zelf zal hij er niet mee lastigvallen. En wij mogen de visserij niet hervatten.'

'Kom, kom, niet zo somber. Zelfs een audiëntie bij de Monarch behoort nog altijd tot de mogelijkheden.'

'Ze laten ons nog een paar dagen wachten en zeggen dan dat een audiëntie, vanwege velerlei beslommeringen van de keizer, voor ons helaas niet is weggelegd. Laten we de eer aan onszelf houden en nu terstond terugkeren naar Maassluis.'

'Nee, we blijven tot we onomwonden te horen krijgen dat de keizer niet in staat is om ons te ontvangen.'

Op zondag kwam dat bericht. Om drie uur 's middags. Van de logementszoon hadden de leden van het College reeds 's morgens vernomen dat de keizer op de dag des Heeren een bezoek zou brengen aan Zaandam en aan het huisje aldaar van tsaar Peter de Grote. Derhalve zou er die dag van een audiëntie zeker geen sprake zijn. Hoezeer dat enerzijds ook betreurd werd, er was anderzijds ook sprake van opluchting. Kon men op de dag des Heeren wel bij een keizer op audiëntie? Was dat geen flagrante schending van het gebod om de sabbatdag te heiligen? Op zondag kon men immers slechts, in een bedehuis, op audiëntie bij de Algenoegzame.

Maar toen om drie uur 's middags het bericht kwam dat er van een audiëntie, wanneer dan ook, helaas niets zou kunnen komen, overheerste grote ontsteltenis, alle gewetensnood ten spijt. Wat nu? Terstond naar huis? Op zondag? Ondenkbaar. Zelfs als daarmee het vierde gebod niet zou zijn overtreden, zou men nooit meer tijdig Maassluis kunnen bereiken. Eén dag nog zou men in ledigheid in de Nieuwe Stadsherberg moeten vertoeven. Eén nacht nog zou Roemer daar, zoals in alle eerdere Amsterdamse nachten, de slaap niet kunnen vatten. Vervolgens zou hij en zouden de andere commissieleden 's morgens onverrichter zake moeten terugkeren naar het nooddruftige dorp langs het Sluyse diep.

Roemer lag die nacht wakker, zoals hij al zovele nachten in zijn leven wakker had gelegen. Blijkbaar deert het een mens niet dat hij zo vaak wakker ligt, dacht hij, want ik ben er opmerkelijk oud bij geworden. Niettemin hunkerde hij wanhopig naar slaap, desnoods in de vorm van een dutje, zodat er tenminste zo'n godzalig moment van wegdoezelen zou zijn, en terwijl hij klaarwakker in het duister staarde, verbaasde hij zich erover dat je zo wanhopig naar de vergetelheid van een zoete sluimer kon verlangen, terwijl je onverminderd bang bleef voor de dood. Niettemin: wat was de dood anders dan een hazenslaapje, een eeuwigheid lang? Waarom daar bevreesd voor? Reeds had hij de leeftijd der zeer sterken bereikt, wat lette hem om blijmoedig te verscheiden? 'Nog één zaak dient bevredigend afgehandeld voor ik mij bij je voeg,' fluisterde hij in het duister tegen de schim, de geest van meester Spanjaard, 'dat begrijp je toch wel?'

Toen de commissieleden zich de volgende morgen in alle vroegte gereedmaakten voor vertrek, verscheen bij het petit déjeuner de beminnelijke Janssen.

'Heren commissieleden,' zei hij plechtig, 'Zijne Excellentie de minister van Binnenlandse Zaken verzoekt dat de president en een of twee leden van het College zich heden ten één uur op het Keizerlijk Paleis laten vinden, om aan zijne Majesteit de Keizer en Koning voorgesteld te worden.'

Hij zweeg even, alsof hij de commissieleden in de gelegenheid wilde stellen de reusachtige draagwijdte van deze onverwachte boodschap te doorgronden.

'Dat slechts twee leden van het College,' zei hij na een enkele minuut diepe stilte, 'de president mogen vergezellen, vloeit voort uit de bekommernis om de veiligheid van de keizer. Ge zult daar stellig begrip voor hebben. Onderling wilt ge wel uitmaken wie de president zullen bijstaan.'

'In ieder geval wens ik, vanwege zijn kennis der Franse taal, de heer Stroombreker aan mijn zijde,' zei Schelvisvanger.

'O, maar ik kan ook als tolk optreden,' zei Janssen.

'Volgaarne,' zei Schelvisvanger, 'maar desondanks kan ik de heer Stroombreker niet ontberen. Zelfs van tientallen jaren her weet hij nog nauwkeurig hoeveel hoekers en buizen vanuit Maassluis werden uitgereed en hoeveel last haring en kabeljauw dezen aan land hebben gebracht.'

'Maar van Vlaardingen weet ik niets,' zei Roemer bescheiden.

'Daar hebben we de heer Slijper voor,' zei Schelvisvanger.

'U zult in het zwart gekleed moeten gaan,' zei Janssen.

'Dat zijn wij reeds,' zei Schelvisvanger korzelig.

'Met driekante zwarte hoeden op,' zei Janssen.

'Daar is op gerekend,' zei Schelvisvanger.

'Ik zal u begeleiden,' zei Janssen, 'en 't lijkt mij gewenst dat wij nu reeds het protocol doornemen. We rijden, vanwege de veiligheid des keizers, in een kleine, gesloten koets naar het Paleis. Noch via de Kalverstraat, noch via de Pijpenmarkt is het ons vergund het Paleis te naderen. Slechts via de Nieuwezijds Voorburgwal mogen wij ons naar de achteringang van het paleis begeven. Aangezien het niet is toegestaan dat de koets voor de deur van de achteringang stilstaat, zullen wij reeds eerder moeten uitstappen. Ik stel voor dat wij, daar de koets op het plein van de Donkere Sluys moet wachten, aldaar ook uitstappen om ons vervolgens te voet, over de brug van de Nieuwezijds Voorburgwal heen, naar de achteringang te begeven. In geval het onderhoud lang mocht duren, dient de koets zich aan gene zijde van het water, ter rechterzijde van de Donkere Sluys, terug te trekken. Vandaar zal hij dan, langs de gracht gaande, en via de Pijpenmarktsluys overstekende, zich weder aan de achteringang kunnen vervoegen, zodra wij ons opmaken om te vertrekken. We mogen ons dan slechts via de Dam, het Paleis steeds aan de rechterzijde der koets houdende, weer hierheen begeven. Ik wil er, hoewel dat overbodig lijkt, maar men weet nu eenmaal nooit wat er geschieden kan, nog aan toevoegen dat het ons, net als eenieder, ten strengste verboden is de kleine steentjes te begaan welke voor de hoofdingang van het paleis liggen. Deze steentjes mogen dezer dagen uitsluitend door de keizer en de keizerin betreden worden.'

Even voor halfeen reed, getrokken door een pikzwarte ruin, de koets voor. De koetsier liet zijn zweep knallen. De drie heren begaven zich naar buiten. Nogmaals knalde de zweep. Roemer wierp een blik op de eveneens in stemmig zwart geklede koetsier. Hij zag slechts diens achterkant, maar niettemin wist hij dadelijk wie daar op de bok zat, en het was alsof zijn hele bestaan, dat ruim tachtig jaar had geduurd, zich samenbalde tot dat ene duizelingwekkende ogenblik waarop hij de koetsier herkende. 'Toch nog,' mompelde hij, 'zie je wel, meester Spanjaard, toch nog.'

'Wat is er?' vroeg Lambregt ongerust. 'Het lijkt of je onwel wordt. Je trekt opeens lijkbleek weg.'

Hij antwoordde niet, hij ging zitten, hij dacht: ik ben inmiddels te oud om nog danig overstuur te raken, ik moet rustig blijven, dit is mijn laatste opgave, en die dien ik tot een goed einde te brengen. Straks, als we teruggaan zal ik mij met de koetsier verstaan, nu moeten wij eerst dat varkentje Napoleon wassen.

Hij klemde zijn kaken op elkaar, ademde zo diep mogelijk in en blies zijn adem zo langzaam mogelijk uit, omdat hij al vaak had ondervonden dat je daarmee het woeste kloppen van je hart enigszins kon bezweren.

Toen ze op de Donkere Sluys stilhielden, werd hij andermaal geconfronteerd met de aanblik van de koetsier. Nu van dichterbij, omdat de koetsier van zijn bok afdaalde en de drie commissieleden alsmede de heer Janssen hielp uitstappen. En toen hij de koetsier onvervaard recht in de ogen keek, was de sensatie dat hij in een spiegel tuurde, zo sterk dat het hem verbaasde dat noch Schelvisvanger, noch Slijper deze vroeg oud geworden man leek te herkennen. Weer moest hij het onstuimige kloppen van zijn hart bezweren, temeer daar de koetsier hem nu ook herkende, en niet alleen herkende, maar van onder de brede luifel van zijn zwarte koetsiershoed aankeek met diezelfde onverwoestbare, blijkbaar nog altijd door niets getemperde haat van jaren her. Desondanks leek het ook alsof de koetsier schrok; in ieder geval trok ook hij wit weg. Maar toen draaide hij zich bruusk om alsof hij wilde aangeven dat hij hiermee niets te maken wilde hebben. Straks, dacht Roemer, straks, na deze audiëntie, zal ik al wat ik bezit aan je voeten leggen. Neem het dan aan, in godsnaam, toe, neem het dan aan, zodat mij vergund wordt rustig heen te gaan.'

Te voet begaven zij zich over de brug naar de kade langs het Paleis. Reeds zwaaide de achteringang ervan open, en door een duister labyrint van klamme gangen werden ze naar een ruime zaal geleid. Aan het hoofdeinde van een lange tafel, echter niet in het midden daarvan, doch pal naast de hoek, zat een gedrongen, stevig gebouwde man in een helgroene montering. Dat nu is dus de gruwelijke usurpator, dacht Roemer rustig, en hij dacht ook: hield ik nu, onder mijn jas, sinisterlijk een bijl verborgen, dan zou het mij helaas toch nimmer lukken hem af te slachten. Te veel opgepronkte kerels bevinden zich tussen hem en mij in. Eer ik bij hem zou zijn, zouden ze mij, oud als ik ben, reeds overmeesterd hebben.

Nadat zij door Gogel, overigens zonder dat zij daarbij de keizer van zeer dichtbij mochten benaderen, aan Napoleon waren voorgesteld, kregen ze, tamelijk ver bij de Monarch vandaan, een zitplaats langs de lange kant van de tafel aangeboden. Toch leek het Roemer, die nog altijd, ondanks zijn leeftijd, vrij scherp van blik was, of hij recht in de ogen van de keizer kon kijken. Kille grijze ogen waren het, ogen van voortreffelijk vensterglas. De keizer vroeg of ook de heer Janssen lid was van de commissie. 'Nee,' zei de heer Gogel.

'Dan verkies ik zijn tegenwoordigheid niet,' zei de keizer.

De heer Janssen boog, verwijderde zich, en de keizer fluisterde iets tegen een bode. Waarop ook deze zich verwijderde en er even later een heer verscheen die, zoals de heer Gogel hun zacht toefluisterde, 'zowel de Franse als de Nederlandse taal machtig is'.

'We hebben geen tolk nodig,' fluisterde Schelvisvanger.

Toen kwamen de vragen, de een na de ander. Het leek haast of de keizer een verhoor afnam. Al vrij snel nadat Roemer de eerste vragen over in de loop der jaren uitgerede buizen en hoekers in zijn beste Frans had beantwoord, drong een onthutsende gedachte zich aan hem op: maar die ellendeling, die usurpator daar, is net als ik; die heeft iets met cijfers. En toen dat besef eenmaal tot hem doorgedrongen was, en hij de keizer ruimhartig voedde met getallen, schoot door hem heen: dus daarom, dat is een van de redenen waarom hij overal heeft gezegevierd, hij heeft weet van aantallen manschappen en paarden, snaphanen en kanonnen, zijn veldtochten zijn evenzoveel voorbeelden van hogere cijferkunde.

En toen produceerde, nadat hij de keizer weer met lasten haring en kabeljauw had bestookt, die ijskoude, brede kop met die grijze vensterglasogen, totaal onverwacht een brede glimlach, en die glimlach was zo hartverwarmend, zo betoverend dat Roemer even van zijn apropos raakte en zijn opsommingen in het Nederlands vervolgde. Waarop de tolk, blij daar toch niet geheel schaloos te zitten, dadelijk behendig insprong, de getallen in rad Frans vertalend. Waarop de keizer, nogmaals hartveroverend glimlachend, te kennen gaf dat hij nu genoeg wist. Toen vroeg hij: 'Wenst gij mij enig voorstel of enig verzoek te doen?'

'Gaarne wil ik daarop, in mijn functie van president van het College, antwoorden,' zei Schelvisvanger, waarop hij in het Frans een toespraakje liet volgen dat hij reeds vele malen geoefend had: 'Wij smeken Zijne Majesteit eerbiedig om de belangen van de haringvisserij, dien voorname tak van 's lands welvaart, alsmede die van de kabeljauwvisserij in overweging te willen nemen en op dezelve in gunst nederzien. Een menselijk deelnemend gevoel maakt het ons tot een plicht Zijne Majesteit allernederigst te verzoeken om bijaldien het met Hoogstdeszelfs grote oogmerken enigzins bestaande is, nog in de loop van dit jaar de verschharingvangst en in de aanstaande winter de kabeljauwvisserij en in een volgend jaar de zoutharingvisserij te mogen uitoefenen onder zodanige bepaling dat Zijne Majesteits bedoelingen daardoor niet verhinderd worden.'

Nadat Schelvisvanger was uitgesproken, viel er een stilte in de grote zaal. Napoleon leek in gedachten verzonken. Het is wel een totaal andere man dan de Vijfde, dacht Roemer, maar een overeenkomst is dat hij neigt naar gezetheid. Vadsig zal hij evenwel nooit worden.

De keizer keek op, en weer verscheen die verbazingwekkende, betoverende glimlach. Toen verstrakten zijn trekken zich alweer, hij keek Schelvisvanger recht in het gezicht en zei kalm: 'C'est bon.'

Toen de drie commissieleden te voet over de brug van de Nieuwezijds Voorburgwal naar de koets op het plein van de Donkere Sluys liepen, sloeg een klok twee uur. Op die brug voegde ook de heer Janssen zich weer bij hen. Een uiterst fijn motregentje daalde neer op hun driekante hoeden. Op het moment dat zij bij de koets arriveerden, zag Roemer dat een veel jongere man op de bok van hun koets had plaatsgenomen. Hij wendde zich tot de heer Janssen: 'Waar is onze koetsier van daarnet gebleven?'

'In verband met de veiligheid van de keizer heeft men ons opgedragen de koetsiers van de rijtuigen die het paleis naderen en die van het paleis vertrekken, voortdurend te wisselen.'

'Kan ik de koetsier van daarnet dan ergens bereiken?' vroeg hij haast smekend.

'Mijnheer,' zei de ambtenaar, bevreemd naar hem opkijkend, 'stapt u toch schielijk in.'

De heer Janssen duwde hem, achter Schelvisvanger aan, pardoes het trapje op en sloeg het deurtje toe. Hij hoorde de paarden hoog hinniken, en terwijl hij nog stond, zette de koets zich reeds in beweging, en het was dat Schelvisvanger hem opving, anders zou hij neergesmakt zijn.

Verantwoording

Aangezien het mijn streven was een documentaire roman te schrijven met een zo nauwgezet en accuraat mogelijk verslag van de gebeurtenissen in Maassluis in 1775 en 1776 en de jaren daarna, en ik bovendien een beeld wilde geven van het wel en vooral wee der visserij in die dagen, heb ik in mijn roman her en der uitvoerig geciteerd uit bestaande bronnen. Zo is Bartholomeus Ouboters eigen beschrijving van de gebeurtenissen op de avond van 1 april 1776 rechtstreeks afkomstig uit een bijlage in *Geschiedenis van Maassluis* van S. Blom, evenals de bekendmaking van C. Clotterbooke. Ofschoon het toenmalige nogal plechtstatige taalgebruik de leesbaarheid van zulke citaten niet bevordert, heb ik ervoor gekozen ze niet om te zetten in hedendaags Nederlands. Ze geven de sfeer van die tijd. Bovendien heb ik een groot zwak voor dat ouderwetse taalgebruik. Wel heb ik de bekendmaking van Clotterbooke flink ingekort.

Voor de opstand zelf bleek het boek van J. van Iperen, *Kerkelijke historie van het psalmgezang der Christenen, van de dagen der apostelen af, tot op onze tegenwoordige tijd toe, en inzonderheid van onze verbeterde nederduitsche psalmberijminge* (2 delen, Amsterdam 1777-1778), van onschatbare waarde. Vrijwel dadelijk na de opstand heeft Van Iperen het hele Maassluise gebeuren beschreven, zodat we waarschijnlijk een tamelijk waarheidsgetrouw beeld hebben van het oproer.

Wat de visserij betreft had ik het meest aan het proefschrift van H. A. H. Kranenburg, *De zeevisscherij van Holland in den tijd der Republiek* (Amsterdam, 1946). Dankzij zijn literatuurlijst kwam ik op het spoor van tal van publicaties over de Groote en Kleine Visscherij, waarbij ik het meest heb gehad aan het befaamde boek van A. Beaujon, *Overzicht van de geschiedenis van de Nederlandsche zeevis-*

scherij (Leiden 1885), en het prachtige boek van M. Simon-Thomas, *Onze IJslandvaarders in de 17e en 18e eeuw* (Amsterdam 1935). Dankzij het boek van J.C. Vermaas en M.C. Sigal, *De haringvisscherij van 1795 tot 1813* (Vlaardingen 1922), kwam ik op het spoor van de audiëntie van een aantal vissers bij Napoleon in 1811. In het Nationaal Archief zijn notulen van dat bezoek te vinden. Napoleons verblijf in Nederland werd schitterend geboekstaafd door G.F. Gijsberti Hodenpijl, *Napoleon in Nederland* (Haarlem 1904). Alle dagen van Napoleons bezoek worden uitputtend beschreven, behalve, helaas, de dag van de audiëntie der vissers.

Wat Maassluis zelf betreft, ziehier een literatuurlijst van de belangrijkste publicaties:

S. Blom, *Geschiedenis van Maassluis* (Schiedam 1948).

A. Brouwer en I. Vellekoop, *Maassluis in oorlog en beroerte, 1780-1789* (Vlaardingen 1986).

H. Dibbits, *Vertrouwd bezit. Materiële cultuur in Doesburg en Maassluis, 1650-1800* (Nijmegen 2001).

A. Dienske, 'De regeering van Maassluis in de 17e en 18e eeuw', in: *De Navorscher* 1927-1929.

C.P.I. Domisse, *Maassluis in 300 jaar* (Maassluis 1914).

J. Zwart, *Van een deftig orgel, Maassluis 1732-1932* (Maassluis 1933).

Het boek van Dibbits is een goudmijn dankzij de fantastische literatuurlijst achterin.

Een ooggetuigenverslag van de gebeurtenissen in Maassluis in de tweede helft van de achttiende eeuw vindt men in *Geschiedenisse van, en in, mijn leven van rijglijfmaker Hendrik Moerings* uit 1799. Helaas is van deze unieke bron slechts een onvolledige facsimileuitgave voorhanden van het handschrift van Moerings zelf.

Lotte van de Pol zegt in haar meesterlijke proefschrift, *Het Amsterdams hoerdom. Prostitutie in de zeventiende en achttiende eeuw* (Amsterdam 1996), dat men vooral uit bewaard gebleven rechtbankverslagen uit die tijd kan leren hoe de mensen toen spraken, dus heb ik mij vervolgens in het Rijksarchief en in diverse gemeentearchieven gestort op rechtbankverslagen, waaruit ik voor diverse scènes in mijn boek dankbaar geput heb. Ook de notulen van vergaderingen van visserijcolleges leverden vaak letterlijke aanhalingen van toen gedane uitspraken. Een enkele keer zijn ook van vergaderingen van schout en schepenen notulen bewaard gebleven, waaruit men dankbaar putten kan. De vraag rees daarbij of het soms nogal gezwollen proza in taalgebruik, met veel Franse uitdrukkingen erin, eigentijds upgejazzt moest worden, dan wel onverkort gehandhaafd. Omdat ik, vanwege het documentaire karakter van mijn roman, zo dicht mogelijk wilde blijven bij de deftige spreektaal van toen, heb ik voor de laatste optie gekozen. Vrijwel alle toenmaals gebruikelijke woorden en uitdrukkingen zijn overigens in de Van Dale te vinden. Van onschatbare waarde voor een beeld van de wijze waarop indertijd werd gesproken bleek ook het onuitputtelijke boek van dr.mr. J. Smit, *Een regentendagboek uit de 18e eeuw* (Gouda 1957).

Het is ondoenlijk alle andere geraadpleegde literatuur te noemen, dat zou een literatuurlijst van groteske afmetingen opleveren, maar wie wil achterhalen waar een en ander vandaan komt kan al een heel eind komen met alle hierboven genoemde bronnen.

De naam Maassluis, ten tijde van de roman een dorp, thans een stad, werd indertijd op minstens tien verschillende manieren gespeld, Maessluis, Maesluis, Maessluys, Maeslandtsluys, Maeslandsluys, Maaslandsluys, Maaslandersluis, Maesslandersluys, Maeslandsluis, maar reeds in 1642 wordt de naam Maassluis gebruikt. Dus die is zoveel mogelijk aangehouden, tenzij er uit een bestaande bron wordt geciteerd en dan wordt de daarin gebruikte spelling aangehouden. De naam van nabij gelegen dorp Maasland werd destijds al algemeen als Maasland geschreven.

Vrijwel alle personen in deze roman zijn historische figuren. Ik heb hun namen niet veranderd.

Opvallend veel van deze mensen droegen de voornaam Jacob. Dat is helaas soms enigszins verwarrend, maar ik wilde hun eigen voornamen toch graag aanhouden.

In Maassluis stonden destijds tegelijkertijd drie predikanten. Ook dat is verwarrend, temeer daar in de behandelde periode sommigen van hen werden opgevolgd door anderen. Er worden dus nogal wat predikantsnamen opgevoerd, maar als ik die allemaal voor het gemak van de lezer tot één persoon had samengesmolten, zou ik de geschiedenis geweld hebben aangedaan.